In dem großen Verwaltungsgebäude der Baugesellschaft Feeke Bantz OHG auf der Badestraße 47 bis 49 in Norddeich herrschte an diesen Tagen eine gespenstische Atmosphäre, während sich das Wetter von der schönsten Seite zeigte und der Monat Mai Norddeutschland mit viel Sonne verwöhnte. Die Blumen sprossen in den Gärten und auf den Deichwiesen wuchs saftiges Gras heran. Die Fischer fuhren hinaus, um Krabben und die jungen Plattfische zu fangen.

Diese erfreulichen Umstände konnten nicht darüber hinwegtäuschen, dass die Angestellten der Baugesellschaft eine tiefe Trauer bewegte. Sie wagten es nicht, sich laut zu unterhalten, und zuckten zusammen, wenn das Klingeln der Telefone die Ruhe durchbrach. Dabei wusste jeder, vom Lehrling bis zum Mitarbeiter in der Direktion, dass diesbezügliche Rücksichtnahme nicht nur überflüssig war, sondern auch beim Firmenchef auf Ablehnung gestoßen wäre.

Der schwerkranke Feeke Bantz war nach erfolgloser Operation im Krankenhaus nach Hause zurückgekehrt. Er lag im Schlafzimmer seiner luxuriösen Villa, nicht einmal ein paar Hundert Meter entfernt von seiner Firma, bleich in seinen Kissen. Er hatte die Augen geschlossen und röchelte gelegentlich. Seiner Frau Elvira flossen Tränen über die Wangen, während sie den feuchten Umschlag erneuerte, der dem Sterbenden Linderung verschaffen sollte.

Neben ihr saß ängstlich und eingeschüchtert ihr Sohn Renke. Er weinte, schluchzte und rieb sich die Augen. Schon seit Stunden bangten er und seine Mutter um sein Leben. Der Hausarzt hatte seinen Patienten wiederholt besucht und konnte ihm nicht mehr helfen. Um vierzehn Uhr kam er zurück, um Frau Bantz nicht das Gefühl zu geben, alleine zu sein. Der Patient wurde zusehends unruhiger. Ein leichtes Fieber befiel ihn.

Der Doktor betrachtete den schwerkranken Patienten.

»Gnädige Frau, mehr können wir nicht für Ihren Mann tun«, sagte der Arzt.

Um 14 Uhr 14 starb Feeke Bantz. Er schlief in den Armen seiner Frau ein. Sein Sohn Renke stand bleich neben seiner Mutter und schluchzte. Dann verließ er weinend das Zimmer, betete inbrünstig zu Gott und bat ihn, seinen Vater in den Himmel aufzunehmen. Auch Elvira Bantz erstickte fast im Gebet.

Die Nachricht vom Tode des Chefs und Firmeninhabers kam nicht unerwartet. Dennoch rief sie tiefe Trauer bei der Belegschaft hervor. Feeke Bantz war an einem heimtückischen Tumor erkrankt, der zu seinem Tode geführt hatte. Der Chef war nicht nur bei seinen Mitarbeitern, sondern auch bei seinen Kunden beliebt. In der Tat hatte die Krankheit ihn mitten aus dem Leben gerissen. Dabei war er der Motor seiner Firma gewesen.

Der unvorhergesehene Tod des geschätzten Chefs zeigte seine Auswirkungen. Es waren die Sorgen um ihre Arbeitsplätze, die die Beschäftigten quälten. Doch die gehegten Befürchtungen entpuppten sich als überflüssig, denn es war stets das Bestreben von Feeke Bantz gewesen, ein strammes Auftragspolster vor sich her zu schieben. Wenn auch allgemein eine leichte Flaute spürbar war, so betraf sie nicht die Feeke-Bantz-Baugesellschaft.

Nach einer Reihe von Schwierigkeiten zog die Normalität wieder ein. Das anfängliche Chaos wich der Vernunft. Eine weitere Folge des frühen Todes von Feeke Bantz zeigte sich in der Personalpolitik des Unternehmens. Der Firmengründer und Inhaber war noch zu jung zum Sterben gewesen. Das Schicksal hatte ihm keine Zeit gelassen, über seine Nachfolge nachzudenken. Renke, sein Sohn, ging noch zur Schule. Seine Frau Elvira hatte sich bis dato nicht um die Geschäfte gekümmert, und es bedurfte – offen gesagt – einiger Anstrengungen, bis sich die gelernte Schneiderin in die Geheimnisse der doppelten Buchführung eingearbeitet hatte.

Elvira Bantz tat das einzig Richtige, sie setzte auf die vertrauten Mitarbeiter. Damit vermied sie aufkommende Unruhen und schaffte Vertrauen. Mithilfe der älteren, führenden Angestellten kamen die Vorgänge wieder ins Lot. Das galt vor allem für die Bauhandwerker, um deren Einsatz sich Feeke Bantz persönlich gekümmert hatte. Immerhin beschäftigte die Gesellschaft rund 300 Mitarbeiter in der Fertigung und 40 in der Verwaltung. Die Baugesellschaft galt mit Abstand als der größte Arbeitgeber in Norddeich und Norden.

Noch vor einem halben Jahr hatte der Chef von seinem bewährten Mitarbeiter Menke Eschhoff erfahren, dass er in den wohlverdienten Ruhestand gehen wollte. Der Diplom-Ingenieur hatte Feeke Bantz wertvolle Dienste während der Aufbauphase geleistet und die Firma mit Geschick durch die Baukrise gesteuert. All die Jahre war er seine zweite Hand und maßgeblich an der Expansion der Firma beteiligt gewesen. Im Nachhinein hatte es sich als Fehler erwiesen, dass der Firmeninhaber nicht bereits für den Führungsnachwuchs Sorge getragen hatte, denn sein Sohn Renke hatte noch etliche Schuljahre vor sich, ehe er seinem Vater zur Hand gehen konnte.

Auch Frerik Salzer, der zweite Vertraute und Mitstreiter, näherte sich dem Pensionsalter. Auf den Schultern dieser älteren Herren ruhte plötzlich und unerwartet die Last der Firmenleitung.

Auf Wunsch von Elvira Bantz setzte der rüstige Menke Eschhoff seine Ruhestandspläne auf unbestimmte Zeit aus. Auch Frerik Salzer erklärte sich bereit, seinen Vertrag über das 62. Lebensjahr hinaus zu verlängern. Er war ein hervorragender Verwaltungsfachmann. Für die Feeke Bantz OHG bildete das Team weiterhin eine zuverlässige Truppe, die vorerst in der Lage war, das

Ruder zu übernehmen. Aufgrund der längeren Betriebszugehörigkeit galt der ältere Eschhoff für Elvira Bantz als der eigentliche Ansprechpartner. Auch besaß er das Vertrauen der Belegschaft.

Auch wenn sich Elvira Bantz geschäftlich nie besonders hervorgetan hatte, so besaß sie doch die Sympathie der Mitarbeiter und war sich der Verantwortung bewusst, denn vom Wohl und Wehe der Firma hing das Schicksal vieler Familien ab.

Bereits einen Monat später, also kurz vor den Sommerferien, atmeten alle hörbar auf, als die Feeke Bantz OHG einen weiteren bemerkenswerten Auftrag erhielt, der mithalf, den Fortbestand der Firma vorerst zu sichern. Die internationale »Quiet«-Gruppe mit Sitz in Zürich gab ein Hotel der Superlative in Auftrag. Der internationale Hotelkonzern hatte sich dicht an der Kaiserstraße im Herzen der Insel Norderney ein Grundstück mit Meeresblick gesichert. Doch das war nicht alles. Die Feeke-Bantz-Bau hatte noch einen weiteren Erfolg mit ihrer Ausschreibungspolitik zu verbuchen. Im benachbarten Lingen erhielt sie den Zuschlag zum Bau des neuen Emsgymnasiums.

So durch die Festaufträge gestärkt, war die finanzielle Struktur des Unternehmens für Jahre hinaus gesichert. Das Familienunternehmen schritt auch weiterhin auf Erfolgskurs einer gesunden Zukunft entgegen. Das entsprach auch dem Versprechen, welches Elvira Bantz ihrem Mann auf dem Sterbebett gegeben hatte, nämlich für ihren Sohn Renke die Existenz zu erhalten.

Der Tod des Vaters stellte auch für den Sohn einen sehr schweren Verlust dar. Renke hatte sich großartig mit seinem Papa verstanden. Feeke Bantz war nicht nur kinderlieb gewesen, sondern auch ein Kumpeltyp, der sich immer Zeit genommen hatte, wenn Renke ihn zu sprechen wünschte. Dabei hatte er viel Zeit mit ihm zusammen verbracht. Unvergessen blieben die vielen gemeinsamen Stunden auf See. Denn sein Sohn und er hatten das gleiche Hobby. Sie waren gemeinsam auf ihrer 12-m-Yacht gesegelt. Mitten in diesen paradiesischen Frieden hatte ihn das Schicksal ereilt.

Es war während der Bürostunden geschehen. In einer Besprechung verlor Feeke Bantz den Faden. Er griff sich an den Kopf, reagierte sehr benommen und sprach wirres Zeug. Die Mitarbeiter reagierten sofort und fuhren mit ihm zum Krankenhaus. Die Ärzte diagnostizierten einen Gehirntumor, der einerseits für eine Operation ein hohes Risiko darstellte, andererseits eine starke Lebensbedrohung bedeutete.

Die Krankheit riss den knapp fünfzigjährigen alleinigen Firmeninhaber und Bauingenieur völlig überraschend aus seiner Schaffenswelt. Der hochgewachsene, schlanke Mann hatte gesundheitsbewusst gelebt und den Sport geliebt, wobei das Segeln eine Sonderrolle eingenommen hatte. Der Ingenieur war nie krank gewesen. Er hatte maßvoll gegessen und hatte sich stets zurückgehalten, was den Alkohol betraf.

Seine Frau Elvira war eine geborene Saathoff, aus Marienhafe. Auch ihr war bereits in ihrem Elternhaus die gesunde Lebensweise mit viel Obst und Gemüse mit auf den Weg gegeben worden. Sie war eine ausgebildete Schneiderin, die nur wenige Jahre jünger war als Feeke Bantz, der in Hannover Hochbau studiert hatte und nach dem Studium in das ländliche Baugeschäft seines Vaters eingestiegen war. Er hatte den kleinen »Laden« kontinuierlich erweitert. Er und seine Frau hatten am Dörper Weg, in hervorragender Lage mit dem Blick auf den Deich, ein schönes Haus gebaut.

Elvira Bantz war schlank und sah für ihr Alter noch sehr gut aus. Sie trug ihr dunkelblondes langes Haar zu einem Knoten gebunden. Sie war eine liebevolle Mutter und hatte sich neben Renke noch weitere Kinder gewünscht. Doch das hatte das Schicksal anders gewollt.

Renke war fünfzehn Jahre alt. Er besuchte in Norden das Ulrich-Gymnasium. Er war groß, sportlich und gesund. Er lernte leicht und gerne. Er hatte die Liebe zum Meer von seinem Vater, von dem er das Segeln gelernt hatte, geerbt. Er besaß eine Jolle, die er hervorragend handhabte. Sie diente ihm allerdings nur als

Ersatz, wenn sein Papa ihn aus geschäftlichen Gründen während der Sommermonate nicht hatte auf der »Seeschwalbe« begleiten können. Die beiden hatten so manchen Törn zu den Inseln und nach Helgoland unternommen. Ein 12-m-Schiff zu besegeln, dazu gehörte schon seemännisches Geschick und Können. Beides besaßen sowohl sein Vater wie auch zum Teil schon Sohn Renke.

Doch an jenem Nachmittag im Krankenzimmer des Vaters war Renke fast das Herz gebrochen. Er war wie ein Schlafwandler durch das geräumige Haus geschritten, hatte das Schlafzimmer der Eltern betreten. Sein Vater lag dort unruhig im Bett mit flackernden Augen. Die Mutter saß auf einem Stuhl neben dem Bett und hielt seine Hand, die hin und wieder schwach zuckte. Sie weinte unaufhörlich. Der Kopf des Vaters war verbunden. Der weiße Verband bedeckte einen Teil seines welligen Haares und das rechte Ohr. Sein scharf geschnittenes Gesicht war blass. Die Matratze war am Kopfende hochgestellt und bot mit einem fülligen Daunenkissen eine weiche Unterlage.

Der Kranke hatte die Augen kurz bewegt, als Renke das Zimmer betreten hatte. Er schaute nicht auf, als er den Platz neben der Mutter einnahm. Ihre Hand umschloss die des Vaters. Mehrere Stunden hatte sie am Bett des Kranken gewacht und in sein ausgemergeltes Gesicht geschaut.

Genau zwei Wochen war es nun her, dass die Ärzte in Oldenburg die letzte Möglichkeit, den Patienten zu retten, wahrgenommen hatten. Der Erfolg war ausgeblieben. Der Professor und sein Team hatten in mühevoller Kleinarbeit versucht, den Tumor ganz zu entfernen, was ihnen nicht gelungen war. Feeke Bantz hatte nach einem weiteren Eingriff das Krankenhaus verlassen und sich damit weiteren chirurgischen Maßnahmen entzogen. Es war für alle Beteiligten eine lange Zeit zwischen Bangen und Hoffen.

Renke blickte durch das Fenster auf den grünen Deich. Draußen schien die Frühlingssonne. Der Wind war am Nachmittag aufgebrist und wehte mit Stärke 7 aus westlicher Richtung.

Renke verbrachte jede freie Minute im Bootsschuppen. Auch heute hatte er kleine Reparatur- und Überholungsarbeiten erledigt. Sein Vater und er hatten geplant, das Schiff pünktlich zu Wasser zu lassen. Renke hatte fest daran geglaubt, mit seinem Vater zum Ansegeln einen Törn nach Helgoland unternehmen zu können. Doch nun überwältigten ihn die Sorgen um seinen Vater.

Renke sah, wie die Finger seines Vaters stark zuckten, doch im Gesicht zeigte sich keine Regung. Sein Atem wurde flach.

Die Mutter beugte sich über ihren Mann.

»Feeke, willst du mich verlassen?«, fragte sie mit tränenerstickter Stimme. Sie legte ihr Gesicht an seine bleichen Wangen und weinte.

Es war 14 Uhr 14 Uhr. Der Vater war gestorben.

Renke ließ die Mutter allein. Er ging tief betrübt durch das Haus, betrat sein Zimmer, setzte sich für Sekunden auf seine Couch, suchte dann das Arbeitszimmer seines Vaters auf und ging zum Telefon. Er wählte die Nummer von Onkel Frerik Salzer, Papas langjährigem Prokuristen. Er war oft mit ihnen nach Helgoland gesegelt. Er war mehr als nur ein tüchtiger Angestellter, er war all die Jahre Papas Freund gewesen. Renke mochte ihn.

Der Angestellte meldete sich.

»Onkel Frerik, Papa ist soeben gestorben«, sagte er nur und legte auf. Er blickte auf den bereitliegenden Zettel und rief im Norder Krankenhaus an. Er teilte Professor Schrobsdorf mit, dass sein Vater verstorben war, und bat um seinen Besuch. Dann ging er zurück ins Schlafzimmer, kniete sich neben seine Mutter an Vaters Bett und betete für den Toten.

Frerik Salzer kam zurück von einer der Baustellen in Emden. Das gute Wetter stimmte ihn optimistisch, denn eine Schlechtwetterperiode hatte ihre Terminpläne etwas durcheinandergebracht. Zudem stimmte ihr Kotrollplan wegen der Erkrankung ihres Chefs nicht mehr. Er hängte seine Jacke über den Bügel und legte seine Unterlagen auf den Arbeitstisch.

Als das Telefon klingelte, nahm er den Hörer ab. Es war nicht seine Sekretärin. Überrascht vernahm er die Stimme von Renke Bantz. Er horchte auf, denn er ahnte, dass es etwas mit dem schwer erkrankten Chef zu tun haben musste.

»Onkel Frerik, Papa ist soeben gestorben«, vernahm er.

»Das ist furchtbar«, sagte der ältere Prokurist, doch er erhielt keine Antwort mehr. Renke hatte schon aufgelegt.

Die Nachricht vom Tode des Chefs und Freundes traf Frerik Salzer nicht unvorbereitet. Er und die Mitarbeiter hatten mit seinem Ableben gerechnet. Dennoch empfand er einen tiefen Schmerz.

Er nahm den Hörer ab und bat seine Sekretärin zu sich. Sie betrat sein Büro und schaute ihn fragend an.

»Ja«, sagte er nur. Der sechzigjährige Prokurist kämpfte mit den Tränen.

»Das ist für uns alle ein schwerer Verlust«, sagte sie.

»Frau Kröger, machen Sie eine Durchsage und bitten Sie die Abteilungsleiter zu mir«, sagte Salzer entschlossen.

Sie nickte und verließ das Zimmer.

Frerik Salzer erhob sich, holte aus dem gegenüberliegenden Zimmer des Verstorbenen Besucherstühle und stellte sie zu den übrigen an den langen Tisch in seinem Büro. Er rollte die ausgelegten Zeichnungen zusammen.

Es wurde unruhig im Hause. Die Abteilungsleiter näherten sich angemessenen Schrittes und zeigten ihre Trauer. Frerik Salzer bat sie, Platz zu nehmen. Es waren zwölf Mitarbeiter, die alle das Vertrauen des Chefs besessen hatten. Er hatte sie gut bezahlt, und sie hatten sich in der Firma bewährt.

Frerik Salzer verschlug es fast die Stimme. Er schluckte erregt.

»Liebe Kollegen, ich muss Ihnen mitteilen, dass soeben unser sehr verehrter Chef Feeke Bantz an seiner heimtückischen Krankheit im Beisein seiner Frau und seines Sohnes verstorben ist«, sagte er mit belegter Stimme. »Ihm verdanken wir den Erhalt unserer Arbeitsplätze über seinen Tod hinaus. Ich bitte Sie, sich von den Plätzen zu erheben und in einer Schweigeminute seiner zu gedenken.«

Die Abteilungsleiter folgten der Aufforderung. Sie senkten die Köpfe und nahmen danach wieder Platz.

»Danke«, sagte Frerik Salzer.

Es war ruhig im Zimmer. Nur die alte Wanduhr bewegte ihren Perpendikel im Sekundentakt, als wolle sie die Anwesenden daran erinnern, dass es auch für die Baufirma weitergehen musste. Und es ging weiter.

Die Stimme des Prokuristen klang gefasst. »Im Sinne des Verstorbenen werden wir das Werk fortsetzen. Unser Chef ist von seinem schweren Leiden erlöst worden. Er wird uns sehr fehlen. Während seiner Krankheit hat bereits ein ängstlicher Mitarbeiter gekündigt. Er wechselte zur Konkurrenz. Das war voreilig und verständlich, aber nicht notwendig. Die Zukunft unserer Firma bereitet uns keinerlei Sorgen. Wir haben eine gute Auslastung. Mit dem Kollegen Menke Eschhoff und Ihrer Unterstützung wird es bei uns keine Führungskrise geben.«

Die Anwesenden sparten nicht mit Beifallsbekundungen.

»Herr Eschhoff befindet sich nicht im Haus. Wir werden mit Frau Bantz Rücksprache nehmen«, sagte Salzer.

»Wir vom Betriebsrat sind der gleichen Meinung«, sagte der Betriebsratsvorsitzende. »Fürs Erste ist es notwendig, den Zusammenhalt zu wahren. Später kann Frau Elvira Bantz weitersehen.« Er sprach aus, was auch die Meinung der übrigen Abteilungsleiter war. »Es gibt Äußerungen der gnädigen Frau, die darauf schließen lassen, dass sie nicht daran denkt, die Firma aufzugeben. Finanziell kommt sie sicherlich mit ihrem Privatvermögen über die Runden. Zudem hat sie Anspruch auf eine lukrative Lebensversicherung ihres Mannes. Es ist auch die einhellige Meinung der Belegschaft, zu verhindern, dass unsere Firma wegen einer Führungskrise in Schwierigkeiten kommt.«

Als Frerik Salzer die Herren Abteilungsleiter aus der Besprechung entließ, war er durch sie autorisiert, mit Optimismus vor die Belegschaft zu treten und der Baugesellschaft eine gute Zukunft zu prophezeien.

Feeke Bantz hatte auch die Hochachtung seiner Mitbürger besessen. Sein Tod kam für viele überraschend. Aus diesem Grunde bereitete Elvira ihrem Mann ein großes Begräbnis. Der Abschied von ihm tat ihr sehr weh. Vor allem musste ihr Sohn lernen, mit dem Schmerz umzugehen.

Bei frühlingshaften Temperaturen waren nicht nur die Honoratioren der Gemeinde, sondern auch viele Norddeicher Bürger zu Beerdigung erschienen. Sehr viele Geschäftsfreunde erwiesen Feeke Bantz die letzte Ehre. Der Leiter der Industrie- und Handelskammer und der Vorsitzende der Bauinnung sprachen von einem Mann, der sich um seine Heimat verdient gemacht hat. Selbst der Shantychor sang ein Lied und nahm Abschied am Grab von einem beliebten Segelfreund. Selbst vor der Friedhofskapelle auf dem Norder Friedhof hatte sich eine Traube von Trauergästen gebildet, die keinen Platz gefunden hatten.

Für Elvira Bantz und ihren Sohn begann eine triste Zeit. Der Tod hatte, so schien es, das Band zwischen ihnen noch enger geknüpft, als es vorher schon gewesen war. Nur langsam und schweren Herzens kümmerte sich Frau Bantz als neue Eigentümerin der Firma um die Belange des Geschäfts. Sie vertraute ganz den beiden bewährten Prokuristen ihres Mannes, wohl wissend, dass sie sich in Kürze zumindest um eine weitere Führungskraft umzusehen hatte. Soweit sie von den Herren Eschhoff und Salzer in Erfahrung gebracht hatte, hatte ihr Mann in dieser Richtung nicht vorgesorgt.

Elvira Bantz hatte nie daran gedacht, sich von ihrem Mann im betrieblichen Rechnungswesen unterweisen zu lassen. Dennoch lehnte sie es nicht ab, weitere Entscheidungen zu treffen. Doch auch darin wollte sie ihren Prokuristen möglichst viel Spielraum lassen.

Dabei dachte sie auch an die Zukunft ihres Sohnes Renke. Mit Genugtuung stellte sie fest, dass er das Leben jetzt ernster zu nehmen schien. Er verlor mehr und mehr das Spielerische, wurde interessierter und verlässlicher. Seine schulischen Leistungen stiegen an. Er galt als aufgeweckter und intelligenter Schüler, der auch willens war, Leistungen zu bringen. Er äußerte spontan, studieren zu wollen, um seines Vaters Erbe antreten zu können.

Natürlich, das Sagen hatte Elvira Bantz. Sie war die Erbin des florierenden Unternehmens und damit die Chefin der beiden langjährigen Prokuristen. Den beiden war es recht, dass Elvira Bantz ihnen Zeit ließ, ihr einen Überblick über das Vermögen und die Gewinnaussichten zu verschaffen. Natürlich war es in der Tat an der Zeit, das Gespräch zu führen, denn mit dem Tod des Gemahls hatte ein neues Kapitel in der Firmengeschichte begonnen. Auf Wunsch beteiligte sich auch der Steuerberater an solchen Sitzungen.

Erste Spekulationen liefen darauf hinaus, Elvira Bantz beabsichtige, die Firma zu verkaufen. Dem war nicht so. Sie dementierte diese Nachricht, denn ihr lag an der erfolgreichen Fortführung, weil sie wünschte, das Geschäft für ihren Sohn zu erhalten. Dabei setzte Elvira Bantz ihre ganze Zuversicht auf die bewährten Mitarbeiter ihres Mannes. Sie hatte feste Vorstellungen, die jedoch noch von den äußeren Umständen abhingen. Die Gehälter von Eschhoff und Salzer blieben unverändert. Die durchgeführte kurzfristige Erfolgsrechnung, unter der sich Elvira Bantz so etwas wie einen Kassensturz vorstellte, fiel über Erwarten gut aus.

Nach einer gewissen Zeit des Abstandes hielt sie es für nötig, die Weichen für die Zukunft zu stellen. Elvira Bantz fühlte sich in den Büroräumen der Firma verunsichert. Deshalb entschloss sie sich, die Herren zu sich nach Hause einzuladen. Während draußen der Regen für einen schmuddeligen Nachmittag sorgte, hatte die Hausgehilfin de Vries mit Tee und Gebäck für eine freundliche und nette Atmosphäre gesorgt. Die tatkräftige Hausangestellte war eine unverzichtbare Stütze für Elvira Bantz, die über den frühen Tod ihres Mannes nicht so schnell hinwegkam. Es war für sie keine Frage, Herrn Eschhoff die Rolle des Firmensprechers auch weiterhin bedingungslos zu überlassen, wobei Herr Salzer eine Kontrollfunktion wahrnahm.

Früher hatte sie sich so gut wie nie um die Geschäfte gekümmert, hatte in der Erziehung ihres Sohnes Renke ihre Hauptaufgabe gesehen und, was nicht sonderlich verwunderlich war, an der Seite ihres Mannes ein erfülltes Leben mit Tennis, Kunst und Theater bevorzugt. Sorgen waren ihr unbekannt gewesen, selbst gesundheitliche Probleme hatte es in ihrer Familie nie gegeben. Der Sohn war von Liebe umgeben im Wohlstand herangewachsen. Es war darum nachvollziehbar, dass Mutter und Sohn sich gar nicht darüber im Klaren waren, wie schnell das gesamte Vermögen der Firma durch eine fehlerhafte Geschäftspolitik verloren gehen konnte.

Elvira Bantz saß mit ihren Prokuristen Eschhoff und Salzer im Wohnzimmer an dem prächtigen Eichentisch. Frau de Vries hatte den Tisch mit erlesenem Porzellan gedeckt. Der Blick der Besucher durch die großen Fenster fiel in den Garten. Die Haushälterin schob die Tortenstücke auf die Teller und schenkte Tee aus. Sie aßen den Kuchen und tranken Tee.

Die beiden Prokuristen kamen nicht umhin, erneut gegen das Gerücht anzugehen, dass Elvira Bantz die Firma verkaufen wolle.

»Wir haben mit dem hartnäckigen Gerücht zu kämpfen, Sie beabsichtigten, ihre Firma an die Konkurrenz zu verkaufen«, sagte Salzer.

»Das ist doch reiner Unsinn«, sagte Elvira Bantz. »Es entsprach den Vorstellungen meines verstorbenen Mannes, dass mein Sohn Renke in seine Fußstapfen treten würde. Er hat mir die Bürde aufgeladen, für ihn die Firma zu erhalten. Renke hat feste Ziele und weiß, dass seine Zukunft auch von guten Schulleistungen abhängt.«

»Das ist erfreulich zu hören«, meinte Menke Eschhoff. »Auch uns hat er versichert, dass er Bauingenieur werden will, um eines Tages die Firma leiten zu können. Unsere Unterstützung dabei ist ihm gewiss.«

Sowohl für Elvira Bantz als auch für Renke zeichnete sich eine rosige Zukunft ab. Eschhoff wie auch Salzer waren in der Beurteilung der Geschäftslage einhellig der Meinung, dass die momentane Situation mit einem weiteren Trend nach oben verlaufe und auch im folgenden Geschäftsjahr mit einer Steigerung des Gewinnes zu rechnen sei. Dem Gesagten entsprach die erfreuliche Tatsache, dass die Auftragsbücher prall gefüllt waren. Sorge bereitete den Herren die Bereitschaft ihrer Konkurrenten, billigere Arbeitskräfte aus Osteuropa einzustellen. Doch auch hier begann sich ein Weg abzuzeichnen, der Flut Herr zu werden. Wiederholte Kontrollen und verschärfte Strafen begannen ihre Wirkung zu zeigen.

»Wir stehen blendend da«, sagte Frerik Salzer. »Entlassungen sind keine zu befürchten. Was uns fehlt, das ist ein tüchtiger Manager, der uns hilft, die Geschäftspolitik zu koordinieren. Eschhoff ist weiterhin zuständig für die Bereiche Planungen, Beschaffung und Finanzierung. Wir brauchen Hilfe für den gesamten Absatzbereich, gnädige Frau. Meine Bitte, schalten wir eine Anzeige. Mein Kollege und ich wollen bis dahin versuchen, das Schiff durch die Klippen zu steuern. Es wird unsere Aufgabe sein, gemeinsam für die Heranbildung tüchtiger Nachwuchsleute zu sorgen, die uns ablösen können. Schließlich soll Renke in einigen Jahren die Firma übernehmen.«

Er nahm einen tüchtigen Schluck Tee zu sich. Sein asketisches Gesicht zeigte Optimismus.

»Herr Eschhoff und Herr Salzer, Sie waren die Stützen meines Mannes. Ich verlasse mich auf Ihre Beurteilung. Die Firma ruht in Ihren Händen«, sagte Elvira Bantz und griff zur Teetasse.

Sie gab ihren beiden leitenden Angestellten an diesem Nachmittag in harmonischer Umgebung die Vollmachten und Vertretungsrechte, die notwendig waren, das Unternehmen wie ein eigenes zu führen.

Bis auf die kurzen Unterbrechungen für abwechslungsreiche Nebensächlichkeiten wie das Wetter ging es nahtlos weiter mit der Besprechung geschäftlicher Dinge.

Frerik Salzer und Menke Eschhoff erläuterten ihre Geschäftspolitik. Da waren die Rabatte der Einkaufsverbände. Sie fielen umso höher aus, je größer die Umsätze waren, die sie tätigten. Ihr Ehrgeiz lief darauf hinaus, einer der stärksten Anbieter im Nordwesten zu werden. Immerhin hatte ihr Betrieb eine gesunde Struktur und alle Voraussetzungen dazu, eine entsprechende Eigendynamik zu entwickeln. Denn ein Sprichwort lautet: Stillstand bedeutet Rückgang.

Frau de Vries sorgte für Tee.

»Sie sind mit allen Rechten ausgestattet und führen die Firma im bisherigen Sinne weiter«, sagte die Chefin. »Mein Sohn und ich ziehen ein Leben in privater Sphäre vor.«

»Frau Bantz, Sie gelten als Nachfolgerin Ihres Mannes«, erklärte Menke Eschhoff. »Ihnen gehört jetzt die Firma. Mit der Erteilung der Prokura ermächtigen Sie uns zu allen Tätigkeiten und Handlungen, die die Führung eines Geschäftes mit sich bringt. Dagegen ist uns nicht erlaubt, für Sie Bilanzen und die Steuererklärung zu unterschreiben, Kredite aufzunehmen und Handelsregistereintragungen vornehmen zu lassen.«

»Wir werden Sie auf keinen Fall enttäuschen und die Firma auf Erfolgskursus halten«, sagte Salzer. »Dabei mache ich noch einmal darauf aufmerksam, dass es an der Zeit ist, für die Zukunft nach einem tüchtigen Geschäftsführer Ausschau zu halten, der uns vertritt.«

»Veranlassen Sie alles in Sachen Einstellung einer Führungskraft«, sagte Frau Bantz.

Renke Bantz betrat das Zimmer. Sein Haar war ungeordnet. Er war durchgeschwitzt. Er trug Jeans und Sandalen, lachte die Besucher freundlich an und reichte ihnen folgsam die Hand.

»Ich hoffe, ich störe nicht«, sagte er und nahm am Tisch Platz.

»Unser Renke war mal wieder in der Bootshalle«, sagte Elvira Bantz vorwurfsvoll.

Frau de Vries erschien, stellte ihm ein Gedeck hin und schob ihm ein Stück Torte auf den Teller.

Renke schaute sich in der Runde um. Es machte Spaß, ihm zuzusehen. Sein Teint zeigte eine gesunde Bräune. »Onkel Frerik, jetzt benötige ich deine Hilfe«, sagte er und aß mit Heißhunger von der Rumflockentorte. »Unser Boot muss dringend zu Wasser. Ich habe die Überholung fertig gestellt.«

»Das ist eine Angelegenheit, zu der ich nicht gerne meine Einwilligung gebe«, seufzte Frau Bantz.

»Das können Sie ohne Bedenken«, sagte Eschhoff. »Renke versteht mit dem Schiff umzugehen. Dennoch darf er mit dem Schiff nur segeln, wenn Herr Salzer dabei ist.«

»Nimm das zur Kenntnis«, sagte Frau Bantz ernst zu ihrem Sohn.

»Wir sind spät dran in diesem Jahr, aber noch nicht die Letzten. Ich werde es veranlassen«, sagte Salzer.

»Sein Vater hat ihm das Segeln beigebracht«, sagte Frau Bantz.

»Er verstand sein Handwerk«, sagte Salzer und sah Renke lächelnd an. »Wenn deine Mama nichts dagegen hat, werden wir beide den Sommer nutzen.«

»Onkel Frerik, ich freue mich auf den ersten Törn mit dir nach Helgoland«, sagte der Junge und trank Tee.

»Für dich habe ich immer Zeit. Mein Enkel wird in Nürnberg groß«, warf Salzer ein.

»Mein Sohn macht sich nichts aus dem Wassersport. Er besucht lieber die Disco«, sagte Eschhoff.

»Gott sei Dank sind die Menschen verschieden«, sagte Frau Bantz.

»Wir fahren gleich mit dir zum Hafen«, meinte Salzer und erhob sich. »Wir wollen die ‹Seeschwalbe› noch einmal unter die Lupe nehmen, bevor wir sie zu Wasser lassen. Gnädige Frau, ich denke, wir haben vorerst das Wesentliche besprochen.«

»Der Kranführer ist noch da«, sagte Renke und grinste. »Er hat heute Zeit.«

»Du bist ein Schlitzohr«, sagte Eschhoff zu dem Jungen.

Elvira Bantz lächelte. »Typisch Renke«, sagte sie spöttisch und reichte den Besuchern die Hand.

»Wir bringen Renke wieder nach Hause«, sagte Eschhoff.

Sie verließen das Haus.

»In unserer Kluft fällt es uns schwer, mit anzufassen«, meinte Salzer.

Sie stiegen in den Mercedes. Eschhoff hatte seinen Wagen zu Hause stehen gelassen. Er war mit seinem Kollegen gekommen. Salzer steuerte den Wagen vom Parkplatz und lenkte ihn auf den Dörper Weg. An der Kreuzung bog er auf die Norddeicher Straße, die er vor der Mole verließ, um im Fischereihafen zur Bootshalle zu gelangen.

»Dein Papa hat mit dir das Schiff auf Vordermann gebracht, bevor er an dieser schrecklichen Krankheit starb«, sagte Salzer.

»Bis auf Kleinigkeiten. Ich hoffe wir finden Hilfe«, meinte Renke, als sie ausstiegen.

»Das steht fest. Auf mich kannst du zählen«, sagte Salzer und lächelte. Er mochte den Jungen. Seine Töchter waren außerhalb verheiratet und seine Frau war bereits verstorben.

»Onkel Frerik, du musst mir beistehen und Mama daran hindern, die ‹Seeschwalbe› zu verkaufen«, sagte Renke.

Salzer drückte seine Hand. Es war in der Tat seine Absicht, Renke im Sommer auf seinen Törns zu begleiten. Der Junge brauchte ihn jetzt, wo sein Vater verstorben war.

Sie näherten sich der Halle.

»Bald darfst du ein Auto fahren, dann kannst du auch ein Boot führen«, meinte Eschhoff.

Es nieselte leicht. Der Wind war aufgebrist. Sie betraten die Halle. Die Boote standen hintereinander und ließen zu beiden Seiten genügend Raum für die Durchführung der Arbeiten. Schleifmaschinen hinterließen ein helles Surren. Es wurde gehämmert. In der Luft lag der Geruch nach Farbe. Die meisten, die den Samstagnachmittag hier verbrachten, um ihre Schiffe für das Ansegeln herzurichten, waren Kollegen vom Yachtclub.

»Unsere ›Seeschwalbe‹ befindet sich in der dritten Reihe von oben am Ende der Halle«, sagte Renke.

Sie suchten sich ihren Weg an den Booten vorbei zur aufgebockten Yacht. Der Junge steckte den Stecker in die Fassung. Das Licht spiegelte sich im frischen Lack. Renke schlug mit der Hand gegen den Rumpf.

»Trocken«, sagt er stolz. »Viele Schiffe sind schon zu Wasser.«

Eschhoff sah die Zugmaschine, die zu einem Boot fuhr, das auf einem Tender für den Abtransport bereit lag.

Renke kletterte über die Leiter an Bord. Onkel Frerik folgte ihm, währen Eschhoff mit dem Fahrer der Zugmaschine ins Gespräch kam. In einer halben Stunde wollte er das Schiff zum Kran bringen. Natürlich hatte er noch Helfer.

»Sind hundertfünfzig Euro genug?«, fragte Eschhoff.

Der Fahrer nickte.

Eschhoff kletterte an Bord. Sein Kollege und Renke standen in der Plicht. Der Schiffsboden wirkte wie neu. Die Hölzer glänzten im Licht der Arbeitslampe.

»Wir haben auch den Motor überholt«, sagte Renke.

»Glaubst du, dass er anspringt, wenn wir die ‹Seeschwalbe‹ zu Wasser lassen?«, fragte Eschhoff den Jungen.

Renke sah ihn überrascht an. »Onkel Menke, hast du …?«, fragte er.

»Ja, in einer halben Stunde wird dein Schiff abgeholt«, antwortete er.

Frerik Salzer zog die Schuhe aus. »Das Geld bekommst du von mir wieder«, sagte er. »Ich werfe noch einen Blick unter Deck.« Er betrat die Treppe und öffnete die Tür.

»Da war dein Papa eigen«, sagte Eschhoff. »Nur mit Segelschuhen betrat er das Schiff.« Er folgte Renke unter Deck.

Salzer betrat die Kajüte. »Du hast recht. Legen wir die ‹Seeschwalbe‹ an den Steg«, sagte er.

Die »Seeschwalbe« gehörte schon der höheren Preisklasse an. Sie war für eine Crew von zwei bis vier Seglern konzipiert. Die Aufteilung unter Deck bot mit einer Doppelkoje im Vorschiff zwei Schlafgelegenheiten. Es gab einen Kleiderschrank und ein WC mit großzügiger Bewegungsfreiheit, bezogen auf die Verhältnisse auf Segelschiffen. Daran schloss sich der Salon mit zwei Längskojen an. Das Schiff hatte Platz für eine Navigationsecke mit Radar und Seefunk. Besonders großzügig war die Pantry. Unter dem Niedergang befand sich ein eingebauter Dieselmotor mit Verstellpropeller. Das Segelzubehör fand Platz in drei Backkisten im Cockpit, die den gesamten hinteren Teil des Schiffes einnahmen. Die »Seeschwalbe« war mit einem leicht zu bedienenden Patentdrehreff ausgerüstet und für Renke und den alten Salzer problemlos zu segeln. Das Schiff machte einen äußerst gepflegten Eindruck.

Renke verließ mit seinen älteren Gönnern das Schiff. Sie lockerten die Stützbalken, kontrollierten die Räder, die Bremsen und die Schleppvorrichtung des Trailers. Eschhoff machte einen Kontrollgang und prüfte noch mal die Lage des Schiffes.

Die Zugmaschine fuhr durch das geöffnete große Tor. Drei kräftige junge Männer standen seitlich neben dem Fahrer. Sie waren

Mitglieder des Yachtclubs. Die Männer sprangen von dem wuchtigen Gefährt und kuppelten den Trailer an die Zugmaschine. Im Schritttempo fuhr die Zugmaschine in den Schwenkbereich des fahrbaren Krans. Die Helfer legten Haltegurte unter das Schiff, die mit dem Haken des Krans verbunden wurden. Der Kran hievte die Yacht problemlos über den Rand des Kais und ließ die »Seeschwalbe« langsam zu Wasser.

Renke strahlte. Er hielt die Führungsleine in der Hand. Dann war es geschafft. Die Haltegurte wurden entfernt. Renke zog das Schiff an die Sprossenleiter des Hafenbeckens. Eschhoff und Salzer stiegen ein. Renke sprang an Bord. Salzer zündete den Motor und steuerte das Schiff zum Steg.

Es dunkelte schon, als sie den Hafen verließen und zum Wagen gingen. Sie stiegen ein. Onkel Frerik fuhr Renke nach Hause. Der Regen hatte nachgelassen.

»Renke, halt die Ohren steif«, sagte Salzer. »Hau rein in der Schule. Wenn du Fragen hast, ruf mich an.«

»Das werde ich tun«, antwortete der Junge.

»Der Bengel ist schon in Ordnung«, sagte Eschhoff, als sie den Wagen vom Dörper Weg zur Norddeicher Straße lenkten.

Frerik Salzer bedauerte den frühen Tod des sympathischen Firmeninhabers. Er hatte sich trotz des Altersunterschiedes gut mit ihm verstanden. Dabei hatte Feeke Bantz um seine Eigenheiten gewusst und sie voll respektiert. Es waren nicht nur die Jahre, die sie trennten, sondern auch die berufliche Praxis. Salzer galt in der Küstenregion als hervorragender Fachmann des Hochbauwesens. Sein Rat war gefragt. Er verstand es exzellent, Kunden zu beraten und letztlich zu überzeugen. Die Feeke-Bantz-Baugesellschaft war nicht immer die billigste Anbieterin bei den Bauherren gewesen, aber oft die ehrlichste. Ihre Maxime hatte immer gelautet: »Vor dem Preis sprechen wir über Qualität.«

Doch auch in Menke Eschhoff hatte Feeke Bantz einen hervorragenden Mitarbeiter gehabt, der unter normalen Umständen für ihn unbezahlbar gewesen wäre. Das Schicksal und der Zufall hatten dabei eine große Rolle gespielt. Der Bauingenieur kam in Hamburg als Sohn eines Kapitäns zur Welt. Er besuchte die TH in Aachen und heiratete nach dem Examen Gerdine Kiepmann, die Tochter eines Landwirts aus dem Münsterland. Sie arbeitete als Sprechstundenhilfe bei einem Gynäkologen.

Menke Eschhoff arbeitete zuerst bei kleineren Baufirmen und dann mittleren Betrieben in Bochum, Duisburg und Dortmund, bevor er bei der Baugruppe Hannemann AG Koblenz als Projektleiter Einsatz fand. Das weltweit operierende Unternehmen setzte Menke Eschhoff nicht nur für ein paar Jahre in Singapur ein, wo seine Frau ihm einen Sohn gebar, sondern auch in Malaysia und später in China. Zuletzt leitete er den Aufbau der Stahlwerke in der Nähe von Zhuhai in Südchina.

Glaubte man seiner Frau Gerdine, so war ihr Sohn Maximilian wegen der vielen Umzüge und der rastlosen Reisen des Vaters zu kurz gekommen. Die schulischen Verhältnisse in den Gastländern und die fehlenden Sprachkenntnisse hatten bei Maximilian ein Flickwerk der Bildung hinterlassen. Erst während seiner letzten Schuljahre im Internat in Wien war es ihm gelungen, eine halbwegs vernünftige Vorbereitung auf die Berufswelt zu bekommen.

Maximilian war intelligent, doch ihm hatte es an Förderung gefehlt. Er fühlte sich in Wien nicht wohl, während seine Eltern in China lebten. Es fehlten ihm nicht die Kontakte zu seinen Klassenkameraden, doch er gefiel sich besser als der Internatsclown, der sich vieles herausnahm. Er wurde früh beim Rauchen erwischt. Die Internatsleitung kam nicht an Abmahnungen vorbei, als er dem guten Strohrum zusprach und sogar Drogen ins Heim schmuggelte.

Doch es war Gerdine gewesen, deren Gesundheitszustand für Menke Eschhoff der Anlass gewesen war, seine Karriere im Ausland zu beenden. Nach der Vollendung eines Krankenhausbaues in Macao, an dessen Bau er in leitender Stellung mitgearbeitet hatte, war seine Frau an einem zum Teil schmerzhaften Juckreiz am Rücken erkrankt. Selbst unter Heranziehung internationaler Kapazitäten gelang zwar mitunter eine Linderung, aber keine Heilung. Zu den eingeleiteten Maßnahmen zählte auch ein Aufenthalt in einem Sanatorium bei San Francisco. Doch es gelang den Ärzten nicht, das Leiden in den Griff zu bekommen. Es geschah das Gegenteil. Die schmerzhafte Partie weitete sich aus.

Zu der Enttäuschung kam das Heimweh. Gerdine sehnte sich zurück nach Deutschland und nach ihrem Sohn. Den besten Ruf, bei Erkrankungen der Haut Heilung zu verschaffen, zumindest zu Besserungen zu führen, hatte die Insel Norderney mit seiner jodhaltigen Luft.

Menke Eschhoff kaufte kurz entschlossen eine Eigentumswohnung auf der Nordseeinsel, in die er mit seiner Frau zog. Maximilian verließ das Internat in Wien und kam ebenfalls auf die Insel. Der in Wien erworbene Bildungsabschluss entsprach dem Handelsschulabschluss in Deutschland. Alle weiteren Versuche, den mittlerweile neunzehnjährigen Sohn zum Abitur zu führen, scheiterten kläglich. Dank seiner Beziehungen gelang es Menke Eschhoff schließlich, seinen Sohn Maximilian bei der Stadtsparkasse Norden unterzubringen.

Maximilian hatte ein freundliches und gewinnendes Wesen, das hauptsächlich bei seinem Einsatz im Schalterdienst und in der Kundenbetreuung zur Geltung kam. Gewiss hatte Menke Eschhoff noch weitere Ziele für seinen Sohn ins Auge gefasst. Doch als seine geliebte Frau Gerdine später an Darmkrebs starb, baute er in Norden auf der Baumstraße ein Mehrfamilienhaus, in das er mit seinem Sohn einzog. Er suchte und fand eine lohnende Stelle bei der Baugesellschaft Feeke Bantz OHG. Für Jahre bestimmte er dann mit dem Chef der Firma und Frerik Salzer die Geschicke des mittelständischen Unternehmens.

Menke Eschhoff war eine stattliche Erscheinung. Sein dunkelblondes Haar war angegraut, aber noch voll. Er war hochgewachsen und vollschlank. Sein wettergebräuntes Gesicht wirkte vital. Überhaupt sah er jünger aus, als er war. Zu seinen Hobbys zählte nicht nur das Wandern, sondern er war auch sonst ein großer Naturfreund. In jungen Jahren war er ein guter Sportler gewesen. Er liebte es, sich elegant zu kleiden. Er hatte seine Frau geliebt und lebte seit ihrem Tod zurückgezogen.

Sein Sohn, mittlerweile über zwanzig geworden, wohnte auf der dritten Etage seines Mietshauses mit einer um zwei Jahre jüngeren Lebensgefährtin zusammen. Sie hieß Okka Holm und arbeitete als Therapeutin im Krankenhaus. Sie war nicht die erste Geliebte und gewiss nicht die letzte.

Das gefiel Menke Eschhoff ganz und gar nicht. Gewiss hatten sich die Zeiten geändert. Er fühlte sich auch nicht als Moralist, aber er fand, dass das junge hübsche Mädchen an der Seite seines Sohnes von vornherein die Ernsthaftigkeit der Beziehung vermissen ließ. Zudem hatte er von Maximilian mehr berufliches Engagement erwartet. Sein Vorschlag, nach Feierabend in Leer die Bankakademie zu besuchen und mit dem Abschluss des Bankfachwirtes seine Position bei der Stadtsparkasse aufzubessern, schlug Maximilian in den Wind. Er hatte immer noch nicht eingesehen, dass er in der Hierarchie der Sparkasse ziemlich am unteren Ende manövrierte, wo die Gefahr, die Kündigung zu erhalten, am größten war.

Natürlich hatte Menke Eschhoff für seinen Sohn eine solide Rücklage geschaffen, denn wenn man die sechzig erreicht hat, muss man sich mit dem Gedanken an den Tod schon vertraut machen. Gewiss hatte sein Sohn Maximilian in jungen Jahren unter seiner Karrierebereitschaft, seinen Auslandsaufenthalten und deren Auswirkungen sehr gelitten. Dennoch machte er sich Vorwürfe, dass er es dem Jungen zu leicht machte. Vor allem warf Maximilian viel zu großzügig mit seinem Geld um sich. Er und das Fräulein Holm bezahlten an ihn keine Miete für ihre Vierzimmerwohnung, und Eschhoff vermutete, dass sie von ihren beiden Gehältern kaum etwas zurücklegten. Beide fuhren sie teure Autos. Sie leisteten sich anspruchsvolle Klamotten und gingen häufig aus.

Dennoch äußerte Menke Eschhoff seine Kritik nur schwach hörbar. Seine Frau hatte Maximilian in jeder Weise verwöhnt und seine ausschweifende Lebensweise unterstützt. Gerdine hatte ihren Sohn über alles geliebt und seine Fehler übersehen. Der Bengel war das, was man einen Charmeur nennt. Er hatte eine herzliche, liebenswerte Art im Umgang mit seinen Mitmenschen. Sein gepflegtes Äußeres, gepaart mit seinem makellosen Aussehen und seiner schlanken Figur, verschaffte ihm schnellen Zutritt. Mit seiner freundlichen Stimme und seinem Sinn für Humor fesselte er die Aufmerksamkeit seiner Zuhörer. Es war darum nicht verwunderlich, dass Menke Eschhoff einerseits vieles an seinem Sohn zu kritisieren fand, andererseits auch stolz auf ihn war.

An einem verregneten Spätnachmittag am Wochenende saß Menke Eschhoff in seiner gemütlichen Wohnstube. Sie enthielt noch die Möbel, die seine Frau so geliebt hatte.

Er erhob sich aus dem breiten Ohrensessel, schritt durch das Esszimmer und betrat die Küche. Er betätigte den Wasserkocher. Gewiss hatte er noch einige Freunde, doch nachdem seine Frau gestorben und er alleine war, luden die ihn nur noch selten ein und kamen mit den dümmsten Ausreden, wenn er sie bat, ihn zu besuchen.

Das Wasser kochte. Er nahm die Teekanne, spülte sie mit dem heißen Wasser aus, gab einen Maßbecher voll Tee in die Kanne und füllte sie mit dem kochenden Wasser. Dann stellte er die Kanne auf das Stövchen und ließ den Tee ziehen. Er sinnierte vor sich hin. Gewiss, Gesundheit vorausgesetzt, konnte er noch einige Jahre mit seinem Kollegen Salzer der Feeke-Bantz-Baugesellschaft vorstehen, vor allem, weil sich die Firma im Aufwind befand. Er erwartete keine Erfolgsbeteiligung und war zufrieden mit dem bisherigen Gehalt.

Er hörte das Auto seines Sohnes. Ein bitterer Zug stieg in sein Gesicht. Maximilian besuchte ihn selten. Warum auch? Er stellte Sahnebecher und Kluntjebecher zurecht, goss die Teeblätter ab, lud Teekanne und Stövchen mit der Teetasse auf ein Tablett und trug es zum Wohnzimmer.

Draußen war es noch hell. Er setzte sich an den runden Kamintisch, leerte das Tablett und bediente sich. Er nippte an der Teetasse und sah, wie Okka Holm ihr VW-Cabrio auf die Einfahrt fuhr, den Wagen abstellte und ausstieg. Sie sah schick aus in dem dunkelblauen Trenchcoat. Natürlich hatte Maximilian Geschmack. Die junge Frau sah aus wie die Models im Fernsehen. Sie trug ihr gefärbtes blondes Haar eng anliegend und schulterlang. Sie hatte wohlgeformte Beine und trug Pumps.

Als sie das Haus betreten hatte, ging Menke Eschhoff zum Schrank und entnahm ihm ein Fotoalbum. Er trug es zum Kamintisch und schlug es auf. Während er Tee trank, tauchte er ein in alte Zeiten. Damals hatte er viel, viel Geld verdient. Er betrachtete seine Frau. Sie saß in Zhuhai vor ihrem Mietshaus in der Sonne. Unter den Palmen des Vorgartens spielte Maximilian. Menke Eschhoff blätterte die Seiten um.

»Mein Gott, wie die Zeit vergeht!«, sagte er zu sich und schenkte Tee nach.

Es machte ihm Spaß, sich hin und wieder an frühere Zeiten zu erinnern. Oft lauschte er, wenn in den Nachrichten Orte und Schauplätze erwähnt wurden, an denen er gewesen war. Er war mehr als zufrieden mit seinem Schicksal.

Er erhob sich, brachte das Album zum Schrank, legte es zu den anderen und schaute auf die Uhr. Frerik Salzer hatte sich angesagt. Er nahm wieder Platz, schenkte sich Tee nach und trank einen Schluck. Eine sinnvolle Arbeit war besser, als Pillen zu schlucken, sagte er sich.

Durch das große Fenster sah er den Mercedes von Frerik Salzer. Sein Kollege parkte den Wagen neben dem Bürgersteig und stieg aus. Er hastete durch den Regen.

Menke Eschhoff erhob sich, ging zur Haustür und öffnete sie. Sein Kollege brachte die Bewerbungsunterlagen mit. Es waren mehr als hundert hoch qualifizierte Akademiker, die sich auf die Führungsposition beworben hatten. In sein Gesicht stieg ein Lächeln.

Frerik Salzer nahm die Prinz-Heinrich-Mütze vom Kopf und reichte ihm die Hand. Er war wie immer elegant gekleidet. Er trug eine graue Tuchhose, einen weißen Rollkragen-Pulli und eine Clubjacke mit dem Emblem des Yachtclubs.

»Tag, Menke. Ich bin gekommen, um mit dir zu besprechen, wen wir von den Bewerbern einstellen sollen«, sagte er und schüttelte Eschhoff die Hand.

»Und wie viele hast du bereits ausgesondert?«, fragte Eschhoff.

»An die fünfzig«, antwortete Salzer.

Sie gingen zum Wohnzimmer.

»Darf ich dir einen Tee anbieten?«, fragte Eschhoff.

»Danke, ich habe schon Tee gehabt«, antwortete Salzer.

Eschhoff trat an die Sitzecke, packte das Stövchen samt Zubehör auf ein Tablett und trug es in die Küche. Er kam zurück, rückte einen Sessel zurecht.

»Nimm hier Platz«, sagte er.

Salzer legte die Mappe mit den Bewerbungen auf den Tisch. Das Zimmer trug noch die Handschrift von Eschhoffs verstorbener Frau. Auf einer Holzanrichte befanden sich chinesische Vasen und asiatische Wildkatzen. Auch ein hoher Vitrinenschrank enthielt chinesisches Porzellan. Die Wände schmückten Bilder asiatischer Künstler. Sie stellten die Orte dar, die für Menke und seine Frau von Bedeutung waren. Mitten im Zimmer befand sich ein wuchtiger Holztisch, dessen Beine in Löwenpranken ausliefen. Der Sitzecke gegenüber stand der Fernseher auf einem verschnörkelten Eisentisch. Durch das breite Fenster reichte der Blick bis zur anderen Straßenecke. Ein weiteres Fenster ging zur Einfahrt und Garage hinaus.

Salzer öffnete die Mappe. »Ich habe eine Liste angelegt. Die untersten zehn Bewerbungen erfüllen meines Erachtens alle Bedingungen, die wir stellen. Dann folgen weitere zehn Unterlagen, da habe ich Abstriche gemacht und so weiter.« Er schob Eschhoff die Mappe zu.

»Mein Beitrag kann nur darin bestehen, die von dir getroffene Auswahl zu bestätigen«, sagte Eschhoff und begann sich in die Unterlagen zu vertiefen. »Ich schaue mir die ersten zehn Bewerbungen etwas genauer an.«

Es wurde sehr spät. Die Kollegen einigten sich in der Reihenfolge der Bewerbungen. Sie beabsichtigten, ihre Auswahl hochkarätiger Bewerber Frau Bantz vorzulegen. Anschließend fanden sie noch etwas Zeit, über die Ergebnisse der Bundesliga zu fachsimpeln. Es war schon spät, als sich Frerik Salzer verabschiedete und zufrieden nach Hause fuhr.

Für Maximilian Eschhoff war die Welt in Ordnung. Er sah das Leben und die sich daraus ergebenden Pflichten nicht so eng. Er genoss das Heitere, Angenehme und Schöne in vollen Zügen und lebte in der Meinung, es sei rechtens, zu nehmen, was ihm großzügig geboten wurde. Es war ihm zur Gewohnheit geworden, dass er Bewunderung fand, wo er auch hinkam. Die Natur hatte ihn großzügig bevorzugt. Sein Aussehen und seine Ausstrahlung brachten ihm die Sympathien der Mitmenschen ein.

Bereits als Baby hatte er die Herzen der Asiaten in Singapur erobert, wenn Gerdine Eschhoff ihn im offenen Kinderwagen über die feine Orchard Road oder Scotts Road spazieren fuhr. Natürlich fühlte die gut aussehende Mutter des Jungen einen Stolz, doch als Europäerin schrieb sie diese Beachtung, die der kleine

Maximilian auch später in China fand, seinem deutschen Aussehen zu. Oft war es vorgekommen, dass sie den Jungen in Zhuhai oder in Macao aus dem Wagen nehmen musste. Die anwesenden Frauen nahmen ihn dann auf ihre Arme und fotografierten ihn.

Der kleine Maximilian schien dieses Schauspiel zu genießen. Nie war es vorgekommen, dass er schrie. Im Gegenteil, er strahlte die ihm fremden Frauen erwartungsvoll an.

So blieb es auch, als er älter wurde. Er bildete überall, wo er mit gleichaltrigen Jungen und Mädchen zusammentraf, den Mittelpunkt. Das war in den Kindergärten so und ebenso im Internat. Doch zum Leidwesen seiner Eltern war es ihm fast nie gelungen, seine Beliebtheit für das Weiterkommen zu nutzen. So verhielt es sich auch während seiner Schulzeit in Wien.

Maximilian gelang es im Internat ohne großes Zutun, die Herzen der hübschesten Mädchen für sich einzunehmen, verärgerte dabei aber seine Lehrer.

Daran hatte sich in den Jahren nichts geändert. Eine Wahrheit, mit der sich Menke Eschhoff nur schwer abfinden konnte. Natürlich führte er nicht Buch und zählte auch nicht die Damen, wenn sich Maximilian wieder einmal zu einem Wechsel entschieden hatte. Okka Holm, seine momentane Lebensgefährtin, war wohl nicht die letzte. Die Mädchen machten es dem Bengel zu leicht. Maximilian wusste um seine Stärken.

Natürlich war er auch bei der Stadtsparkasse beliebt. Er kam hervorragend mit seiner Kundschaft klar. Auch seine Kollegen mochten und schätzten ihn. Da er keinen Ehrgeiz entwickelte und rundum zufrieden war mit seinem Job, kam er niemandem in die Quere. Ehrgeiz kannte er nur, wenn es um die Erringung der Gunst einer Schönheit ging.

Alle Vorstöße, die Menke Eschhoff gemacht hatte, ihn zur beruflichen Weiterbildung zu überreden, waren umsonst gewesen. Dabei hatte sich der rüstige Alte seine späten Jahre anders vorgestellt. Er hätte gerne Enkelkinder heranwachsen sehen, sie auf das Leben vorbereitet und ihnen geholfen, sich in dieser Welt zurechtzufinden.

Doch das war nicht alles, was er an seinem Sohn auszusetzen hatte. Natürlich war die Erziehung in der Hauptsache die Aufgabe seiner Frau Gerdine gewesen. Sie hatte aus dem Jungen einen Riesenegoisten gemacht. Maximilian kannte als Richtschnur seines Handelns nur seinen eigenen Vorteil. Da kam kein Danke über seine Lippen. Der Sohn zahlte keine Miete und keine Nebenkosten. Vergeblich wartete Menke Eschhoff auf eine diesbezügliche Geste oder ein liebes Wort seiner Zuneigung.

Am Abend, nachdem sein Kollege Frerik Salzer das Haus verlassen hatte, durchbrach der Wunsch, sich mitzuteilen, seine Isolierung und Einsamkeit. Er nahm die Hausschlüssel, verließ die Wohnung und stieg über die Treppe nach oben. Er drückte die Klingel und wartete.

Das Fräulein Holm erschien in der Tür und fragte ihn im unfreundlichen Ton: »Ja, ist was?«

»Ich wollte Maximilian sprechen«, sagte der Alte, bemüht, die Demütigung zu überhören.

»Er duscht«, sagte sie mit spitzem Mund. »Kommen Sie in einer halben Stunde noch einmal. Wenn Sie wünschen, schicke ich ihn zu Ihnen.«

»Das Letztere ist mir lieber«, sagte Menke Eschhoff enttäuscht. Er beherrschte sich, nickte und ging wieder nach unten. Er machte sich in der Küche zu schaffen, bis sein Sohn erschien.

»Hallo Vater«, grüßte Maximilian.

»Setz dich«, antwortete der Alte und zeigte auf den Küchenstuhl. Er selbst nahm auch am Küchentisch Platz. »Ich war an eurer Tür«, sagte er nicht ohne ironischen Unterton.

»Ich weiß. Du kommst ständig zu ungünstigen Zeiten«, antwortete der Sohn.

»Ja, das mag sein«, sagte Menke Eschhoff. »Du hast vielleicht gesehen, dass mein Kollege Salzer bei mir war. Wir haben die Bewerbungsunterlagen studiert, die uns nach einer Anzeige zugegangen sind.«

»Nur um mir das mitzuteilen, wolltest du uns stören?«, fragte Maximilian und lächelte abfällig.

»Nein, ich wollte dir sagen, dass auch du noch die Chance hast, deine Berufssituation zu verbessern«, sagte Eschhoff. »Salzer sagte mir, dass die VHS mit einem neuen Bilanzbuchhalter-Seminar beginnt.«

»Ach, von da weht der Wind«, sagte der Sohn erzürnt. »Vater, ich sehe es gar nicht gern, wenn du mit deinen Kollegen meine Zukunft verplanst.«

»Maximilian, nun nimm doch Vernunft an. Noch arbeite ich und kann großzügig sein«, antwortete der Vater.

»Warum noch arbeiten? Bei deiner Rente?«, meinte der Sohn.

»Es geht dir wohl nicht in den Schädel, dass man gelegentlich auch anderen etwas zum Gefallen tut«, sagte der alte Herr. »Frau Bantz ist eine feine Person.«

»Meinst du, die Gnädige würde einen Finger rühren, wenn wir in Not kämen?«, fragte Maximilian.

»Damit es nicht so weit kommt, mach nicht alles drauf! Ich lebe nicht ewig«, antwortete Menke Eschhoff.

»Rede nicht wie ein Spielverderber«, sagte Maximilian, »noch bin ich jung.«

»Es wird höchste Zeit, dass du erwachsen wirst. Mir ist das Spiel ›Bäumchen, Bäumchen, wechsle dich‹ zuwider. Ich sehe auch nicht ein, dass man mich vor der Haustür meines Sohnes abkanzelt.«

»Warum so empfindlich? Du kamst wirklich zu einer ungünstigen Zeit.«

»Verpass du deine Chancen nicht. Die Stadtsparkasse schreibt für Hage den Posten des Filialleiters aus. Ich nehme an, du hast deine Bewerbung bereits eingeschickt.« Eschhoff sah den Sohn auffordernd an.

»Damit kein falscher Eindruck entsteht, Vater. Merk dir ein für alle Mal, Sir, ich habe was dagegen, wenn du dich in meine Angelegenheiten einmischst. Gute Nacht!« Maximilian warf die Küchentür heftig zu und verließ wütend die Wohnung.

Die Zeit heilt alle Wunden, lautet eine alte Volksweisheit. Dieser Spruch bewahrheitete sich für die Feeke-Bantz-Baugesellschaft bereits nach nur wenigen Monaten. Den Prokuristen Menke Eschhoff und Frerik Salzer gelang es nicht nur, den lukrativen Bauauftrag der Quiet-Gruppe auf Norderney an Land zu ziehen, sondern sie sorgten mit Verträgen für den Neubau des Emsgymnasiums und der Errichtung eines Verbrauchermarktes für die Ausnutzung der Kapazität.

Nicht verheilen wollte dagegen der Schmerz von Elvira Bantz über den Tod ihres Mannes. Nur aus Liebe zu ihrem Sohn Renke schöpfte sie die Kraft, mit ihren Belastungen fertig zu werden. Es mochte an der Jugend gelegen haben, dass Renke nach einer kurzen Zeit, wie es schien, seinen Vater vergessen hatte. Er wusste ihn im Himmel und fand das fast normal.

Renkes schulische Leistungen konnten sich sehen lassen. Seine freie Zeit verbrachte er von April bis September auf dem Wasser. Er und sein Freund segelten mit seiner Jolle im Gewässer von Norddeich herum.

Erst recht war Renke in seinem Element, was fast zur Regel wurde, wenn Frerik Salzer mit ihnen am Wochenende das Revier vor der Küste an Bord der »Seeschwalbe« befuhr, und selbst Törns nach Helgoland waren da keine Seltenheit.

Der alte Herr lebte in Norddeich ohne Anhang. Seine beiden Töchter wohnten im süddeutschen Raum. Er hatte Enkelkinder, die er selten zu Gesicht bekam. Salzer stand nichts im Wege, mit Renke, der oft einen Freund mitbrachte, am Freitagnachmittag an Bord des Schiffes zu gehen, die Segel zu setzen, die Anker zu lichten und am Sonntagnachmittag von einem Inseltörn heimzukehren.

Frerik Salzer war trotz seiner grauen Mähne jung geblieben und schöpfte bei seinen Segeltouren mit den jungen Leuten Kraft, die er für die Firmenlenkung benötigte. Davon profitierte nicht zuletzt auch der Sohn der Witwe, denn der alte Herr beherrschte nicht nur die Kunst des Segelns, sondern besaß auch eine beachtenswerte Allgemeinbildung. Er und sein Kollege Menke Eschhoff beabsichtigten, sich bei der gnädigen Frau für Renke stark zu machen, denn ihre Ängste um den Jungen gingen zu weit.

»Wasser hat keine Balken«, pflegte sie zu sagen, doch dabei übertrieb sie. Gelegenheit dazu, ihre Einstellung zu korrigieren, bot sich ihnen, wenn sie Elvira Bantz das Ergebnis ihrer Suche nach einem tüchtigen Bauingenieur vortragen wollten. Sie hatten in der »Welt« und der »Frankfurter Allgemeinen« eine nicht zu übersehende Anzeige geschaltet. Voraussetzungen waren unter anderem Erfahrungen im Hochbau, Vertrautheit im Umgang mit Bauherrn und Investoren, Personalführung und Sicherheit im Rechnungswesen. Der Firmeneintritt sollte nicht an langen Kündigungsfristen scheitern.

Die Resonanz war überwältigend. Etwas mehr als hundert Bewerber meldeten sich auf dieses Stellenangebot. Frerik Salzer und Menke Eschhoff waren zufrieden mit dem Ergebnis ihrer Aktion. Höchstens zehn Prozent der eingegangenen Bewerbungen entsprachen nicht ihren Erwartungen, weil die Akademiker zum Teil noch zu jung und damit zu unerfahren waren. Die Prokuristen hatten sich nach einer kritischen Durchsicht der Bewerbungen auf fünf Kandidaten geeinigt und sie nach Norddeich zur Vorstellung eingeladen.

Obwohl die Einstellung auch von hoch qualifizierten Mitarbeitern in ihre Machtbefugnis fiel, trafen sie sich dennoch an einem Freitagnachmittag mit Frau Bantz in ihrer Wohnung beim Tee, um ihr die Unterlagen der fünf Bewerber vorzulegen.

Es war ein schöner Tag im Mai, als die Witwe ihre Prokuristen an der Tür begrüßte. Sie führte die Herren zur Terrasse und bat sie, Platz zu nehmen. Elvira Bantz trug einen schwarzen Rock und eine weiße Bluse. Sie hatte einen schwarzen Schal um ihre Schulter gelegt. Ihr Haar war nur leicht onduliert und reichte ihr bis zum Rücken. Noch immer zeichnete Trauer ihr Gesicht.

Auch die beiden Herren wirkten elegant. Menke Eschhoff war gekleidet in einem englischen Jackett und einer grauen Sommerhose, während Frerik Salzer eine Jeans und seine Clubjacke trug. Sie nahmen Platz an dem gedeckten Tisch in den bequemen Sesseln.

Die Haushälterin trat mit der Teekanne an den Tisch und wartete, bis sie Kluntje in ihre Tassen gelegt hatten, dann schenkte sie ein. Sie stellte die Kanne auf das Stövchen und legte die großzügig geschnittenen Stücke der echten Rumflockentorte auf die Teller.

Sie gaben Sahne in den Tee, verzehrten den Kuchen in kleinen Häppchen und sprachen über das Geschäft. Zurzeit waren keine Klagen angebracht. Im Gegenteil, sie stellten noch Bauarbeiter ein und erwarteten weitere konjunkturelle Steigerungen.

Menke Eschhoff und Frerik Salzer genossen den Tee, lobten den Kuchen und leiteten über zum Grund ihres Besuches. Sie legten Elvira Bantz die Bewerbungsunterlagen der Kandidaten offen, die sie in die engere Wahl genommen hatten. Sie hatten der gehobenen Position entsprechende Lebensläufe vorzuweisen.

Obwohl das Aussehen der Bewerber nicht das Hauptkriterium für die Einstellung war, betrachtete Frau Bantz die Fotos recht lange. Bei der Beurteilung der Zeugnisse hielt sie sich bedeckt.

Nach einer eingehenden Besprechung einigten sie sich auf einen promovierten Architekten, der wegen der unsicheren Lage und der kriegerischen Auseinandersetzungen im Irak aus seiner führenden Position bei einer englischen Gesellschaft ausgeschieden war und in Deutschland einen Neuanfang suchte. Seine Frau, eine Irakerin, und sein Sohn waren bei der Explosion einer Autobombe ums Leben gekommen.

Dr. Dagobert Hoyer, geboren in Kleve, 45 Jahre alt, erfüllte alle Ansprüche, die an ihn gestellt wurden. Für seine Bewerbung bei der Feeke-Bantz-Baugesellschaft waren unter anderem die Firmengröße und auch der Standort mit entscheidend. Der Bewerber gab in seinen Unterlagen an, er suche nach einer Tätigkeit, die seinem Drang nach Expansion Rechnung trage und ihm auch privat genügend Spielraum für sein Hobby, den Wassersport, bot. Vom Foto her beurteilt, machte Dr. Dagobert Hoyer einen angenehmen Eindruck. Er war gesetzt. Sein Gesicht wirkte streng. Er hatte eine spitze Nase, breite Wangenknochen und dunkelblondes Haar. Der auserwählte Dr. Dagobert Hoyer konnte bereits im Juni die Stelle antreten. Er wohnte in Kleve bei seiner Schwester, die dort als Lehrerin arbeitete.

Mit der Wahl des zukünftigen Kollegen hatten die Prokuristen nur einen Teil ihres Auftrags erfüllt. Sie hatten zusätzlich die Aufgabe, einen weiteren Mitarbeiter zu bestimmen, der später Frerik Salzer in seiner Position nachfolgen sollte. Auch in diesem Fall wurden sie sich einig. Das Eintrittsdatum legten sie auf den 1. Oktober fest. Ihre Wahl fiel auf einen Bauingenieur aus Rotenburg/Wümme, der aufgrund einer Insolvenz seiner Bremer Firma arbeitslos geworden war. Er hatte sich hochgedient und nur eine kurze Zeit zur Firmenleitung gezählt, die nach dem Ausfall eines erstellten Großprojekts in Konkurs ging.

Diplom-Ingenieur Hubert Sondermann erhielt mit vierundvierzig Jahren die Chance, zum Prokuristen der Feeke-Bantz-Baugesellschaft aufzusteigen. Sondermann war verheiratet und hatte zwei Kinder. Seine Frau arbeitete als Apothekerin. Er war groß und schlank. Er hatte blondes, fast fuchsiges Haar.

Frau Bantz atmete auf. Die Auswahl der zukünftigen Mitarbeiter war in ihrem Sinne verlaufen. Denn aller Wahrscheinlichkeit nach musste sie sowohl mit Dr. Dagobert Hoyer als auch mit Hubert Sondermann länger zusammenarbeiten als mit den alten Männern der jetzigen Geschäftsführung.

»Laden Sie die beiden Herren zu einem Besuch ein. Ich gehe davon aus, dass sie gewillt sind, zu uns zu kommen.«

»Ihre Gehaltsforderungen halten sich im Rahmen«, sagte Menke Eschhoff. »Wir bereiten die Verträge vor.« Er steckte die Unterlagen in seine Tasche.

»Herr Salzer, und morgen früh heißt es wieder, Leinen los?«, fragte Frau Bantz.

Salzer nickte. »Hat Ihr Sohn Ihnen mitgeteilt, dass wir nach Delfzijl segeln?«

»Das hat er. Er freut sich auf die Tour.«

Eschhoff lächelte. »Die Segelschiffe sind zu nass, zu eng und man kann nicht halten, wo man will. Den halben Tag in Schrägstellung! Das ist nicht jedermanns Sache.«

»Waren Sie schon einmal mit?«, fragte Elvira Bantz.

»Nein, danke, ich liebe immer noch die schnellen Autos und den Fußball. Morgen spielt Kickers Emden gegen Rot Weiß Essen. Da werde ich wohl hinfahren.«

Sie tranken die Tassen leer und erhoben sich.

»Meine Herren, haben sie recht herzlichen Dank«, sagte Frau Bantz. »Ich wünsche Ihnen ein schönes Wochenende.« Sie reichte den Herren die Hand.

»Auch Ihnen wünschen wir ein erholsames Wochenende«, erwiderte Eschhoff. »Grüßen Sie Ihren Sohn.«

»Danke, das werde ich«, sagte sie und half ihrer Hausangestellten, den Tisch abdecken.

Menke Eschhoff und Frerik Salzer sorgten wieder für Schwung und Elan in der Baugesellschaft. Sie ließen sich des Öfteren auf den Baustellen sehen, sprachen mit den Arbeitern und waren immer in der Nähe, wenn die Vorarbeiter vor schwierigen Situationen standen. Salzer war sehr gesprächig, was mitunter den Bauherren lästig fiel. Der Vorteil seiner Leutseligkeit lag auf der Hand, ihm entging nichts, was die Baustelle anbelangte. Er ahnte fast Änderungswünsche der Kunden, jedenfalls stellte er sie in den Raum, bevor eine Menge Zusatzkosten entstanden.

Es war überhaupt erstaunlich, dass er bei den Ausschreibungen, obwohl unter Einhaltung der Vorschriften, also ohne mit Geld oder sonst was nachzuhelfen, immer vorn lag, als ob er die Preisuntergrenze der abgegebenen Konkurrenzangebote ahnen würde. So geschehen beim neuen Kurmittelhaus in Dornum als auch bei der Erstellung des Rathausbaus in der Krummhörn.

Es lag daher auch im Sinne von Frerik Salzer, den neuen Mitarbeiter Dr. Dagobert Hoyer zusammen mit Eschhoff einzuarbeiten.

Beim Vorstellungstermin in Anwesenheit von Elvira Bantz und der Herren Eschhoff und Salzer im Reethaus am Dörper Weg in Norddeich gab es zur Begrüßung Tee und die bewährte Rumflockentorte. In entkrampfter Atmosphäre hatte Dagobert Hoyer Gelegenheit, seine Vorstellungen offenzulegen.

Der neue Mitarbeiter hörte nicht nur aufmerksam zu, sondern entpuppte sich als gewandter Unterhalter, der sich keineswegs aufspielte. Er war verheiratet gewesen mit einer irakischen Journalistin, die mit dem Sohn von einer Autobombe in der Hauptstadt zerrissen wurde. Ihm war es nicht genehmigt worden, Frau und Kind in Kleve beizusetzen. Die feindliche Haltung der Iraker galt nicht nur den Amerikanern. Selbst in seiner Verwandtschaft war der Fremdenhass zu verspüren gewesen. Er betrachtete die Anstellung bei der Feeke-Bantz-Baugesellschaft als eine große Chance zum Neuanfang.

Aus dem als Vorstellung deklarierten Nachmittag wurde ein recht amüsantes Treffen. Die Stimmung war hervorragend. Die Anwesenden hatten ein Gefühl der Vertrautheit. So herrschte nach mehr als zwei Stunden Einigkeit darin, dass vonseiten der Firma keine Einwände gegen eine Einstellung vorhanden waren, und auch der Kandidat war bereit, die Stelle anzutreten. Er verabschiedete sich und trat seine Heimreise nach Kleve an.

Nach einem abschließenden Gespräch mit Elvira Bantz drückten auch Eschhoff und Salzer ihre Zufriedenheit aus und verließen das Reethaus.

Es passte alles. Auch später bewahrheitete sich, dass der gesetzte Diplom-Ingenieur fachlich voll auf der Höhe war, doch im Umgang mit dem Menschenschlag an der Küste konnte er noch manchen Wink gebrauchen. Dazu zählte auch der Umgang mit den Arbeitern und Angestellten des Betriebes. Sie waren höchst zuverlässig und zäh, andererseits sehr empfindlich.

Dr. Hoyer besaß die lockere Art des weit gereisten Weltmanns, der sich allerdings nicht gerne in seine Arbeit reinreden lässt. Er begriff sehr schnell und ließ Mitarbeiter ihre Meinung äußern, wenn es um schwierige Angelegenheiten ging.

Dr. Dagobert Hoyer lebte sich hervorragend ein und kam bei seinen Mitarbeitern gut an. Er war morgens der Erste, der seinen Dienst antrat, und am späten Nachmittag der Letzte, der nach Hause ging.

Er mietete sich für drei Monate in Norddeich auf der Kolkstraße eine Wohnung, kaufte danach am Ülkebülter Weg eine geräumige Eigentumswohnung, die er recht ansprechend einrichtete.

Hoyer hatte die Welt gesehen und seine Erfahrungen gemacht. Ihm lag nichts an Trubel und übertriebenem Luxus. Ihm hatte es Baltrum angetan. Ihm gefiel die Überschaubarkeit der kleinen Insel mit den einfachen ländlichen Pensionen. Baltrum bot mit seinem Strand und den Dünen viel Platz für ausgedehnte Spaziergänge, ohne das Rauschen des Meeres aus den Ohren zu verlieren. Er schätzte die gesunde Seeluft, die auffallende Einfachheit der Feriengäste, die vielen Kinder und das Fehlen von Autos. Er kaufte sich direkt neben dem Bauhof, nur wenige Meter von der Promenade entfernt, in einem neuen Klinkerhaus eine Eigentumswohnung mit Seeblick.

Dr. Hoyer hatte seine Konten im Irak aufgelöst und seine Anwesen verkauft, er richtete sich ganz darauf ein, den Rest seiner Jahre an der See zu verbringen. An den Wochenenden fuhr er mit dem Wagen nach Neßmersiel, stellte seinen BMW auf dem Gelände der Reederei ab, nahm die Fähre und setzte nach Baltrum über. Dabei freute er sich auf den Winter, denn er ging davon aus, dass ihm die Einsamkeit bekommen würde.

Es sprach auch für ihn, dass er bei seinen privaten Gesprächen seine leidenschaftliche Schwäche für das Motorbootfahren nicht sonderlich erwähnte. Natürlich hatte er in seinen Bewerbungsunterlagen sein Hobby erwähnt, denn für ihn als kinderlosen Witwer war es lebenswichtig, einen Ausgleich für die Arbeit in der Firmenspitze zu haben.

In Bremen fand er zu günstigen Bedingungen ein Motorboot, das wie geschaffen war für den Inselverkehr an der Nordsee. Das in Holland hergestellte Schiff hatte einen 90-PS-Dieselmotor und erreichte damit eine Reisegeschwindigkeit von 20 Knoten. Der Innenausbau gehörte zur gehobenen Klasse. Es gab eine bequeme Kajüte mit zwei Schlafplätzen.

Dagobert Hoyers Seeverbundenheit und seine Rolle als Skipper verstärkten seinen Kontakt zu Frerik Salzer, und auch der Sohn der Witwe suchte oft mit ihm das Gespräch über Boote. Er profitierte natürlich von seinen Auslandserfahrungen.

Hoyer trug mit zum hervorragenden Betriebsklima bei. Erst recht verstanden sich die Herren der Chefetage untereinander sehr gut. Es gab keine Querelen. Sie zogen alle an einem Strang. Gelegentlich diente ein gemeinsames Essen im »Fährhaus« diesem Zweck.

Frerik Salzer war für weitere Kontakte nicht zu haben. Er widmete sich allerdings mit Hingabe dem Sohn der Chefin. Außerdem spürte Dr. Hoyer, dass sein Kollege Eschhoff geradezu nach Ablenkung lechzte. Sein Sohn Maximilian bereitete ihm durch sein Verhalten eine Menge Ärger. Zurzeit war es seine Verschuldung bei seiner Bank. Der Direktor der Sparkasse hatte Eschhoff gebeten, seine Bürgschaft für seinen Sohn zu erhöhen, da er sich einen Mercedes der Extra-Klasse gekauft hatte.

Eschhoff befürchtete, nicht ganz zu unrecht, dass Maximilian seinen ansonsten sicheren Arbeitsplatz bei der Sparkasse gefährdete, weil er mit solchen Eskapaden sein Ansehen ruinierte. Zudem hatte Eschhoff Okka Holm seit längerer Zeit nicht mehr gesehen. Erst vor wenigen Tagen war er einer jungen, schönen, dunkelhaarigen Dame zu Hause begegnet, die, ohne ihn zu beachten, das Haus betreten hatte.

Als er seinen Sohn am folgenden Tag traf, fragte er ihn nach der Dame. Er erfuhr von Maximilian, dass sie Tanja Golling hieß und bei ihm wohnte. Sie arbeitete als Friseurin im Salon »Brigitte«.

Als er nach Okka Holm fragte, lachte der Sohn schallend.

»Okka glaubte, mich kommandieren zu können. Ich war mit ihr nicht verheiratet.«

Maximilian hörte sich lächelnd die Meinung seines Vaters an. Diese kannte er zur Genüge. Er prophezeite ihm mal wieder ein schmachvolles Ende. Doch der alte Herr wirkte wie umgedreht, als Tanja Golling unaufgefordert zu ihnen kam, ihm die Hand reichte und ihm einen schönen Samstag wünschte. Dabei plapperte sie unbekümmert drauflos und erzählte dem erstaunten Alten, dass Maximilian sie zur Bremer Stadthalle begleiten würde. Sie gehörte zur Formation des Tanzclubs »Nordsee«. Es ging am Nachmittag um Meisterschaftsehren in den Lateinamerikanischen Tänzen.

Diesem schönen Fräulein gelang es, die wunde Seele des lange vernachlässigten Vaters zu heilen. Ihr offenes Lächeln, ihre zu Herzen gehenden Worte ließen den angesammelten Kummer vergessen.

»Fahren Sie doch mit uns, Herr Eschhoff«, sagte sie. »Wir brauchen Fans, die uns anfeuern.«

Eschhoff winkte ab. »Fahrt man allein«, sagte er.

Maximilian ging schon zur Garage und holte den teuren Mercedes.

»Dann eine gute Placierung für Ihren Club«, sagte Eschhoff, als das hübsche, dunkelhaarige Fräulein in den Wagen stieg.

Sie winkte ihm zu.

»Zwei gut aussehende junge Menschen«, sagte er stolz. Er nahm sich vor, am Nachmittag nach Emden zu fahren. Die Kickers spielten gegen Preußen Münster.

Elvira Bantz hatte den Tod ihres Mannes beileibe noch nicht überwunden, wenn auch die Trauer nachgelassen hatte. Feekes frische und muntere Art, mit ihr umzugehen, seine witzigen Bemerkungen, wenn sie über andere sprachen, fehlten ihr. Das Alleinsein fiel ihr sehr, sehr schwer. Bei ihrer Vitalität und Lebenslust machten ihr die Nächte, die sie wie eine Klosterfrau über sich ergehen ließ, mehr zu schaffen, als sie bereit war, zuzugeben.

Sie war ihrem Mann dankbar für den Wohlstand, in dem er sie zurückgelassen hatte. Sie verstand zwar zu wenig von den Geschäften, doch die beiden alten Herrn, Menke Eschhoff und Frerik Salzer, und der Neue führten die Geschäfte erfolgreich und gewissenhaft. Auf sie war Verlass. Auch zurzeit befanden sie sich auf Erfolgskurs. Doch wie ging es weiter mit der Firma, wenn Eschhoff und Salzer ausschieden?

Über Dagobert Hoyer hörte sie nur Gutes. Er war nach den Aussagen der beiden Prokuristen nicht nur ein Ass in der Firmenleitung, sondern besaß auch menschliche Qualitäten.

Elvira Bantz errötete leicht bei dem Gedanken an ihn, denn sie hatte Dr. Hoyer zu einer Tasse Tee eingeladen. Er hatte zugesagt. Heute, am Samstag, war die Tide günstig.

Um 18 Uhr 30 lief das Fährschiff von Baltrum ein. Renke, ihr Sohn, segelte mit Frerik Salzer und seinem Kumpel Jesko auf der »Seeschwalbe« nach Spiekeroog. Die Haushälterin hatte nicht nur die Wohnung auf Vordermann gebracht, den Rasen gemäht und die Blumen gejätet, sondern auch wieder die Rumflockentorte gebacken. Um keinem Gerede Vorschub zu leisten, bediente Frau de Vries am heutigen Nachmittag.

Sie war es auch, die Dr. Hoyer die Haustür öffnete und ihn in das Wohnzimmer führte, denn draußen war das Wetter umgeschlagen. Von See her wehte ein aufgefrischter Wind.

Nach ein paar Worten über das schöne Wetter der letzten Woche bat Frau de Vries Dr. Hoyer, Platz zu nehmen. Kurz danach erschien die gnädige Frau. Sie trug ein marineblaues Pulloverhemd, weiße Jeans und Sportschuhe. Ihr blondes Haar hatte sie zu einem Pferdeschwanz frisiert.

Dr. Hoyer liebte ebenfalls sportliche Kleidung. Er trug beige Cordjeans, Sandalen, ein weißes Oberhemd und einen gelben V-Ausschnitt-Pullover. Sein dunkelblondes Haar hatte er glatt nach hinten gekämmt.

Er erhob sich aus dem Stuhl.

»Herr Dr. Hoyer, ich freue mich, dass Sie sich so schnell hier eingelebt haben. Es war sicherlich nicht einfach, den Wechsel vom Irak nach Ostfriesland zu vollziehen.« Elvira Bantz lächelte gewinnend. Sie reichte dem Angestellten die Hand.

»Einerseits trug die Belegschaft mit dazu bei, andererseits ist es nach den vielen Jahren im Ausland eine Wohltat, wieder zu Hause zu sein«, antwortete Dr. Hoyer.

Elvira nahm Platz. Auch der Angestellte setzte sich. Es war angenehm kühl im Wohnzimmer. Die Fenster standen offen und ließen den Blick frei in den gepflegten Garten mit den Blumen und Sträuchern. Das große Wohnzimmer mit dem gekachelten Kamin, den Eichenstühlen und Sesseln und den flämischen Schränken schuf eine grenzenlose Gemütlichkeit.

»Ihre Mitarbeiter mögen Sie, und Ihre Erfolge im Außendienst können sich sehen lassen«, sagte sie beipflichtend.

Die Haushälterin brachte den Tee. »Nehmen Sie bitte Kluntje«, sagte sie.

Sie legten die Kandiszuckerstücke in die Tassen und reichten sie

Gerda de Vries, der knapp sechzigjährigen Hausangestellten, die Renke und seine Mutter liebevoll umsorgte. Frau de Vries trug einen bunten Sommerrock und über einer weißen Bluse ein grünes Samtjäckchen. Sie wirkte gepflegt mit ihren grauen, eng anliegenden Haaren. Sie schenkte den Tee ein und setzte dann die Teekanne auf das Stövchen.

»Im Irak, vor allem bei den Engländern, gab es ebenso Tee«, sagte Dr. Hoyer. »Doch hier in Ostfriesland stellt der Tee einen kaum zu übertreffenden Genuss dar. Dazu gehört nicht nur das Zeremoniell der Zubereitung, sondern auch der Ausschank.«

»Mein Vater erzählte, dass selbst während der letzten Kriegsjahre die Ostfriesen ihre Teerationen erhielten, obwohl es allgemein nichts mehr gab«, sagte Elvira Bantz.

Sie nahmen von der Sahne. Frau de Vries bediente sie mit der Rumflockentorte.

»Der Kuchen hat ebenfalls Tradition«, meldete sich die Haushälterin zu Wort. »Angeblich stammt das Rezept von einem Seemann, der dem Kapitän zuliebe die schmackhafte Torte an Bord auf einem Jamaikatörn erfand.«

Sie griffen zur Kuchengabel und baten Frau de Vries, ebenfalls am Tisch Platz zu nehmen. Sie plauderten über das Wetter und aßen den Kuchen mit Genuss.

»Und wie gefällt es Ihnen auf Baltrum?«, fragte Elvira.

»Sehr gut«, antwortete Hoyer. »Ich freue mich schon auf den Herbst und Winter.«

»Im Ernst?«, fragte Frau de Vries.

Dr. Hoyer nickte. »Ich liebe die Nähe zur Natur und die Einsamkeit. Meine Frau und mein Sohn starben in einer belebten Großstadtstraße. Ein fanatischer Muslim fuhr mit seinem PKW in die Menschenmenge eines belebten Platzes und sprengte sich in die Luft. Ich mag keine Menschenansammlungen.«

»Was Menschen den Menschen antun können«, sagte Frau de Vries.

»Als gäbe es nicht genug Elend auf der Welt«, meinte Elvira.

»Ich schlage vor, wir verlassen das Thema. Gnädige Frau, auch Sie betrauern einen lieben Toten. Wenn es Ihnen Abwechslung und Freude bereitet, dann besuchen Sie und Frau de Vries mich auf der Insel. Dort liegt auch mein Boot.«

»Als Kind war ich mal auf Baltrum«, sagte Elvira und lächelte vor sich hin.

»Ich würde gerne mit Ihnen fahren«, meinte Frau de Vries und schenkte Tee nach.

»Selbstverständlich können Sie auch in Norddeich zu mir in mein Boot steigen. Dann hole ich Sie ab«, sagte Dr. Hoyer und trank einen Schluck Tee.

»Ich denke mir, wir einigen uns auf einen Samstagnachmittag«, sagte Frau Bantz. »Wir fahren nach Neßmersiel und nehmen dort die Fähre.«

»Im Ostfrieslandkalender befindet sich ein gültiger Fahrplan«, sagte Frau de Vries und verließ das Zimmer.

»Herr Doktor, seien Sie ehrlich«, sagte Elvira. »Sicherlich ist uns eine Abwechslung lieb, aber nur, wenn wir Ihnen nicht zur Last fallen.« Auch sie nahm einen Schluck Tee zu sich.

Frau de Vries kam zurück. Sie hielt den Kalender in der Hand und nahm wieder am Tisch Platz.

»Ein nützliches Buch«, sagte sie und reichte es Dr. Hoyer.

»Wir wollen Ihren Besuch erst gar nicht groß hinausschieben. Hier habe ich den Fährkalender. Wie wäre es mit dem kommenden Samstag? Abfahrt in Neßmersiel um 14 Uhr 10 und Abfahrt ab Baltrum um 17 Uhr 50. Die Überfahrt dauert nur eine halbe Stunde. So viel Besuch kann ich noch ab.« Dr. Hoyer lachte verschmitzt.

Die Frauen waren sich einig.

»Das wird der erste Besuch bei einem alleinstehenden Herrn, seit mein Mann verstorben ist«, sagte Frau de Vries scherzhaft.

»Es wird mir nicht gelingen, Ihnen so schmackhaften Kuchen aufzutischen«, meinte Dr. Hoyer.

»Machen Sie sich keine Umstände. Ich lade Sie und Frau des Vries zu einem Stück Torte in das Café ein«, sagte Elvira.

»Auf Baltrum zahlt der Gastgeber«, antwortete Dr. Hoyer.

Draußen verzogen sich die dunklen Gewitterwolken. Der Wind ließ nach und ebbte dann ganz ab.

»Mein Sohn befindet sich auf dem Wasser«, sagte Elvira. »Das schlechte Wetter ist abgezogen. Ich mache mir immer Sorgen.« Sie atmete deutlich sichtbar auf.

»Herr Salzer ist bei ihm«, antwortete Dr. Hoyer. »Der versteht es, mit Schiffen umzugehen. Der segelt noch bei Windstärke 8 und mehr.«

»Ein guter Lehrmeister für unseren Junior. Renke steht dem Alten nicht viel nach«, sagte Frau de Vries.

»Herr Salzer ist auch ein exzellenter Kollege«, sagte Dr. Hoyer. »Er ließ mich wissen, dass er Ende Oktober aufhören will.«

»Ja, so lautet unsere Vereinbarung«, erwiderte Elvira. »Er war die ganzen Jahre gesund. Jetzt, wo er in den Ruhestand tritt, stellen sich die Wehwehchen ein.«

Dr. Hoyer horchte auf. »Er macht noch einen sehr vitalen Eindruck«, sagte er.

»Er hat mir gesagt, dass er später zu seiner Tochter nach Nürnberg ziehen will«, antwortete Elvira Bantz.

»Dann bleibt ihm wenigstens noch Zeit, den neuen Mitarbeiter einzuarbeiten«, sagte Dr. Hoyer.

»Es bleibt zu hoffen, dass wir mit ihm ebenso viel Glück haben wie mit Ihnen«, sagte Elvira.

Frau de Vries begann damit, den Tisch abzudecken.

»Darf es noch eine Erfrischung sein, Dr. Hoyer? Ein Glas Wein? Vielleicht eine Flasche Bier?«, fragte Elvira.

»Nein, danke. An alkoholische Getränke muss ich mich erst wieder gewöhnen. Die waren bei den Moslems streng verboten. Außerdem wird es Zeit, dass ich bald aufbreche. Um 18 Uhr 40 geht mein Schiff.«

Sie plauderten noch eine Weile, dann erhob er sich.

»Frau Bantz, ich hoffe, dass die Sonne scheint, wenn Sie und Frau de Vries mich besuchen«, sagte Dr. Hoyer.

»Bis nächste Woche. Es war sehr nett. Ich danke für Ihren Besuch«, erwiderte sie.

»Es hat mir auch gut gefallen. Schönen Dank für den Tee und den Kuchen. Frau de Vries, bis dann«, sagte Dr. Hoyer und folgte der Haushälterin zur Tür.

Es war nur ganz wenigen Mitarbeitern der Feeke-Bantz-Baugesellschaft bekannt, dass der Prokurist Frerik Salzer an Prostatakrebs erkrankt war. Er fehlte so gut wie nie, versah seine verantwortliche Tätigkeit weiter bis zum vereinbarten Austrittstermin. Von ihm ließ sich sagen, was früher keine Seltenheit war, dass er mit seiner Firma verheiratet war. Er wollte sich erst dann zu einer Operation nach Nürnberg begeben, wenn er den neuen Direktionsassistenten, Diplom-Ingenieur Hubert Sondermann, mit Eschhoff in die Führungsetage des Betriebes eingearbeitet hatte. Nach dem Motto »die Hoffnung stirbt zuletzt« glaubte er wie die meisten an Krebs Erkrankten, worin ihn seine Tochter, sein Schwiegersohn und seine Enkelkinder bestärkten, das bedrohliche Leiden besiegen zu können. Er hatte die Absicht, nach vollzogener Operation nach Ostfriesland zurückzukehren. Seinem jungen Freund Renke Bantz versprach er in die Hand, während eines unvergesslichen Törns zur Felseninsel Helgoland, beim nächsten Ansegeln wieder mit ihm in der Plicht der »Seeschwalbe« das Ruder zu bedienen.

Doch Frerik Salzer konnte natürlich die Gefährlichkeit seiner Erkrankung nicht richtig einschätzen. Zumindest beabsichtigte er, die Segelsaison voll zu genießen. Auch sein Kollege Eschhoff, der nur wenig jünger war, fand noch keinen Geschmack an dem Rentnerdasein. Ihm fehlten zusätzlich die nötige Ruhe und Ausgeglichenheit. Es war sein Sohn Maximilian, der ihm mit seinen Eskapaden den Schlaf raubte.

Menke Eschhoff war der Meinung gewesen, seine unternehmerische Tätigkeit würde ihn ablenken. Tatsache war jedoch, dass die Doppelbelastung ihm nicht bekam. Mit dem Alter steigerte sich das Gefühl, sich nicht genügend um Maximilian gekümmert zu haben. Das führte dazu, dass er befürchtete, der Junge würde ihm entgleiten.

Diese Tatsachen waren auch dem Steuerberater nicht unbekannt geblieben, der Elvira Bantz beriet. Sie folgte seinem Rat und setzte auf Diplom-Ingenieur Sondermann. Sie ging davon aus, dass er mit Dr. Hoyer die beiden Alten ersetzen werde.

Nichts war für Frau Bantz deshalb so wichtig wie der notwendige Kontakt zu Dr. Hoyer. Zumindest schob sie dieses Argument vor, gestand sich aber im Stillen ein, dass es auch daran lag, dass ihre innere Trauerbereitschaft nachließ. Sie hatte ihren Mann über alles geliebt, doch er lebte nicht mehr. Sie befand sich auf dem besten Wege, ihre gute Figur an den angefressenen Trauerspeck zu verlieren.

Fürs Erste nahm sie sich vor, dem Leben wieder mehr Positives abzugewinnen. Das war mit ein Grund für die Zustimmung gewesen, mit ihrer Haushälterin Dr. Hoyer auf Baltrum einen Besuch abzustatten. Natürlich schützte die Anwesenheit von Frau de Vries sie vor dem Gerede. Und offen gestanden, sie freute sich über diesen kleinen Abstecher zur Insel, die im Volksmund das Dornröschen der Nordsee genannt wurde.

Renke befand sich an diesem Samstag an Bord der »Seeschwalbe«. Er segelte mit Frerik Salzer nach Wangerooge. Die Saison ging dem Ende entgegen, und was noch einschneidender war, Salzers Operationstermin in Nürnberg kam mit großen Schritten näher.

Es war ein herrlicher Spätsommertag. Der Wind kam aus Westen mit der Stärke 4 bis 5. Am Himmel trieben leichte weiße Zirruswolken und das Thermometer zeigte 20 Grad an.

Im Hause Bantz servierte Gerda de Vries an diesem Sonnabend gegen zwölf Uhr eine Hühnersuppe. Sie enthielt viel von dem weißen Fleisch, dazu Porree und Sellerie. Frau de Vries hatte am Vortag ein Hähnchen gekocht, die Keulen und die Brust mit Curryreis und Salat serviert und den Rest zu einer schmackhaften Brühe verwendet.

»Die Suppe schmeckt mir vorzüglich«, lobte Elvira Bantz.

»Mit nüchternem Magen losfahren, dann auf das Schiff, das kann ich nicht ab«, meinte die Haushälterin.

»Das wäre schon genug für heute. Aber es gibt ja auch noch Kuchen«, meinte Elvira.

Sie löffelten mit Genuss die Suppe. Dann erhob sich Gerda de Vries, räumte den Tisch ab und begann den Geschirrspüler einzuräumen.

Auch Elvira Bantz verließ den Tisch. Sie schloss die Fenster im Esszimmer und trocknete anschließend das Geschirr ab.

»Ach, Gerda, im Garten blühen die frühen Astern. Schneide ein paar ab«, ordnete sie an. Sie stellte das Geschirr ab, ging zum Korridor, zog ihr Wildlederjäckchen über und betrachtete sich im Spiegel.

Sie trug nach langer Zeit wieder eine Jeans. Dazu hatte sie sich für einen weißen Rollkragen-Pulli entschieden.

Auch Frau de Vries wirkte im khakifarbenen Sommerrock, weißer Bluse und grünem, ärmellosem Pullunder sportlich. Sie brachte die Blumen, die sie zu einem schönen Strauß zusammengefügt hatte.

»Ist recht so?«, frage sie.

»Ja, mit leeren Händen wollen wir ja nicht kommen«, sagte Elvira, während ihre Haushälterin die Blumen in Papier einschlug.

Sie verließen das Haus. Elvira Bantz verschloss die Tür und holte den Mercedes aus der Garage. Frau de Vries stieg ein, dann fuhren sie los.

Elvira lenkte den Wagen über die Norddeicher Straße, bog ab

in die Tunnelstraße, folgte ihr bis zum Erholungsheim und befuhr danach den Versorgungsweg bis zur Ostermarscher Straße. Sie führte am Deich entlang. Die Felder waren abgeerntet. Sie grenzten an weite Weiden, auf denen noch das Buntvieh weidete.

Nach Ostermarsch, einer Ansiedlung mit preiswerten Pensionen, folgte Junkersrott, das aus nur wenigen Siedlungshäusern bestand und am Wegekreuz zu den großen Höfen lag. Nach weiteren wenigen Kilometern erreichten sie Theener, eine Oase der Ruhe mit Deichparkplatz und Blick nach Norderney. Dann kamen Sie nach Neßmersiel. In diesem Ferienort mit Strand und Yachthafen legte die Fähre nach Baltrum ab.

Elvira Bantz steuerte ihren Mercedes in den Hafen und stellte ihn auf dem Parkplatz vor dem Hafencafé ab. Sie stiegen aus, bedienten die Parkuhr und betrachteten die Idylle. Nicht alle bunten Strandkörbe waren besetzt. Dennoch planschten viele Badegäste im auflaufenden Wasser der Flut. An den Stegen lagen die Schiffe der Skipper des hiesigen Yachtclubs. Über die Mauer neben der Fahrrinne turnten Kinder, deren Körper braun gebrannt waren. Möwen hingen im Seewind.

»Schön ist es hier. Seit Jahren war ich nicht mehr am Strand«, sagte Elvira.

»Ich besitze nicht einmal mehr einen Badeanzug«, gestand Frau de Vries und blickte über die Meerenge zur Insel Norderney. »Der Leuchtturm ist in Betrieb«, setzte sie hinzu.

»Ja, und am Ende der Dünen befindet sich das Wrack«, meinte Elvira.

Ihre Blicke gingen bis zum Horizont und ruhten danach auf Baltrum. Die Häuser vom westlichen Teil der Insel zeigten sich in ihren Umrissen hinter den weiten Deichwiesen auf der Wattseite.

»Man hat für alles eine Entschuldigung«, meinte Gerda de Vries. »Da sitze ich zu Hause und langweile mich, oder ich renne den Neuen Weg rauf und runter, wo es bei uns in der Nachbarschaft so schöne Flecken gibt.«

»Der Doktor öffnet uns die Augen«, sagte Elvira Bantz.

Sie schauten zu, wie sich das Fährschiff dem Hafen näherte. Es trug den gleichen Namen wie die Insel.

Am Anleger hatten sich die Fahrgäste versammelt. Der Bus von Norden fuhr vor. Er brachte die Bahnreisenden. Jetzt, in der Nachsaison, gab es kein Gedränge. Die Fahrkarten gab es entweder an Bord oder in dem Reederei-Häuschen am Automaten.

Elvira Bantz stellte sich in die Schlange und löste zwei Tickets, während das Schiff anlegte. Die Passagiere gingen von Bord. Ihr Gepäck befand sich in den Containern, die der Schiffskran von Deck hievte. Unter den Fahrgästen befanden sich viele Eltern mit ihren kleinen Kindern und etliche ältere Passagiere, die zu dieser stillen Zeit ihren Urlaub auf der Insel verbracht hatten. Das Zuschauen war schon interessant für die beiden Frauen, die während der letzten Zeit zurückgezogen gelebt hatten.

Dann betraten die Fahrgäste das Schiff. Nach dem Verladen der Container legte es ab und fuhr durch die Fahrrinne auf die leicht kabbelige Nordsee. Die Wellen umspülten Sandbänke, die sich aus dem Wasser erhoben. Seehunde sonnten sich zu Hunderten auf ihnen.

Die Damen erlebten eine kurze, aber erlebnisreiche Überfahrt. Stand doch die Reise im krassen Gegensatz zu ihrem bisherigen Zeitablauf. Das Schiff änderte den Kurs, schlug einen Bogen und näherte sich dem Inselhafen. Sie sahen den Anleger mit seinen breiten Straßen und dahinter das grüne Vorland. Minuten später legte das Fährschiff an.

Auf der Mole warteten die Angestellten der Pensionen auf ihre Gäste. Der Platz vor den Wattwiesen war übersät mit den handlichen Fahrradanhängern. Pferdegetrappel mischte sich in den Schiffslärm. Die Matrosen luden mit dem Schiffskran die Fracht- und Gepäckcontainer an Land, wo sie den Urlaubern zugänglich waren.

Elvira Bantz entdeckte Dr. Hoyer, der belustigt zusah und sich den Damen näherte. Er reichte ihnen die Hand.

»Herzlich willkommen auf der Insel, die ich ins Herz geschlossen habe. Wir gehen zuerst links an der Schutzbefestigung entlang. Sie verhindert eine Überflutung der Deichwiesen.« Er führte die Besucherinnen über die vernarbte Grasfläche auf die beginnende Strandpromenade. Ihr Blick ging über das aufgewühlte Wasser bis hinüber zu den Dünen von Norderney.

Sie gingen an den Hotels und teuren Pensionen entlang, die über die Schutzmauer lugten. Der frische Wind war angenehm. Seitlich lag das offene Meer. Die Wellen donnerten gegen die Steinböschung. Sie näherten sich dem Badestrand.

»Wir haben auf der Insel nur kurze Wege«, sagte Dr. Hoyer. »Die Promenade endet hier. Nach dem Strandübergang führt der Weg über die Dünen weiter. Unterbrechen wir unseren Spaziergang hier und nehmen einen Tee ein. In dem roten Klinkerhaus dort drüben befindet sich meine Wohnung.«

»Mit Seeblick?«, fragte Frau de Vries.

Der Doktor nickte. »Im zweiten Stock. Nachts sehe ich die Fischkutter.«

Dr. Hoyer sah zünftig aus. Er trug eine Feincordjeans, einen Troyer und Wanderschuhe.

Elvira Bantz folgte ihm. Er unterhielt sich angeregt mit Frau de Vries. Sie schritten dem Haus entgegen.

Elvira war ihrem Angestellten dankbar, der sie nach einer langen Zeit der Trauer wieder mit dem konfrontierte, was sie als Teilnahme an ihrer Umwelt empfand. Stundenlang hätte sie den Wellen zuhören können. Dr. Hoyer hatte nicht minder gelitten als sie. Seine Frau war im fernen Irak gestorben und mit ihr sein Sohn. Dabei strotzte er vor Lebenswille.

Der Weg führte auf und ab durch die bewachsenen Dünen, oft unterbrochen von Pensionen mit weiten Liegewiesen.

Dr. Hoyer und Frau de Vries waren stehen geblieben und warteten vor dem Haus.

»Frau Bantz, hier lebe ich an den Tagen, wenn Ihre Firma mich nicht braucht«, sagte er. »Ich wohne in Nummer 612. Wir kennen auf Baltrum keine Straßennamen.« Er schloss die Tür auf und ließ den Frauen den Vortritt. »Zweite Etage. Im Hause befindet sich auch ein Aufzug.«

Sie betraten einen Korridor. Dr. Hoyer öffnete die Wohnungstür. Er wies in einen Flur.

»Treten Sie ein«, sagte er.

Ein Fenster warf Licht auf Bilder, die aus dem Irak stammten. Der Boden war gefliest. Am Ende befand sich die Toilette. Eine Tür führte in das Wohnzimmer. Es war mit geschmackvollen modernen Möbeln eingerichtet. Das Fensterelement enthielt eine Glastür und ließ einen einmaligen Blick auf das Meer zu. Der Tisch stand mitten im Zimmer. Er war gedeckt mit dem Geschirr der ostfriesischen Rose. Das weiße Tischtuch enthielt ebenfalls ein passendes Rosenmuster. Die Servietten waren gefaltet.

Die Damen bewunderten die Wohnung, und Dr. Hoyer gestattete ihnen Einblicke in das Gästezimmer und die Küche. Während er ihre Hilfe ablehnte und den Tee aufbrühte, suchten die Damen die Toilette auf.

Den Tee zubereiten war mit das Erste gewesen, was er sich in Ostfriesland angeeignet hatte. Und in der Tat, sein Tee schmeckte hervorragend, wie die Damen bekundeten. Sie tranken ihn mit Kluntje und Sahne. Sie aßen dabei die vom Inselcafé stammende Ostfriesentorte, die ihnen mundete. Dabei unterhielten sie sich über das schöne Wetter, über ihre Gewohnheiten, sich auf den Herbst vorzubereiten.

Nach der gemütlichen Teestunde ließen die Damen es nicht zu, das Spülen dem Doktor allein zu überlassen. Sie packten mit an. Anschließend verließen sie die Wohnung und spazierten zum Strand.

Es herrschte noch reger Badebetrieb. In den Strandkörben sonnten sich die Gäste. Viele von ihnen waren braun gebrannt.

Elvira Bantz sah Dr. Hoyer prüfend an. »Herr Doktor, Ihre Gesichtsfarbe lässt darauf schließen, dass Sie auch zu diesen Sonnenanbetern zählen.«

»Ja, ich habe einen Saisonkorb gemietet«, sagte Dr. Hoyer. »Der Strand endet drüben. Wir folgen dem Reiterweg wieder in das Dorf.«

Möwen schossen über die Strandkörbe. Kinder spielten in Sandburgen.

»Mit meinem Mann fuhr ich oft nach Norderney. Er konnte auch die Tage am Strand verbringen«, erwiderte Elvira.

»Ich habe eine empfindliche Haut«, sagte Gerda de Vries. »Und mein Mann ging lieber angeln. Er konnte für Stunden mit der Angel am Norder Tief sitzen.«

»Was machte Ihr Herr Gemahl?«, fragte Hoyer.

»Berend arbeitete als Maurerpolier in der Firma. Wir haben einen Sohn. Der ist Lehrer in Bremen«, antwortete sie.

Sie gingen am Wasser entlang. Die Wellen waren hoch. Sie brachen sich vor dem Strand und rollten auf dem Sand aus. Am Horizont glitten Schiffe vorbei.

»Und sind Sie schon Oma?«, fragte Hoyer interessiert.

»Zweimal«, antwortete Frau de Vries. »Meine Schwiegertochter sieht gut aus. Sie hat zwei süße Mädchen.«

Sie verließen den Strand und folgten der Wegmarkierung. Ein eingerammter und geschälter Baumstamm wies mit einem Pfeil die Richtung. Sie wateten durch den Sand auf die Düne. Von dort gelangten sie über einen Steinweg durch das grüne Wiesengelände zur Aussichtsdüne. Die Sonne begann den Himmel bei ihrem Abstieg rot einzufärben.

»Eine kurze Pause können wir uns noch gönnen«, sagte Dr. Hoyer und wies auf eine Bank. Dann sprach er weiter wie ein Fremdenführer. »Sie sehen jetzt im Osten das Festland. Die Windmühlen für die Stromgewinnung stehen in Dornum. Im Westen, jetzt verdeckt durch die Kirche, liegt Norderney. Im Süden liegt das herrliche Seepanorama vor uns. Am Rande der Insel befindet sich im Vorfeld der Dünen noch das Jugendheim.«

Sie setzten sich auf die Bank.

»Kommen Sie gut mit den Einheimischen aus?«, fragte Elvira.

»Prächtig. Ich bin den Umgang mit Menschen gewohnt. Beruflich habe ich meine Zufriedenheit gefunden. Ich brauche keine Anerkennung, mir reicht die Duldung.«

»Das gebührt wohl Achtung, wie Sie die Dinge sehen und beurteilen«, warf Elvira ernst ein.

»Gnädige Frau, dafür steht mir kein Lob zu. Der Moslem, der neben meiner Frau und dem Sohn noch zwölf weitere Menschen mit in den Tod gerissen hat, erhofft sich für seine unverständliche Tat den Zugang zum Paradies. Ob Allah auf diesen Handel eingeht, weiß ich nicht. Nach meiner Überzeugung befinden sich mein Sohn und meine Frau im Jenseits. Meine Sorgen betreffen nur mich. Ich habe Arbeit, esse gut, bin gesund und lebe in einem Paradies.«

»Das haben Sie aber schön gesagt«, sagte Gerda de Vries. »Ich glaube auch nicht an Himmel und Hölle. Es gibt ein Weiterleben nach dem Tod. Der Berend holt mich ab, wenn ich sterbe.«

»Herr Doktor, über dieses Thema müssen wir uns, wenn sich Gelegenheit bietet, noch einmal unterhalten«, sagte Elvira.

»Sehr gerne, aber nun wird es Zeit, aufzubrechen«, antwortete er.

Sie verließen die Aussichtsdüne und gingen über den ausgebauten Wanderweg durch die Dünen zum Dorf. Sie kamen an der Strandhalle heraus und folgten der Straße zur katholischen Kirche. Von dort gelangten sie über eine Seitenstraße zum Inselzentrum. Es bestand aus einem weiträumigen Platz, von dem aus Straßen in alle Richtungen verliefen. Außerdem befanden sich dort einige Geschäfte, Restaurants und Cafés sowie das Rathaus.

»Gestatten?«, fragte Elvira und ging forschen Schrittes zu dem Eissalon.

»Danke, eine hervorragende Idee. So viel Zeit bleibt uns noch«, sagte Dr. Hoyer.

Draußen standen Tische und Stühle im Freien. Die Bedienung servierte ihnen das Bestellte. Sie verzehrten das Eis mit Genuss und machten sich dann auf den Weg zum Schiff.

Zwischen den zum Teil bewachsenen Dünen links und rechts der Straße befanden sich die kleinen Familienpensionen. Zur Wattseite fiel das Gelände ab und führte an der Post vorbei zu großen Hotels. Sie blickten auf den Inselflughafen, sahen den Yachthafen mit den Booten. Vor ihnen befand sich der Hafen mit der Kaianlage. Am Anleger lag abfahrtbereit das weiße Fährschiff.

»Herr Doktor, ich verdanke Ihnen den schönsten Samstagnachmittag der letzten Jahre«, sagte Frau de Vries.

Sie gingen über den breiten Weg, der von den Schiffsreisenden bevölkert wurde. Die Matrosen luden die Container an Bord.

»Ich kann mich dem Gesagten nur anschließen und möchte ebenfalls meinen Dank ausdrücken«, sagte Elvira und reagierte leicht verlegen, als der Angestellte sie ansah.

»Ich bin bereit, auf Wunsch eine Wiederholung anzubieten«, sagte Dr. Hoyer. »Mir blieb heute leider nicht die Zeit, Ihnen mein Boot zu zeigen. Es trägt den Namen meiner Frau: Zasimet.«

Er begleitete die Damen zum Schiff, reichte ihnen die Hand, sah zu, wie sie über die Gangway an Bord gingen, und winkte ihnen noch einmal zu. Sicherlich hatte er seine Zasimet sehr geliebt. Nie hätte sie von ihm verlangt, dass er für den Rest seines Lebens alleine bleiben sollte. Er blickte zum Schiff. Er sah Frau Bantz an der Reling und winkte noch mal. Sie war hübsch. Sie hatte einen Sohn. Seiner war gestorben.

Tief in Gedanken winkte er, bis das Schiff in das offene Wasser fuhr. Dann ging er froh gestimmt davon und suchte seine Wohnung auf.

Renke entging nicht, dass sein ihm gut gesonnener Freund Onkel Frerik gesundheitlich sehr nachließ. Ihm fiel es immer schwerer, die Segel zu bedienen. Er ermüdete leicht und konnte nicht lange hinter dem Steuer stehen. Während der Törns gab er oft das Ruder ab, um die Toilette aufzusuchen. Auffallend war auch, dass er sich oft nachdenklich und schweigend gab.

Frerik Salzer hatte sich kürzlich erst von der Geschäftsleitung zurückgezogen. Die Firma hatte sich in einer Feierstunde, an der auch Elvira Bantz teilgenommen hatte, von ihm verabschiedet. Onkel Frerik hatte seine Bereitschaft angezeigt, mit Renke die »Seeschwalbe« nach dem Absegeln in den Bootsschuppen bringen zu lassen und mit einer Generalüberholung des Schiffes zu beginnen.

Doch es kam anders. Ohne sich von Renke zu verabschieden, war er, wie er von Mama erfahren hatte, nach Nürnberg zu seiner Tochter abgereist. Die Clubkameraden des Yachtvereins hatten Renke geholfen, das Boot aus dem Wasser zu holen und winterfest auf dem Trailer in die Halle zu schaffen.

Renke stand nun vor Problemen. Noch war er keine achtzehn. Es war ihm nicht gestattet, Verträge zu unterschreiben und Aufträge zu vergeben. Onkel Frerik fehlte ihm an allen Ecken und Enden. Die notwendigen Winterarbeiten an dem Boot überforderten ihn. Renke hatte zwar seinem Vater geholfen, doch seine Kenntnisse reichten nicht aus, die Wartungsarbeiten in eigener Regie auszuführen. Er benötigte die Mithilfe der Werftarbeiter.

Es waren weniger die anfallenden Kosten, die seine Mutter abschreckten. Elvira Bantz fürchtete um das Leben ihres Sohnes, wenn er und seine Freunde sich ohne Frerik Salzer an Bord seines Schiffes auf der launischen Nordsee befanden. Elvira Bantz glaubte deshalb als verantwortliche Mutter zu handeln, als sie sich weigerte, die notwendigen Reparaturarbeiten in Auftrag zu geben.

Doch es kam noch schlimmer. Nach der Zuspitzung des Zerwürfnisses zwischen ihr und ihrem Sohne erwog sie den Verkauf der Yacht, deren Schätzpreis nach den Angaben der Norddeicher Agentur um die 32.000 Euro war. Der Streit drohte zu eskalieren, denn Renke machte Anstalten, sein Elternhaus zu verlassen. Er stand nur noch wenige Monate vor seinem achtzehnten Geburtstag, hatte einen Rechtsanwalt aufgesucht, der bereits die Unterhaltskosten eingeklagt hatte.

In ihrem Kummer suchte Elvira Bantz Rat bei ihrem Angestellten. Dr. Hoyer leitete mittlerweile ihre Firma, da auch Menke Eschhoff dabei war, sich zurückzuziehen, um Hubert Sondermann Platz zu machen. Sie hatte Vertrauen zu dem weltgewandten Prokuristen, der viel herumgekommen war und eine tüchtige Person war, die Menschenkenntnisse besaß.

Natürlich war es nicht bei dem Besuch auf der Insel geblieben. Elvira Bantz pflegte aus Gewohnheit und Scheu oft notwendige geschäftliche Gespräche in ihrer Wohnung abzuhalten. Dabei ließ sie von Gerda de Vries Tee servieren.

Es war nicht abzustreiten, dass es zwischen Frau Bantz und ihrem Prokuristen schon allein wegen der geschäftlichen Sitzungen, an denen häufig auch Hubert Sondermann teilnahm, zu einer Vertrautheit miteinander gekommen war. Dass sich Elvira Bantz und Dr. Hoyer darüber hinaus nicht nur nähergekommen waren, sondern sich sympathisch fanden, war nur verständlich.

Dennoch empfand es Dr. Hoyer schon bemerkenswert, dass Frau Bantz ihn an einem Freitag im Januar kurz vor Büroschluss anrief und ihn bat, sie in einer dringenden Angelegenheit aufzusuchen. Wenn er sich nicht täuschte, dann hatte ihre Stimme verheult geklungen.

Sie hatte sich bisher nie sonderlich über ihr Privatleben ausgelassen, sah man einmal ab von dem Gerede über das Wetter, den Schlaf und das tägliche Wohlergehen. Dr. Hoyer kam der Termin nicht gelegen. Er hoffte, dass er nach dem Gespräch die Fähre um 19 Uhr nach Baltrum ab Neßmersiel noch bekommen würde.

Doch das war nicht sonderlich wichtig. Wenn nicht, dann blieb er heute in seiner Wohnung. Sein Kollege Sondermann befand sich auf Norderney.

Er beendete zufrieden seine Bauskizzen, brachte die Unterlagen zum Schrank, ordnete seinen Schreibtisch und verließ das Büro. Er schritt durch die Flure an den verlassenen Büros vorbei. Sie standen gut da, obwohl Frost und Schnee zurzeit die Bauarbeiten stark behinderten, liefen die Vorarbeiten auf vollen Touren. Sie hatten auf Borkum einen Großauftrag über den Bau eines Fünf-Sterne-Hotels erhalten, der ihre Kapazität für das laufende Jahr mehr als auslastete. Es gab mit Sicherheit nichts Geschäftliches, was die gnädige Frau bewegte.

Er trat vor die Tür. Der kalte Nordwest fegte über den Deich. Vereinzelt bedeckte Schneematsch die Straßen. Er ging zu seinem BMW, stieg ein und fuhr über die Strandstraße zum Dörper Weg. Frau Bantz wohnte mit ihrem Sohn in der Nähe der neu errichteten Badelandschaft an einer der vielen Windungen durch das Bebauungsgebiet von Norddeich.

Die weite Wiesen- und Weidelandschaft zwischen dem Küstenbadeort und Norden lag unter einer Schneedecke. Die Straße war glatt. Dr. Hoyer stellte den Wagen auf der breiten Auffahrt ab. Sie war vom Schnee gefegt. Das Reetdach des Klinkerhauses war weiß und wirkte urig und anheimelnd in der aufkommenden Dämmerung.

Er betätigte die Hausklingel. Die Außenlaterne warf grelles Licht auf den Eingang und erhellte den Fußweg. Die Tür wurde geöffnet. Frau de Vries blickte ihn freundlich an.

»Guten Tag, Herr Doktor«, sagte sie. »Es freut mich, Sie zu sehen.«

»Ihre Chefin hat mich zu sich gebeten«, antwortete Hoyer.

»Kommen Sie mit. Sie erwartet Sie im Wohnzimmer«, antwortete sie und schloss die Tür hinter sich.

Er betrat den gepflegten Korridor und blickte auf einen prachtvollen alten Schrank. Ein Gemälde zeigte die Norder Ludgerikirche. In einer Nische befand sich die Garderobe.

»Geben Sie mir Ihren Mantel«, sagte Frau de Vries.

Hoyer reichte ihr den gefütterten Wintermantel. »Es ist mächtig kalt geworden.«

Sie schritt ihm voraus und öffnete die Tür. Er trat ein.

Elvira Bantz stand am Fenster. Sie lächelte und blickte ihn müde an. Er ging zu ihr und reichte ihr die Hand.

»Gnädige Frau, ich kann Ihnen die freudige Mitteilung machen, dass unsere Auftragsbücher im Gegensatz zur allgemeinen Geschäftslage gefüllt sind«, sagte er frohgelaunt.

»Das freut mich zu hören. Nehmen Sie bitte am Tisch Platz. Trinken wir einen Tee?«

»Gerne.«

Sie setzten sich an den gedeckten Tisch.

»Bitte, nehmen Sie vom Kluntje«, sagte Gerda de Vries. Sie stand parat mit der Kanne und schenkte den Tee ein.

»Essen Sie ein Stückchen vom Butterkuchen, Sie hatten einen langen Tag«, sagte Elvira Bantz. Sie bediente ihn.

Sie gaben Sahne in den Tee, aßen Kuchen und nippten an den Tassen. Frau de Vries stellte die Kanne auf das Stövchen.

»Gnädige Frau, Tee ist genügend vorrätig. Ich spüle morgen. Ich wünsche einen schönen Abend«, sagte sie.

»Frau de Vries muss gleich zur Eigentümerversammlung«, erläuterte Frau Bantz.

»Tschüß«, sagte die Haushälterin und ging.

»Herr Doktor, eigentlich hätte mein Sohn heute hier sein müssen. Er macht mir zurzeit Kummer. Sie sind ein erfahrener Ausbilder. Vielleicht sind Sie in der Lage, mir mit Rat und Tat zur Seite zu stehen.« In Elviras Stimme schwang Enttäuschung mit. Sie schenkte Tee nach.

»Ihr Sohn hatte wahrscheinlich ein gutes Verhältnis zu seinem Vater«, sagte Dr. Hoyer. »Frerik Salzer verstand sich anschließend sehr gut mit ihm. Jetzt ist niemand mehr da, an den er sich wenden kann. Sie sind kein Ersatz.«

»Renke wird in Kürze achtzehn Jahre alt. Er ist nicht nur widerborstig, manchmal sogar ausfallend. Er beginnt in der Schule zu fehlen, kommt spät nach Hause und faucht mich an, wenn ich ihn zur Rede stelle.«

Sie hatte noch mehr vorzutragen. Dr. Hoyer hörte zu. Er wusste, dass es ihr guttat, sich einmal richtig auszusprechen. Später erzählte sie von ihrer Angst, die sie empfand, wenn Renke sich an Bord ihres Segelbootes befand. Allein die Vorstellung, dass er im Frühjahr mit seinen Freunden mit dem Schiff auf der Nordsee herumschippern würde, machte sie krank. Natürlich protestierte Renke gegen den geplanten Verkauf des Segelbootes.

Dr. Hoyer trank Tee. »Was Ihrem Sohn fehlt, das ist der Vater. Doch der ist verstorben. Aber ich wüsste schon eine Lösung.« Er nahm ihre Hände und sah sie an. »Ich kümmere mich um Renke. Sie behalten das Schiff, und ich biete ihm meine Freundschaft an. Mein Vorname ist Dagobert. Versuchen wir es zusammen.« Er drückte Frau Bantz an sich. Sie weinte. Er wischte ihr die Tränen aus dem Gesicht und küsste sie. Sie erwiderte den Kuss.

»Ich heiße Elvira«, hauchte sie. Die Gefühle überwältigten sie.

»Liebe Elvira, ich befinde mich in einem Alter, in dem ich mir nichts mehr vormache. Gewiss habe ich meine Frau und meinen Sohn über alles geliebt. Sie bleiben mir unvergesslich. Dennoch sehe ich in dir die Frau, die mich aus meiner tiefen Einsamkeit erlösen kann.«

»Dagobert, mein Mann wünschte vor seinem Tode von mir, dass ich nicht allein bleiben sollte. Nun hat das Schicksal uns zusammengeführt.« Ihre Worte reichten nicht aus, ihre Gefühle auszudrücken. Sie versuchten sich beide zu befreien von dem Gefühl der Schuld, ihren verstorbenen Partner zu hintergehen. Überwältigt von der Hingabe zueinander, begannen sie an eine gemeinsame Zukunft zu glauben.

Dr. Hoyer erhob sich, schritt an ihren Stuhl, kniete sich nieder und legte seinen Kopf auf ihren Schoß.

»Ich liebe dich«, sagte sie und strich ihm mit ihrer Hand zärtlich über die Wangen. Es war ruhig in dem Zimmer. Nur das Werk der alten Standuhr tickte im Sekundentakt.

»Nun bin ich nicht mehr allein«, flüsterte Dr. Hoyer und umspannte mit seinen Händen ihre Beine. Sie ließ sich in seine Arme gleiten und entfernte seine Krawatte. Ihre Hände öffneten geschickt die Knopfleiste seines Hemdes und berührten zärtlich seine Brust. Dr. Hoyer legte Frau Bantz vorsichtig auf den Perserteppich, zog ihr Rock und Bluse aus, und begleitet von heißen Küssen befreite er Frau Bantz von den störenden Dessous.

Sie liebten sich ruhiger, nicht so ungestüm wie in jungen Jahren, dafür aber besiegelten sie mit Inbrunst ihre späte Liebe.

Anschließend fühlten sie sich erleichtert. Sie hatten Besitz ergriffen voneinander und wussten, dass sie füreinander da waren.

Sie räumten den Tisch ab und spülten gemeinsam. Dann suchten sie ihr Arbeitszimmer auf. Dagobert Hoyer setzte sich an ihren Schreibtisch, nahm einen Füllfederhalter in die Hand und schrieb auf einem Bogen mit ihrem Monogramm an Renke einen Brief. Er wählte die Worte mit Bedacht. Dabei erwähnte er die schicksalhafte Fügung, die seine Mutter zur Witwe und ihn zum Witwer gemacht hatte. Er teilte Renke mit, dass seine Mutter und er sich in Zukunft gemeinsam dem Leben und den Aufgaben stellen werden. Dabei war es ihre geplante Absicht, ihn mit einzubeziehen in die neue Schicksalsgemeinschaft. Dr. Dagobert Hoyer versprach, immer für ihn da zu sein, und er hoffte, dass er Renke auch als Segelfreund gewinnen werde. Am Schluss des Briefes bat er den Jungen, ihn nach Möglichkeit am morgigen Samstag auf Baltrum zu besuchen. Am Ulrich-Gymnasium hatte es Halbjahreszeugnisse gegeben, und Renke hatte am Wochenende schulfrei. Die Fähre ging um 11 Uhr 30 ab Neßmersiel und fuhr um 16 Uhr 45 ab Baltrum zum Festland. Er gab seine Telefonnummer an.

Elvira Bantz las den Brief. Sie schaute ihn zufrieden an.

»Renke wird dich mögen. Er hat gebummelt und Lücken in Mathematik. Du wirst ihm beistehen, wieder den Anschluss zu finden.«

Er nickte, beschriftete ein Kuvert und gab es Elvira. »Leg es auf sein Zimmer.«

»Renke befindet sich bei Freunden. Anschließen gehen sie zu Meta. Das ist eine beliebte Disco in Norddeich«, erwiderte sie.

»Ich bekomme das Schiff noch. Wir sehen uns übermorgen. Falls Renke nicht nach Baltrum kommt, dann holen wir das Gespräch nach.«

»Ich werde ihm anbieten, ihn zum Schiff zu fahren«, erwiderte sie.

Sie gingen zum Korridor. Er zog den Mantel über. Dann nahm er Elvira in die Arme und küsste sie.

»Ich liebe dich«, sagte er und strich ihr durch das Haar.

»Ich dich auch«, antwortete sie und begleitete ihn zur Haustür.

Er ging zu seinem Wagen, stieg ein, winkte noch einmal und fuhr los.

Elvira Bantz zog die Tür ins Schloss, verriegelte sie und ging zu ihrem Arbeitszimmer. Sie fühlte sich erleichtert und glücklich. Sie sang »Spanish Eyes«, öffnete die Tür ihres Sekretärs und suchte die Telefonnummer ihrer Freundin heraus, die in Marienhafe mit dem Tierarzt verheiratet war. Ihre Stimme klang musikalisch. Elvira Bantz war selbst überrascht, denn ihr wurde bewusst, dass es lange her war, dass sie gesungen hatte.

Für Renke Bantz stellte der Tod des geliebten Vaters einen herben Verlust dar. Feeke Bantz hatte feste Vorstellungen von der Erziehung seines Sohnes gehabt. Noch immer hatte der Spruch der Antike, »mens sana in corpore sano«, für ihn Gültigkeit gehabt. Renke hatte alle Merkmale einer stabilen Gesundheit besessen. Damit waren alle Voraussetzungen gegeben gewesen, seinem Sohn körperliche und geistige Höchstleistungen abzuverlangen. Dabei hatte Feeke Bantz nicht nur als der Trainer seines Sohnes fungiert, sondern hatte sich selbst den verschiedenen sportlichen Disziplinen unterworfen.

Selbstverständlich war es der Mutter nicht möglich, die Rolle des Vaters zu übernehmen. Für Renke war es ein Glücksfall, dass ihn und Frerik Salzer die Leidenschaft für das Segeln verband. Hinzu kam, dass sie sich sehr sympathisch waren.

Die ernsthafte Erkrankung des mit der Familie vertrauten Angestellten durchbrach erneut die Erwartungen des ungeduldigen Jungen, der – das lag schon in seiner Jugend begründet – eine geringe Trauerbereitschaft besaß. Hinzu kamen die vielen, in seinen Augen überflüssigen Auseinandersetzungen mit seiner Mutter, die sie ihm aus Angst vor einem Unglück auf hoher See bereitete.

Für Elvira Bantz stellte das Segeln ihres geliebten Sohnes mit der »Seeschwalbe« eine potentielle Bedrohung dar. Ihre Absicht, das Schiff zu verkaufen, lief der bisherigen Erziehung zuwider.

Renke liebte die Herausforderung, die das Schiff und die Nordsee an ihn stellten. Dass sich seine Mutter und Dr. Hoyer auf einem gemeinsamen Kurs befanden, das hatte er bereits früh dem Benehmen beider entnommen. Renke mochte den Prokuristen von Mamas Firma. Er verstand etwas von Schiffen, er war in der Welt herumgekommen und war nicht das, was man mit dem Begriff Weichei bezeichnen konnte.

Vater war tot. Mutter lebte mit ihm allein. Auch Hoyer hatte seine Frau und seinen Sohn verloren. Renke hatte nichts dagegen, wenn die beiden ihre Nähe suchten. Sollten sie turteln, wenn sie ihm das Segeln ließen und mit ihm Sorge dafür trugen, dass der »Seeschwalbe« im Winter die notwendige Pflege zuteilwurde.

Sicherlich, bald wurde er achtzehn Jahre alt und konnte selbst einiges regeln, doch sein Hobby war nicht gerade billig. Er mochte seine Mama, doch sie musste ihm mehr zutrauen und ihm Papas

Yacht überlassen. Nur dann wollte er fügsam sein und auch wieder in der Schule mehr bringen.

Nicht gerade in bester Laune radelte er in der sternklaren, kalten Nacht von Freitag auf Sonnabend von der Disco nach Hause und war sehr überrascht, als er das Fahrrad unterstellte, dass die Mama noch Licht hatte. Seltsam, dachte er, steckte den Schlüssel in das Schloss und öffnete die Tür. Er hörte Geräusche.

»Bist du es, Mama?«, rief er und trat ein. Die Deckenleuchte warf grelles Licht in den Hausflur.

Seine Mutter stand an der Treppe. Sie trug ihren Bademantel.

»Schön, dass du kommst«, sagte sie wohlwollend.

Renke schloss die Tür. »Und? Hast du deine Meinung geändert?« Er machte Anstalten, die Treppe nach oben zu steigen, um zu seinem Zimmer zu gelangen.

»Ja. Du darfst die Werft damit beauftragen, den Rumpf unserer Yacht überholen zu lassen. Ich verkaufe sie nicht. Ich habe mich liiert mit einem Mann, der sich bereit erklärt hat, dir zur Seite zu stehen. Er segelt ebenso gerne.«

»Dr. Hoyer?«, fragte er.

Sie nickte.

Renke reagierte glücklich. Freudestrahlend kam er zu ihr und drückte sie. »Einverstanden! Mit ihm verstehe ich mich gut«, sagte er überglücklich.

»Er hat dir einen Brief geschrieben.« Sie reichte ihm das Kuvert.

»Danke, den lese ich noch. Schlaf gut, Mutter«, sagte er.

»Gute Nacht, Renke. Wenn du zu ihm fährst, nimm dein Mathebuch mit«, sagte sie, löschte das Licht und suchte ihr Schlafzimmer auf.

Am Samstagmorgen frühstückte Renke Bantz mit seiner Mutter bereits um 9 Uhr. Das war schon lange nicht mehr vorgekommen, dass Frau Gerda de Vries die beiden in tiefster Harmonie beisammen sah. Gewöhnlich schlief der Junior, wenn er nicht zur Schule musste, lange in den Morgen, da er nach dem nächtlichen Besuch der Disco vor Mittag nicht in die Gänge kam.

»Mama, eine dumme Frage. Kannst du mir sagen, wie ich Herrn Dr. Hoyer anreden soll? Nach dem, was du mir erzählt hast, wird er mir in Zukunft als mein Stiefvater entgegentreten.« Renke trank Tee und kaute ein Schinkenbrötchen.

»Die Frage solltest du ihm selbst stellen«, antwortete Elvira.

»Im Segelclub duzen wir uns alle«, meinte Renke.

»Wenn wir heiraten, kannst du schlecht mit dem Sie ankommen.«

Sie frühstückten ausgiebig an diesem kalten Wintertag. Anschließend zogen sie ihre Mäntel über und gingen zur Garage. Sie stiegen in den Mercedes. Renke hatte noch keinen Führerschein. Dazu hatte es wegen ihrer dauernden Auseinandersetzungen nicht gereicht.

Elvira Bantz lenkte den Wagen auf die Straße. Die Fahrbahn war mit Winterreifen gut befahrbar. Die Norddeicher Straße war gestreut.

»Dr. Hoyer, also Dagobert, ist auch der Meinung, du solltest die Fahrprüfung machen. Bei uns in Niedersachsen kannst du auch schon hinters Steuer, wenn du noch keine achtzehn bist und ich bei dir bin.«

Sie fuhren über Ostermarsch nach Neßmersiel. Die Luft war frisch und kalt. Am Himmel trieben nur wenige weiße Wolken. Die Sonne schien. Die Insel schimmerte im hellen Licht. Die Deichwiesen trugen eine weiße Decke. Möwen schrien im Wind.

Die Baltrumfähre lag bereits am Anleger. Elvira hielt an. Renke stieg aus.

»Ich hole dich heute Nachmittag wieder ab«, sagte Elvira und fuhr davon.

Renke betrat das Schiff und setzte sich in den warmen Salon. Er freute sich auf die Zusammenkunft mit seinem zukünftigen Stiefvater, den er sehr mochte. Er schaute durch das Fenster auf das spiegelklare Wasser der Nordsee und dachte erleichtert über die Arbeiten nach, die sie an der »Seeschwalbe« verrichten mussten.

Menke Eschhoff hatte sich in den wohlverdienten Ruhestand begeben. Die Tätigkeit hatte ihm Spaß bereitet und war beileibe nicht umsonst gewesen. Elvira Bantz hatte in ihrer Laudatio dankbar erwähnt, dass Menke Eschhoff bereits an der Seite ihres verstorbenen Mannes als zuverlässiger Mitarbeiter mitgeholfen hatte, die Expansion des Unternehmens einzuleiten. Er hatte mit dazu beigetragen, dass die Arbeitsplätze erhalten blieben und neue geschaffen wurden. Zu seinen Verdiensten gehörten auch die Überwindung der Führungskrise nach dem Tode ihres Mannes und die Einarbeitung tüchtiger und erfolgreicher Nachfolger. Entsprechend zeigte Frau Bantz sich großzügig und honorierte seine Verdienste nicht unter Gebühr.

Menke Eschhoff bedauerte seinen Kollegen Salzer, dem die Gesundheit ernsthafte Probleme bereitete. Ihm war es nicht gegeben, ohne Geldsorgen einen ruhigen Lebensabend zu genießen. Voller Stolz konnte der frischgebackene Rentner von seinem Gesundheitszustand sprechen. Ihn bedrückten andere Sorgen. Es war eingetreten, was er die Jahre über befürchtet hatte.

Es war weniger der Hang, mit schönen Mädchen und schnellen Autos in der Kleinstadt auf sich aufmerksam zu machen, als vielmehr das fehlende Interesse an seiner beruflichen Qualifikation, vielleicht auch Neid und Missgunst, die zur Folge hatten, dass die Stadtsparkasse seinem Sohn Maximilian gekündigt hatte. Sie trennte sich von ihm mit dem Argument, dass sie, und das bei steigendem Gewinn, Personal abbauen müsse.

In der Tat traf es mit Maximilian Eschhoff einen Angestellten, der den Eindruck hinterließ, reich begütert zu sein. Er selbst lebte auf großem Fuß, weil er von seinem alten Herrn übermäßig verwöhnt wurde.

Maximilian Eschhoff betrachtete es als Schmach, nicht selbst gekündigt zu haben, sondern platt ausgedrückt, geflogen zu sein. Hinzu kam noch, dass er es zusätzlich als Schande ansah, ohne Arbeit zu sein. Er warf Arbeitslose und Arbeitsunwillige in einen Topf.

Maximilian Eschhoff lernte dabei andere Seiten seines Vaters kennen, die ihm bisher unbekannt geblieben waren. Das führte dazu, dass er selbst seine Lage als misslich empfand. Doch weder das Arbeitsamt noch seine vielen Bewerbungen in Norden, Emden und Aurich zeitigten den gewünschten Erfolg.

Das führte dazu, dass sich Menke Eschhoff eines Morgens im Büro der Feeke-Bantz-Baugesellschaft einfand und sich im Büro von Dr. Hoyer im Beisein von Sondermann bereitwillig zu einem Tee einladen ließ. Nachdem sie sich wie üblich über das Wetter und das Allgemeinbefinden unterhalten hatten, brachte Eschhoff sein Anliegen vor.

Gewiss hatte Maximilian nicht studiert. Er besaß aber gute Zeugnisse. Auch dic Stadtsparkasse hatte lobende Worte gefunden. Für eine Arbeit im unteren Bereich des Managements besaß er gute Voraussetzungen.

Die Sekretärin brachte den Tee. Sie tranken ihn echt mit Kluntje.

»Frau Hölscher, bringen Sie noch ein Gedeck und sagen Sie Herrn Ulfert Bescheid, wir hätten ihn gerne dazu«, sagte Dr. Hoyer.

Sie tranken Tee.

»Zurzeit läuft in der Wirtschaft vieles anders«, sagte Eschhoff missmutig. »Überall werden Leute entlassen bei schwarzen Zahlen.«

»Der Druck auf die Personalkosten ist immens«, warf Sondermann ein.

Die Tür ging auf. Herr Tomko Ulfert betrat das Büro.

»Nehmen Sie bitte Platz und trinken Sie Tee mit uns«, sagte Dr. Hoyer.

Der Angestellte der Personalabteilung reichte Eschhoff die Hand.

»Herr Ulfert, wie steht es mit dem Personal?«, fragte Dr. Hoyer.

»Für die Baustelle auf Norderney haben wir drei Maurer von der Insel zusätzlich eingestellt. Beim Büropersonal haben wir im Frühjahr einen Mutterschaftsurlaub. Streng genommen können wir im Einkauf noch eine Kraft einsetzen.«

»Hat Ihr Sohn Kenntnisse im Umgang mit dem PC?«, fragte Sondermann.

»Ja. Er wird dort mit allem klarkommen«, sagte Menke Eschhoff.

»Einverstanden«, sagte Dr. Hoyer. »Unsere Auftragslage gestattet es, dass wir die Einkaufabteilung erweitern. Ihr Sohn kann sich für uns nützlich machen.« Er legte die Bewerbungsunterlagen Herrn Ulfert vor.

»Die Stadtsparkasse hat dem Sohn gekündigt, damit steht ihm Arbeitslosengeld zu«, stellte Sondermann fest.

»Im März läuft die Bausaison an«, sagte Ulfert.

»Sagen wir, Beginn der Tätigkeit ist der erste März«, sagte Hubert Sondermann.

»Was dagegen, Herr Ulfert?«, fragte Dr. Hoyer.

»Nein, er hat gute Zeugnisse«, antwortete der Angestellte.

»Mein Sohn wird ein verlässlicher Mitarbeiter sein«, sagte Eschhoff. »Ich bedanke mich bei Ihnen für Ihr Entgegenkommen.« Er erhob sich und reichte den Herren die Hand.

»Alles Gute, Herr Eschhoff, und achten Sie auf Ihre Gesundheit«, sagte Dr. Hoyer. »Haben Sie etwas von Salzer gehört?«

»Ihm geht es nicht besonders«, antwortete Eschhoff und verließ das Büro.

»Wir wollen unserem ehemaligen Chef helfen, aber wir müssen dabei auch an unsere Firma denken«, meinte Sondermann.

»Da bleibt uns noch die Probezeit«, sagte Ulfert. Er nahm die Bewerbungsunterlagen und ging zurück in sein Büro.

Dr. Hoyer verstand sich hervorragend mit seinem Stiefsohn. Für ihn waren es keine Pflichtübungen, wenn er an kalten Abenden Renke in der zügigen Bootshalle an Bord der aufgebockten »Seeschwalbe« half, mit einer Lauge auf dem Deck dem Fußbodenbelag zu Leibe zu rücken, den von der Werft ausgebesserten Rumpf mit Spezialfarbe zu bestreichen oder unter Deck die Leitungen der vielen Lichter auszutauschen. Wenn dienstliche Verpflichtungen dem im Wege standen, dann richtete er es immer so ein, dass er sich vorher oder nachher noch sehen ließ, um die geplanten Arbeiten an der Yacht mit Renke zu besprechen.

Natürlich gab es Tage, an denen sie nicht zum Bootsschuppen gingen, sondern aus zeitlichen Gründen anderweitig beschäftigt waren. Da waren zum Beispiel die vom Forstamt Lütetsburg gelieferten, auf einen Meter gesägten Baumstämme zu schneiden und zu Kaminholz zu spalten.

Mitunter war auch Renke schulisch zu belastet. Im März stand der Garten im Vordergrund. Sie halfen Elvira Hoyer dann bei der Erledigung der Frühjahrsbepflanzung.

Dr. Hoyer liebte es, sich zusätzlich mit ausgedehnten Langläufen im Lütetsburger Wald fit zu halten. Renke begleitete ihn meistens bei seinem Programm. So hatte sich Dr. Hoyer das Verhältnis zu seinem im Irak ermordeten Sohn vorgestellt.

Renke erwiderte die Zuneigung. Er war sehr anhänglich und verbrachte oft Stunden in der Firma im Büro seines Stiefvaters.

Die Mutter war sehr angetan von dem vertrauten, väterlichen Verhältnis der beiden. Dabei kam sie keineswegs zu kurz, denn die beiden geizten nicht mit ihrer Liebe. Renke bedankte sich für die Harmonie, die das Zusammenleben bestimmte, mit guten Schulleistungen. Eine immerhin sehr wichtige Tatsache, denn der Termin seiner Abiturprüfung kam näher.

Darum mutete es seltsam an, dass Hubert Sondermann nicht gerne sah, wenn der gut aussehende, intelligente Juniorchef Renke Bantz der Firma seine Besuche abstattete. Er trank mit seinem

Stiefvater im Büro Tee und alberte anschließend mit den Angestellten herum.

Vielleicht war diese Aversion gegen Renke in der Tatsache begründet, dass Sondermann einen Sohn hatte, der körperlich und geistig behindert war. Stefan Sondermann hatte im Alter von sechzehn Jahren beim Fußballspielen – er war Torwart der B-Jugend Mannschaft des Rotenburger SV – bei einem Punktespiel einen Schlaganfall erlitten, der großes Leid über die Familie brachte. Stefan Sondermann wurde unmittelbar danach in das örtliche Krankenhaus gebracht, dort untersucht, versorgt und nach Bremen in die Universitätsklinik eingeliefert.

Von den Folgen dieser für sein Alter seltenen Krankheit hatte sich Stefan nicht erholt. Er besaß die geistige Fähigkeit eines Kindes und konnte sich trotz der ständigen Betreuung durch einen Therapeuten nicht selbstständig bewegen.

Andererseits konnte man Renke Bantz nicht vorwerfen, dass er arrogant oder eingebildet war. Festzustellen war allerdings seine Fixierung auf seinen zukünftigen Stiefvater, was zur Folge hatte, dass er Herrn Sondermann nicht besonders beachtete. Hinzu gesellte sich möglicherweise noch eine Portion Eifersucht, weil Dr. Hoyer offensichtlich mit der Chefin ein Verhältnis unterhielt. Es wäre jedoch zu viel gesagt, zwischen Dr. Hoyer und Sondermann gäbe es irgendwelche Differenzen. Abgesehen von ihrer verschiedenen Herkunft und Prägung verstanden sie sich gut, wenn sie auch privat nicht miteinander verkehrten. Sondermann, der keine Auslandserfahrungen gemacht hatte, war schon allein durch das kranke Kind an das Haus gebunden. Aber in der Firmenleitung harmonisierten sie vorzüglich.

Ohne sich das einzugestehen, hatten Hoyer und auch Sondermann ihrem ehemaligen Vorgesetzten Herrn Eschhoff ihr Entgegenkommen zeigen wollen und sich entschlossen, Maximilian Eschhoff einzustellen. Dabei stimmte es in der Tat, dass sie nach dem strengen Winter mit dem Beginn der neun Bausaison einen zusätzlichen Angestellten benötigten, der die Fähigkeiten und Kenntnisse besaß, den Verwaltungsaufwand des Lagers und die produktionsbezogenen Projektkosten kalkulatorisch zu ermitteln. Auch in Zukunft kam es immer häufiger vor, dass sie den Einkauf von Materialien für mehrere Baustellen gemeinsam tätigten, die sie dann mit eigenen Firmenwagen zu den örtlich unterschiedlichen Baustellen fuhren.

Sie unterließen nach der Einstellungszusage die Ausschreibung und überließen es Ulfert, Maximilian Eschhoff einzuarbeiten. Und damit lagen sie richtig. Der gelernte Sparkassenkaufmann hatte eine schnelle Auffassungsgabe und arbeitete sich schnell in sein neues Aufgabengebiet ein.

Überhaupt fand er sich innerhalb einer kurzen Zeit gut zurecht. Wie es schien, hatte er aus seiner Entlassung bei der Stadtsparkasse gelernt. Er hielt sich zurück im Umgang mit seinen Kolleginnen. Auf Drängen seines Vaters hatte er sich auch von seinem teuren Wagen getrennt und sich für ein älteres, einfacheres Mercedesmodell entschieden.

Maximilian hatte sich seit seiner Arbeitslosigkeit geändert, wie sein Vater erleichtert feststellte. Er schrieb dieses Verhalten seiner hübschen Freundin zu, die es bereits lange bei ihm ausgehalten hatte. Gelegentlich luden sie den alten Mann zum Essen ein. Sie nahmen ihn mit, wenn die Freundin am Wochenende eine Tanzveranstaltung hatte.

Tanja Golling war dabei die treibende Kraft. Sie war sehr herzlich und fand gelegentlich abends den Weg nach unten zu dem alten Herrn und leistete ihm Gesellschaft. Das erweckte in Menke Eschhoff die berechtigte Hoffnung, dass sein Sohn Maximilian die Chance wahrnahm, die ihm die Feeke-Bantz-Baugesellschaft geboten hatte.

Im April schmolz der letzte Schnee. Die ansteigenden Temperaturen trieben den Frost aus dem Boden. Die Sonne lockte die ersten Urlauber an die Küste, die an den Stränden Erholung suchten. In den Küstenbadeorten wurden die Strandkörbe aufgestellt, die Bootsstege ausgelegt, an denen frühe Skipper ihre Segelboote vertäuten.

Dr. Hoyer und Renke bereiteten die Zuwasserlassung der »Seeschwalbe« gewissenhaft vor, sodass es keine Probleme gab. Mithilfe eines Krans und einigen Clubkameraden ließen sie ihr Schiff zu Wasser, fuhren es zum Steg und vertäuten es dort.

Die »Seeschwalbe« glänzte in der Sonne in ihrer frischen Farbe. Bereits vor 17 Uhr, als noch weitere Yachten auf den Trailern an der Mole auf ihre Abfertigung durch den Kran warteten, kochte Renke in der Pantry Wasser, um einen Tee aufzubrühen. Sie hatten die Gasflasche frisch angeschlossen. Der Gasherd hatte zwei Platten mit Untersatz und befand sich seitlich der Arbeitsplatte des Pantryschranks. Es blieb genügend Platz für eine Tür, hinter der sich Stauraum befand. Gegenüber der handlichen Küche, durch den Mittelgang getrennt, war noch eine Navigationsecke eingerichtet. Das Ende bildete der Mahagoniaufstieg.

Dr. Hoyer saß im Salon am Tisch. Er liebte dieses nach Abenteuer ausgerichtete Ambiente. Er erhob sich, schritt an den Schrank, entnahm ihm das Geschirr und trug den Kluntjebecher, die Trockensahne und das Stövchen an den Tisch. Er deckte den Tisch.

Renke servierte den Tee. Sie bedienten sich. Renke hatte zur Feier des Tages noch eine Überraschung parat. Er hatte im Café ten Cate in Norden echten Schiffszwieback mit Korinthen gekauft, den sie zum Tee verzehrten. Sie schmiedeten Pläne für die beginnende Segelsaison.

Fürs Erste erklärte sich Dr. Hoyer bereit, Renke auf Törns nach Juist und Borkum, dann nach Wangerooge und Helgoland zu begleiten und ihm danach die Rolle des Skippers zu überlassen, wobei seine Freunde als Mitsegler fungieren sollten. Dabei, so lief die Planung, blieben er und seine Mama mit seinem Motorboot in seiner Nähe. Das war als eine Art Sicherung mehr für die Mutter als für Renke gedacht. Der Sohn konnte damit unter Beweis stellen, dass er in der Lage war, die »Seeschwalbe« bei Wind und Wetter zu segeln.

Den Rest erledigte dann sein Geburtstag. Damit hatte sich Elvira Bantz einverstanden erklärt. Sie befand sich zurzeit auf Baltrum. Sie sah dort in der Wohnung nach dem Rechten.

Das Leben schenkte ihr wieder Freude. Dr. Hoyer war ein rücksichtsvoller und liebender Partner und verstand sich ausgezeichnet mit ihrem Sohn. Er beabsichtigte, ihr die Angst um ihn zu nehmen und Renke die Freiheit zu geben, die er zu seiner Entwicklung brauchte. Dr. Hoyer war ganz zu Elvira Bantz gezogen. Sie hatten vereinbart, am letzten Sonntag im September zu heiraten.

Sie fuhr nach Baltrum, während ihr Lebensgefährte mit ihrem Sohn am Wochenende ihre Pläne in die Tat umsetzten.

Kurz nach 17 Uhr meldeten sich Tomko Hansen und Jesko Warfsmann auf dem Steg. Renke holte die Freunde an Bord. Sie trugen Rucksäcke mit sich, in denen sie verabredungsgemäß ihre Segelschuhe und Nachtgepäck mit hatten. Sie wechselten die Schuhe und kamen über die Stiege in das Unterdeck.

Im Salon begrüßte sie Dr. Hoyer. Renke wies ihnen ihre Schlafplätze und Schränke zu. Sie leerten ihre Rucksäcke und legten sie ab. Dann nahmen sie im Salon Platz und setzten sich auf die Polsterbank.

Sie hörten mit Begeisterung zu, was Dr. Hoyer vortrug. Sie entnahmen dem Vortrag, dass er eine Menge vom Segeln verstand. Sie akzeptierten ihn und fanden die Idee gut, nach einem grundlegenden Training die »Seeschwalbe« selbst zu segeln.

Kurz danach befahl Dr. Hoyer »Leinen los«, denn sie wollten mit Beginn der Ebbe nach Norderney segeln.

Das, was die jungen Segler zeigten, konnte sich sehen lassen. Dr. Hoyer konnte sich zurückhalten, denn jeder Griff stimmte. Es machte Spaß, die »Seeschwalbe« hart am Wind zu segeln. Auch das Anlegemanöver auf der Insel kam aus einem Guss. Da gab es nicht mehr viel auszusetzen, das war Dr. Hoyer klar. Auch die Freunde von Renke machten einen guten Eindruck.

Beim Abendbrot und anschließend bei einer Dose Bier verloren sie ihre Hemmungen und kamen aus sich raus. Tomko Hansen war wie Menke schlank und hoch gewachsen. Er hatte blonde Haare und ein kerniges, pfiffiges Gesicht. Sein Vater arbeitete als Maschineningenieur bei der Inselreederei. Seine Mutter war als Sprechstundenhilfe für halbe Tage bei einem Arzt für Innere Medizin beschäftigt. Tomko hatte eine Schwester, die in Münster studierte. Sie ließ sich zur Lehrerin ausbilden. Die Hansens wohnten in Ostermarsch ländlich in einem alten Bauernhaus, das sein Vater unter gelegentlicher Mithilfe seiner Mutter renoviert und zu einem gemütlichen Heim umgestaltet hatte. Sie legten Wert auf ein gepflegtes Familienleben, wenn auch ohne Allüren.

Ganz anders ging es bei der Familie Warfsmann zu. Jesko war ein kräftiger Typ. Er hatte dunkles Haar. Sein Gesicht wirkte mit scharfen Zügen trotzig. Er war gut einen halben Kopf größer als Renke. Auch er hatte noch eine jüngere Schwester, die ebenfalls das Gymnasium besuchte. Sie wohnten zur Miete zwischen Norddeich und Norden Am Hafenweg. Sein Vater war, wie er und seine Familie erzählten, wenn auf ihn die Frage kam, bei einem Verkehrsunfall ums Leben gekommen. Jesko besaß keine Erinnerungen an ihn. Die Familie Warfsmann hatte früher einmal in Marienhafe gewohnt. Hedda Warfsmann, seine Mutter, hatte abgesehen von kleineren Gefälligkeitstätigkeiten keine Arbeit angenommen, sondern sich ganz der Erziehung der Kinder gewidmet.

Hedda Warfsmann hatte es schwer gehabt, mit knappen Mitteln die Kinder aufzuziehen. Jesko Warfsmann war nicht nur superintelligent und hoch begabt, obwohl sein Zuhause alles andere als förderlich war. Es waren die Lehrer, die dafür Sorge getragen hatten, dass er zum Gymnasium kam. Er war ein sehr guter Schüler, und es war zu erwarten, dass er am Norder Ulrich-Gymnasium ein legendäres Abitur abzulegen in der Lage war.

Anfangs schämte sich der Schüler wegen seines Zuhauses. Am Hafenweg zu wohnen setzte den Familien den Stempel des Asozialen auf. Doch das hatte Jesko völlig abgelegt. Selbstverständlich nahm er es hin, dass seine Freunde ihn nicht gerne nach Hause begleiteten. Es war nicht so, als verachtete er sein Elternhaus. Er und seine Schwester wurden satt, und für saubere Kleidung sorgten sie selbst. Allerdings konnten sie es nicht ändern, dass ihre Mutter einen ungepflegten Eindruck machte, und wenn der Tratsch stimmte, dann trank sie.

Jesko Warfsmann fuhr leidenschaftlich gerne Fahrrad. Das hatte ihn auch Renke nähergebracht. Er hatte damals im Yachthafen auf dem Steg gesessen und zugeschaut, wie Renke mit seinem Vater die »Seeschwalbe« für einen kurzen Inseltörn vorbereitet hatte, als Feeke Bantz den Mitschüler seines Sohnes zum Mitsegeln einlud. Eine nette Geste von ihm.

Renkes Vater hatte den Schüler, dessen Familie nicht zu den feinen Adressen zählte, gemocht. So war Jesko zu einem tüchtigen Segler herangereift.

Der Dritte im Bunde, Tomko Hansen, entstammte einer alten Seemannsfamilie. Sein Onkel besaß als Leiter des Wasser- und Schifffahrtsamtes ebenfalls ein Boot. Dies und vieles mehr erfuhr Dr. Hoyer am ersten Abend an Bord des Schiffes im Yachthafen von Norderney. Alles in allem konnte gesagt werden, dass die Mitsegler firm waren im Umgang mit dem Schiff. Sie hatten zudem den notwendigen Instinkt für Gefahren, für die die Nordsee bekannt war. Plötzliche Wetteränderungen konnten gefährliche Folgen haben.

Die Gymnasiasten begegneten Dr. Hoyer mit dem notwendigen Respekt, ohne den Graben zwischen ihnen zu tief werden zu lassen. Trotz der gemeinsamen Segelkameradschaft vergriffen sie sich nicht im Ton.

Obwohl für das Schiff und die Segler auf Norderney nicht die geringste Gefahr bestand, teilte sich Dagobert Hoyer mit seinen jungen Kameraden die Wachen. Er nächtigte in der Kabine vorne im Bug. Die Freunde funktionierten die Sitzbänke um und verkrochen sich in ihren Schlafsäcken.

Am Morgen gab es keine Langschläfer. Während sich Dr. Hoyer an Land die Beine vertrat, die Liegegebühr bezahlte, zum Bäcker ging und Brötchen holte, machten die drei Freunde Klarschiff und bereiteten das Frühstück vor. Es gab Rührei mit Speck und Tee.

Um 10 Uhr verließen sie den Yachthafen von Norderney und segelten mit Kurs auf Juist. Die Nordsee war an diesem Morgen kabbelig. Der Himmel war leicht bedeckt und zeigte Neigungen zur Aufklarung. Der Wind war äußerst frisch und blies mit Stärke 5. Ohne Schwierigkeiten gelangten sie an den vielen Schiffen vorbei aus dem Hafen und passierten die sich nähernde Frisia-Fähre.

Als die »Seeschwalbe« gut im Wind lag und das Wasser schnitt, setzte sich Dr. Hoyer in die Plicht und überließ den jungen Leuten abwechselnd das Ruder.

Menke Eschhoff schöpfte neue Hoffnung. Sein Sohn Maximilian verstand sich sehr gut mit Tanja Golling, die trotz ihrer Liebe zu ausgefallener Kleidung, zu modischen Frisuren und gewagten Make-ups mehr Natürlichkeit besaß, als man vermuten konnte. Wie er erfahren hatte, war sie beliebt bei ihren Kundinnen und galt allgemein als eine tüchtige Friseurin.

Sie war es, die seinen Sohn immer mehr davon abhielt, die Abende in teuren Gaststätten und Kneipen zu verbringen. Sie sparte stattdessen einen Amerikaurlaub an. Von Dr. Hoyer und Sondermann hatte der alte Herr in Erfahrung gebracht, dass Maximilian sehr gut eingeschlagen war. Er leistete hervorragende Arbeit. Sie hatten sein Arbeitsfeld erweitert und ihm die gesamte Nachkalkulation fertiger Projekte anvertraut. Dabei hatte sein Sohn wesentlich dazu beigetragen, das mathematische Verfahren für die Bewältigung der Aufgaben zu entwickeln. Seine Arbeitsbereitschaft fand ein zusätzliches Lob, denn wenn es notwendig war, arbeitete er abends länger oder kam morgens früher zum Dienst.

Diese beruhigende Auskunft nahm der alte Herr mit Genugtuung zur Kenntnis und verzieh seinem Sohn den »Rauswurf« bei der Stadtsparkasse. Dennoch war er sehr erstaunt, als Maximilian und Tanja Golling ihn eines Abends im Sommer nach oben einluden und ihn baten, mit ihnen einen Tee zu trinken.

Sie verstehen sich bestens, stellte er fest und dachte an das Nächstliegende, nämlich Hochzeit und Enkel.

In froher Erwartung machte er sich auf den Weg. Tanja Golling hatte einen Tortenboden mit Erdbeeren vorbereitet. Sie und Maximilian hatten sich nett angezogen. Draußen war es noch warm, und so hatten sie auf dem Balkon den Tisch gedeckt und den Sonnenschirm aufgestellt.

»Nimm Platz, Vater, bei dem herrlichen Wetter ist es hier angenehm luftig«, sagte Tanja Golling und schenkte den Tee aus.

Nachdem er Platz genommen hatte, gab Maximilian die Tortenstücke auf die Teller.

»Nimm noch etwas Sahne, Opa«, sagte die zukünftige Schwiegertochter.

Also doch!, schoss es dem Alten durch den Kopf.

»Vater, wir teilen dir feierlich mit, dass Tanja und ich heiraten werden. Deshalb beabsichtigen wir auszuziehen«, sagte der Sohn.

»Ausziehen?«, fragte Menke Eschhoff überrascht und ungläubig.

»Bereits jetzt, erst recht wenn wir Nachwuchs haben, ist die Wohnung für uns zu klein«, sagte Tanja Golling.

»Für ein Kinderbett und einen Kinderwagen bietet sie Platz genug. Dabei kostet sie euch nichts«, sagte der alte Herr verärgert und grub die Kuchengabel in die Erdbeertorte.

»Wir haben andere Vorstellungen. Nicht nur unser Kind, sondern auch wir wollen uns bewegen können«, meinte Maximilian und machte sich über den Erdbeerkuchen her.

»Für eine Wohnung mit Kinderzimmer und Arbeitszimmer in

halbwegs guter Lage müsst ihr im Monat mindestens fünfhundert Euro zahlen«, sagte Eschhoff. »Dazu kommen noch die Nebenkosten. Ihr wollt Auto fahren und euch gut kleiden. Dann wird es knapp.«

»Vater, nicht nur Maximilian hat ein festes Einkommen. Ich verdiene auch nicht schlecht, und dann gibt es Mutterschaftsgeld«, sagte Tanja Golling und schenkte Tee nach.

»Ihr macht es einem nicht leicht, euch zu helfen«, sagte Eschhoff und trank Tee.

»Du kannst uns ja mit finanziellen Zuwendungen unter die Arme greifen, wenn es klamm werden sollte«, meinte der Sohn.

»Ich befinde mich in dem Alter, in dem man für alle Fälle Vorsorge getroffen haben sollte«, sagte Eschhoff. »Wenn ich unter der Erde bin, dann bleibt für euch noch genug.«

»Das sei dir vergönnt, Vater«, antwortete Tanja Golling lächelnd. »Du wirst bei deiner Gesundheit die Hundert erreichen, zur Freude deiner Enkelkinder.«

»Gott bewahre. Aber wann wird das sein, dass der Möbelwagen vorfährt?«, fragte der Alte.

»Wir sind schon auf der Suche, aber vorher heiraten wir noch«, sagte die zukünftige Schwiegertochter.

»Habt ihr schon einen Termin?«, fragte Eschhoff.

»Wir haben den 17. November vorgesehen«, sagte Maximilian. »Wir heiraten im Leuchtturm von Greetsiel.«

»Meine Eltern haben nicht viel Geld. Sie wünschen eine Hochzeit im kleinen Kreis«, sagte Tanja Golling.

»Ich werde die Hochzeit ausrichten«, sagte der alte Herr. »Habt ihr gewisse Vorstellungen, wie die Feier ablaufen soll?«

»Die Verwandtschaft und unsere Freunde«, antwortete Maximilian, »ich schätze das sind etwa sechzig Leute.«

»Ich hatte noch nicht das Vergnügen, deine Eltern kennen zu lernen«, meinte Eschhoff. »Am besten ist es, wir treffen uns in absehbarer Zeit und besprechen die Sache.«

»Mein Vater arbeitet bei VW. Er ist nicht bereit, sich meine Hochzeit viel Geld kosten zu lassen«, sagte Tanja Golling verlegen. »Ich habe zwei Schwestern, die sind beide bereis geschieden.«

»Der gute Mann hat nicht ganz unrecht«, sagte der alte Herr. »Dennoch möchte ich von deinen Eltern erfahren, wie sie zu meinem Vorschlag stehen.«

»Danke, das ist sehr nett«, meinte Tanja.

»Wo ich nur den einen Bengel habe«, antwortete Eschhoff.

Es gab noch das eine und andere zu besprechen. Dabei boten der Sohn und auch die zukünftige Schwiegertochter keinen Anlass zum Ärgernis. Dennoch hinterließen die Teestunde und das Gespräch bei Eschhoff einen bitteren Beigeschmack. Er hatte den Eindruck, dass Maximilian wiederum kein Augenmaß gekannt hatte, als er sich entschlossen hatte, eine neue Wohnung anzumieten.

Er hatte nichts einzuwenden gegen eine aufwändige Hochzeit. Er wollte auch die Kosten übernehmen. Doch Eschhoff befürchtete, dass sein Sohn dabei war, sich über Gebühr zu verschulden. Er hatte seinen Wagen auf Kredit gekauft. Eschhoff kannte die Höhe seines Gehaltes, deshalb hatte er seine Befürchtungen. Ein altes Sprichwort sagte: »Ist kein Geld im Haus, fliegt die Liebe zum Fenster raus.«

Der alte Herr lehnte es ab, dann erneut einzuspringen, womöglich noch, wenn das Kind da war und die Realität das verwöhnte Pärchen eingeholt hatte. Überhaupt traute er dem Frieden nicht, denn länger als ein halbes Jahr hatte bisher keine von Maximilians Liebschaften gedauert. Doch Maximilian wäre nicht sein Sohn gewesen, wenn er seinen Kopf nicht durchgesetzt hätte.

Schon wenige Wochen nach dem Gespräch wurde der alte Herr voller Sorgen Zeuge, wie der hiesige Spediteur den Umzug durchführte. Kopfschüttelnd betrachtete er im Anschluss die zurückgelassenen Möbelstücke, die Gardinen und Lampen, die dem Anspruch der jungen Leute nicht mehr genügten. Sie waren ihm aus dem Wege gegangen und hatten es nicht einmal für nötig gehalten, die Wohnung besenrein zu verlassen.

Das Gespräch mit Herrn Gerrit und Frau Ada Golling fand in Marienhafe auf dem Junkersweg 24 statt, der Wohnung der Familie.

Gerrit Golling und seine Frau Ada zeigten Hemmungen im Umgang mit dem Prokuristen, der in dem einfach eingerichteten Wohnzimmer den Corvit und das Bier abgelehnt hatte, weil draußen sein Mercedes stand, stattdessen einen Tee trank und Bilder aus dem Schuhkarton von Frau Golling entgegennahm.

»Das ist Sonja, ihre Schwester, sie war ebenfalls sehr hübsch«, sagte sie.

Menke Eschhoff betrachtete wohlgefällig das Foto und legte es ab.

»Das war ihr Mann. Häusermakler«, fuhr Gerrit fort.

Der alte Mann lernte auch Petra, die zweite Tochter, und ihren geschiedenen Mann auf einem Foto kennen.

»Geld geben wir keines mehr aus«, sagte Ada Golling und schenkte Tee nach. »Zumindest nicht für eine teure Hochzeit. Wir haben das Haus gekauft und wollen es abbezahlt haben, bis wir sechzig sind.«

»Einfach sitzengelassen hat er sie«, sagte Gerrit Golling. »Er fuhr für Dirks in Emden als Fernfahrer. Ich habe eine andere, die Klamotten kannst du behalten, hat er gesagt.«

Eschhoff schickte unbemerkt ein Gebet nach oben und hoffte, dass Tanja dieses Schicksal erspart bleiben möge. Er hatte Verständnis für die ablehnende Haltung der Familie Golling und kam mit ihr überein, die Hochzeit auszurichten. Dabei wollte er den jungen Leuten alles Weitere selbst überlassen.

Die Eltern der Braut zeigten keinen falschen Stolz und waren mit den getroffenen Vereinbarungen einverstanden. Auch Maximilian und Tanja fanden lobende Worte für das großherzige Verhalten und luden den alten Herrn an einem Samstag zu einer

Spazierfahrt mit einem Essen in Jever im »Haus der Getreuen« ein.

Der alte Herr übte Nachsicht und zeigte sich nicht empfindlich, wenn sich Tanja oder sein Sohn im Ton vergriffen, denn das herannahende Fest war mit Aufregungen verbunden.

Tanja war von Natur her schlank und machte was her im weißen Brautkleid, das sie im Beisein des Schwiegervaters in Oldenburg kauften. Eschhoff oblag es, die Programmgestaltung vorzunehmen. Er selbst ließ sich von den Kindern anstecken. Ihre Hochzeit sollte ihnen und auch den Teilnehmern unvergesslich bleiben.

Und in der Tat spielte selbst das Wetter mit. In einem Konvoi fuhr das Brautpaar im geschmückten offenen Cabriolet bei mildem Sonnenwetter nach Greetsiel zum Leuchtturm und wurde dort getraut, während sich die Hochzeitsgäste und eine Menge von Schaulustigen auf dem Deich vor der Nordseekulisse versammelt hatten und die engagierte Krummhörner Blaskapelle den »Hochzeitsmarsch« und andere beliebte Melodien spielte.

Stimmung kam auf, und für eine Stunde glich die vollzogene Trauung mit den Musikanten einem Volksfest. Unter dem Beifall des Publikums fuhr das Brautpaar mit den Gästen zu einem Frühstück in den »Ostfriesischen Hof« neben der Kirche im Zentrum von Greetsiel. Im großen Saal waren die Tische gedeckt. Es gab Brötchen, dazu alles Denkbare an Aufschnitt.

Die Mutter der Braut sprach die Begrüßung. Menke Eschhoff hielt eine kleine Ansprache, danach unterhielten die Musiker die Gäste, die das Frühstück genossen.

Um 14 Uhr begann das festliche Hochzeitsessen. Die Gäste speisten bis in den frühen Nachmittag. Dann spielte wieder die Musik, während Kaffee oder Tee serviert wurde. Es gab eine große Auswahl an Torten und Kuchen. Um 17 Uhr erschien unangekündigt ein Taxi. Das Hochzeitspaar stieg vor den erstaunten Gästen ein, um sich für die Reise nach Mallorca vorzubereiten. Sie flogen um 21 Uhr ab Bremen.

Für die Festteilnehmer war jedoch noch nicht Schluss der Veranstaltung. Menke Eschhoff bat sie, zu bleiben, das Abendessen einzunehmen und danach tüchtig zu tanzen, da sich die Kapelle bis 23 Uhr zur Verfügung halte.

Als Eschhoff um 23 Uhr 30 die Krummhörner Blaskapelle bezahlte, war er rundum zufrieden und ließ sich mit dem Taxi nach Hause fahren. Maximilian würde an der Seite seiner hübschen Frau mit Sicherheit seine Verrücktheiten verlieren, erst recht, wenn das Baby da war, dachte er und freute sich auf sein erstes Enkelkind.

Elvira Bantz widersprach den Leuten nicht, die behaupteten, sie ginge aus Vernunftgründen mit ihrem Geschäftsführer Dagobert Hoyer die Ehe ein. Ihnen war bekannt, dass sie ihren Mann Feeke über alles geliebt hatte. Dem war auch so. Doch Feeke lebte nicht mehr. Sie stand mit ihrem heranwachsenden Sohn alleine da. Renke war in dem Alter, wo sich seine Wege von den ihren trennten. Sie fühlte sich noch zu jung, um dem Alter lieblos und freudlos entgegenzuwelken. Sie hasste die Einsamkeit und die damit einhergehende Tristesse und Kälte in ihrem Schlafzimmer.

Sie hatte sich keine großen Hoffnungen mehr gemacht, auf einen Menschen zu stoßen, der sich über ihr Lächeln freute, der sie an die Hand nahm, um mit ihr durchs Leben zu gehen.

Elvira Bantz glaubte an die göttliche Vorsehung. Deshalb war es für sie kein Zufall, dass Dagobert Hoyer ihren Weg kreuzte. Auch er hatte die Einsamkeit kennen gelernt. Sie fassten es als ein Geschenk des Himmels auf, dass sie sich begegnet waren. Sie ließen hinter sich, was vergangen war, und schritten gemeinsam in die Zukunft. Mit Freude und Lebensmut setzten sie auch das Werk fort, was Feeke begonnen hatte. Es bereitete ihnen Freude, zuzusehen, wie Renke heranwuchs.

Elvira ließ es sich nicht nehmen, Dr. Hoyer ohne großes Zureden an Bord seines Motorbootes zu begleiten, um der »Seeschwalbe« zu folgen, die von Renke und seinen beiden Freunden gesegelt wurde. Souverän beherrschten sie das Schiff im Kampf mit den Wellen und dem Wind. Das befreite die Mutter von ihren Ängsten und erleichterte ihre Bereitschaft, an der Seite von Dagobert wie die jungen Leute lustig und ausgelassen zu sein.

Für sie blieb der Sommer unvergesslich. Sie erlebten das Meer, wenn die Wellen bedrohlich die Bordwand des Schiffes umspülten, der harte Wind die Segel prall blähte. Sie verlebten angenehme Stunden an Bord, wenn sie in den Häfen der Inseln lagen.

Da gab es keine Frage, Renke war ein Segler der Spitzenklasse. Das hat er von seinem Vater, dachte Elvira Bantz und überließ Renke die »Seeschwalbe«, wenn er am Wochenende mit seinen Freunden Törns zu den Inseln unternahm. Zudem ist hinzuzufügen, dass sie und Dagobert Hoyer nicht viel weniger mit dem Motorboot unterwegs waren. Ansonsten pendelten sie zwischen Baltrum und Norddeich hin und her.

Doch Renke schritt auch fort in seiner Entwicklung. Er begann sich langsam von Dagobert Hoyer zu lösen. Das war verständlich, wurde er doch im September achtzehn Jahre alt und stand kurz vor dem Abitur.

Renke begegnete seinem zukünftigen Stiefvater mit kameradschaftlichem Respekt und ordnete sich nur schweren Herzens unter. Natürlich redete er seiner Mutter nicht drein und ließ sich auch selber nichts mehr sagen. Mitunter tat er sich schwer zu Hause. Dann hatte er das Gefühl, Dagobert Hoyer sei ein Eindringling. Oft überkam ihn auch das Gefühl, Dagobert Hoyer zu stören, ihn in seiner Beziehung zu Mama zu hemmen.

Selbstverständlich besaß er im elterlichen Haus sein eigenes Reich, und wenn seine Mutter auf Baltrum war, versorgte ihn Frau de Vries. Er mochte die Haushälterin, die ihn schon als Baby verwahrt hatte. Sie war so etwas wie seine Vertraute. Sie redete ihm gut zu und trug dazu bei, dass er seine aufkeimende Eifersucht unterdrückte.

So verhielt es sich auch am Tag der Hochzeit. Auf Wunsch der Brautleute hatten sich einige Verwandte, ein paar Freunde und Freundinnen im Norder Standesamt eingefunden. Braut und Bräutigam bildeten ein hübsches Paar, das trotz des fortgeschrittenen Alters jung und dynamisch wirkte.

Das Brautkleid, ein Jackenkleid mit aufgesetzten Taschen und breiten Revers aus marineblauem Stoff, und eine hellgraue Bluse, standen bewusst im Gegensatz zu der üblichen weißen Hochzeitstracht. Dr. Hoyer trug einen Blazer, graue Hose und ein hellblaues Hemd mit einer gestreiften Krawatte, um anzudeuten, dass es nicht seine erste Hochzeit war.

Die anschließenden Feierlichkeiten im »Fährhaus« in Norddeich waren geprägt von harmonischer Herzlichkeit. Die Brautleute hatten den Termin dieser Hochzeit, die auch für die Feeke-Bantz-Baugesellschaft nicht ohne Konsequenzen war, geheim gehalten. Natürlich beabsichtigten die jetzige Frau Hoyer und ihr Mann, auf der nächsten Betriebsversammlung den Kaffee und Kuchen für die Belegschaft zu spendieren. Das war auch mehr als angebracht. Denn mit den Angestellten und Arbeitern hatte die Feeke-Bantz-Baugesellschaft bisher immer Glück gehabt. In all den Jahren hatte es keine Klagen gegeben.

Aber auch umgekehrt herrschte tiefe Zufriedenheit vor. Diese günstige Situation basierte auch auf der Tatsache, dass vonseiten der Geschäftsführung alles unternommen wurde, das Wohl der Belegschaft bei allen Entscheidungen zugrunde zu legen. Es galt als ein ungeschriebenes Gesetz, an den Löhnen nicht zu sparen. Die Folge waren keine Reklamationen, hervorragende Arbeitsqualität und volle Auftragsbücher.

Dr. Dagobert Hoyer und Hubert Sondermann setzten konsequent die Geschäftspolitik ihrer Vorgänger fort. Juristisch gesehen entstand durch die Eheschließung eine neue Rechtslage. Nach dem Tod von Feeke Bantz hatten Frau Bantz und Renke das Vermögen je zur Hälfte geerbt. Dr. Dagobert und seine Frau einigten sich vor einem Notar dahingehend, dass an der bisher geltenden vermögensrechtlichen Regelung des Sohnes festgehalten wurde, wo hingehend der Anteil der Mutter zur Hälfte an ihren Ehemann Dagobert Hoyer ging. Im gleichen Zug beteiligte Dagobert Hoyer seine Ehefrau zur Hälfte an seinem Vermögen.

Natürlich hatte diese Regelung zur Folge, dass Dr. Hoyer aus der Rolle des Prokuristen ausstieg und zum Chef des Unternehmens aufstieg, soweit seine Frau und Renke keine Ansprüche anmeldeten. Das taten sie nicht.

Renke, den diese Dinge weniger interessierten, bereitete sich gewissenhaft auf die Abiturprüfung vor. Er hatte sich ein wenig abgesondert von zu Hause, was Dr. Hoyer recht war. Seine enge Bindung an die Mutter bestand nicht mehr. Dabei verschuldete sie unbewusst, dass Renke ihre Unsicherheit im Umgang mit ihrem geliebten Mann als Kälte ihm selbst gegenüber auslegte.

Das hatte wieder zur Folge, dass Renke sich mehr als üblich der kleinen süßen Anna näherte. Sie war die Schwester von Jesko Warfsmann, Renkes Schul- und Segelfreund. Im Gegensatz zu ihrem Bruder litt Anna unter den Folgen ihrer Herkunft. Sie schämte sich wegen ihrer alkoholkranken Mutter und hatte das Gefühl, von ihren Klassenkameraden und Freundinnen geschnitten zu werden. Das hatte zu ihrer bescheidenen Zurückhaltung geführt.

Nicht selten kam sie sich wie eine Aussätzige vor, dabei war sie ein hübsches Mädchen, wenn nicht sogar die Schönste ihres Jahrgangs. Sie hatte schwarzes, naturkrauses Haar, einen dunklen Teint und ein feines, spitzes Gesicht. Anna war schlank. Ihr mädchenhafter Körper zeigte die ihrem Alter gemäßen weiblichen Rundungen. Sie nahm weder einen Lippenstift noch Puder oder sonstige Kosmetika.

Es schmerzte sie sehr, dass sie von der Fürsorge lebten. Sie war gewohnt, mit wenig auszukommen. Schon früh hatte sie gelernt, die Nähmaschine zu bedienen, und schneiderte sich die Kleider mit erstaunlichem Geschick selbst. Sie schreckte selbst nicht davor zurück, sich aus einem preiswerten Rest eines Jeansstoffes Hosen zu nähen.

Sie kannte keinen Neid. Wohl hatte sie den sehnlichsten Wunsch, dem asozialen Milieu zu entwachsen, was dazu führte, dass sie wie ihr zwei Jahre älterer Bruder Jesko sehr ehrgeizig war. Sie besuchte die Klasse elf des Gymnasiums. Jesko hatte die Schule bald geschafft. An dem Erfolg gab es nichts zu zweifeln. Er bereitete sich mit seinen Schulkameraden Renke und Tomko auf das Abitur vor.

Früher hatte Jesko es aus besagten Gründen abgelehnt, seine Schulfreunde mit nach Hause zu bringen. Das hatte sich geändert. Zum einen standen ihm seine beiden Klassenkameraden so nahe, dass er eine Ausnahme machte. Mit ihnen hatte er viele Tage an Bord der Segelyacht verbracht, zum anderen hatte er eine eigene Kammer. Seine Freunde Tomko Hansen und Renke Bantz gehörten zur Oberschicht.

Es kam gelegentlich vor, wenn die drei Mathe oder Englisch vorbereiteten, dass ihr Bruder Anna bat, ihnen einen Tee aufzubrühen. Dabei war seiner Schwester aufgefallen, dass Renke leicht errötete, wenn sie die Kanne in das Zimmer brachte. Anna selbst fühlte einen Kloß im Halse, wenn sie mit ihm sprach. In der Schule war sie Renke oft begegnet. Er hatte ihren Namen ausgesprochen und war dabei rot geworden.

Ein andermal waren sie sich bei Walmart begegnet. Da hatte Renke all seinen Mut zusammengenommen und Anna angesprochen. Er hatte sie in die abgetrennte Restaurationsecke des Supermarktes geführt. Dort hatten sie sich an einen Tisch gesetzt und waren sich bei einer Tasse Kaffee nähergekommen.

Es war Anna gewesen, die es für nötig gehalten hatte, ihre aufkeimende Liebe als ihr Geheimnis zu betrachten. Sie mieden auffällige Treffen auf dem Schulhof und trafen sich in Norddeich auf einsamen Radwegen.

Sie bildeten ein schönes Paar und logen sich nichts vor. Sie liebten sich mit der Inbrunst der Jugend. Für Anna stellte Renke den Prinz aus dem Märchen dar, der sie aus dem miesen Zuhause in eine schöne Zukunft führte. Aber auch Renke sehnte sich nach der Liebe des jungen und schönen Mädchens. Er war lange mit seiner Mutter alleine gewesen. Sie hatte ihn enttäuscht.

Renke Bantz und Anna Warfsmann prahlten nicht mit ihrem Glück. Sie bekannten sich nicht in der Öffentlichkeit zueinander. Ein beliebtes und sicheres Versteck bot ihnen die Bootshalle und erst recht die aufgebockte »Seeschwalbe«, an der Renke in der Freizeit arbeitete. Er besaß vom Hafenmeister einen Schlüssel und hatte jederzeit Zutritt.

Es war zu verführerisch gewesen, sich ungesehen im Unterdeck der »Seeschwalbe« im Salon in den Armen zu liegen und sich wegzuträumen. So kam, was kommen musste. An einem regnerischen Tag im Januar, während draußen der Nordwest mit Stärke 9 wehte, die Temperaturen frostig waren, schlief Renke zum ersten Mal mit seiner Anna. Für beide war das Gefühl neu und grandios.

Es gelang den beiden, das Geheimnis selbst vor Jesko Warfsmann, ihrem Bruder, zu bewahren. Ihr Verhalten wurde weder durch religiöse Ansichten noch durch die Erziehung beeinflusst. Dagegen bestimmte ihre moralische und sittliche Gesinnung ihr Verhalten. Sie waren aufgeklärt und kannten die im Taumel der Gefühle bedrohlich werdenden Klippen. Andererseits hatten sie sich über Verhütungsmittel und -methoden genügend Kenntnisse angeeignet, sodass sie sich vor einer Schwangerschaft sicher fühlten. Sie waren weder frühreif noch plagte sie die sexuelle Neugier. Sie folgten nur ihrem natürlichen inneren Drang, der sie zueinandertrieb. Und dazu war nichts geeigneter als das aufgebockte Boot in der Norddeicher Halle. Renke hatte einen Elektroofen besorgt. Unter Deck im Salon tranken sie Tee und waren vor neugierigen Blicken sicher.

Anna zeigte genügend Verständnis und ließ Renke reichlich Zeit, sich auf die Prüfung vorzubereiten. Und in der Tat, Renke enttäuschte niemanden. Er erwarb das Abitur mit zum Teil sehr guten Leistungen.

Auch Annas Bruder machte ein hervorragendes Abitur. Nicht wissend, dass sein Freund mit seiner kleinen Schwester schlief, verließ er kurz nach dem Abitur Norden, um seinen Ersatzdienst beim DJH (Deutscher Jugendherbergsverband) in Köln im Gästehochhaus abzuleisten. Er hatte vor, sich im Anschluss an den Ersatzdienst in Aachen als Medizinstudent einzutragen.

Auch Renke Bantz versah seinen Ersatzdienst. Er betreute Behinderte der »Birko« in Norden-Tidofeld, eine Tätigkeit, die ihn dazu führte, das Leben mit anderen Augen zu sehen. Diese Zeit verhalf Renke Bantz zur inneren Festigung.

Zum Leidwesen seines Freundes Jesko und seiner Schwester Anna gefährdete ihre Mutter durch den erhöhten Alkoholkonsum mehr denn je ihre Gesundheit. Oft weinte Anna, wenn sie bei Renke war.

Um diese Zeit war es Dr. Hoyer, der eines Abends auf der Suche nach einem Winkeleisen seine Füße in Richtung Bootsschuppen lenkte. Er betrat die Halle, in der einige Segelfreunde an ihren Booten arbeiteten. Renke und Anna fiel ein Stein von der Seele, da sie sich nicht sündigend unter Deck aufhielten, sondern mit Schmirgelpapier die Planken des Schiffes bearbeiteten, als sie Renkes Stiefvater sahen. Er begrüßte das Mädchen höflich, wenn auch reserviert.

Natürlich setzte sofort eine Familiendiskussion ein. Diese Anna Warfsmann sah zwar blendend aus, aber sie kam nicht aus dem richtigen Stall. Es gab peinliche Gespräche zu Hause. Doch die schlug Renke in den Wind.

Auch Anna musste sich einiges anhören. Ihrem Bruder hatte ein Klassenkamerad mitgeteilt, dass seine Schwester ein Verhältnis mit Renke Bantz unterhielt. Jesko forderte sie brieflich und telefonisch auf, von Renke zu lassen. Er war davon überzeugt, dass der Freund nur seinen Spaß haben wollte und nicht daran dachte, sie später zu heiraten.

Doch auch diese Störfeuer bewirkten nichts. Renke und Anna liebten sich und zeigten sich jetzt auch Hand in Hand in der Öffentlichkeit.

Der Stiefvater und Renkes Mutter reagierten einsichtig und gaben nach. Sie luden das Mädchen zum Tee ein. Und so ergab sich für Renke die Gelegenheit, seine hübsche Anna an die Hand zu nehmen und sie seinen Eltern vorzuführen.

Frau de Vries hatte den Tisch im Wohnzimmer gedeckt und den Tee hergerichtet. Sie war entzückt, als Renke ihr seine Freundin vorstellte.

»Mein Fräulein, Frau Hoyer und Herr Hoyer erwarten Sie schon«, sagte sie und zwinkerte Renke zu. Sie begleitete die beiden zur Tür und öffnete sie. »Unser Besuch«, sagte sie und schob Renke und seine Anna in das Zimmer.

»Mutter, darf ich dir Anna vorstellen? Vater hat ihre Bekanntschaft schon gemacht«, sagte Renke nicht ohne Nervosität.

Elvira Hoyer saß am Esstisch. Sie lächelte freundlich. Das Mädchen sah bezaubernd aus. Ihr Charme war überwältigend.

»Gnädige Frau, verzeihen Sie, ich bin noch ein wenig aufgeregt. Ich hatte Sie mir wie eine strenge Geschäftsfrau vorgestellt«, sagte Anna verlegen und reichte ihr den Blumenstrauß. Es waren Freesien, ihre Lieblingsblumen.

»Und inwieweit haben Sie den Eindruck meiner Frau korrigiert?«, fragte Dr. Hoyer lächelnd.

»Sie wirkt sehr sportlich und sympathisch«, antwortete Anna ungezwungen.

»Danke für das nette Urteil. Die Blumen sind herrlich. Nehmen Sie bitte hier am Tisch Platz«, sagte Elvira Hoyer.

»Wie Sie sagten, ist Jesko Warfsmann Ihr Bruder. Segeln Sie auch?«, fragte Herr Hoyer.

»Bis jetzt ergab sich dazu keine Gelegenheit«, gab sie zur Antwort.

»Ich werde es ihr beibringen. Die Saison beginnt in Kürze«, meinte Renke.

»Das ist dringend zu empfehlen, Anna«, sagte Elvira Hoyer. »Mein Mann ist auch Freizeitkapitän. Er war mein Segellehrer.«

Anna setzte sich neben Renke an den Tisch. Das Eis war gebrochen. Ohne Scheu und ungekünstelt plauderte Anna mit den Eltern. Sie sprachen über die Schule und ihre Berufsabsichten.

Renke hatte einen Studienplatz in Hamburg bekommen. Er beabsichtigte, Hochbau zu studieren. Doch vorher nahm sein Stiefvater ihn bis zum Semesterbeginn in seine Firma, damit er eine Art Praktikum absolvierte.

»Mutter schenkte mir zum Abitur einen Golf«, sagte er. »Er wird nächste Woche ausgeliefert.«

»Damit er zwischendurch mal nach Hause und zu Ihnen kommen kann«, meinte Dagobert Hoyer lächelnd.

»Das trifft sich gut, denn Renke will sein Boot nicht an die Ostsee legen«, warf die Mutter ein.

»Na, wenn ich das Geschäft nach jahrelanger Vorbereitung mal übernehmen soll, dann kann ich mir ein Boot an der Ostsee nicht leisten. Bleiben wir auf dem Teppich«, sagte Renke.

»Hören Sie, mein Sohn hat bereits feste Vorstellungen. Ich hoffe, Sie kommen nicht zu kurz«, meinte die Mutter.

»Ihr Sohn ist lieb. Irgendwann wird er auch Zeit für mich haben«, sagte Anna.

Sie legten Kluntje in die Tassen, als Frau de Vries den Tee ausschenkte, und bedienten sich mit Sahne.

Die Haushälterin verließ das Wohnzimmer, kam zurück und stellte das aus Brandteig und mit Rum verfeinerte Gebäck auf den Tisch. Renke griff zum Tortenheber und schob ein Stück der Torte auf Annas Teller.

»Für unseren Gast das erste Stück«, sagte er und bediente danach seine Eltern, dann Frau de Vries und schließlich sich selbst. Sie aßen vom Kuchen und tranken Tee.

»Exzellent, mein Kompliment, Frau de Vries«, sagte Anna und dachte an ihre alkoholkranke Mutter, die nur selten Kuchen backte. Das war eine andere Welt.

»Anna hilft Renke beim Streichen des Bootes«, sagte Dr. Hoyer.

Das junge Fräulein errötete. »Ja, aber nur gelegentlich«, antwortete sie. »Wir sind fast fertig. Renke hat noch einige Reparaturen auszuführen.«

»In Zukunft können wir außer Samstag und Sonntag nur noch abends in die Halle. Ich muss die Familienehre retten, darf nie fehlen, habe pünktlich zu sein und abends bis zum Schluss zu arbeiten«, sagte Renke.

»Das gehört zu den Tugenden, die die Jugend wieder lernen muss«, sagte Frau de Vries und schenkte Tee nach. »Wünscht noch jemand ein Stück von der Torte?«

»Noch sind wir alle schlank. So soll es auch bleiben«, meinte Dr. Hoyer.

»Hat jemand was dagegen, wenn ich Anna mitnehme in mein Reich?«, fragte Renke und nahm seine Freundin an die Hand, die sich ebenfalls erhob.

»Anna, ich hoffe, wir sehen uns jetzt häufiger. Sie könnten mich gelegentlich bei einem Bummel durch Norden begleiten, wenn die Männer zu tun haben«, sagte Elvira Hoyer im liebevollen Ton.

»Sagen Sie bitte du zu mir«, sagte Anna und lächelte dankbar.

»Renke, hast du etwas dagegen, wenn Mama und ich heute Abend nach Baltrum fahren und dir das Reich überlassen?«, fragte Dr. Hoyer.

»Keineswegs. Ich komme aber morgen nicht nach«, sagte Renke.

»Frau de Vries macht dir das Frühstück und kocht dir dein Essen«, sagte die Mutter. Sie wandte sich an ihre Haushälterin. »Gerda, du hast doch eingekauft?«

»Rouladen mit Rotkohl«, antwortete sie und begann abzuräumen.

»Anna, es war nett, dich kennen zu lernen«, sagte Elvira Hoyer und reichte dem Mädchen die Hand.

»Beherzigen Sir das, was meine Frau gesagt hat. Sie hat das ernst gemeint«, sagte Dr. Hoyer. Auch er reichte Anna die Hand zum Gruß.

»Renke, tschüß«, sagte die Mutter und gab ihm einen Kuss auf die Wange.

»Mach's gut, Junge«, sagte Dr. Hoyer.

Renke verließ mit Anna das Zimmer.

»Hast du liebe Eltern«, sagte sie.

»Sie mögen dich«, sagte er und stieg mit ihr die Treppe hoch.

Das Haus war gepflegt. Auf dem Parkettboden des Treppenhauses lagen echte Teppiche. Blumenkübel mit Zimmerpalmen zierten den Korridor.

Renke zeigte Anna seine Wohnung. Sie war größer als die paar Zimmer, die sie zu Hause mit ihrer Mutter bewohnte. Gardinen und Stores erhöhten die Wohnlichkeit. Die Möbel schufen ein elegantes Ambiente und entsprachen dennoch dem Zeitgeschmack.

Renke hatte neben einem Bad mit WC ein Studierzimmer, das den Namen verdiente. Bücherregale, ein Computer, ein Globus und Seekarten füllten neben einem großen Schreibtisch das Zimmer.

Sein Wohnzimmer enthielt neben stabilen Schränken im Ikeastil eine gemütliche Lese- und Sitzecke, Fernseher, Musikanlage, ein Tisch mit Stühlen und eine breite Liege. Die Wände zierten selbst geschossene, großformatige Fotos vom Segeln. Der Clou war die kleine Kochecke mit einem Zweiplattenherd.

»Das ist mein Reich. Natürlich putzt Frau de Vries hier einmal gründlich die Woche, ansonsten sorge ich für Ordnung.« Renke öffnete die angrenzende Tür. »Nicht vorenthalten möchte ich dir mein Schlafzimmer. Ich liebe keine Betten und freue mich jeden Morgen, wenn die Nacht um ist.«

Das Schlafzimmer enthielt eine breite Liege, einen großen Kleiderschrank, eine Frisierkommode. Anna lachte, denn eine als Bett umfunktionierte Liege war das einzige behagliche Möbelstück in der Wohnung. Anna ging zu dem Computer. Sie besuchte in der VHS einen Kurs und lernte, damit umzugehen.

»Kannst du meinem Vetter in Unna eine Nachricht durchgeben?«, fragte sie und sah ihn bittend an.

»Wenn es nicht mehr ist«, sagte er und stellte das Gerät an. Er bediente den Rechner. »Und, wie lautet die E-Mail-Adresse deines Vetters?«

»EnnoWarfsmann@Aol.com«, sagte sie.

»Und was willst du ihm mitteilen?«, fragte Renke.

»Er hat heute Geburtstag. Ich will ihm gratulieren«, sagte sie.

Sie hörten das Geräusch des abfahrenden Mercedes.

»Meine Eltern fahren zur Fähre nach Neßmersiel«, antwortete Renke auf Annas fragenden Blick und schrieb die E-Mail. Dann stand er auf, legte die Arme um Anna, zog sie an sich, neigte seinen Kopf und küsste sie. Sie erwiderte seinen Kuss. Sie vergaßen die Welt, doch die Küsse weckten ihr Verlangen nach mehr. In kleinen Schritten näherten sie sich der Liege, ohne voneinander zu lassen. Sie hielten sich umschlungen und ließen sich auf die Liege fallen. Dabei lachten sie und begannen mit den Händen ihre vibrierenden Körper von der störenden Kleidung zu befreien.

Sie dachten nicht an Sünde, als sie sich an ihrer Nacktheit erfreuten. Sie liebten sich berauscht von ihrer Begierde.

Hedda Warfsmann, geborene Lührs, war mit ihren 46 Jahren schon alt und erst recht grau. Sie hatte eine schöne Kindheit gehabt. Neben dem Resthof in Upgant-Schott, den die Mutter betreute, besaß ihr Vater, ein damals angesehener Herrenschneider, eine eigene Werkstatt.

Sie war nicht alleine aufgewachsen. Ihr älterer Bruder kam später als Fernfahrer ums Leben. Hedda Lührs hatte Lebensmittelverkäuferin gelernt und danach bis zu ihrer Ehe im Gemischtwarengeschäft Bontjes in Marienhafe gearbeitet. Damals war sie eine aparte junge Frau gewesen, nach der sich die Männer umgesehen hatten. Zudem hatte sie von den Eltern eine nicht unbedeutende Mitgift zu erwarten gehabt.

Ihr Vater verlor sein Leben gegen Kriegsende bei der Verteidigung von Remagen. Er lernte seinen Schwiegersohn Jan Warfsmann nicht mehr kennen, wohingegen ihre Mutter mit dazu beitrug, dass Hedda Jan Warfsmann nach etlichen Enttäuschungen das Ja-Wort gab. Jan war das, was man einen Naturburschen nennt. Er kam aus Osteel. Er war gut gewachsen und sah blendend aus. Er hatte Metzger gelernt und besaß wegen seiner Körperkräfte einen großen Einfluss auf seine Altersgenossen des Dorfes.

Noch während seiner Lehrjahre trat er auf Anraten seiner Freunde der Boxstaffel von Stern Emden bei. Er besaß alles, was einen exzellenten Boxer ausmachte. Damals schmiedete Jan Warfsmann große Pläne und lebte auch danach. Er rauchte und trank nicht. Zu der Zeit wurde er Niedersachsenmeister und Zweiter der deutschen Meisterschaft. Doch es blieb nicht bei den sportlichen Erfolgen. Er suchte nach Feierabend in den Straßen seiner Heimat nach Gegnern, denen er zeigen wollte, wer der Größte war. Dabei kam es vor, dass er ohne Grund Jugendliche anpöbelte und verprügelte.

Nachdem seinem Verein etliche Beschwerden zugestellt worden waren, trennte dieser sich von seinem Talent. Das beflügelte Jan Warfsmann noch, der Welt zu zeigen, dass er der Größte war. Dabei konnte er nicht nur boxen, sondern er war auch ein Ass im Bosselsport. Auch in dieser Sportart tyrannisierte er seine Mitspieler.

Sein Vater war früh gestorben. Seine Mutter arbeitete bei einem Landwirt als Magd, starb allerdings, als er seine Ausbildung beendet hatte. Doch Jan Warfsmann war kein Frauenheld. Auch hat er nie versucht, den Mädchen zu imponieren oder sie in irgendeiner Weise zu belästigen. Er hatte sich bereits schon früh für Hedda Lührs entschieden.

Zu dieser Zeit arbeitete sie als Verkäuferin in der Gemischtwarenhandlung von Bontjes. Jan Warfsmann belieferte für seinen Chef das Geschäft mit Wurst, Schmalz und Schinken. Damals war er noch der nette junge Mann vom Gesindehaus des Landwirtes Scheppker, dessen Mutter nur Arbeit kannte und ihn mit ihren kargen Mitteln großgezogen hatte.

Auch Hedda Lührs machte etwas her. Sie verabredeten sich, verliebten sich und genossen eine schöne gemeinsame Zeit. Er und Hedda hatten früh geheiratet, genauer gesagt, sie hatten heiraten müssen, weil sie schwanger wurde. Zu ihrer Zeit galt das als eine schwere Verfehlung, ein uneheliches Kind zur Welt zu bringen.

Hedda Warfsmann hielt zu ihrem Jan, wenn er sie auch mit seinem Lebenswandel oft in tiefe Bedrängnis stürzte. Später, nach dem die Bewunderung in der Öffentlichkeit ausblieb, die Jahre des Sports ein Ende hatten, wurde Hedda gezwungen, ans Eingemachte zu gehen. Das Einkommen des ehemaligen Boxers floss nicht immer regelmäßig und reichte nicht mehr aus, einen angemessenen Lebensstandard zu halten. Das war die Zeit, die Hedda nicht noch mal durchleben möchte. Jan sprach dem Alkohol zu, der seinen Charakter veränderte. In jenen Tagen schwängerte er seine Hedda zum zweiten Mal. Das erste Kind, ein Junge mit Namen Jesko, war zu dem Zeitpunkt bereits zwei Jahre alt.

Doch jetzt, wo Jan Warfsmann aus dem Familienglück hätte Kraft schöpfen können, wurde aus dem liebenswerten, charmanten Ehemann ein Haustyrann. Er trank, zuerst versteckt, doch dann, als ersichtlich wurde, dass er ein Trinker war, fürchtete sich Hedda vor ihm und suchte Schutz und Beistand bei seinem unverheirateten Freund. Das führte zu einer Vertrautheit der beiden.

Da geschah das schier Unglaubliche. Jan, der Hedda und seine Kinder stark vernachlässigte, verlor auch das Augenmaß für die

Dinge, die um ihn herum geschahen. Eines Abends beim Dämmerschoppen in der Kneipe lallte ihm ein Saufkumpan eine Geschichte vor, der er wenig Aufmerksamkeit widmete. Doch sie ging ihm nicht mehr aus dem Kopf. Je mehr er darüber nachdachte, desto entschlossener nahm er sich vor, einzuschreiten.

Und so kam es, dass Jan Warfsmann an einem kalten, dunklen Herbstabend um sein Haus schlich und wie ein Spanner durch die Fenster lugte. Er war nüchtern geblieben, was ihm schwergefallen war. Durch die kleine Hintertür verschaffte er sich Einlass in sein Haus. Er schlich durch den Flur. Die Kinder schliefen, aber nicht seine Hedda. Er vernahm ihr lustvolles Stöhnen. Sie war nicht allein, das verrieten die eindeutigen Geräusche.

Jan Warfsmann riss die Tür auf, stürzte an das Bett und stach mit seinem Schlachtermesser unbarmherzig zu. Er zog das Messer aus der haarigen Brust des Freundes und hieb es wiederholt in den nackten Körper, aus dem das Blut quoll. Er sah, wie seine Hedda in Panik nackt aus dem Bett sprang und losrannte. Er ließ sie laufen. Er hielt das blutige Messer in der Hand, richtete einen strafenden Blick auf seinen sterbenden Freund und setzte sich auf einen Stuhl, der neben dem Bett stand. Er wartete und leistete keinen Widerstand, als die Polizei ihn festnahm.

Jan Warfsmann sah seine Kinder nicht mehr. Das Gericht sah es als erschwerend an, dass Jan Warfsmann bei klarem Verstand die Tat geplant und begangen hatte. Die Anzahl der Messerstiche entsprach auch seiner späteren Uneinsichtigkeit. Er stand ganz hinter seinem Verbrechen.

Die grausame Tat und der spätere Prozess blieben nicht ohne Auswirkung auf das Leben von Hedda Warfsmann. Das knappe Geld, ihre schwere Aufgabe, die Kinder großzuziehen und ihnen eine Ausbildung zukommen zu lassen, hatten ebenfalls Spuren hinterlassen. Hinzu kam, dass auch Hedda Warfsmann im Laufe der Jahre dem Alkohol verfiel, der ihrer Gesundheit abträglich war.

Jesko und Anna lernten früh genug, mit anzufassen. Hedda

Warfsmann erzählte ihnen, ihr Papa wäre im Himmel beim lieben Gott. Er sei nach einem Autounfall verstorben. Ihr Umzug von Marienhafe nach Norden-Norddeich hatte nicht nur den Zweck, die Bluttat in Vergessenheit geraten zu lassen, sondern stellte auch einen Abstieg für die Familie dar, denn sie lebte von der Sozialhilfe.

Mit den Jahren wurde für Jesko und seine Schwester Anna diese Tatsache zu einer gewaltigen Benachteiligung, als ihnen bewusst wurde, dass sie mit dem Ruch der Asozialität aufwuchsen. Ungläubig hatte Hedda Warfsmann damals gelächelt, als ihr Sohn Jesko ihr erzählte, dass er mit dem reichen Unternehmer Feeke Bantz und seinem Sohn an Bord ihrer Yacht »Seeschwalbe« mitgesegelt war. Noch erstaunter reagierte sie, als sie von ihrem Sohn erfuhr, dass er mit Renke Bantz und Tomko Hansen befreundet war.

Doch dann geschah das Ungeheuerliche. Hedda Warfsmann konnte es kaum fassen. Jeskos Freunde besuchten ihn in ihrer Wohnung. Ihre Tochter Anna hatte mitgeholfen, die Zimmer herzurichten. Hedda Warfsmann hatte es sich nicht nehmen lassen, die geachteten Söhne angesehener Eltern selbst zu begrüßen. Gerührt und voller Stolz auf ihren Sohn genoss sie die Genugtuung.

Sie schöpfte Hoffnung für die Zukunft ihrer Kinder. Nein, sie war keine Kupplerin und hatte keinen Einfluss auf ihre Tochter Anna genommen. Ihr Sohn Jesko hatte ihr am Telefon die unglaubliche Geschichte erzählt, wie Anna den jungen Bantz kennen gelernt hatte. Auch Renke Bantz war Anna zugetan, und es war kaum zu glauben, Anna hatte Frau Hoyer, Renkes Mutter, schon öfter zum Einkaufen in Norden begleitet. Das Aschenputtel und der Prinz.

»Und später ist er ihrer überdrüssig. Dann lässt er Anna fallen wie eine heiße Kartoffel. Und das ist die Wahrheit.« Das war die Meinung von Jesko Warfsmann. Dabei hätte es Jesko besser zu Gesicht gestanden, sich um die Mutter zu kümmern, denn mit Hedda Warfsmann ging es bergab.

Elvira Hoyer hingegen kümmerte sich nicht um den schlechten Ruf, der Anna anhaftete. Für sie gab es eine sinnvolle Erklärung für die Alkoholsucht ihrer Mutter. Trotz ihres trostlosen Schicksals war es Hedda Warfsmann gelungen, den Kindern eine Zukunft zu bieten. Anna hatte sich ihr als patentes Mädchen offenbart, und auch ihr Bruder Jesko besaß die Eigenschaften eines liebenwerten jungen Mannes. Ihn sah sie jetzt weniger, da er seiner Ausbildung nachging.

Elvira Hoyer tat als Mutter alles, Anna und Renke mit Rat und Tat zur Seite zu stehen. Sie wusste nicht, ob die beiden bereits miteinander schliefen, doch sie ging davon aus und spielte nicht die hektische Aufpasserin. Es bereitete ihr Freude, zu hören, dass Renke gut klarkam mit den geistig und körperlich Behinderten in der Birko-Werkstätte. Er verstand sich hervorragend mit seinen Vorgesetzten. Doch nicht minder fand er auch Anklang bei seinen Kollegen. Er war bescheiden, höflich und hilfsbereit. Dabei war die Arbeit bei Weitem kein Zuckerschlecken. Oft reagierten die Behinderten aggressiv. Sie entwickelten dabei ungeahnte Kräfte, die sie auch gegen ihre Betreuer einsetzten. Aber sie waren immer zu mehreren Aufsichtspersonen im Arbeitsraum und konnten so ihre Arbeit bewältigen.

Nach Beendigung seines Ersatzdienstes ging Renke Bantz noch für einige Wochen in den Betrieb seines Vaters, um in einem Kurzpraktikum die Funktionen einer Baugesellschaft kennen zu lernen.

Maximilian Eschhoff hatte die Position inne, die sein Stiefvater und Herr Sondermann mit großem Erfolg eingerichtet hatten. Hier wurde eine Nachkalkulation der erstellten Bauten durchgeführt, um Unter- beziehungsweise Überdeckungen mit einem Zuschlag oder Abschlag auszugleichen. Des Weiteren bekam Renke Bantz bei Maximilian Eschhoff Einblick in die Aufgabe, vom Bauherrn zur Verfügung gestellte Altbauten, Grundstücke und die ohne Auftrag gefertigten Rohbauten an den Mann zu bringen.

Diese Zeit des Praktikums bescherte Anna und Renke unvergessliche Erlebnisse. Irgendjemand vom Yachtclub war stets zur Stelle, wenn sie zu den Inseln segeln wollten. Der in Ostfriesland nicht immer schöne Sommer zeigte sich in diesem Jahr von der besten Seite.

Renkes Mutter und auch der Stiefvater hatten nichts dagegen, wenn Renke und Anna die Wochenenden auf dem Schiff verbrachten. Während des anschließenden Wintersemesters allerdings mussten beide kürzertreten.

Renke hatte zuerst in Hamburg-Rahlstedt eine solide Wohnung gemietet, die ihm die Gelegenheit zu weiten Wanderungen in den nahen Wald bot, auch Platz für seine Anna hatte. Aber das Studium erlaubte es ihm nur selten, sich Anna intensiv zu widmen. Hinzu kam, dass auch sie nur dann nach Hamburg kommen konnte, wenn sie keine schulischen Nachteile hinnehmen musste. Beiden blieb das Handy, und es kam vor, dass Renke Telefonrechnungen von einigen Hundert Euro zu begleichen hatte.

Doch dann hatte das Darben ein Ende. Anna bestand das Abitur und entschloss sich, auch in Hamburg zu studieren. Sie entschied sich für das Lehramt. Sie bekam aufgrund ihrer nachgewiesenen Bedürftigkeit einen Platz im Studentenheim. Eine Situation, mit der beide sehr zufrieden waren.

Renke Bantz zog noch einmal um, um näher an der Uni zu sein. Sorgen bereitete Anna der Zustand der Mutter, um die sich professionelles Personal kümmern musste. Bei aller Liebe und Achtung, Anna konnte ihr nicht mehr helfen. Selbst bei ihren Besuchen erkannte sie ihre Tochter nicht mehr. Das war mit ein Grund, das Studium mit dem nötigen Ernst anzugehen.

Anna und auch Renke verpassten an der Uni keinen Termin. Sie hielten sich streng an die Regeln und stellten auf diese Weise sicher, dass sie kein Semester verbummelten.

Elvira Bantz und ihr Mann zeigten sich sehr zufrieden mit Renke, der ein strebsamer Student war. Auch seine Freundin Anna stellte nicht, wie sie befürchtet hatten, ein Hindernis dar. Aus diesem Grunde unterstützten die Eltern Renke großzügig. Er fuhr einen Golf und brauchte nicht den Cent mehrmals umzudrehen, bevor er ihn ausgab. Davon profitierte auch Anna, die mit ihrem Stipendium keine großen Sprünge machen konnte. Renke lud sie häufig zum Essen ein und unterbrach damit das Einerlei der Mensagerichte.

Aber auch Elvira Bantz zeigte sich spendabel und kaufte hin und wieder für Anna geschmackvolle Kleidungsstücke. Darüber hatte sich Annas Mutter, als sie noch bei Verstand war, mächtig aufgeregt. Jesko, der in Aachen Medizin studierte, war in dieser Sache ihrer Meinung gewesen. Er sah es als eine Schande an, dass Anna Renke liebte. Auch er glaubte, dass sich Anna dem Freund wegen seines Reichtums an den Hals geworfen hatte.

Diese offen zur Schau getragene Abneigung gegen die Familie Bantz und Hoyer machte Anna das Leben nicht leichter. Sie litt darunter. Sie hatte ihre Wohnung in Hamburg. Während der Semesterferien im Winter vermittelte der ASTA Anna eine gut bezahlte Stelle als Serviererin im Alstercafé. Sie sah sehr hübsch aus in ihrer Diensttracht. Dazu gesellten sich ihr freundliches Wesen und ihr Charme. Das gehobene Publikum, das sich in den eleganten Räumen einfand und sich an dem Alsterblick erfreute, verzehrte gut und bezahlte großzügig. Ihr Dienst begann um neun und endete um sechzehn Uhr, dann kam die Ablösung. Jedes zweite Wochenende hatte sie frei. Sicherlich ein anstrengender Job. Überlegt man aber die Tatsache, dass Anna ein gesundes Mädchen war, die berufliche Belastung nur für zwei Monate bestand und immerhin 2500 Euro am Ende dabei herauskamen, dann war dagegen nichts einzuwenden.

Renke ließ es sich nicht nehmen, mit ihr zu bummeln, wenn sie frei hatte, das Kino zu besuchen oder sonst einer Zerstreuung nachzugehen.

Frau Hoyer, die wenige Fragen stellte, aber immer bereit war, einzuspringen, wenn es den beiden an Geld fehlte, vermietete Anna eine ihrer Ferienwohnungen in Norddeich zum symbolischen Mietwert von 25 Euro im Halbjahr. Dieses Entgegenkommen ermöglichte es der Studentin, ihren Freund in Norddeich während der Semesterferien, wann immer sie Lust dazu verspürte, zu besuchen, ohne dass sie, was Frau Hoyer damit beabsichtigt hatte, wie ein Ehepaar zusammen wohnten. Und Renke hatte die Möglichkeit, seine Semesterferien im Winter in der Hauptsache für die Arbeit an seiner Yacht zu nutzen.

Anna erwarb den Führerschein und entschied sich für den Kauf eines VW Polo. Beide kamen sie gut zurande mit ihrem Studium. Anna hatte gerade die »Schulpraktischen Übungen« bestanden, dabei die Selbstbestätigung erhalten, dass ihr der Umgang mit Schülern nicht nur lag, sondern große Freude bereitete.

Aber auch Renke hatte gute Fortschritte gemacht. Doch leider hatte sich das Verhältnis zu seinem Stiefvater verschlechtert. Es war nicht so, dass sie verfeindet waren. Der Grund für ihre gegenseitige Reizbarkeit lag wohl hauptsächlich in der Eifersucht, da das Mutter-Sohn-Verhältnis mit den Vorstellungen über die Erziehung kollidierte, die Dr. Hoyer für angebracht hielt.

»Muss ich mir das anhören, was *er* da schwätzt?«, pflegte Renke zu erwidern, wenn die Mutter schlichtend eingriff und Dr. Hoyer loslegte.

»Du erziehst den Bengel falsch! Der bekommt zu viel«, das war Dr. Hoyers Meinung.

Es war bezeichnend, dass es Elvira Hoyer gelang, die Situationen zu meistern. Einerseits spielte sie die Rolle der Ehefrau zur Zufriedenheit ihres Mannes, vergaß es aber gleichzeitig nicht, Renke eine liebende, großzügige Mama zu sein. Das Kunststück schaffte sie nur, weil sich Stiefvater und Stiefsohn aus dem Wege gingen. Renke ließ sich ganz selten in der elterlichen Wohnung sehen. Die Mutter besuchte ihn jedoch des Öfteren.

Mittlerweile waren die beiden Prokuristen verstorben. Die Prostataoperation hatte Frerik Salzers Leben um gute drei Jahre verlängert, die er bei seiner Tochter verbracht hatte. Allerdings hatte er sich eine Seebestattung gewünscht. Seine Urne war von Nürnberg an das hiesige Bestattungsunternehmen überführt worden. Die engsten Verwandten und auch Renke begleiteten seine Asche auf die letzte Reise.

Die kleine Trauergemeinde stach an einem kühlen Herbsttag mit der »Pax« in See. Bei einem mäßigen Seegang und Windstärke 6 wurden die Passagiere Zeugen, als die Asche einige Seemeilen nördlich von Norderney in der Nordsee verstreut wurde. Nicht ohne Wehmut erinnerte sich Renke an Frerik Salzer, mit dem ihn ungezählte Stunden an Bord verbanden, die oft mit gefährlichen Winden und harten Brechern einhergegangen waren.

Auch der alte Eschhoff hatte plötzlich und unerwartet das Zeitliche gesegnet. Doch zu ihm hatte Renke keinen nennenswerten Kontakt mehr gehabt. Mit seinem Sohn Maximilian dagegen hatte er sich während der Zeit seines Praktikums ganz gut verstanden. Er hatte eine nette Art, das Leben von der leichten Seite zu nehmen. Er war sehr umgänglich, interessierte sich für Autos und für schöne Mädchen. Kein Wunder, denn Maximilian Eschhoff sah blendend aus. Er besaß gute Umgangsformen. Aber verglichen mit seinem Vater galt er in der Firma als ein Blender, der allerdings mit seiner Kundschaft hervorragend umzugehen verstand.

Obwohl er viel in der Welt herumgekommen war, lagen ihm besonders die Menschen an der Küste mir ihrer sachlichen Nüchternheit. Verständlich, dass Maximilian gerade auf dem Immobiliensektor für die Feeke-Bantz-Baugesellschaft von unschätzbarem Wert war.

Renke war oft Zeuge geworden, wenn sein Stiefvater und seine Mutter sich über Maximilian unterhielten. Es waren seine »Weibergeschichten«, die der alte Eschhoff oft genug angeprangert hatte. Doch das schien sich gelegt zu haben. Seine Frau Tanja hatte die Maße und auch das Aussehen eines Models. Sie kannte Anna flüchtig von früher.

Es blieb nicht aus, dass sich Tanja und Anna wieder begegneten. Die jungen Frauen verstanden sich gut. Das führte zu einer Einladung zum Tee, die Anna annahm.

Maximilian Eschhoff hatte von seinem Vater nicht nur das Haus geerbt, sondern auch Geld und Wertpapiere, die es ihm erlaubten, bauliche Veränderungen durchzuführen.

Anna zuliebe begleitete Renke seine Freundin einige Male zu Besuchen bei den Eschhoffs. Maximilian war einige Jahre älter als Renke. Das war aber nicht der Grund für die Vorbehalte, die er gegen den Angestellten hegte. Renke mochte seine geschwollenen Reden nicht. Überhaupt gab er sich gerne angeberisch. Dagegen blieb Tanja auf dem Teppich.

Renke hatte nichts dagegen, dass Anna und Tanja Eschhoff freundschaftliche Beziehungen unterhielten. Einen großen Bekanntenkreis hatten sie nicht. Abgesehen von den befreundeten Kommilitonen und Kommilitoninnen in Hamburg lebten sie in Norddeich ziemlich isoliert, da sie auch – bedingt durch das Segeln und im Herbst und Winter durch die Arbeiten am Boot – wenig unter die Leute kamen. Die ehemaligen Mitschüler und Mitschülerinnen studierten und lebten außerhalb von Norden.

Jesko Warfsmann reagierte mit einem unfreundlichen Brief, als er erfuhr, dass Anna in einer Wohnung der Familie Bantz-Hoyer lebte. Doch Anna Warfsmann nahm dies alles in Kauf, weil sie Renke liebte und, wie sie sicher wusste, auch von ihm geliebt wurde.

Doch weder Anna noch ihr Bruder wussten um diese Zeit, dass es jemanden gab, der sich nach vielen, sehr vielen Jahren für sie interessierte. Es war Jan Warfsmann, der Ex-Häftling, der aus der Haft in Hamburg-Fuhlsbüttel entlassen worden war.

Die Welt, in der seine Familie lebte, begann allmählich Konturen zu gewinnen. Sie war ihm unglaublich fremd und bedrohlich erschienen. Ihm fehlte der Mut, sich seinen Kindern zu zeigen und ihnen zu sagen, dass er verhindert gewesen war und sich nicht um sie hatte kümmern können. Da war Jesko. Er war zwei Jahre alt, als das Mädchen geboren wurde. Sie war noch ein Baby gewesen, als sie ihn geholt hatten. Er bereute nichts. Was geschehen war, das war geschehen. Eilrich Seljan, der frühere Kumpel, hatte es nicht anders verdient. Der hinterlistige Hund hatte ihn mit seiner Frau Hedda betrogen, und dafür hatte er sterben müssen.

Jan Warfsmann hatte seine Kinder geliebt und in einsamen Nächten viel geweint, weil sie ihm vorenthalten worden waren. Doch auch das hatte die Zeit erledigt. Er hatte Hedda ungeschoren davonkommen lassen, damit sie die Kinder großziehen konnte. Noch immer verachtete er sie. Er hatte dafür Sorge getragen, dass Hedda nie mehr glücklich werden würde. Und so war es auch gekommen.

Doch das hatte auch Folgen für ihn gehabt. Knastjahre ohne Besuch. Niemanden zu haben, der Anteil nahm, das hatte sehr wehgetan. Doch in der harten Gefängniswelt war kein Platz für Sentimentalitäten. Er hatte bereits in der Vollzugsanstalt Lingen gelernt, dass er alles vergessen musste, was Sitte, Anstand und Höflichkeit war. Das war keine Welt für Träumer und Schwächlinge. Jan Warfsmann gehörte zu den streng bewachten schweren Jungs, bei denen er sich nur unter Anwendung brutaler Gewalt durchsetzen konnte. Das war die Sprache, die er verstand und die er beherrschte.

Jan Warfsmann hatte auch den sachlichen Umgang mit dem Bewachungspersonal gelernt, ohne seinen Stolz zu verlieren. Im Knast galten andere Vorstellungen von der Moral. Jan Warfsmann, der mutig seine Kraft einsetzte, wenn es um die Rangfolge der Häftlinge untereinander ging, verachtete wie die meisten Strafgefangenen die Kindermörder und Kinderschänder.

Jan Warfsmann besaß bereits einen Ruf unter den Mitinsassen, der ihm bei seiner Verlegung nach Hamburg-Fuhlsbüttel vorausging. Da waren seine legendären Ausbruchsversuche gewesen, die ihm außer weiteren Jahren nichts eingebracht hatten. Er gehörte zu denjenigen, die die gleichgeschlechtliche Liebe unter Männern verabscheuten und ihren Bewachern im Kampf gegen das Rauschgift halfen. Das hatte ihm viele Feinde unter den Mithäftlingen eingebracht, die allerdings im Kleinkrieg gegen ihn den Kürzeren zogen.

Das hatte zur Folge, dass Jan Warfsmann immer wieder auf Widersacher stieß, wenn der Gefängnispfarrer, die Wärter oder der Gefängnisrat sein Punktekonto für eine vorzeitige Entlassung betrachteten. Andererseits hatte er sich nach all den Jahren vor der Bewährung in der realen Welt gefürchtet.

Doch so sehr er davor zurückgeschreckt war, die Zeit kam, in der die Gefängnisleitung ihm eine Liste mit Anschriften von Stationen der Bewährungshilfen in die Hand gedrückt hatte, für ihn in Hamburg ein einfaches Zimmer angemietet und ihn mit der Unterstützung eines Sozialarbeiters in eine Anstellung bugsiert hatte.

Es war schon bemerkenswert, wie Jan Warfsmann nach über fünfundzwanzig Jahren Freiheitsentzug wieder lernen musste, sich in der Umwelt zurechtzufinden. Die vielen Menschen irritierten ihn. Er fürchtete sich in der U- und S-Bahn und stand schweißgebadet auf überfüllten Fußgängerwegen. Selbst das Verhalten in der Wohnung bereitete ihm Schwierigkeiten. Ihm fehlte die Sicherheit, die der Gefängnistrakt bot.

Wie mit einem Kind übte sein Bewährungshelfer mit ihm den Weg zum Supermarkt, in dem der gelernte Metzger eine Anstellung als Hilfskraft fand. Von seinem früheren Zuhause wollte er nichts mehr wissen. Die Welt da draußen war nicht stehen geblieben, und auch er hatte sich verändert. Er bereute auch nach den vielen Jahren im Knast immer noch nicht seine Tat. Dennoch war er nicht als gebrochener Mann in die Freiheit entlassen worden. Im Gegenteil, sein starker Überlebenswille befähigte ihn, einen neuen Start zu versuchen.

Sein gestähltes Gesicht verriet Energie. Sein Körper war durch ständiges Training muskulös, trotz der sichtbaren Zeichen des Alters. Auch als er seine erste Scheu abgelegt hatte, lehnte er es weiterhin konsequent ab, mit seiner Familie Kontakt aufzunehmen.

Seine Wohnung befand sich auf der Seilerstraße auf St. Pauli in der Nähe der Reeperbahn. Seine Arbeitsstelle konnte er zu Fuß in zwanzig Minuten erreichen. Es war der Edeka-Markt in der Simon-von-Utrecht-Straße. In der Nachbarstraße befanden sich Fitness-Studios, solide Kneipen und ein Kino.

Jan Warfsmann legte nach und nach die Vorbehalte ab und knüpfte erste Kontakte mit Männern, die einen wöchentlichen Skatabend in der Pinte unterhielten. Es waren redliche Handwerker und Werftarbeiter in seinem Alter, die viel von ihren Kindern erzählten. Aber auch in der »Körperschmiede« gab es gesellige Altersgenossen, die mit ihm freundschaftliche Kontakte unterhielten.

Mitte Dezember besuchte ihn sein Bewährungshelfer Uwe Lottmann, um nach dem Rechten zu sehen. Er kam nicht mit leeren Händen. Er brachte Jan Warfsmann ein Adventsgesteck, bestehend aus einer roten Kerze und Tannengrün, um ihn ein wenig an der Vorfreude auf das Fest teilnehmen zu lassen. Zusätzlich hatte der Bewährungshelfer noch eine Überraschung für seinen Schützling in der Hinterhand. Er besaß zwei Karten für das vorweihnachtliche Singen des Universitätschores im Audimax. Das war zwar nicht die Veranstaltung, die Jan Warfsmann den Schlaf raubte, doch vor allem weil Warfsmann zugeben musste, dass der Bewährungshelfer viel für ihn getan hatte, willigte er ein.

Der vorgesehene Besuch der Veranstaltung bescherte Jan Warfsmann Kopfschmerzen und Lampenfieber. Die vielen Stuhlreihen, die Enge und die vielen Menschen riefen Unwohlsein in ihm hervor. Aber Uwe Lottmann ließ nicht mit sich reden.

Am Samstag, dem 7. Dezember, fiel leichter Schnee, den die Autos zu Matsch fuhren. Die Bäume der Allee streckten ihre knochigen, verschneiten Äste in die kalte Luft. Jan Warfsmann ging wortkarg neben dem Sozialarbeiter her. Er vernahm, wie Uwe Lottmann die Weihnachtszeit lobte, weil, wie er sagte, die meisten Menschen dann ihr Herz öffneten.

Darüber konnte der Ex-Häftling nur lächeln, der an die vielen Feste dachte, die er hinter Gittern verlebt hatte. Gut, an diesen Tagen war das Essen besser gewesen, aber von offenen Herzen konnte nicht die Rede sein.

Sie passierten die Dammtorstraße und näherten sich der Universität. Der Altbau des Audimax war schon gut gefüllt, als sie den geschmückten Saal betraten. Der Sozialarbeiter hatte teure Karten, denn die Helferin führte sie zur zweiten Reihe und wies ihnen die Plätze an.

An der miesen Stimmung, die Jan Warfsmann zu schaffen machte, änderte auch die feierliche weihnachtliche Dekoration nichts. Vor ihnen erhob sich die Bühne. Ein Vorhang versperrte ihnen die Sicht. Der Saal füllte sich. Die Menschen waren feierlich gekleidet und trugen eine gehobene Stimmung zur Schau.

»Die meisten Lieder sind allgemein bekannt. Einige sind mir fremd«, sagte Uwe Lottmann, als sie Platz genommen hatten. »Es singen die Studentinnen der Universität«, fügte er hinzu.

Jan Warfsmann nickte ergeben. Ihm war nicht nach Stiller und Heiliger Nacht zumute.

Das Licht ging aus. Der Vorhang hob sich. Vor hochgewachsenen Tannen stand der Chor. Es waren fünfundzwanzig junge Damen. Sie trugen weiße Blusen und dunkelblaue Röcke, die fast bis zum Boden reichten. Der Dirigent, ein ergrauter Professor, löste sich aus der Gruppe, machte eine Verbeugung und begann zu dirigieren. Herrlich klar sang der Chor das Lied: »Vom Himmel hoch …«

Die Studentinnen waren durchweg junge, gut gewachsene, hübsche Frauen, die mit Inbrunst bei der Sache waren. Überrascht verfolgte Warfsmann das Geschehen auf der Bühne. Fasziniert hörte er zu. Ihm war, als würde er Zeuge einer himmlischen Vorführung.

»Da singen Engel«, sagte er zu seinem Begleiter.

Fernab von sexuellen Begierden betrachtete er die Studentinnen. Er war hingerissen. Der Klang der schönen Stimmen rührte ihn und trieb ihm Tränen in die Augen.

Lange applaudierte er am Ende der Vorstellung.

»So sehr hat mich all die Jahre nichts mehr berührt«, sagte er zu seinem Bewährungshelfer auf dem Heimweg.

»Herr Warfsmann, trinken wir doch im Café ‹St. Pauli Eck› noch eine Tasse Kaffee. Ich gebe die aus«, sagte Uwe Lottmann.

»Einverstanden«, antwortete der ehemalige Häftling, der es auch lernen musste, sich in der Gesellschaft von Cafébesuchern wohl zu fühlen.

Sie fanden einen freien Fenstertisch, der ihnen die Sicht in den Park ließ. Die Wiesen lagen unter einer Schneedecke. Sie bestellten Kaffee und aßen dazu ein Stück Butterkuchen.

»Herr Warfsmann, ich muss Ihnen etwas gestehen«, sagte Lottmann. »Meine Einladung hatte eine tiefere Bedeutung. Rufen Sie sich die hübschen jungen Damen in Erinnerung. Die Studentin in der Mitte der ersten Reihe, das war Ihre Tochter Anna. Sie studiert an der Uni und beabsichtigt, Lehrerin zu werden.«

Jan Warfsmann erschrak. Er schaute sprachlos auf. Dann kamen ihm die Tränen.

»Sie darf von meiner Existenz nichts erfahren«, sagte er nach einer Weile. »Aber ich bitte Sie, begleiten Sie mich in eine weitere Vorstellung.«

»Gut, wenn ich Ihnen damit einen Gefallen tun kann«, antwortete der Bewährungshelfer.

Jan Warfsmann hatte seine Tochter Anna das letzte Mal gesehen, da war sie knapp unter einem Jahr gewesen, und der Sohn hatte damals gerade das Laufen gelernt. Er erinnerte sich an die tapsigen Schritte, die er an seiner Hand gemacht hatte. Da war die

Welt noch in Ordnung gewesen. Er hatte Jesko auf dem Arm gehalten und ihn »Ei Baby« machen lassen. Damals hatte er noch in Maßen getrunken.

Jan Warfsmann stieß einen Seufzer aus. »Keine Sorgen, ich bereite Ihnen keine Scherereien. Für meine Tochter ist es besser, sie weiß nicht, dass es mich noch gibt.« Er aß vom Kuchen und trank Kaffee.

Uwe Lottmann nickte und verzehrte schweigend den Kuchen. Er wusste, dass sich sein Schützling während der letzten Jahre im Knast gut geführt hatte. Es war Lottmann zwar nicht möglich, für seinen brutalen Mord Verständnis aufzubringen, dennoch spürte er so etwas wie Sympathie für den ehemaligen Sträfling.

Jan Warfsmann versuchte wieder Herr seiner Gefühle zu werden. Er fühlte sich schuldig, weil er sich gegen seine gefasste Absicht hatte hinreißen lassen, seine Tochter Anna erneut zu sehen.

»Wenn Sie möchten, dann spreche ich mit ihr«, sagte Uwe Lottmann.

Warfsmann fuhr zusammen.

»Nein, lassen Sie das«, sagte er im befehlenden Ton.

Der Bewährungshelfer rief die Bedienung an den Tisch.

»Ich zahle«, meinte Warfsmann.

»Nächstes Mal«, erwiderte Lottmann. »Heute habe ich bestellt.« Er gab der Kellnerin das Geld.

Der Bewährungshelfer begleitete den Ex-Sträfling, der vom Alter sein Vater hätte sein können, nach Hause und versprach ihm, Karten für den nächsten Samstag zu besorgen und ihn zur Vorstellung zu begleiten.

Für Jan Warfsmann blieb das Adventssingen nicht ohne Folgen. Fortan kreisten seine Gedanken um seine schöne und intelligente Tochter Anna. Nie und nimmer hätte er sich träumen lassen, dass sie die Universität besuchen würde.

An seine untreue Frau Hedda wollte er nicht mehr denken. Die hatte er aus seinem Gedächtnis gestrichen. Doch was war aus dem Jungen geworden?

Er grübelte viel und bemühte sich, sein Augenmerk wieder auf Dinge zu richten, die seinen Alltag betrafen. Er war froh, eine Arbeit zu haben.

Er versah die gewohnte Tätigkeit als Metzger, die ihm auch im Knast die Zeit verkürzt hatte. Zwischendurch besuchte ihn Uwe Lottmann und half ihm, mit der neuen Freiheit umzugehen. Der Bewährungshelfer begleitete Jan Warfsmann in die Kaufhäuser und half ihm, eine Jeans, einen warmen Pullover und eine Wetterjacke zu kaufen.

Es war schon aufregend, in den Geschäften nach all den Jahren mit dem eigenen Geld einzukaufen. Überhaupt musste er lernen, mit dem Euro und den Preisen zurechtzukommen. Später, wenn er mit dem Leben wieder klarkam, wollte er noch mal den Führerschein machen, sich einen Wagen kaufen und vielleicht nach Marienhafe und Osteel fahren. Doch das hatte Zeit. Wichtig war für ihn, die Arbeitsstelle zu behalten.

Er verstand sein Handwerk. Sein Chef war mit ihm zufrieden. Er war nicht sehr gesprächig, doch das hatte Lottmann während des Vorstellungsgesprächs von vornherein geäußert. Seine Aufgabe bestand darin, morgens um sieben Uhr die angelieferten Schweine- und Rinderhälften in Empfang zu nehmen und dann im Schlachterraum zu zerlegen und zu verarbeiten. Er portionierte Bratenstücke, schnitt Koteletts, mengte Gehacktes und stellte Bratwürste her. Dabei halfen ihm zwei Russlanddeutsche, die ihre Arbeit verstanden. Auch sie redeten nicht viel.

Jan Warfsmann ging davon aus, dass außer dem Marktleiter niemand in der Firma wusste, dass er ein vorbestrafter Mörder war. Die Erwartungen, die man in ihn setzte, waren in jeder Weise hoch. Es war sein Bestreben, sie zu erfüllen. Hinzu kam, dass sein junger Betreuer Uwe Lottmann ihm eine unschätzbare Hilfe war, mit dem Leben in Freiheit fertig zu werden.

Uwe Lottmann hielt es für gerechtfertigt, Jan Warfsmann ein weiteres Mal den Besuch des Adventssingens zu ermöglichen. Der ehemalige Metzgergeselle hatte schwere Schuld auf sich geladen. Das hatte zur Folge gehabt, dass niemand seiner Familie jemals den Wunsch geäußert hatte, ihn zu sehen. Nur selten sprach sein Schützling von seiner Familie. Vielleicht änderte Warfsmann seine Meinung und schrieb ein paar Zeilen an seine hübsche Tochter Anna. Sie konnte dann selbst entscheiden, ob sie ihren Vater sehen wollte oder nicht.

Das bevorstehende Weihnachtssingen an der Universität war ein Thema, über das sie häufig sprachen. Als Uwe Lottmann Warfsmann zu Hause abholte und sich mit ihm auf den Weg zum Audimax machte, war der abgebrühte Sträfling wie ausgewechselt. Er erzählte witzige Geschichten aus seiner Knastzeit.

Munter und freudig erregt betrat er mit dem Bewährungshelfer den Saal. Man sah ihm an, dass ihn dieses Mal selbst die Weihnachtsdekoration rührte. Als dann um sechzehn Uhr der bärtige, grauhaarige Professor die Bühne im Audimax betrat und vor den Mädchenchor trat, empfing ihn begeisterter Beifall, in den auch Warfsmann einstimmte.

Der NDR hatte zu dieser Veranstaltung Filmkameras aufgebaut und zeichnete das Singen für eine Ausstrahlung am frühen Abend auf.

Jan Warfsmann lauschte mit feuchten Augen dem Gesang. Er hatte sich dem Ereignis angepasst. Er trug einen marineblauen Rollkragenpullover, einen ebenfalls tiefblauen Blazer und eine graue Hose. Er wirkte elegant. Sein ernstes, männliches Gesicht drückte eine ungewohnte Wärme aus. In seinen Augen erschienen hin und wieder Tränen, die er mit einem Taschentuch ohne Scheu entfernte.

Der Gesang der Studentinnen unter der sachkundigen Leitung des Professors geriet zu einem wahren Kunstgenuss und einem unvergesslichen Erlebnis. Jan Warfsmann gingen mehr noch als die naiven, oft kindlichen Texte die Melodien der Lieder nahe.

Das schöne, friedliche Gesicht seiner Tochter Anna erfüllte ihn mit einer nie gekannten inneren Wärme. Etwas von Weihnachten zog in seine Seele.

Aber auch Uwe Lottmann genoss diese zweite Vorstellung erneut mit großem Enthusiasmus. Auch er sparte nicht mit Beifall und begleitete seinen Schützling wieder zu dem gemütlichen Café in der Nähe der Reeperbahn.

Sie setzten sich an einen gemütlichen Ecktisch. Tannengrün mit Kerzen zierten die Tische. Sie bestellten bei dem Bedienungsfräulein in Anbetracht der feierlichen Stimmung, die sie noch umgab, ein Stück Torte und Kaffee und zogen das Resümee.

»Wenn man, wie ich, mehr als fünfundzwanzig Jahre eingesperrt war, dann sind Schwielen über die Nerven gewachsen«, sagte Jan Warfsmann. »Umso erstaunlicher ist es, festzustellen, wie man weich wird, wenn Weihnachten einem so nahegebracht wird. Dabei durfte ich meine Tochter als Engel erleben.« Er aß den Sahnekuchen, trank vom Kaffee und weinte still vor sich hin.

»Ihre Tochter wusste nicht, dass Sie unter den Zuhörern waren«, sagte Uwe Lottmann. »Es ist auch noch unklar, ob sie geneigt ist, mit Ihnen zu sprechen. Wenn Sie wünschen, dann werde ich sie fragen.«

Jan Warfsmann hob ruckartig den Oberkörper an.

»Das verbiete ich Ihnen«, sagte er entschlossen.

»Gut, lassen wir das. Wie steht es um die Weihnachtsfeier? Am Heiligabend müssen Sie nicht alleine sein.«

»Danke, das ist nichts für mich! Ich verzichte gerne auf die Almosen.«

»Wenn Sie möchten, schaue ich mit meiner Verlobten am zweiten Feiertag bei Ihnen mal rein«, sagte Lottmann.

»Einverstanden, kommen Sie zum Kaffee«, meinte der ehemalige Sträfling.

Sie unterhielten sich noch eine Weile über das bevorstehende

Fest, über die Öffnungszeiten der Geschäfte und die Gestaltung der Weihnachtstage.

Jan Warfsmann lehnte es ab, anderen zur Last zu fallen. Er war genügsam und anspruchslos geworden. Er hatte im Knast gelernt, für sich selbst zu sorgen. Er beabsichtigte, im Supermarkt für die Feiertage noch einzukaufen.

»So gesehen bieten mir die Tage genügend Ablenkung«, meinte Jan Warfsmann. »Ich kann raus, im Park spazieren gehen. Meine Zelle war zehn Quadratmeter groß.«

Sie bezahlten bei der Bedienung. Es war schon dunkel. Vom Himmel fiel kalter Schneeregen. Lottmann begleitete seinen Schützling nach Hause. Er hatte seinen Wagen vor dem Haus geparkt, holte aus seinem Auto den Videorecorder und war behilflich, ihn am Fernseher anzuschließen, denn Jan Warfsmann beabsichtigte, am Abend die Weihnachtslieder und den Chor auf Band aufzunehmen.

Zur selben Zeit feierte an der Uni im Raum 101, dem kleinen Seminarraum, der Musikprofessor Dr. Sebastian Gerken mit seinen Mädchen bei Tee und Gebäck die gelungenen Auftritte seines Uni-Chores. Die Feierstunde diente einerseits einer kurzen Besinnung, dem Fernsehen für Gespräche und Interviews, danach gingen die Teilnehmer auseinander, während die Hausmeister die Räumlichkeiten abschlossen.

Auf dem benachbarten Universitätsparkplatz befand sich auch Renke Bantz und wartete auf Anna Warfsmann. Als sie zu ihm in den Golf stieg, war sie sehr heiter und gutgelaunt.

»Das war anstrengend und hat viel Spaß gemacht. Professor Gerken war mit uns sehr zufrieden«, sagte sie.

Renke neigte sich vor und gab ihr einen Kuss. »Wie wäre es nach deinem Erfolg mit einer Pizza bei Roberto?« Er startete den Motor und fuhr los.

»Nachher sendet der NDR das Singen«, sagte sie.

»Fahren wir zu mir. Die Sendung schauen wir uns vorher an«, erwiderte er und lenkte den Wagen in Richtung St. Pauli.

Die Straßen waren gefüllt mit Passanten. Die Neonreklame warf ihr Licht in den dunklen Abend.

»Die Straße wirkt ruhig und friedlich, aber gleich um die Ecke ist der Teufel los«, sagte Anna und beobachtete ein paar Damen, die sich der Reeperbahn näherten.

Renke lachte. Er fuhr in eine Parklücke auf einer Verkehrsinsel.

»Die Gegend ist harmlos. Bisher habe ich nur einmal Besoffene im Hausflur angetroffen«, sagte er.

»Dennoch«, meinte Anna. Sie stiegen aus, gingen zu dem fünfgeschossigen Wohnhaus. Die Eingangstür befand sich neben einem Schaufester eines Geschäfts, das Fahrräder verkaufte und eine Reparaturwerkstatt betrieb.

Renke öffnete die Tür und drückte den Lichtschalter. Er fuhr erschrocken zusammen, als er zwei junge Leute sah, die vor der Eingangstür des Kellers saßen. Sie schliefen in heruntergekommener Kleidung ihren Drogenrausch aus.

Anna schrie überrascht auf. Beim näheren Hinsehen sahen sie das blasse Gesicht eines jungen Mädchens und das krause Haar eines dunkelhäutigen Mannes.

»Komm, du hast schon recht«, sagte Renke, nahm sie an die Hand und stieg mit ihr die Treppe hoch. Er schloss die Tür zu seiner Wohnung auf, atmete durch und ließ Anna eintreten. Sie zogen ihre Mäntel aus, hängten sie an die Garderobe.

»Schalte schon mal das Fernsehen an, ich melde unsere Entdeckung der Polizei«, sagte er und bediente sein Handy.

Noch bevor die Übertragung der Sendung begann, klingelte die Polizei. Sie nahm die Fixer mit zur Wache.

Anschließend setzten sich Renke und Anna auf die Liege und schauten sich die Übertragung des Weihnachtssingens an. Es war durchaus eine gelungene Vorstellung, die in der Tat die Zuschauer auf die Festtage einstimmte. Die Kamera hatte Anna, aber auch ihre Kolleginnen des Öfteren eingefangen und in einem Interview nach der Sendung vorgestellt.

Renke gab Anna einen Kuss.

»Die Sendung sieht man auch in Norddeich«, sagte er.

»Jetzt habe ich aber Appetit«, meinte Anna und erhob sich.

»Auf zum Pizzakönig«, scherzte Renke.

Sie zogen ihre Jacken über und gingen zum Auto. Sie stiegen in den Wagen und fuhren in die Innenstadt. Es war der letzte Abend vor Weihnachten, den sie in Hamburg verbrachten, denn morgen ging es zurück nach Norddeich.

Iwan Kasakow lernte gut, wenn er wollte. Aber es widerstrebte ihm, Deutsch zu lernen, denn das war die Sprache seiner Vorfahren. Die Kasakows, aber auch die Biegels, das war der Mädchenname der Mutter, waren vor 150 Jahren in die Ukraine eingewandert und lebten seitdem in der Stadt Smela.

Während die Großeltern des kräftigen und sportlichen 15-jährigen ukrainischen Schülers fast nur Deutsch sprachen, erst recht untereinander, verlor die ursprüngliche Sprache an Bedeutung, während Russisch die Rolle der Muttersprache einnahm. Dennoch pflegten deutschstämmige Bürger nicht nur die Sprache, sondern ebenfalls das Brauchtum. Doch während der letzten Jahre fehlte der Anreiz, sich mit dem Erlernen einer zusätzlichen Sprache zu belasten, und wenn die Bereitschaft gegeben war, dann erlernten die jungen Leute Englisch.

Boris Kasakow und seine Frau hatten Deutschland nie gesehen. Im Grunde genommen hatte ihre Abstammung dazu geführt, dass sie innerhalb der Einwohnerschaft ohne Feindschaft zu den anderen ihre Namens- und Geburtstage und Weihnachtsfeste in altdeutscher Tradition feierten. Boris Kasakow hatte auch bis zu seinem 43. Geburtstag keine Veranlassung gesehen, sich für das Land zu interessieren, aus dem die Ahnen seiner Frau eingewandert waren. Er war gelernter Sattler und Polsterer und musste feststellen, dass sich nicht nur in Smela die Auftragslage katastrophal entwickelt hatte.

Weit und breit hielten Autos ihren Siegeszug und machten sein Handwerk überflüssig. Die Hoffnung, in der Industrie einen Job zu bekommen, war trügerisch. Doch auch Swetlana, seine Frau, hatte als Damenschneiderin keine Zukunft. Auch in Smela wurde es üblich, die Kleider von der Stange zu kaufen.

Die dauernden Auseinandersetzungen der Ukraine mit Russland und auch die allgemeine politische Zukunft stimmten die Kasakows misstrauisch. Ihr Häuschen konnten sie leicht verkaufen. Boris und Swetlana Kasakow erhofften für sich und ihren Sohn eine sichere Zukunft.

Doch Iwan war nicht der Meinung seiner Eltern. Er hatte in Smela seine Freunde. Er gehörte zur Jugendstaffel des Boxclubs von Dynamo Smela. Seine Eltern hatten seine Siege sehr gefeiert. Und nun zählte das alles nicht mehr. Er bekniete seine Eltern, nicht auszuwandern. Doch die Eltern entschieden anders. Sie besannen sich auf ihre Vorfahren. Es stimmte schon, dass die Ur-Urgroßeltern besser Deutsch als Russisch gesprochen hatten. Doch das war nicht nur verpönt gewesen, sondern sogar eine Zeitlang gefährlich. Doch die Heimat der Vorfahren verhieß gut bezahlte Arbeit und Wohlstand. Da erwies es sich von Vorteil, wenn man ein wenig sprachkundig war.

Iwans Eltern entschlossen sich zu dem Schritt und stellten einen Antrag auf Ausbürgerung. Die Genehmigung kam prompt.

Verglichen mit der wirtschaftlichen Versorgung in der alten Heimat gab es vorerst keinen Grund, den Entschluss zu bereuen. Selbst die vorübergehende Unterbringung in dem Auffanglager geschah mit gebührender Höflichkeit im Wohlstand. Die Kasakows hatten bei einer guten Versorgung das Gefühl, willkommen zu sein.

Boris Kasakow, der in Smela bei einem Fuhrbetrieb aus Mangel an Aufträgen gearbeitet hatte, wurde als Betreuer und Fahrer an ein Norddeicher Busunternehmen vermittelt, das ihm nach einer Einarbeitungszeit Chancen für den Aufstieg bot. Während dieser

Zeit wurde er unter Tarif bezahlt. Natürlich besaß Boris Kasakow ein Kündigungsrecht und konnte jeder Zeit seine Arbeitsstelle wechseln. Das tat er allerdings nicht. Ihm gelang der langsame Aufstieg. Er zeigte sich geschickt in der Lackierarbeit der Busse, verstand es großartig, die Sitze der Fahrzeuge zu reparieren, überhaupt zeigte er sich sehr geschickt in den Wartungsarbeiten, inklusive dem Aufziehen der Reifen.

Erfahrungsgemäß lagen die Mieten im Küstenbereich ziemlich hoch. Zudem waren wegen des florierenden Fremdenverkehrs die Zimmer knapp. Boris Kasakow arbeitete gut und viel. Besonders während der Feriensaison. Trotzdem war das Einkommen des fleißigen Ukrainers nicht hoch genug, eine geeignete Wohnung zu mieten, wollten sie das Ziel, zu etwas Eigenem zu kommen, nicht aus den Augen verlieren.

Aus diesem Grunde hatten sie zugegriffen, als ihnen die Dreizimmerwohnung an der Hafenstraße angeboten worden war. Sie befand sich in der zweiten Etage eines einfachen, viergeschossigen Wohnhauses. Eigentümerin war die Stadt Norden, die sie zum Teil sozial schwachen und neu zugezogenen Familien anbot. Die Wohnung hatte mehr Komfort als ihr Häuschen in Smela. So hatte sie Heizung und doppelglasige Fenster, einen Balkon, war aber ziemlich abgewohnt.

Sicherlich mussten sich die Kasakows erst noch an die Nachbarschaft gewöhnen, in der zumeist kinderreiche Familien wohnten. Boris Kasakow bereute es nicht, dass er der Ukraine den Rücken zugewandt hatte, und auch seine Frau bejahte den gestiegenen Lebensstandard. Sie fuhren einen Toyota, den sie günstig als Gebrauchtfahrzeug erworben hatten. Sie kleideten sich westlich und liebten es, besonders im Frühjahr und Sommer mit den Fahrrädern von Norddeich zu den übrigen Küstenbadeorten zu fahren.

Natürlich hatten sie sich einen Computer zugelegt, und ihr Sohn besaß auch das übliche Handy. Er vertrieb sich die Zeit mit Computerspielen und zeigte sich in keiner Weise zufrieden mit ihrem Nationalitätentausch. Im Gegensatz zu seinen Eltern trauerte er Smela nach, wo er wer gewesen war.

Mürrisch und interesselos zeigte er keine Bereitschaft, sich an seine Umgebung anzupassen. Seine Deutschkenntnisse waren mangelhaft und blieben es. Er versetzte seine Lehrer ins Staunen, da es ihm gelang, sich in Englisch gut zu artikulieren. Er zeigte auch wenig Interesse an seinen Mitschülern, die sich anfangs sehr um ihn bemüht hatten. Seine kräftige Statur und seine Boxkünste flößten ihnen Respekt ein. Dazu kam seine Bereitschaft, schnell zuzuschlagen.

Gefallen fand er hingegen an dem etwas jüngeren dunkelhäutigen Sam Nuasol, der im Nachbarhaus wohnte. Die Familie war mit ihren Kindern aus Uganda eingereist und hatte sich um Asyl beworben. Im Gegensatz zu seinen jüngeren Geschwistern, die sich bereits in der deutschen Sprache übten und bei den Nachbarn beliebt waren, gab sich ihr Bruder Sam hochnäsig und arrogant. Er zeigte wie sein Freund Iwan Kasakow nicht die geringste Dankbarkeit dem Gastland gegenüber. Im Gegensatz, er schreckte alle ab, die bereit waren, ihm zu helfen.

Zum Leidwesen der Eltern waren es zuerst die Lehrer, die Alarm schlugen. Es stellte sich schnell heraus, dass bei den häufigen Auseinandersetzungen, die oft in Schlägereien endeten, sowohl Iwan Kasakow als auch Sam Nuasol die Urheber waren.

Da war die Rede von Erpressung. Die Schüler schwiegen aus Angst vor Repressalien. So sollten sie gerade jüngere Schüler unter Androhung von Gewalt zur Herausgabe von Geld und Handys gezwungen haben. Ihre Einschüchterungen gingen so weit, dass sie mit vorgehaltenem Messer drohten, wenn sich die Schüler an die Lehrer oder ihre Eltern wenden würden. Derartige Übergriffe auf Schüler waren im ostfriesischen Raum bisher nur an den Berufsschulen vorgekommen.

Eine couragierte Mutter brachte den Stein ins Rollen, als sie ihren Sohn dabei ertappte, wie er sich zu Hause aus Angst vor angedrohter Prügel an ihrem Haushaltsgeld vergriff. Sie machte Meldung.

Der Schulleiter ging dem Fall nach. Bei einer Aufsicht erwischten Lehrer Iwan Kasakow und Sam Nuasol auf frischer Tat. An der Schule gab es ein Aufatmen. Der Schulleiter blieb nicht nur bei dem üblichen Verweis, sondern informierte die Kriminalpolizei über den Vorfall.

Die zur Rede gestellten Sündenböcke zeigten Reue, die aber nicht von Dauer war. Bereits im Winter darauf erbeuteten Diebe bei einem Überfall auf eine alte Frau in der Dunkelheit die Handtasche mit einem hohen Betrag bei Walmart. Weitere Überfälle im Stadtgebiet folgten. Der Verdacht richtete sich unter anderem auch gegen Iwan Kasakow und Sam Nuasol. Aber es fehlten die Beweise.

Als sich im Frühjahr darauf die Einbrüche in Pkws häuften, die Feriengäste in Norddeich vor ihren Pensionen abgestellt hatten, wurden die beiden bei einem Einbruch ertappt. Eine Hausdurchsuchung brachte keine Beweise für die vermuteten Diebstahlserien.

Der rechtschaffene Vater von Iwan Kasakow hatte inzwischen völlig die Gewalt über seinen kriminellen Sohn verloren, der nicht davor zurückschreckte, gegen ihn handgreiflich zu werden. Seine biedere Mutter betete viel für das Heil ihres Sohnes, vergoss viele Tränen und wusste keinen Rat.

Anders verlief das Leben bei seinem Freund Sam Nuasol. Sein Vater hatte in Hamburg bei einem Freund eine Arbeit bekommen. Er betrieb auf der Schultestraße ein afrikanisches Restaurant. Die Mutter war mit der Erziehung der kleineren Geschwister beschäftigt. Nicht nur die Menschen waren ihr fremd. Da war das kalte nordeuropäische Klima, die ungewohnte Umgebung. Außerdem war ihr Mann nicht in der Lage, sie mit den notwendigen Finanzmitteln auszustatten. Sie besaß erst recht keinen Durchblick. Sie war maßlos überfordert.

Erfreulicherweise kümmerten sich ein paar Frauen der evangelischen Kirche um sie. Aber auch sie konnten nicht verhindern, dass Sam Nuasol immer tiefer in das kriminelle Geschehen verwickelt wurde. Er vergötterte Iwan Kasakow, der voller krimineller Energie steckte.

Nach der regulären Schulzeit waren die Lehrstellen knapp. Erst recht hatten die Freunde keine Chance. Ihre Vorstellungen von Recht und Ordnung hatten sich herumgesprochen. Natürlich hätten die Berufsbildenden Schulen gerne Iwan Kasakow und Sam Nuasol abgewiesen, doch daran war nicht zu denken. Sie waren von Amts wegen verpflichtet, alle noch schulpflichtigen Schüler ohne Lehrvertrag aufzunehmen.

Bereits während der ersten Schulwoche kam es zwischen Sam Nuasol und Iwan Kasakow und den Lehrern zu ersten Machtproben. Im Großen und Ganzen waren es gezielte Flegeleien, mit denen sie den Unterricht störten und versuchten, in der Klasse unter den Mitschülern nach Sympathisanten zu suchen. Wenig Respekt brachten sie für schwächere Mitschüler auf, mit denen sie ihren Schabernack trieben. So brachten sie im Unterricht einen Wecker zum Klingeln. Das Durcheinander in der Klasse nutzten sie aus, um die Tasche des Lehrers unbemerkt an sich zu nehmen und im Papierkorb zu entleeren.

Zugegeben, bei den übrigen Klassenkameraden handelte es sich um Schüler, die gelangweilt sich dem Zwang der Schulverlängerung stellten. Sie waren in der Tat schulmüde und nicht die Intelligentesten. Sie wünschten sich eine handfeste Arbeit. Es ist daher leicht verständlich, dass Iwan Kasakow und Sam Nuasol in ihnen Bewunderer fanden. Die wenigen rechtschaffenen und lernbereiten Mitschüler wurden von den beiden in die Zange genommen, denn schon nach wenigen brutalen Faustkämpfen hatte der ehemalige ukrainische Meister gezeigt, wer das Sagen hatte.

Der Kultusminister entschied sich gegen seine Lehrer, genauer gegen die Gesundheit der Lehrkräfte, die in solchen Klassen verheizt wurden.

Im Polizeikommissariat Norden am Markt waren Iwan Kasakow und Sam Nuasol den Beamten keine Unbekannten. Doch die Verdächtigungen reichten nicht aus, die beiden Rowdys dingfest zu machen. Es fehlte an Beweisen.

Darauf warteten auch die erbosten Segler. Seit Beginn der Segelsaison hatten Schmierfinken mit Sprühfarbe die Wand des Clubhauses verunziert. Der Hafenmeister hatte seine liebe Not, die hässlichen Bilder zu entfernen. Doch damit nicht genug. Es folgten gemeine Beschädigungen an den Segelschiffen, und selbst auf den Rümpfen der Boote hinterließen Rabauken ihre Visitenkarten.

Der Verdacht richtete sich gegen Iwan Kasakow und Sam Nuasol. Es lag auf der Hand, dass man den beiden nach der Beurteilung ihrer Herkunft und Gesinnung unterstellte, dass sie ihren gesellschaftlichen Hass auf die Segler gelenkt hatten.

Der Yachtclub nahm diese Schmierereien nicht einfach hin. Er machte eine Anzeige. Die Segler griffen zusätzlich zur Selbsthilfe. Abends legten sich meistens junge Clubmitglieder auf die Lauer und beobachteten die Stege.

Auch Renke Bantz beteiligte sich während der Semesterferien an der Suche nach den Sprayern. Anna hielt sich zurzeit in Hamburg auf. Sie leistete an der Brahmsschule ein Praktikum ab.

Die »Seeschwalbe« lag an ihrem Liegeplatz vertäut. Neben seinem Schiff hatte die »Viola« festgemacht, die Yacht eines Norder Zahnarztes. Es war Ende August. Renke hatte um 21 Uhr die Lichter seines Schiffes gelöscht, sich mit einem Stock bewaffnet und sich an der Stiege zur Plicht auf die Lauer gelegt.

Es war ein kühler Abend. Tief hängende Wolken brachten gelegentlich leichten Nieselregen. Kleine Schwappwellen der Flut ließen den Steg und die Schiffe leicht schaukeln. Es war der dritte und letzte Abend seiner freiwilligen Wache.

Gegen 22 Uhr glaubte Renke Stimmen zu hören. Er blickte an der »Viola« vorbei und sah in der Dunkelheit nicht weit entfernt zwei Gestalten, die sich vorsichtig näherten. Sie schritten umsichtig über die Holzbohlen, blieben Minuten am Geländer stehen, bevor sie sich seinem Schiff näherten.

Renke lugte über die Kante der Plicht, griff zum Handy und wählte die Nummer seines Kollegen, der am anderen Ende des Yachthafens auf der Lauer lag. Doch der meldete sich nicht.

Mittlerweile waren die Gestalten näher gekommen. Renke überfiel eine kribbelnde Nervosität. Er schlich sich an den Aufbauten vorbei. Er sah, dass sich die Fremden am Bug zu schaffen machten. Er brüllte sie an, schlug mit dem Stock nach ihnen. Dann sah er nichts mehr.

Er erwachte Minuten später und spürte die Schmerzen. Seine Lippen waren geschwollen. Sein Kopf schmerzte. Er kroch zurück zur Plicht und rief die Polizei an. Er war mächtig nervös und aufgeregt und versuchte sich an das Geschehen zu erinnern. Mit Sicherheit hatten die Sprayer seinem Schiff einen Besuch abstatten wollen. Sie hatten nicht mit Gegenwehr gerechnet und hatten das Weite gesucht.

Er sah den Passat der Polizei, der am Clubhaus vorbeifuhr. Auf den Stegen erschienen Segler, die auf ihren Schiffen wohnten. Im Nu war Leben im Hafen. Im Wind klirrten die Stahltrossen, wenn sie gegen die Bootsmasten schlugen.

Die Polizisten eilten herbei. Sie kletterten an Bord. Renke führte sie unter Deck. Er machte Licht. Seine Verletzung war schmerzhaft, aber nicht ernst. Er berichtete. Seinen Aussagen war zu entnehmen, dass die ungebetenen Gäste es in der Tat auf die »Seeschwalbe« und die »Viola« abgesehen hatten, aber dem Bericht war nicht zu entnehmen, ob Renke Iwan Kasakow und Sam Nuasol eindeutig als die Täter erkannt hatte. Letzte Gewissheit fehlte.

Dennoch war der Einsatz von Renke Bantz nicht umsonst gewesen. Seit seinem mutigen Eingreifen blieben die Sprayer dem Yachthafen fern. Sie trieben ihr munteres Spielchen an anderen Stellen weiter, ohne gefasst zu werden. Sie beschmierten in Norddeich ein paar Tage später noch das Bahnhofsgebäude. Doch dann hörte der Spuk auf.

Ob das Ende der Schmierereien mit der erhöhten Aktivität der Polizei zusammenhing, sei dahingestellt. Doch die Ruhe währte nicht lange. Es schien, als habe sich die kriminelle Energie der Täter auf ein anderes Feld verlagert.

Maximilian Eschhoff bedauerte es auf der einen Seite, dass seine Tanja noch nicht schwanger war, andererseits war er froh darüber, die Bürde eines Kleinkindes noch nicht auf sich nehmen zu müssen. Sein Vater war gestorben. Er hatte sich sehnlichst ein Enkelkind gewünscht. Er wäre fürwahr eine große Hilfe in der Betreuung des Babys gewesen.

Maximilian Eschhoff würde es schwerfallen, sich umzustellen, wenn ein Kind kommen würde. Er war gerne unterwegs. Tanja hatte ihm anvertraut, dass sie sich beim Gynäkologen hatte untersuchen lassen. Das Ergebnis war hervorragend gewesen. Dem Kinderkriegen stand nichts im Wege. Dennoch ließ eine Schwangerschaft auf sich warten.

Während der letzten Augusttage musste Maximilian wie so oft mit Kunden zum Besichtigen von Kaufobjekten fahren und war deshalb oft abends spät zu Hause. Tanja hatte Maximilian nicht beunruhigen wollen und ihm verschwiegen, dass sie unter gelegentlichem Unwohlsein litt.

Am Wochenende saß Tanja auf der Terrasse ihrer Wohnung. Sie strickte an einer Strampelhose für ihr Baby, von dem sie bald ein erstes Lebenszeichen erwartete. Dahlien blühten in den Gartenbeeten. Maximilian hatte den Rasen frisch geschoren.

Tanja sah niedlich und schlank aus wie immer. Nichts deutete auf eine Schwangerschaft hin. Sie dachte an ihren Schwiegervater.

Maximilian trug Jeans, Gummistiefel und ein T-Shirt. Er liebte die Gartenarbeit und war für eine Pause zu Tanja auf die Bank gekommen, auf der sie sich so oft mit Menke Eschhoff unterhalten hatte.

Tanja wandte sich an ihren Mann. »Maximilian, Vater hat sich vor seinem Tod immer Sorgen gemacht. Aber ich weiß nicht, wieso. Er hat es nie direkt gesagt.«

Ihr Mann erschrak, hatte sich aber schnell wieder gefangen.

»Er glaubte, ich könnte nicht rechnen. Nun, uns geht es gut. Unser Kind hat wohlhabende Eltern. Der Vater bezieht ein Bombengehalt, bekommt auch noch Provision. In diesem Monat habe ich vier Häuser verkauft.« Er lächelte seine Frau an und nahm einen Schluck aus der Wasserflasche, die neben ihm stand.

»Sieh mal, ist das Strampelchen nicht süß?«, fragte Tanja.

Er gab ihr einen Kuss und widmete sich wieder der Gartenarbeit.

Sie dachte an die letzten Stunden des alten Herrn. Er war zusammengebrochen. Maximilian war nicht zu Hause gewesen. Er war in der Firma. Sie hatte den Krankenwagen angefordert und den Notarzt gerufen. Als sie ihn später im Krankenhaus besuchte, lag ihr Schwiegervater mit geschlossenen Augen im Bett. Er schien zu schlafen.

»Ihr Vater?«, hatte ein Pfleger gefragt.

»Mein Schwiegervater«, hatte Tanja Eschhoff geantwortet.

»Der Professor kommt gleich, um mit Ihnen zu sprechen.«

Eine Krankenschwester hatte sein Bett geordnet und sich um den Kranken gekümmert.

»Ich bin Schwester Hildegard. Ihr Schwiegervater schläft noch eine Weile«, hatte sie gesagt, ihr die Tasche mit der Wäsche abgenommen und in den Schrank gelegt und das Zimmer verlassen.

Da hatte der Alte die Augen geöffnet, kurz und unruhig um sich geschaut, dann hatte er mit schwacher Stimme gesagt: »Dass nicht so mit dem Geld …«, dann war ein Zucken durch sein eingefallenes Gesicht gelaufen, und als der Professor das Krankenzimmer betreten hatte, war Menke Eschhoff bereits gestorben.

Tanja unterbrach für eine kleine Weile ihre Strickarbeit.

»Dem ist kein Wert beizumessen«, sagte sie beruhigt. Für Sekunden blickte sie zu ihrem Mann hinüber, der mit bloßem Oberkörper dem Unkraut zu Leibe rückte. Er sah blendend und gesund aus. Sie liebte ihn.

Sie griff wieder zum Strickzeug und bewegte flink die Stricknadeln. Es war schon seltsam, dass der Schwiegervater der Meinung war, Maximilian könne mit Geld nicht umgehen. Sie lächelte. Menke Eschhoff war schon eigen gewesen. Er hatte auch ihr eine Summe vermacht, für den Fall, wenn sie für das Baby mal einen Groschen nebenbei brauche.

Für Maximilian Eschhoff war der Geldsegen zur rechten Zeit gekommen. Das ererbte Haus musste renoviert werden. Da gab es für das Baby einiges anzuschaffen. Zudem hatte er bereits vor dem Tod seines Vaters einen Kaufvertrag für einen neuen BMW unterschrieben. Seinen Altwagen gab er der Autofirma als Anzahlung, während Tanja den Mercedes des Schwiegervaters übernommen hatte. Sie hatten auch den Garten neu anlegen lassen.

Sie träumte vor sich hin und genoss die Strahlen der untergehenden Sonne. Als Maximilian sich wieder zu ihr setzte, war er verschwitzt.

»Ich dusche jetzt. Danach trinken wir Tee«, sagte er.

»Einverstanden und heute Abend machen wir einen Spaziergang an den Deich«, antwortete Tanja.

Jesko Warfsmann sorgte sich nicht nur um seine Schwester Anna. Sie war hübsch, eigensinnig und, wie sich herausstellte, auch sehr tüchtig. Sie hatte ohne Probleme ihr Vorexamen gemacht und steuerte ihr Gymnasiallehrerexamen an.

Jesko hatte den Kontakt mit ihr damals aufgegeben, als sie mit Renke Bantz anfing zu tändeln. Seine Befürchtungen, dass Renke sie nur für das Bett haben wollte, schien sich zu bewahrheiten. Er war immer noch der Meinung, dass eine Warfsmann für das Leben an Renkes Seite nicht die nötige Herkunft aufweisen konnte. Sie war schließlich die Tochter einer Trinkerin.

Sorge bereitete ihm die Mutter. Anna hatte es zugelassen, dass man sie aus der Wohnung geholt und in das Helenenstift, dem Kreisaltenheim in Hage, eingewiesen hatte. Sie litt unter Gedächtnisschwund, Sprachschwierigkeiten und motorischen Störungen.

Jesko Warfsmann war sich darüber im Klaren, dass ihre Erkrankung die Folge ihrer Lebensweise gewesen war. Die Hoffnung war gering, dass es den Therapeuten gelingen würde, ihr Bewusstsein so weit wiederherzustellen, dass sie zu einem Gespräch fähig sein würde.

Aufgrund der Härte seines Studiums, es waren weniger die geistigen Anforderungen als vielmehr die Notwendigkeit, einen Teil der Kosten selbst zu verdienen, hatte er sich um seine Mutter nicht kümmern können. Umso erfreulicher empfand er seine Erfolge. Seine Leistungen konnten sich sehen lassen, sie lagen im oberen Drittel. Er arbeitete neben seinem Studium im Schichtbetrieb eines Versandhandels.

Es war nicht einfach gewesen, frei zu bekommen, um nach langer Zeit seiner Mutter einen Besuch abzustatten. Schwer war ihm der Weg zum Helenenstift geworden. Der Anblick der Mutter hatte ihn entsetzt. Sie war geistig weggetreten und hatte ihn nicht erkannt. Doch ein großer Trost für ihn war das Altenheim gewesen. Es war hervorragend geführt. Dort erfuhren Alte und Kranke eine nicht zu überbietende Pflege ohne Ansehen der Person.

Ernüchternd gestaltete sich auch sein Besuch in Norden und Norddeich. Seine Freunde und Schulkameraden waren nicht zu Hause. Sie studierten oder arbeiteten außerhalb. Tomko Hansen hielt sich für ein Semester in den Staaten auf. Mit Renke Bantz verkehrte er nicht mehr.

Jesko Warfsmann war nicht neidisch, weil er es schwerer hatte als seine früheren Freunde. Er studierte in Aachen Medizin in den

Schlusssemestern. Dabei hatte er zu Beginn des Studiums starke Zweifel gehegt, ob er die richtige Laufbahn gewählt hatte. Er hatte mit dem Gedanken gespielt, auszusteigen, als er beim Physikum durchgefallen war. Damals hatte Anna ihm einen herzlichen Brief geschrieben, den er sich zu Herzen genommen hatte.

Er bedauerte, dass sie nicht den Stolz besessen hatte, Renke, dem Millionärssöhnchen, die kalte Schulter zu zeigen. Beinahe wäre es zwischen Renke und ihm zu einer handfesten Auseinandersetzung gekommen, wenn nicht dieser arrogante, aufgeblasene Maximilian Eschhoff dazwischengetreten wäre. Er hatte in der Tat Schlimmes verhindert.

Dabei stand nicht einmal fest, ob Renke überhaupt mitbekommen hatte, dass der Luftikus ihn gehindert hatte, sich auf den früheren Freund zu stürzen, doch dann war er mit dem Mercedes seiner Mama davongefahren.

Jesko Warfsmann kam es vor, als läge auf seiner Familie ein Fluch, wenn es so was überhaupt gab. Er wusste nichts über seinen Vater. Der war bei einem Verkehrsunfall ums Leben gekommen. Nicht einmal ein Foto von ihm hatte die Mama besessen. Er und seine Schwester hatten nie den Wunsch geäußert, mehr über den Papa zu erfahren. Sicherlich hatte die Mama viel geleistet, doch dann hatte sie der Familie keinen Dienst erwiesen, als sie mit dem Trinken begann. Wie er sich an seine Kindheit erinnern konnte, hatte sie schon damals den Klaren gemocht.

Seine Schwester Anna kümmerte sich kaum um die Mutter, wie ihm die Leiterin des Heimes mitgeteilt hatte. Er nahm sich vor, wenn er das Examen als praktischer Arzt bestanden hatte, näher an seine frühere Heimat zu ziehen, um sie öfter besuchen zu können.

Er hatte gehofft, seine Schwester Anna anzutreffen, doch sie war, wie er erfuhr, in Hamburg. Daher lohnte es sich nicht für ihn, weiter das knappe Geld für Übernachtungen auszugeben. Enttäuscht fuhr er nach Aachen zurück.

Er sah sich überfordert, die Familienbande wieder fester zu knüpfen. Er bedauerte die Sturheit seiner Schwester. Sie lebte weiterhin mit dem verwöhnten Millionärssöhnchen zusammen, ohne sich um etwas zu kümmern.

Als älterer Bruder fühlte er sich verantwortlich für das Wohlergehen seiner Schwester. Er hatte Renke Bantz mit ins Haus gebracht und nicht geglaubt, dass Anna sich ihm an den Hals werfen würde. Die tief sitzende Feindschaft, die er gegen seinen ehemaligen Schulfreund und Segelkameraden hegte, wollte seine Schwester Anna nicht verstehen. Sie liebte Renke, der sich auf die Diplomprüfung vorbereitete, um später in die Firma einzusteigen, die jetzt mit großem Engagement von seinem Stiefvater geführt wurde. Renke liebte angeblich seine Schwester ebenfalls.

Jesko Warfsmann hatte sich das Ergebnis seiner Reise nach Hause anders vorgestellt. Er war enttäuscht und musste feststellen, dass sein Zuhause die Kaiserstadt war.

Er lenkte den Wagen der Autobahn entgegen.

Renke Bantz beachtete die Aufgebrachtheit seines früheren Schulkameraden und Segelfreundes kaum. Er fand die Gründe, die Jesko für den Hass anführte, frei heraus gesagt idiotisch und schrieb das seinem Neid zu, denn der Freund hatte schon in der Schule linkes Ideengut vertreten. An der Liebe seiner Schwester zweifelte er nicht.

Dagegen machte sich Anna Sorgen. Sie bedauerte das gereizte Klima in Renkes Familie. Frau Hoyer tat Renke oft unrecht, wenn sie ihn verantwortlich machte für die feindliche Haltung gegenüber ihrem Mann. Und in der Tat konnten es die beiden nicht mehr so gut miteinander. Die Manier des rechthaberisch wirkenden Studenten, der sich, gefüttert mit theoretischem Wissen, auf der Chefetage bereits Gehör verschaffen wollte, erweckte den Unwillen von Dr. Hoyer.

Sicherlich sah Renke diesen Zusammenhang in einem anderen Licht. Aber es kam immer häufiger vor, dass der Junior das eingefahrene Gefüge der Hierarchie durcheinanderbrachte. Auch traf er Entscheidungen, die zwar korrekt, aber nicht mit seinem Stiefvater abgesprochen waren.

So nahm er beispielsweise einen Bauauftrag für ein Hotel auf Juist an, dessen Investor ein guter Segelfreund von ihm war, ohne vorher die notwendigen Kapazitäten zu überprüfen. Es gab viel Ärger. Doch Renke stellte Juister Bauarbeiter ein. Der Hotelbau erwies sich als recht ertragreich.

Elvira Hoyer fühlte sich außer Kraft, ein Machtwort zu sprechen. Sie hatte Renkes Vater versprochen, bei Eignung alles zu tun, die Firma für ihren Sohn zu erhalten.

Eifersüchtig auf seinen Stiefsohn musste Dr. Hoyer zusehen, wie sich Renke ungehindert anmaßte, seine Geschäftspolitik zu durchkreuzen. Dr. Hoyer sah sogar den Arbeitsfrieden in Gefahr, als sich das Personal beschwerte, weil der Juniorchef ihre Arbeitszeiten stärker als üblich kontrollierte und eine Stempeluhr anschaffte. Unter ihnen befand sich auch Maximilian Eschhoff, der die Schnüffeleien von Renke unwürdig fand.

Doch diese Belästigungen waren nur von kurzer Dauer. Dann waren die Semesterferien zu Ende. Der Junior hatte sich zum Examen gemeldet. Er wohnte weiterhin in Hamburg, und auch Anna Warfsmann hatte ihre Wohnung im Studentenheim noch nicht aufgegeben. Die Wochenenden pflegte sie bei Renke zu verbringen. Dann nahmen sie sich beide Zeit füreinander.

Nach einer Woche anstrengender Studien heiligten sie den Samstag. Dann flanierten sie über die Mönckebergstraße, aßen bei ihrem Italiener, tranken Kaffee im Alsterviertel und besuchten abends ein Theater oder Kino. Anschließend machten sie es sich gemütlich in Renkes hübscher Wohnung.

Sie schliefen zusammen, weil sie sich liebten. Sie planten ihre Verlobung und waren entschlossen zu heiraten, wenn Renke das

Examen geschafft hatte. Anna wünschte sich wenigstens drei Kinder, wobei es ihr gleichgültig war, ob es Mädchen oder Jungen waren.

Über diese für die heutige Zeit mutige Absicht freute sich besonders Renkes Mutter. Sie glaubte zudem, dass ein Baby auch dazu beitragen würde, die Spannungen zwischen ihrem Mann und Renke zu mildern. Schließlich plante sie, wenn Renke in der Firma gut einschlagen würde, früh genug auszusteigen und auf Norderney eine Eigentumswohnung zu kaufen. Denn die Insel bot städtisches Leben. In diesem Sinne wirkte sie auf ihren Mann ein. Er hatte Elvira das Ehrenwort gegeben, Renke bei seinem Einstieg in die Feeke-Bantz-Baugesellschaft mit Nachsicht zu fördern. Aber auch der Prokurist Sondermann hatte genügend Erfahrung, dem jungen Chef dienlich zu sein. Die Grenzen waren klar abgesteckt. Fehler konnten vermieden werden, wenn man bereit war, offen miteinander umzugehen.

Jan Warfsmann erlebte nach den vielen Jahren im Knast das Weihnachtsfest in ungewohnter Freiheit. Die angemietete Wohnung bot trotz der bescheidenen Ausstattung bei Weitem mehr Komfort und Gemütlichkeit als seine zehn Quadratmeter große Zelle. Er verlebte das Fest ohne Aufsichtspersonal, ohne Feinde und Mitgefangene. Es fiel ihm schwer, die innere Spannung abzulegen, die einerseits das neue Lebensgefühl, aber auch seine Tochter hervorgerufen hatten.

Die »Stiftung Gefangenenhilfe« hatte ihm mit einer kleinen Aufmerksamkeit gezeigt, dass er wieder als ein Bürger der Gesellschaft zählte. Es war nicht einfach, stillzusitzen und Weihnachtslieder zu hören und dabei nach innen gerichtet in die Kindheit einzutauchen und nach heilen Welten zu suchen.

Für Jan Warfsmann hatte dieses Weihnachtsfest eine besondere Komponente parat, die alle seine Erwartungen übertraf. Es war die Videoaufzeichnung des Weihnachtssingens. Uwe Lottmann hatte es möglich gemacht, dass sich Jan Warfsmann am Heiligabend an den Liedern des Chores der Studentinnen ergötzen konnte, in dem seine Tochter Anna mitsang. Es erfüllte ihn mit tiefem Stolz, dass sie die Universität besuchte und dazu noch so bezaubernd aussah. Es war nicht zu leugnen, dass sie Ähnlichkeit mit ihm hatte.

Uwe Lottmann verdankte er auch ihre Adresse. Er hatte ihm mitgeteilt, dass sie einen Freund hatte, der auch an der Universität studierte. Warfsmann hatte sich vorgenommen, ihr nahe zu kommen – wie beim Singen, ohne erkannt zu werden.

Das Fest bot ihm Zeit und Gelegenheit, viel an früher zu denken. Er lächelte selig. Er musste auch etwas über seinen Sohn, er hieß Jesko, erfahren. Natürlich hatte er damals sehr, sehr oft mit seiner Frau geschlafen. Dabei, das musste er bekennen, war er nicht immer nüchtern gewesen. Sie hatten eine schöne Zeit gehabt, als sie jung gewesen waren. Er hatte Hedda wirklich geliebt, über alles, doch dann hatte sie ihn betrogen. Er hatte ihr diesen Vertrauensbruch immer noch nicht verziehen. Aber dennoch gebührte ihr Anerkennung und Achtung. Die Kinder großzuziehen war schon eine nennenswerte Leistung.

Ob sie einen Lebensgefährten hatte? Das hielt er für unwahrscheinlich. Sein Bewährungshelfer hatte ihm versprochen, Erkundigungen einzuziehen.

Wie würde Anna darauf reagieren, wenn er ihr gegenübertreten würde? Er, der Mörder und Zuchthäusler?

Jan Warfsmann lebte auf. Er wusste, da war jemand, den er liebte, den er gern hatte. Das Weihnachtsfest erfüllte ihn nach vielen Jahren das erste Mal mit Zuneigung.

Auch für das leibliche Wohl hatte Uwe Lottmann gesorgt. Jan Warfsmann briet das Hähnchen, aß es mit Reis und Apfelmus, gönnte sich Leipziger Butterstollen und trank dazu den guten Kaffee.

Am zweiten Weihnachtstag besuchte ihn am Nachmittag der Bewährungshelfer. Er hatte seine Verlobte mitgebracht. Sie war eine hübsche Person, die mit viel Humor für eine ausgezeichnete Stimmung sorgte. Sie hatte für Warfsmann einen bunten Teller mitgebracht, der den ehemaligen Strafgefangenen zu Tränen rührte. Sie hatten selbst gebackenen Kuchen verzehrt und dazu Ostfriesentee getrunken.

Auch nach den Feiertagen fühlte Jan Warfsmann in sich das Gefühl der Zufriedenheit. Es war, als habe die Gesellschaft ihn wieder aufgenommen. Zudem hatte er auch seine Anna gesehen. Jan Warfsmann hatte an dem Studentenheim gewartet. Es war um 19 Uhr gewesen. Er war ihr gefolgt und zu ihr in die U-Bahn gestiegen. Sie war am Dammtor ausgestiegen.

Jan Warfsmann war zerflossen vor Glück. Er hatte es nicht fassen können. Zu Hause auf seiner Straße war er zur Telefonzelle gegangen und hatte mit Uwe Lottmann telefoniert und ihn gebeten, herauszufinden, was sein Sohn machte und wie es ihm ging. Und nach Möglichkeit wünschte er auch gerne in Erfahrung zu bringen, was seine Frau nach den vielen Jahren tat, ob sie noch bei guter Gesundheit war.

Uwe Lottmann versprach ihm, sich zu bemühen. In Wirklichkeit hatte er bereits entsprechende Erkundigungen eingezogen. Natürlich hinter dem Rücken von Warfsmann. Das war schließlich auch im Interesse seines Schützlings, der seinerseits nicht wusste, wie seine Familie auf seine Entlassung reagieren würde.

Es war seltsam. Ein Gefühl von neuem Lebensmut durchströmte Jan Warfsmann. Er hatte wieder eine Zukunft.

Es war Ende Januar, als er sich mit dem Bewährungshelfer an einem Samstagnachmittag vor dem Café »Alte Kaffeerösterei« traf. Jan Warfsmann hatte sich leger gekleidet und machte was her mit seiner schlanken Figur und seinem herben Gesicht. Es war kalt an diesem Wintertag. Die Sonne schien. Der ehemalige Sträfling trug eine dunkelblaue Wolljacke, einen schwarzen Rollkragenpullover, eine graue Cordhose und Schnürschuhe. Seinen Kopf zierte eine breit karierte Mütze, wie sie kanadische Holzfäller tragen.

Er reichte Uwe Lottmann die Hand und begrüßte ihn. Er war größer und hätte der Vater seines Bewährungshelfers sein können. Es gelang ihm nicht, seine Nervosität zu unterdrücken.

»Haben Sie etwas erreicht?«, fragte er und eine Röte überzog sein Gesicht.

»Meine Erkundigungen waren zum Teil erfolgreich«, antwortete Lottmann.

Sie gingen die Treppe hoch, betraten das Kaffeehaus. Es war wie immer gut besucht. Junge Menschen, meistens Studenten, aber auch ältere Gäste füllten die großen Räume. Lottmann überließ es Warfsmann, einen Tisch zu suchen. Sie setzten sich, Lottmann brachte die Jacken zur Garderobe. Sie bestellten bei dem Ober zwei Becher Kaffee und Berliner. Dann schwiegen sie einige Minuten. Langsam legte Warfsmann seine Nervosität ab.

Der Ober servierte die Bestellung. Sie gaben Milch und Zucker in den Kaffee und aßen die Berliner.

»Herr Warfsmann, ich muss Ihnen die traurige Nachricht mitteilen, dass Ihre Frau trank und jetzt in einem Altenheim lebt«, sagte Lottmann.

»Ist sie krank?«, fragte Warfsmann mit blassen Lippen.

»Ja, sie stellt einen Pflegefall dar. Sie erkennt niemanden mehr. Sie leidet an der Alzheimer Krankheit.«

»Und die Kinder?«, fragte Warfsmann gespannt.

»Über Ihre Tochter Anna wissen Sie schon viel. Sie macht in Kürze das Examen. Ihr Sohn Jesko studiert in Aachen Medizin. Er hat es schwer gehabt. Er hat sich auch um seine Mutter gekümmert. Mehr konnte ich nicht in Erfahrung bringen.«

Jan Warfsmann schaute ihn dankbar an. Sein Gesicht verriet seine Erregung. »Jesko wird Arzt! Kaum zu glauben«, antwortete er nicht ohne Stolz.

»Es ist anzunehmen, dass Ihre Frau den Kindern nicht die Wahrheit gesagt hat. Sie hat sie totgeschwiegen. Jetzt sind Ihre Tochter und Ihr Sohn erwachsen. Einer Kontaktaufnahme steht nichts mehr im Wege. Ich bin Ihnen gerne dabei behilflich.«

Warfsmann winkte ab. »Später. Ich muss zuerst Abstand gewinnen. Es wäre schon eine Enttäuschung, wenn sie von mir nichts wissen wollten. Immerhin bekam ich lebenslänglich.« Er nippte an der Tasse und starrte durch das Fenster auf die Häuserfront der gegenüberliegenden Geschäfte.

Anna war gerade geboren und noch kein Jahr alt gewesen, als der Richter ihn zu »lebenslänglich« verurteilt hatte. Jetzt ging er auf die Sechzig zu. Er näherte sich dem Rentenalter. Auf keinen Fall wollte er später seinen Kindern zur Last fallen.

In seinem Leben hatte es nie Platz für Sentimentalitäten gegeben. Daran sollte sich auch jetzt nichts ändern. Er war nicht fähig, für seine Frau Mitgefühl aufzubringen. Als Zuchthäusler hatte er wahnsinniges Glück gehabt mit seinen Kindern. Damit konnte er sich zufriedengeben.

Er schaute Lottmann an und setzte die Tasse ab. »Ich danke Ihnen. Es ist mit Sicherheit nicht von Nutzen, wenn meine Kinder wissen, dass ihr Vater ein Zuchthäusler war.«

»Wie Sie wollen. Befassen wir uns mit Dingen, die wichtiger sind«, meinte Lottmann.

»Sie haben mir einen großen Dienst erwiesen«, sagte Warfsmann. »Helfen Sie mir noch, dass ich wieder lerne, einen Wagen zu fahren.«

»Gerne. In einigen Tagen melde ich Sie in der Fahrschule an«, erwiderte Lottmann, winkte den Kellner an den Tisch und zahlte. Sie verließen das Café. Uwe Lottmann begleitete Warfsmann zur U-Bahnhaltestelle.

Dagobert Hoyer verband den Namen Warfsmann wie so viele Einwohner mit der nicht angesehenen Wohngegend zwischen Norden und Norddeich. Ohne den Bewohnern nahetreten zu wollen, konnte gesagt werden, dass dort nicht nur die Jugendlichen häufiger als sonst in kriminelle Handlungen verstrickt waren, sondern die gesunden Männer durchweg zu den Trinkern und Arbeitslosen zählten.

Es war dem Firmenchef unangenehm gewesen, obwohl er sich das nie hatte anmerken lassen, dass sein Stiefsohn Renke mit einem Schulfreund verkehrte, der aus dieser Gegend kam. Doch noch schlimmer hatte er die Tatsache empfunden, dass Renke dort seine Freundin gefunden hatte. Denn ihm war auch zu Ohren gekommen, dass die Mutter des Mädchens trank. Doch später sah er ein, dass er nicht nur Anna Warfsmann unrecht tat, sondern auch ihr Bruder das Urteil nicht verdiente.

Dennoch nahm er erleichtert die Nachricht zur Kenntnis, dass, nachdem die Kinder aus dem Hause waren, Hedda Warfsmann entmündigt in das Altenheim gekommen war. Für ihn war damit das Kapitel Warfsmann geschrieben. So glaubte er.

Dabei wusste Dr. Hoyer nicht, dass in dem Block zwei junge Männer zu Hause waren, die seinen Stiefsohn Renke bei einem abendlichen Überfall im Yachthafen niedergeschlagen hatten. Die Familien Kasakow aus der Ukraine und Nuasol aus Schwarzafrika hatten dort fürs Erste den Start in Deutschland mit großen Hoffnungen begonnen.

Doch die ersten Schwierigkeiten taten sich auf, als der Sohn der Familie Kasakow sich in Norden nicht einleben konnte und wollte. Die Situation verschlimmerte sich noch, als in den Block noch die Familie Nuasol aus Uganda einzog und einen Asylantrag stellte.

Von einer Erziehung konnte in dieser Familie nicht die Rede sein. Der Vater des Jungen war nach Hamburg gezogen und die Mutter hatte es äußerst schwer, ihre Kinder großzuziehen. Sam, so hieß der Junge, bewunderte den Freund Iwan Kasakow. Er spielte mit ihm in der Tat den Bürgerschreck, ja mehr noch, beide ließen sich als die »Gesetzlosen« durch nichts einschüchtern.

Schlank, hochgewachsen, agil und wendig hatten sie schnell die Erfahrung gemacht, dass alle, nicht nur die Mitschüler, die Sprache der Fäuste schnell verstanden. Ihre Deutschkenntnisse waren ungenügend, ihre Boxkenntnisse allerdings sehr gut. Ihr Hass richtete sich gegen Leute, die teure Autos fuhren, in schönen Häusern wohnten und Boote besaßen.

In Norddeich wurden an fünfzehn Autos, es handelte sich um Wagen der oberen Klasse, der Lack zerkratzt. Das Clubhaus des Yachtclubs beschmierten Täter mit Farbe und Hakenkreuzen. Vor der Jugendherberge verprügelten zwei junge Männer Schüler einer auswärtigen Klasse.

Die Polizei hatte die Namen der Täter parat. Sie waren sicher, dass Sam Nuasol und Iwan Kasakow die Täter waren. Ihnen fehlten aber die Beweise.

Anna Warfsmann hatte allen Grund, stolz auf ihre Leistung zu sein. Sie hatte das Examen für das Höhere Lehramt an der Universität mit der Note »gut« geschafft. Sie hatte es nicht leicht gehabt, denn zu Hause bei der trinkenden Mutter hatte sie des Öfteren mit anpacken müssen. Oft hatte das Geld gefehlt, notwendige Anschaffungen zu machen.

Anna Warfsmann bestand fast zur selben Zeit ihr Examen wie ihr Freund Renke Bantz. Er hatte wegen seines Ersatzdienstes sein Studium später begonnen. Anna übernahm seine Wohnung in Hamburg und fuhr mit dem Wagen zu ihrer Schule.

Renke Bantz bezog vorerst in Norddeich das Ferienapartment, das vorher seine Freundin bewohnt hatte. Er arbeitete in der Firma, deren Miteigentümer er war. Am Wochenende und während der Ferien lebte Anna mit dem Freund zusammen.

Sie feierten Anfang März mit ihrem Examen auch ihre Verlobung. Zu dieser kleinen Feierlichkeit hatten sie neben Renkes Mutter und seinem Stiefvater nur ein paar alte Schulkameraden und Kameradinnen im Hotel »Fährhof« eingeladen.

Renkes Mutter lobte die Zielstrebigkeit und Ernsthaftigkeit, mit der sie ihr Studium verfolgt hatten, und machte drauf aufmerksam, dass Renke Bantz dabei war, in die Fußstapfen seines verstorbenen Vaters zu treten, dem sie die Firmengründung verdankten. Doch auch für ihren zweiten Mann fand sie lobende Worte. Ihm verdankten sie und ihr Sohn den Aufstieg der Firma zu einer Großunternehmung.

Es war sicherlich nicht ohne Absicht gewesen, diesen Hinweis zu geben, denn Renke, so war zu befürchten, wusste das nicht zu würdigen. Doch Elvira Hoyer vertraute auf die Vernunft ihrer Männer.

Renke jedenfalls war gewiss kein Neuling. Er hatte sich oft in der Firma umgeschaut, und sein Stiefvater führte ihn in die Geschäfte der Betriebsleitung ein. Dabei handelten sie ein angemessenes Gehalt aus.

Renke und Anna beabsichtigten, bald zu heiraten, denn der Schulleiter des Norder Gymnasiums zeigte sich bereit, Anna als Assessorin einzustellen. Die Dinge standen gut.

Natürlich nahmen die beiden Rücksicht auf die Arbeitssituation des Partners oder der Partnerin. Anna und Renke wechselten sich gelegentlich ab im Fahren, denn es kam vor, dass Schulveranstaltungen sie daran hinderte, nach Norddeich zu kommen. Doch das kam selten vor.

Renke war seinem Hobby treu geblieben. Das Segeln füllte weiterhin seine Freizeit aus. Auch Anna hatte sich bereits theoretisch und auch praktisch in die Materie eingearbeitet und war für ihren Freund an Bord der »Seeschwalbe« eine perfekte Mitseglerin. Sie half Renke auch bei der Instandhaltung des Schiffes, wenn es sich aufgebockt im Bootsschuppen befand. Gelegentlich erschien selbst Dr. Hoyer abends, um Renke beizustehen, an der »Seeschwalbe« notwendige Reparaturarbeiten auszuführen, wenn dieser Hilfe brauchte und Anna in Hamburg weilte.

Ansonsten beschäftigte sich Dr. Hoyer mit seiner Motoryacht, für die er auf Baltrum hinter seiner Wohnung einen Abstellplatz gefunden hatte. Aus Zeitmangel hatte er den Hafenmeister engagiert, der gegen Bezahlung die Überholungsarbeiten versah. Das lag ganz im Sinne von Elvira Hoyer, die es nicht gerne sah, wenn ihr Mann an seinem Boot bastelte, wenn sie auf der Insel waren.

Sie selbst hielt sich am liebsten auf Baltrum auf, auch im Herbst und Winter. Bei dem norddeutschen Schmuddelwetter gelang es ihr auf der Insel, alles zu vergessen, was sie auf dem Festland quälte. Und da gab es einiges.

Nicht immer harmonierte die Zusammenarbeit ihres Mannes mit ihrem Sohn. Renke gab sich manchmal unmöglich. Er ließ keinen an sich herankommen und pochte zu oft auf sein Miteigentum an der Firma.

Im Gegensatz zu Renke war Anna eine unkomplizierte Person. Sie sah nicht nur blendend aus, sondern war auch in jeder Weise sympathisch und hilfsbereit. Es war schon ein Glücksfall, dass sie ihren Sohn liebte, stellte Elvira Hoyer fest. So stand Anna ihr bei, beschwichtigend auf Renke einzuwirken, wenn die Männer zu dickköpfig waren, ihre Auseinandersetzungen zu vergessen.

Aber Anna musste sich notgedrungen rar machen. Ihre Assessorprüfung stand kurz bevor. Nach dieser zweiten Staatsprüfung beabsichtigte sie, ganz nach Norddeich zu Renke zu ziehen, um am Norder Ulrichsgymnasium die Stelle anzunehmen.

Auf diesen Zeitpunkt wartete Elvira Hoyer sehnsüchtig, denn dann wollte sie sich länger auf Baltrum aufhalten. Auf Anna war Verlass. Sie würde selbst dafür Sorge tragen, dass ihr Mann neben seiner Arbeit die notwendigen Pausen einlegen würde.

Anna hatte auch ein ausgezeichnetes Verhältnis zu Frau de Vries. Es machte ihr nichts aus, auch einmal einen Besen in die

Hand zu nehmen und um das Haus herum zu kehren oder im Winter den Schnee zu fegen. Bei ihrem letzten Besuch hatte Frau Hoyer Anna angetroffen, als sie die Gardinen abgezogen und sie gewaschen hatte.

An diesem kalten Nachmittag des 20. Februar saß Elvira Hoyer am Fenster ihrer Baltrumer Wohnung und schaute auf die heranrollenden Wellen der Flut, die gegen die Böschung der Strandpromenade schlugen. Der Wind kam von Osten. Er blies mit Stärke 7 und machte das Wasser kabbelig. Die Sonne saß irgendwo hinter den schweren grauen Wolken.

Elvira schaute auf die Uhr. Es war 15 Uhr 30. Sie erhob sich und ging zur Küche. Es wurde Zeit, den Tee vorzubereiten. Sie füllte den Wasserkocher, stellte ihn an und ging zu ihrem Mann, der Zahlenkolonnen mit dem Rechner addierte.

»Und, hat Renke dich wieder enttäuscht?«, fragte sie und lächelte ergeben.

»Diesmal nicht«, antwortete er.

»Kommst du zum Tee?«, fragte sie.

Er nickte.

Sie ging zurück zur Küche. Ihr Sohn befand sich mit Anna in Norddeich. Sie hatten sich vorgenommen, im Bootsschuppen den Rumpf ihres Segelschiffes abzuschleifen, um die neue Lackierung vorzunehmen. Elvira wärmte die Kanne vor, gab den Tee hinzu und füllte die Kanne mit dem kochenden Wasser. Sie hatte Kuchen besorgt und deckte im Wohnzimmer den Tisch, während sie den Tee ziehen ließ.

Ihr Mann setzte sich an den Tisch. Sie reichte ihm ein Stück Kuchen, bediente sich ebenfalls und schenkte den Tee aus. Sie sprachen über die bevorstehende Hochzeit.

»Es ist natürlich unsere Sache, den beiden eine schöne Feier auszurichten«, sagte Elvira. »Zu Jesko Warfsmann haben Renke und auch Anna leider keine Beziehung mehr. Da bleibt nur unsere Seite.«

»Ihre Mutter leidet an Alzheimer«, sagte er.

Sie aßen Kuchen und tranken Tee. Doch sie wussten nicht, dass um diese Zeit auch Anna Warfsmann in Norddeich für ihren Bruder Tee kochte.

Jesko war an diesem 20. Februar nach Norddeich gekommen. Anna hatte ihn lange nicht gesehen, erinnerte sich an seine unfreundlichen Briefe und behandelte ihn entsprechend kühl, als er vor ihr stand. Renke hatte sich aus bekannten Gründen geweigert, mit ihm zu sprechen. Er unterbrach deshalb seine Arbeit am Boot nicht und ließ sie gehen.

Es waren nur wenige Eigner in der Halle. Kein Wunder, denn um diese Jahreszeit war es oft lausig kalt im Bootsschuppen.

Renke bediente die Schleifmaschine. Er blickte kurz auf, als der Lehrer Bühler seine Arbeit an seinem Boot unterbrach und sich mit einem ihm fremden Mann unterhielt. Bühler zeigte dem jungen Mann sein Schiff und winkte ihm dann zu.

Ein Interessent, dachte Renke und sah hinter ihnen her, als sie die Halle verließen. Er war verärgert wegen Jeskos Besuch. Jesko Warfsmann hatte bei ihm ausgespielt. Natürlich musste Anna ihn empfangen. Das ließ ihn kalt. Renke nahm an, dass sein ehemaliger Freund wegen ihrer Hochzeit angereist war. Er würde ihm auf keinen Fall als Erster die Hand reichen.

Er hob die Schultern. Er war sich keiner Schuld bewusst, diesen Streit entfacht zu haben. Er trat an das Schiff und bediente die Schleifmaschine. Die Arbeit machte ihm Spaß. Sie stellte einen guten Ausgleich zu seiner geistigen Tätigkeit in der Firma dar.

Als auch der Apotheker die Halle verließ, schaute er auf die Uhr und begann, Farbe aufzutragen. Er erwartete Anna zurück. Er hatte sein Handy nicht mit. Nachher wollte noch der Hafenmeister reinschauen. Er hatte Zeit und nahm sich noch ein Stück vor.

Und in der Tat hatte Anna ihre Schwierigkeiten mit dem Bruder. Er war im Altenheim in Hage gewesen und hatte der kranken Mutter einen Besuch abgestattet. Sie hatte ihn nicht erkannt. Er lobte das Heim, das ihr eine gute Pflege zukommen ließ. Dann kam er auf Renke zu sprechen. Er ließ kein gutes Haar an ihm.

Anna regte sich furchtbar auf. Er war angereist, um sie zu bewegen, Renke nicht zu heiraten. Sein Anliegen war es, sie vor einer unglücklichen Liebe zu bewahren.

»Vergiss unsere Herkunft nicht, Anna! Als Lehrerin hast du ein festes Einkommen. Nie und nimmer wird Renke dir die Treue halten, und bestimmt wird er schon bald etwas mit den Büromädchen anfangen.«

»Bruder, du bist hier fehl am Platz«, antwortete sie und lächelte ironisch. »Dein Geschwätz will ich mir nicht noch länger anhören.«

»Du könntest warten, bis du einen Mann kennen lernst, der zu dir passt«, sagte er im gehässigen Ton.

Anna war empört und bat ihn, sich um sich selbst zu kümmern. Sie wies ihm die Tür. Jesko war wütend und schimpfte. Sie sagte ihm draußen noch einmal ihre Meinung und verschloss die Tür. Sie weinte, räumte den Tisch und spülte. Daraufhin zog sie sich warm an, löschte das Licht, nahm die Wagenschlüssel, ging zu ihrem Golf und fuhr zum Bootsschuppen, um Renke zu treffen.

Es war spät geworden. Sie warf einen Blick auf die Mole und die Fähre, als sie das Hotel Fährhaus passierte. Im Fischereihafen warfen die Laternen ihre Lichtkegel in die Dunkelheit. Auf dem Gelände der Werft lag im Licht der Scheinwerfer ein Fischkutter im Trockendock. Die Positionslichter der Schiffe blinkten in den dunklen Himmel.

Anna fuhr auf den Parkplatz und stieg aus. Im gegenüberliegenden Kaffee saßen noch Gäste.

Sie sah sich um. Renke war der Letzte, stellte sie erstaunt fest, denn vor der Halle befanden sich keine Autos mehr. Sie ängstigte sich. Sie ging nicht gerne durch den Bootsschuppen, in dem die aufgebockten Schiffe eine Menge dunkler Ecken bildeten und das Licht dürftig war.

Beherzt nahm sie die Klinke der schweren Eisentür in die Hand und öffnete die Tür. Sie hörte den Wind, der um die Ecken pfiff, und rief mit lauter Stimme »Renke?« in die Halle. Sie erhielt keine Antwort.

Sie fuhr zusammen, als sie huschende Geräusche vernahm. Sie tastete nach dem Lichtschalter und drückte ihn. Das Licht blendete sie.

»Renke!«, rief sie abermals. Wieder keine Antwort.

Er ist schon gegangen, dachte sie, löschte das Licht, schloss die Tür und machte ein paar Schritte. Dann blieb sie stehen und schaute in das beleuchtete Café, das wegen des häufigen Hochwassers auf einem Betonsockel erbaut war.

»Aber warum hat er die Tür nicht verschlossen?«, fragte sie sich und suchte nach seinem Fahrrad. Der Fahrradständer vor der Halle war leer. Sie schritt um den Bootsschuppen. Nirgendwo stand sein Rad.

Hastig überquerte sie die Straße, betrat den Parkplatz des Cafés und vergewisserte sich. Nein, auch hier war Renkes Rad nicht.

Sie atmete erfreut auf, als sie Maximilian Eschhoff erkannte, der seinen BMW verließ und zur Treppe des Cafés ging. Er sah sie und lächelte. Erfreut näherte er sich ihr.

»Ich bin heute Vater geworden«, sagte er und drückte Anna an sich. Er strahlte und sah rosig aus.

»Ich gratuliere, grüße Tanja. Was ist es denn?«, fragte sie und lächelte gekünstelt.

»Ein Junge«, antwortete Maximilian und blickte Anna verwirrt an. »Ist etwas nicht in Ordnung?«, fragte er und knöpfte seinen Mantel auf.

»Renke arbeitete am Boot. Er war nicht mehr da. Aber die Halle war noch offen«, sagte sie besorgt.

»Schade, ich hätte gern einen ausgegeben«, sagte er. »Renke ist bestimmt nach Hause gefahren. Ruf den Hafenmeister Jonny Kutscher an, wenn Renke nicht da ist.« Er nickte ihr zu und stieg die Treppe hoch zum Café.

Anna Warfsmann ging zu ihrem Golf und fuhr nach Hause. Ihr Herz schlug höher, als sie den Golf in die Einfahrt lenkte. Renkes Fahrrad stand nicht neben der Garagentür.

Sie stieg aus. Sie spürte, wie ein Schauer über ihren Rücken rann.

»Renke, wo bist du?«, rief sie und schloss die Haustür auf.

Sie hastete durch die Räume und suchte Renkes Arbeitszimmer auf, nahm das Telefonbuch und suchte nach Jonny Kutschers Telefonnummer. Sie wählte die Nummer und wartete.

»Kutscher«, meldete sich der Hafenmeister.

»Anna Warfsmann, die Verlobte von Renke Bantz«, sagte sie, den Tränen nahe. »Ich mache mir Sorgen. Renke ist noch nicht zu Hause. Ich war am Bootsschuppen. Die Tür war offen. Es brannte kein Licht.«

»Das ist seltsam. Ich habe mit Ihrem Freund so gegen sechs Uhr noch gesprochen. Er war allein in der Halle. Er versprach mir, abzuschließen. Ich komme raus. Treffen wir uns in zehn Minuten auf dem Parkplatz vor dem Bootsschuppen.«

»Ich habe Angst«, sagte Anna. Sie hoffte, dass Renke noch auftauchen würde. Vielleicht hat er jemand getroffen, dachte sie.

»Wir sehen zuerst einmal in der Halle nach, vielleicht finden wir einen Hinweis«, antwortete der Hafenmeister und unterbrach die Verbindung.

Anna blickte zur Sicherheit noch ins Schlafzimmer und öffnete die Tür zum Bad. Sie ließ das Licht brennen, trat vor das Haus und fuhr noch einmal los, am Fährhaus vorbei über die Bahnschranke zum Fischereihafen. Die Parkplätze vor der Halle waren verwaist.

Auch Kutscher lenkte seinen Opel bis vor die Tür des Bootsschuppens. Sie folgte ihm, stellte den Golf ab, stieg aus und trat in das dämmrige Licht der Außenleuchten.

Kutscher kam zu ihr und reichte ihr wortlos die Hand. Der kalte Wind fegte heulend von See her über den Parkplatz. Das Café warf behagliches Licht in die Dunkelheit.

Kutscher schaltete seine Stablampe an. Sie schritten wortlos zur Tür. Der Hafenmeister öffnete sie, hielt sie fest und stemmte sich dagegen. Er ließ Anna Warfsmann eintreten, schaltete das Licht an und zog die Tür ins Schloss.

»Irgendwo muss er ja wohl sein«, sagte er.

Sie gingen im matten Licht an den aufgebockten Yachten vorbei. Kutscher ließ den Strahl seiner Lampe über die Boote wandern. Einige Schiffe ruhten auf Trailern. Andere wurden von Balken gestützt. An diesem Abend wirkten die dunklen Ecken gespenstisch.

Annas Atem ging laut hörbar. »Drüben steht unser Schiff«, sagte sie ängstlich. Sie näherten sich der »Seeschwalbe«. Das Licht der Stablampe spiegelte sich in der aufgetragenen Farbe am Rumpf. Neben der angelehnten Leiter stand der Farbbehälter mit dem Pinsel.

»Das ist ja seltsam! Keiner macht Feierabend und lässt die Farbe offen stehen«, meinte Kutscher mit besorgtem Gesicht. Er setzte den Fuß auf eine Sprosse der angelehnten Leiter und kletterte langsam an Bord des Schiffes. Auf der Bank in der Plicht lag eine gefütterte Wildlederjacke.

»Trug Renke eine Wetterjacke aus braunem Wildleder mit einem Innenfell?«, fragte Kutscher, neigte sich über die Bordwand und blickte Anna aufgeregt an.

»Ja! Er ist doch nicht ohne Jacke nach draußen gegangen?«, fragte sie und schluchzte.

Kutscher antwortete nicht. Er richtete den Lichtstrahl auf die unverschlossene Kajüttür.

»Es kann doch nicht sein, dass er unter Deck ist«, sagte er und blickte Anna fragend an.

»Sein Fahrrad war nicht da«, sagte sie und zitterte am ganzen Körper.

»Das ist mir nicht geheuer!«, sagte er, verließ die Plicht, stieg die Leiter hinab und nahm dann sein Handy aus seiner Jackentasche. »Sie bleiben mit mir hier! Das werden wir gleich haben.« Er wählte die Nummer der Polizei. Seine Hand zitterte.

»Polizeistation Norden, Ostwald«, vernahm er.

»Hier spricht Jonny Kutscher, Hafenmeister. Ich befinde mich mit Frau Warfsmann in der Bootshalle Norddeich. Ihr Verlobter sollte noch hier sein. Ich habe ihn gegen achtzehn Uhr noch besucht. Er ist weg. Seine Jacke liegt in der Plicht seines Schiffes. Ungewöhnlich ist auch, dass der Farbeimer mit dem Pinsel darin unverschlossen war. Außerdem ist sein Fahrrad nicht mehr da.«

»Herr Kutscher, Sie und Frau Warfsmann befinden sich in der Halle der kleinen Werft gegenüber? Ist das richtig?«

»Ja, auf dem Parkplatz stehen ihr Golf und mein Opel. Die Halle ist offen«, antwortete der Hafenmeister.

»All up Stee, ich schicke die Kollegen«, sagte der Beamte.

Kutscher steckte das Handy weg.

Anna weinte vor sich hin und stützte sich auf die Leiter.

»Bei der Kälte ist er nicht ohne Jacke mit seinem Fahrrad weggefahren«, sagte sie, als gäbe es eine Hoffnung, nicht das Schlimmste anzunehmen.

»Ich gehe davon aus, dass er nicht auf seinem Schiff ist. Wenn ich nachsehe, dann verwische ich eventuell Spuren«, sagte Kutscher.

Es vergingen bange Minuten. Dann vernahmen sie das Geräusch eines haltenden Wagens. Die Tür wurde geöffnet.

»Polizei, bitte antworten Sie!«, dröhnte eine kräftige Stimme in die Halle.

»Kutscher, wir sind hier!«, antwortete der Hafenmeister.

Sie vernahmen Schritte. Dann tauchten die Polizeibeamten zwischen den Yachten auf. Vorsichtshalber hielten sie die Hände an ihren Pistolen.

»Kommissare Tekken und Suntjen. Was liegt an?«, fragte einer der Beamten. Er war groß und wirkte bullig in der schwarzen Lederjacke. Sein Kollege Suntjen war kleiner und schlank. Er zog einen Block und einen Kugelschreiber aus seiner Lederjacke und schaute die beiden fragend an.

»Mein Name ist Warfsmann. Ich bin Lehrerin. Mein Verlobter Renke Bantz und ich, wir arbeiteten an seinem Boot. Ich bekam Besuch und verließ ihn. Als ich vor einer Stunde hierher zurückfuhr, um ihn zu treffen, war die Halle dunkel und sein Fahrrad war weg. Ich ging auf der anderen Straßenseite zum Café und schaute dort nach. Da traf ich zufällig Maximilian Eschhoff, einen Angestellten meines Verlobten. Er kam zum Feiern, denn er ist gerade Vater geworden. Er riet mir, nach Hause zu fahren und, falls Renke nicht anwesend sei, Herrn Kutscher, den Hafenmeister anzurufen.« Anna war den Tränen nah.

»Frau Warfsmann rief mich an«, bestätigte Kutscher. »Ich verabredete mich mit ihr vor der Bootshalle. So gegen achtzehn Uhr befand ich mich ebenfalls hier, um nach dem Rechten zu schauen. Nun, Frau Warfsmann und ich betraten die Halle. Über die Leiter kletterte ich in die Plicht. Ich fand dort seine Wetterjacke. Um keine Spuren zu verwischen, habe ich von weiteren Untersuchungen abgesehen. Danach haben wir Sie auf den Plan gerufen.«

»Renke Bantz ist der Eigner der Yacht? Handelt es sich um den Junior der Baufirma?«, fragte Kommissar Tekken.

Anna Warfsmann nickte. »Er hat die Jacke während der Arbeit abgelegt«, sagte sie und schluchzte.

»Mysteriös, und sein Fahrrad ist verschwunden«, meinte Suntjen. Er trat an die Leiter. »Wir sehen uns mal an Bord um.«

Die beiden Beamten kletterten vorsichtig die Leiter hinauf. Sie ließen die Jacke liegen und stiegen unter Deck. Sie fanden den Lichtschalter und schauten sich um.

Im Schiff herrschte Ordnung. Die Pantry war unbenutzt. Auch

in der Kombüse war nichts, was aus dem Rahmen fiel. Sie setzten den Rundgang fort, schauten in den Stauräumen nach, ließen keine Ecke aus.

»Er befindet sich nicht auf seinem Schiff«, sagte Tekken, trat an Deck und bat Frau Warfsmann, das Schiff zu besteigen, um zu sehen, ob sie eine Unregelmäßigkeit vorfinden würde.

Anna Warfsmann kletterte an Bord und stieg unter Deck. Sie schritt weinend durch das Schiff.

»Hier ist noch alles so, wie ich es verlassen habe. Nur Renkes Jacke liegt in der Plicht«, sagte sie.

»Keine Spur von Ihrem Freund«, sprach Suntjen zu ihr und löschte das Licht. Er nahm die Jacke. »Vielleicht hilft sie uns, das Rätsel zu lösen«, meinte er.

Sie kletterten vom Boot.

»Herr Kutscher, bleiben Sie bitte bei Frau Warfsmann. Wir suchen die Halle ab«, sagte Tekken.

Suntjen nahm sich die Lederjacke vor. Sie enthielt Renkes Brieftasche und den Hallenschlüssel.

»Frau Warfsmann, schauen Sie nach, ob der Inhalt klargeht«, forderte der Beamte die Lehrerin auf.

Anna Warfsmann nahm die Brieftasche, öffnete sie und überflog den Inhalt.

»Ja, die hat niemand angerührt«, sagte sie und reichte sie wieder dem Beamten.

Suntjen schob sie in die Innentasche der Jacke und legte sie auf eine Sprosse der Leiter.

Der Hafenmeister nickte. Das Ergebnis bestätigte den Verdacht, dass der junge Mann in der Tat die Halle verlassen hatte. Doch wohin hatte er sich gewandt?

Die Polizeibeamten gingen mit der Stablampe an den Schiffen vorbei. Nach einigen Minuten kamen sie zurück.

»Mehr können wir im Moment nicht unternehmen«, sagte Tekken. »Gehen wir nach draußen.«

Sein Kollege nahm die Jacke. Sie verließen das Schiff, das noch nach frischer Farbe roch.

Anna Warfsmann kaute wimmernd auf ihren Lippen. Sie gingen zur Tür.

»Herr Kutscher, schließen Sie die Halle ab«, sagte Kommissar Tekken.

»Ich fahre gleich hinter Frau Warfsmann her. Gibt es jemanden, den wir telefonisch erreichen können und der Ihnen beisteht, Frau Warfsmann?«, fragte Kutscher.

»Danke, ich komme schon alleine klar«, antwortete Anna und schluchzte.

Sie schauten auf, als sich ein Mann vom Café her näherte. Es war Maximilian Eschhoff. Er sah besorgt aus.

»Ist Renke aufgetaucht?«, fragte er mit leiser Stimme und besorgtem Ton. Er hielt den Autoschlüssel seines BMW in der Hand.

»Nein«, antwortete Anna. Sie nickte den Beamten zu. »Herr Eschhoff ist ein Mitarbeiter meines Verlobten. Er ist heute Abend Vater geworden.«

»Herzlichen Glückwunsch«, sagte Suntjen.

»Ich besuchte das Café und sah Sie und Frau Warfsmann. Kann ich irgendwie helfen?«, fragte Maximilian.

»Ja, wenn Sie sich um Frau Warfsmann kümmern und ihr beistehen«, sagte Kutscher.

»Gerne«, antwortete er.

»Fahren Sie am besten hinter ihr her«, sagte Suntjen.

Tekken schloss den Passat auf. Suntjen legte die Jacke auf die hintere Sitzbank. Kutscher reichte Tekken den Hallenschlüssel.

»In der Jacke des Vermissten befindet sich auch einer, den werden wir der Untersuchung zuführen«, sagte der Kommissar.

Jonny Kutscher suchte seinen Wagen auf.

Anna Warfsmann stieg in ihren Golf und wartete auf Maximilian Eschhoff, der seinen BMW vom Parkplatz holte und im mäßigen Tempo Frau Warfsmann folgte.

Kommissar Suntjen sprach über Funk mit seinem Kollegen von der Zentrale und lieferte einen lückenlosen Bericht. Dann fuhren sie auf den Parkplatz des Cafés. Sie verließen ihr Auto, stiegen die Treppe hoch und befragten nacheinander das Personal und die Gäste. Doch niemand konnte dazu beitragen, das Rätsel zu lösen.

Die Beamten verließen den Fischereihafen, befuhren die Tunnelstraße in Richtung »Roter Pfahl«. Ein Hundehalter begegnete ihnen mit seinem Schäferhund, doch er hatte niemanden gesehen.

Sie verließen den Deich und folgten dem Versorgungsweg, der zur Ostermarscher Straße führte. Die Uhr ging bereits auf Mitternacht zu, als sich der Kollege in der Zentrale meldete.

»Soeben wurde ein dreister Überfall auf einen Spaziergänger auf dem Radweg der Norddeicher Straße in der Nähe des Hotels ›Landvilla‹ gemeldet. Das Opfer ist vernehmungsfähig. Der Notarzt ist unterwegs.«

Kommissar Tekken beendete die Schleichfahrt. Er gab Gas.

»Aus dem hohlen Bauch betrachtet, vermute ich einen Zusammenhang mit dem Verschwinden des Unternehmersohnes«, meinte Suntjen. »Hören wir uns an, was er zu sagen hat.«

Sie erreichten die Kreuzung und bogen nach Norddeich ab. Friedlich wirkten die Lichter der Siedlung. Das Gelände des Getränkehändlers und der Supermarkt waren hell erleuchtet. Gegenüber befand sich das Hotel im alten Stil mit der dürftigen Lichtreklame. Die Ampel zeigte Rot. Der Wind fuhr durch die Büsche und Bäume, die die Fassade des Landhauses dicht umstanden.

»Grün«, sagte Tekken. Er steuerte den Passat auf die Mitte der Straße und lenkte ihn auf den Parkplatz. Unter den abgestellten Fahrzeugen befand sich der Wagen des Notarztes. Der Scheinwerfer des Hotels leuchtete den Platz aus.

Tekken parkte. Sie stiegen aus und betraten das Hotel durch die wuchtige Holztür. Sie hörten Stimmen. Sie schritten an die unbesetzte Rezeption und drückten die Klingel. Eine Dame erschien. Sie sah trotz des ernsten Gesichts hübsch aus.

»Gut, dass Sie kommen. Ein Gast fand das Opfer, das auch bei uns wohnt. Der Arzt kümmert sich um ihn. Er befindet sich hier im Zimmer. Der Chef ist bei ihm.« Sie zeigte auf eine Tür.

Sie gingen am Tresen vorbei, öffneten die Tür und traten ein.

Der Patient lag auf einer Liege. Vor ihm stand der Arzt gebeugt und verband seinen Kopf.

Der Chef erhob sich von einem Stuhl, der vor einem Tisch stand.

»Kommissar Tekken, mein Kollege Kommissar Suntjen«, sagte der kräftige Beamte. »Wir kommen zum Eingreifen zu spät, aber früh genug, den Überfall aufzunehmen.«

»Mein Name ist Haskamp, Herr Dr. Lunnig vom Krankenhaus«, sagte der Hotelier. »Unser Hotelgast stellt sich Ihnen selbst vor.«

Der Arzt beendete seine Arbeit. Er nickte und strich prüfend über den Verband, der den Kopf des Gastes wie ein Turban schmückte.

»Der Patient hat Glück gehabt«, sagte der Arzt und stellte sich seitlich. »Wegen des stürmischen Wetters trug er eine Mütze. Dabei hatte er gerade die Hand an die Kopfbedeckung gelegt, um sie fester anzuziehen, als ihn der Schlag traf.«

Der Patient setzte sich aufrecht. Seine linke Hand trug ebenfalls einen Verband. Er hatte ein breites, joviales Gesicht.

»Mein Name ist Bender«, sagte er. »Ich bin Gewürzvertreter aus Bielefeld und besuche die hiesigen Schlachtereien. Ich hatte in der Stadt ein paar Bier getrunken und befand mich auf dem Heimweg. Ich hörte plötzlich ein Geräusch hinter mir und sah mich schnell um. Dann verspürte ich den Schlag. Bevor ich in die Knie ging, meine ich, zwei kräftige junge Männer gesehen zu haben. Ich bin mir nicht sicher, aber glaube, es waren Ausländer.«

»Es ist anzunehmen, dass der Täter mit einem Eisenrohr zuschlug«, meinte Dr. Lunnig. »Brutal, wenn man bedenkt, dass Herr Bender hätte tot sein können.«

Suntjen machte sich Notizen. »Und, erbeuteten die Gangster etwas?«

»Ja, meine Brieftasche mit meinen Papieren. Führerschein und Ausweis. Dann hatte ich etwa fünfhundert Euro in Scheinen bei mir.«

»Und glauben Sie, dass Sie die Burschen bei einer Gegenüberstellung erkennen werden?«, fragte Tekken.

Der Vertreter zuckte nur mit den Schultern.

»Schade«, meinte Suntjen und schrieb das Protokoll.

»Das sind bestimmt Rauschgiftsüchtige gewesen. Sie benötigen das Geld, um Stoff zu kaufen«, schimpfte Bender.

»Selbst wir haben eine Menge junger Leute, die keine Arbeit haben. Die lungern den ganzen Tag hier herum«, sagte der Hotelier Haskamp.

»Es mag Zufall sein, doch wir haben bereits heute Abend einen Fall aufgenommen«, sagte Tekken. »Wir suchen nach einem Mann, der beim Anstreichen seiner Yacht spurlos verschwunden ist.«

Suntjen ließ das Protokoll unterschreiben. »Drücken Sie uns die Daumen, dass wir die Burschen kriegen.« Er setzte die Mütze auf. »Moin«, sagte er.

»Tschüß«, meinte Tekken.

Sie verließen das Hotel und gingen zum Wagen.

Focko Watthuis hörte das Telefon. Er fuhr aus dem Schlaf, nahm den schnurlosen Hörer vom Nachttisch und hob die Schultern, als seine Frau die Augen aufschlug und ihn fragend anschaute.

»Watthuis«, meldete er sich.

»Büscher. Herr Kollege, entschuldigen Sie die frühe Störung. Ihr Name steht auf dem Dienstplan. Gestern Abend ging hier eine Vermisstenanzeige ein, und in der Nacht kam es zu einem Raubüberfall auf einen Vertreter. Diensttuende waren die Kommissare Tekken und Suntjen. Die Protokolle sind bereits geschrieben. Die

Kollegen und auch ich würden vor dem Wachwechsel gern noch mit Ihnen sprechen.«

»All up Stee! In einer halben Stunde bin ich im Revier«, sagte Watthuis und drückte die Taste. Er strich seiner Frau Maike über den kurzen Haarputz. »Mach mir einen Becher Cappuccino, ich muss zum Dienst.« Er stand auf.

»Weck Jessica nicht auf, sie ist spät nach Hause gekommen«, sagte seine Frau, zog den Bademantel über, stieg in die Latschen und ging zur Küche.

Focko Watthuis betrat das Bad. Er erfrischte sich am kalten Wasserstrahl, putzte schnell die Zähne, rasierte sich elektrisch und zog sich an. Er stieg in die Jeans, zog den warmen Troyer über, dazu entschied er sich für dicke Wollsocken und seine Wanderschuhe. Leise schlich er zur Küche.

Focko Watthuis war 45 Jahre alt. Er hatte lange bei der Kripo in Hamburg gearbeitet und war vor zehn Jahren über eine Beförderungsstelle nach Norden gekommen. Er war knapp über einsachtzig groß und stabil gebaut.

Seine Frau hatte Verkäuferin gelernt. Sie war 42 Jahre alt. Sie hatte ein hübsches Gesicht und eine kräftige Figur. Die beiden hatten eine Tochter. Jessica war sechzehn. Sie besuchte die Realschule in Hage.

Sie hatten in Halbemond auf dem Kanalweg 12 einen einfachen Bungalow gebaut. Hinter dem Haus befand sich ein Garten, der an einer Weide endete. Frau Maike Watthuis liebte Gartenarbeit und half stundenweise als Floristin bei der Gärtnerei in Hage aus. Für die groben Arbeiten wie das Rasenmähen war ihr Mann zuständig. Sonst war der Garten ihr Reich.

Abgesehen von der Mithilfe im Haushalt hatte Jessica keine besonderen Pflichten. Sie liebte Pferde und war eine hervorragende Reiterin. An diesem Morgen schlief sie noch fest, als ihr Vater schon früh in der Küche eine Schnitte aß und den von der Mutter angerührten Cappuccino trank.

»Eine Vermisstenanzeige und ein Raubüberfall«, sagte Watthuis.

»Sicher wieder die beiden Exoten. Es wird Zeit, dass ihr denen das Handwerk legt«, sagte Maike Watthuis, drückte ihrem Mann einen Kuss auf die Wange und reichte ihm die Steppjacke.

»Danke, ich rufe dich an«, meinte er und verließ die Wohnung.

Der Nachbar ordnete sein Angelzeug.

»Petri Heil«, sagte Watthuis.

»Zum Dienst?«, fragte der Nachbar.

Watthuis nickte.

»Einbruch?«

»Schlimmer«, erwiderte der Beamte, zog die Garagentür auf, öffnete den Golf und stieg ein. Er fuhr die Kanalstraße hoch und bog auf die Kirchstraße, die direkt zum Zentrum von Hage führte. Die Ampel zeigte gleich Grün und er gelangte über die Hauptstraße nach Lütetsburg. Er passierte das Schloss, befuhr nach dem Kreisel die Heerstraße, die am Krankenhaus vorbeiführte. Von dort gelangte er in wenigen Minuten über die Osterstraße zum Markt und stellte dort seinen Wagen ab. Er ging die wenigen Schritte bis zum Portal der Polizeistation zu Fuß.

Taxis warteten auf frühe Kunden. Die Türflügel des Kommissariats waren weit geöffnet. Er betrat das Bereitschaftszimmer. Der Diensttuende stand hinter dem Tresen.

»Herr Watthuis, Sie werden schon erwartet«, sagte der Beamte.

Kommissar Büscher saß am Schreibtisch. Er erhob sich und reichte dem Kollegen die Hand. »Moin, Herr Watthuis. Die Herren Tekken und Suntjen erwarten uns bereits im Gemeinschaftsraum. Sie trinken eine Tasse Kaffee.«

Büscher begleitete Watthuis durch den Flur zu den Sozialräumen. Sie traten ein und begrüßten die Kollegen.

»Trinken Sie auch einen Kaffee, Herr Watthuis?«, fragte Büscher.

»Gerne«, antwortete der und setzte sich zu den Beamten.

Tekken schilderte ihre Erlebnisse. Suntjen reichte ihm die Protokolle. Büscher brühte den Kaffee auf und schenkte ein.

Watthuis las die Berichte.

»Renke Bantz befand sich nicht mehr in der Halle. Draußen war es saukalt. Dennoch ließ er seine Jacke in der Plicht seines Schiffes zurück«, sagte er nachdenklich.

»Und sein Fahrrad stand nicht mehr vor dem Bootsschuppen«, meinte Suntjen.

»So ist es. Daraus schließen wir, dass er die Halle nicht lebend verlassen hat«, sagte Tekken. »Sein Mörder muss das Rad an sich genommen und weggeschafft haben.«

»Was war mit seiner Jacke?«, fragte Kommissar Watthuis.

»Wir haben sie bereitgelegt für die Untersuchung«, sagte Tekken. »Sie enthielt seine Brieftasche, die unberührt blieb, und den Schlüssel zur Bootshalle. Seine Verlobte war der Meinung, es sei nichts gestohlen worden. Er pflegte immer mehrere Hundert Euro mit sich zu führen.«

»Damit können wir als Motiv einen Raubmord streichen«, sagte Watthuis. »Doch da bleiben eine Menge Fragen. Gab es Spuren vor dem Boot?«

Tekken sah Suntjen an.

Der hob die Schultern. »Wir sahen keine. Ehrlich gesagt, wir haben nicht nach ihnen gesucht. In der Halle waren die Lichtverhältnisse schlecht.«

»Zurzeit sind nur wenige Skipper in der Halle«, sagte Büscher.

»Ich schaue mir nachher das Schiff und das Umfeld genauer an«, antwortete Watthuis.

»Und wenn Renke Bantz die Halle verlassen hat, weil man ihn ins Freie lockte und ihn dann überfiel? Das würde den Verbleib seiner Brieftasche erklären! So oder so, er ist einem Verbrechen zum Opfer gefallen«, meinte Büscher.

»Wir haben die Bootshalle nicht versiegelt. Der Hafenmeister händigte uns den Schlüssel aus. Hier ist er«, sagte Suntjen.

Watthuis steckte ihn ein.

»Es hat den Anschein, als gäbe es einen Zusammenhang zwischen dem Verschwinden des Eigners und dem Raubüberfall in der Nähe des Landhauses«, sagte Suntjen. »Die Täter schlugen den Gewürzvertreter nieder und raubten ihm die Brieftasche. Der Mann kommt aus Bielefeld. Er hatte fünfhundert Euro bei sich.«

»Heute haben wir überall eine Rauschgiftszene«, gab Büscher zu bedenken.

»Wir haben da zwei Typen, denen ist zumindest der Überfall zuzutrauen«, sagte Tekken. »Es ist uns noch nicht gelungen, sie zu erwischen.«

»Solche Burschen gehören ausgewiesen«, schimpfte Büscher.

»Wenn noch Fragen sind, dann rufen Sie an. Ich sehne mich nach ein paar Stunden Schlaf«, sagte Suntjen. Er erhob sich.

Watthuis leerte seine Tasse. »Ich nehme die Protokolle mit nach drüben«, sagte er, verabschiedete sich von den Kollegen und verließ die Polizeistation. Er stieg in seinen Golf und fuhr zum Alten Teehaus, denn dort residierte im Schatten von St. Ludgeri die Kriminalpolizei.

Die Straßen waren leer an diesem Morgen. Der Westwind fegte tief hängende Wolken über die Stadt. Es war feucht und kalt.

Der Hausmeister hatte die Flügel der massiven Haustür schon geöffnet, denn im Parterre wurden einige Räume von der Kirche genutzt.

Focko Watthuis stellte seinen Wagen auf dem breiten Parkplatz ab und schaute auf die Kirche, die von Bäumen umgeben war, die ihre knochigen Äste in den kalten Morgen reckten. Er stieg aus, verschloss den Wagen, ging zum Portal und betrat das historische Gebäude, das von innen den Anforderungen gemäß mehrmals renoviert worden war. Er stieg die Treppe hoch zur zweiten Etage, ging über den Flur zu seinem Dienstzimmer, steckte den Schüssel in das Schloss und öffnete die Tür.

Ein beklemmendes Gefühl umfing ihn. Es war die ungewohnte Ruhe im Alten Weinhaus. Niemand seiner Kollegen war an diesem Sonntagmorgen anwesend. Er legte seine Diensttasche ab, trat an den Schreibtisch und griff nach dem Telefonbuch. Er suchte die Nummer des Hafenmeisters heraus und tippte sie ein.

»Jonny Kutscher«, meldete sich der Hafenmeister.

»Kommissar Watthuis. Herr Kutscher, wir müssen Licht in das mysteriöse Verschwinden des jungen Unternehmers bringen. Aus diesem Grunde werden wir die Bootshalle betreten. Den Schlüssel haben wir von den Kollegen bekommen. Die Kollegen haben den vom Opfer für die Untersuchung beschlagnahmt. Besser wäre es, sie würden uns begleiten.«

»All up Stee. Ich komme mit. Ist es Ihnen recht, wenn ich um neun Uhr zur Bootshalle komme?«, fragte der Hafenmeister.

»In Ordnung, bis dann«, sprach Watthuis in die Leitung. Er legte den Hörer kurz auf und wählte die Nummer seines Mitarbeiters. Er lächelte, als sich Simon Grooth verschlafen meldete.

»Simon, ein schwarzes Wochenende«, sagte der Kommissar. »Ich rufe dich vom Dienstzimmer an. Ich brauche deine Hilfe. Wir haben eine Vermisstenanzeige vorliegen und einen Raubüberfall aufzuklären.«

»Das sind ja schöne Aussichten. Ich sage Hedwig Bescheid und komme dann.«

»All up Stee«, sagte Watthuis und legte auf. »Und nun die Nummer von Renke Bantz«, sprach er vor sich hin und suchte die Nummer im Telefonbuch. »Vermutlich erreiche ich dort Frau Warfsmann.«

Er ließ mehrmals durchläuten, dann meldete sich eine Frauenstimme.

»Hier bei Bantz, Warfsmann am Apparat«, sagte die Lehrerin.

»Kripo Norden, Kommissar Watthuis. Frau Warfsmann, gibt es was Neues zu berichten?«

»Nein, mein Verlobter ist spurlos verschwunden. Er hat sich nicht gemeldet«, sagte Anna.

»Sind Sie einverstanden, wenn wir Sie gegen elf Uhr aufsuchen?«, fragte er.

»Ja, kommen Sie«, antwortete sie und legte auf.

Er holte aus dem Nebenraum die Spurensicherungstasche und schaute nach, ob sie genügend Absperrungsband enthielt. Obwohl die Halle um diese Jahreszeit wenig genutzt wurde, mussten sie die Yacht vor dem Zugang Unbefugter schützen.

Vielleicht sollten wir die Spürhunde in Oldenburg anfordern, überlegte er.

Focko Watthuis ging zum Eisenschrank, entnahm ihm zwei Ordner und setzte sich an seinen Schreibtisch. Er heftete die Berichte der Kollegen ab. Er schrieb eine Aktennotiz, faxte sie an die Staatsanwaltschaft in Aurich und heftete sie ebenfalls ab.

Er blickte auf, als Simon Grooth das Dienstzimmer betrat.

»Moin, du hast uns noch zeitig genug erwischt. Wir wollten nach Juist fahren, die Schwiegermutter besuchen. Doch jetzt genau: Was ist vorgefallen?« Grooth öffnete seinen Mantel, legte seine Mütze ab und nahm an seinem Schreibtisch Platz.

Simon Grooth war Mitte dreißig. Er war kleiner als Watthuis. Er war drahtig und hatte eine sportliche Figur. Sein dunkles Haar neigte zur Glatzenbildung. Ein Grund, es äußerst kurz zu tragen. Sein Gesicht war knochig. Seine Nase wirkte spitz.

Focko Watthuis reichte ihm den neu angelegten Ordner.

Während Simon Grooth las, telefonierte er mit der Wagenbereitschaft.

»Ich würde mich nicht wundern, wenn es auch die Gangster waren, die den Vertreter überfallen haben«, meinte Grooth.

»Um den Raubüberfall kümmern wir uns später«, sagte Watthuis. »Der Hafenmeister vom Yachtclub kommt gleich. Den Schlüssel zum Bootsschuppen habe ich hier. Mit Frau Warfsmann sind wir um elf Uhr verabredet.« Er nahm seine Jacke, zog sie über, setzte seine Elbseglermütze auf und nahm die Tasche.

Auch Grooth setzte seine Strickmütze auf, nahm den Spurensicherungskoffer und trat in den Flur. Watthuis verschloss die Tür. Sie stiegen die Treppe nach unten, gingen über den Parkplatz, warteten an der Ampel, überquerten die Osterstraße und die Heringstraße und gingen über den breiten Marktplatz zum Polizeigebäude.

Sie suchten den Kollegen des Fuhrparks auf, der ihnen die Papiere und den Schlüssel des Wagens aushändigte. Er begleitete sie in die Autohalle.

Sie stiegen ein und fuhren über die Heringstraße, an der Ludgerikirche vorbei zur Norddeicher Straße. Das Verkehrsaufkommen war an diesem Sonntagmorgen nur mäßig. In Norddeich fuhren sie über die Molenstraße, dann am Hotel Fährhaus vorbei.

Im Fischereihafen schaukelten die Kutter an den Tauen im aufgewühlten Wasser. Der Wind kam hart aus westlicher Richtung. Im Trockendock der Werft befand sich ein Fischkutter. Das Café hatte noch geschlossen. Eine Gruppe Jogger trabte vorbei.

Sie fuhren auf den Platz vor der Bootshalle und stiegen aus.

Jonny Kutscher kam ihnen entgegen. Er trug eine blaue Jacke mit silbernen Knöpfen, einen Troyer, Jeans und eine Prinz-Heinrich-Mütze.

»Kripo Norden, mein Name ist Watthuis. Mein Kollege Grooth«, sagte der Kommissar. »Wir wollen uns in der Halle einmal umsehen.«

Es waren nur wenige Schritte zu Halle. Sie standen im Windschatten und schauten auf die farbige Tür.

»Kutscher ist mein Name. Als Hafenmeister des Yachtclubs besitze ich einen weiteren Schlüssel.«

»Danke, die Kollegen händigten uns den Schlüssel aus«, sagte Watthuis und schloss die Tür auf.

»Frau Warfsmann hat ihrem Verlobten beim Erneuern der Farbe am Rumpf seines Bootes geholfen, bis sie am Nachmittag nach Hause ging, weil ihr Bruder überraschend zu Besuch kam«, trug Kutscher vor. »Das war am 20. Februar so um sechzehn Uhr dreißig, wie sie sagte. Gegen achtzehn Uhr suchte ich Renke Bantz auf. Ich brachte ihm einen zweiten Schlüssel, weil er noch an seinem Schiff zu arbeiten wünschte. Etwa eine Stunde später fuhr Anna Warfsmann mit ihrem Wagen zur Halle, um ihren Freund zu treffen. Die Tür war unverschlossen, doch in der Halle brannte kein Licht. Irritiert musste sie feststellen, dass auch sein Fahrrad nicht mehr im Ständer stand. Renke ist nach Hause gefahren, dachte sie, obwohl er die Halle nicht abgeschlossen hatte. Sie war sehr aufgeregt. Vor dem Café traf sie einen Bekannten. Er ist ein Mitarbeiter ihres Verlobten, der ihr riet, mich anzurufen. Aber in der Hoffnung, dass Renke Bantz in der Zwischenzeit nach Hause gefunden hatte, fuhr sie zur Wohnung. Daraufhin rief sie mich an. Wir verabredeten uns. Wir sind gemeinsam zu der Yacht gegangen. Ich bin über die Leiter an Bord geklettert. Dort lag seine Jacke. Von Renke Bantz fehlte jede Spur. Ich unterließ es, mich weiter an Bord umzusehen, um keine Spuren zu verwischen. Ich benachrichtigte die Polizei.«

»Renke Bantz ist noch nicht wieder aufgetaucht. Wir treffen uns nachher mit Frau Warfsmann«, sagte Watthuis.

»Gehen wir«, sagte Grooth und hob den Spurensicherungskoffer vom Boden.

Kutscher drückte den Lichtschalter. »In wenigen Wochen sieht es hier anders aus. Die Skipper gönnen sich noch ein wenig Ruhe«, meinte er.

Sie betraten die Halle.

»Wir haben Absperrband mit. Es ist unzumutbar, die Halle geschlossen zu halten«, sagte Grooth.

Sie gingen langsam an den vielen Schiffen vorbei, von denen etliche von Stützbalken gehalten wurden und einige auf Trailern standen. Doch da war nichts Auffälliges, was ihnen in die Augen sprang. Auch im Bereich der Yacht, an der Renke Bantz gearbeitet hatte, entdeckten sie keine auffälligen Spuren.

Links und rechts umgaben die starken Eisenrohre des Trailers das schnittige Schiff. Der Geruch der Farbe lag in der Luft.

»Normalerweise verschließt man den Farbbehälter und wäscht den Pinsel aus, wenn man vorhat, die Arbeit später zu beenden«, sagte Watthuis.

»Oben in der Plicht lag seine Jacke. Er hat die Halle trotz der Kälte ohne sie verlassen«, sagte Kutscher.

»Es war kein Raubüberfall, das bestätigten die Kollegen«, meinte Watthuis.

»Es spricht einiges dafür, anzunehmen, der oder die Täter hätten ihn hier weggeholt oder erledigt und nach draußen befördert«, sagte Grooth. Er bückte sich und betrachtete den Boden.

»Es gibt aber keine Kampfspuren«, meinte Kutscher.

»Daraus ist zu schließen, dass Renke Bantz Besuch bekam, zu dem er Vertrauen hatte. Er ging wahrscheinlich mit an die Tür und wurde überfallen«, folgerte Grooth.

»Der Täter hat das Schiff vermutlich nicht betreten. Frau Warfsmann sah nichts Auffälliges bei einem Rundgang an und unter Deck«, meinte Watthuis.

Sein Kollege öffnete die Spurensicherungstasche.

»Es sieht nicht aus, als wenn hier Blut geflossen wäre«, sagte der Hafenmeister.

»Dennoch nehme ich ein paar Bodenproben auf«, antwortete Grooth. Er zog Gummihandschuhe über, nahm einen Handfeger und sammelte in unmittelbarer Nähe der Yacht den Staub und füllte ihn in Plastiktüten. Dann entnahm er der Tasche Papierstreifen, mit denen er an verschiedenen Stellen den Fußboden wischte. Er verstaute die Proben. Danach sprühte er die Leiter ein und untersuchte sie nach Spuren.

Watthuis betrat die Plicht. Auch er untersuchte die Bank und die Rückenlehne nach Fingerabdrücken.

»Es ist anzunehmen, dass der oder die Täter das Schiff nicht betreten haben«, meinte er und nahm einige Abdrücke vom Holzrost. »Herr Kutscher, Sie können uns gerne begleiten. Herr Grooth und ich werfen noch einen Blick in das Innere der Yacht.«

Grooth stellte die Tasche ab und folgte Watthuis über die Leiter an Bord. Sie inspizierten die Pantry, begutachteten die Kajüte, den Schlafraum im Bug, die übrigen Kojen, die Toilette und die Stauräume. Doch sie entdeckten nichts, was den Fall hätte aufhellen können.

Sie verließen das Unterdeck und kletterten von Bord. Grooth entnahm der Tasche das Absperrband. Sie verkeilten die Besen mit dem Tragegerüst. Daraufhin befestigten sie das Absperrband und klebten ein Siegel an die Leiter. Danach verließen sie die Halle, und der Hafenmeister verschloss hinter sich die Tür.

Draußen betrachteten sie den Boden, gingen noch einmal um die Halle. Dann verabschiedeten sich die Beamten von Kutscher, der zu seinem Opel ging.

Grooth legte die Spurensicherungstasche in den Kofferraum des Passats und stieg zu Watthuis in den Wagen. Sie fuhren zum Fischerweg, wo das Fräulein Warfsmann am Wochenende mit ihrem Freund wohnte.

Das kleine Ferienhaus am Fischerweg wirkte mit dem Vorgarten und großer Liegewiese zum Süden hin recht einladend. Es lag zwischen zwei Bungalows nur wenige Meter vom Deich entfernt, der sich wie mit dem Lineal gezogen kilometerweit parallel mit der Badestraße hinzog.

Renke Bantz und Anna Warfsmann hatten sich nach ihrem Geschmack die Zimmer eingerichtet und bereits ein Kinderzimmer neben dem Schlafzimmer hergerichtet. Das Wohnzimmer hatte einen rustikalen Kamin, der gut zu den übrigen Möbeln passte. Ihre Hochzeit war angesagt, das Haus so weit eingerichtet, und dann geschah das Unfassbare.

Renke Bantz war wie vom Erdboden verschwunden.

Der Bekannte und Mitarbeiter von Renke, Maximilian Eschhoff, hatte Anna Warfsmann nach Hause begleitet. Er war mit seinem teuren BMW hinter ihr her gefahren, hatte anschließend mit ihr die Wohnung durchsucht und war dann nach Hause gefahren.

Er war an diesem 20. Februar Vater geworden, doch auch seine Freude war verhalten gewesen angesichts der sich abzeichnenden Katastrophe. Anna hatte sich fast die Augen ausgeheult und sich jemanden an ihrer Seite gewünscht, der ihr half, die Ungewissheit zu ertragen. Sie hatte auf Baltrum angerufen und ihrer Schwiegermutter die furchtbare Nachricht mitgeteilt.

Renkes Stiefvater hatte sich auf dem Festland aufgehalten. Er war wegen eines Anrufes seines Steuerberaters schon um 17 Uhr 15 mit dem Schiff nach Neßmersiel gefahren und hatte das Büro in der Firma aufgesucht.

Anna Warfsmann hatte es der Schwiegermutter überlassen, ihn aufzutreiben. Er hatte sich kurz vor 12 Uhr bei ihr eingefunden, aber völlig aufgelöst war er keine Hilfe für die leidende Anna gewesen. Er hatte die Nacht mit ihr in der Küche verbracht und auf Renke gewartet. Während der frühen Morgenstunden hatte er sich mit einer Decke im Wohnzimmer auf die Couch gelegt, während Anna am Küchentisch eingeschlafen war.

Renke hatte nicht nach Hause gefunden. Um 9 Uhr hatte sie erneut Tee gekocht. Dann hatte die Kripo angerufen, während ihre Hoffnungen dahinschmolzen, ihren Verlobten lebend wiederzusehen.

Auch Dagobert Hoyer konnte sich keinen Reim aus Renkes Verschwinden machen. Wer, um Gottes willen, konnte ihm etwas angetan haben? Renke hatte keine Feinde, zumindest nicht solche, die ihm nach dem Leben trachteten.

Und dennoch war das Unwahrscheinliche eingetreten. Jemand hatte Renke ermordet, denn Hoyer hielt es für ausgeschlossen, dass der Junge Hand an sich gelegt oder sich in der Nordsee ertränkt hatte.

Elvira Hoyer, seine Frau, war ohnmächtig vor Schmerz. Hoyer hatte die Hausgehilfin Gerda de Vries gebeten, mit dem Schiff nach Baltrum zu fahren, um ihr beizustehen.

Als um 11 Uhr die Polizeibeamten an der Haustür klingelten, öffnete der Stiefvater des Vermissten ihnen die Tür.

»Mein Name ist Hoyer, meine Schwiegertochter ist drinnen. Meine Frau befindet sich auf Baltrum. Es ist entsetzlich, was geschehen ist!«

»Kommissar Watthuis, mein Kollege Grooth«, sagte der Beamte. »Wir kommen gerade vom Bootsschuppen. Herr Kutscher vom Yachtclub hat uns begleitet.«

»Sie wünschen meine Schwiegertochter zu sprechen? Kommen Sie rein.«

Die Beamten folgten Hoyer durch einen Flur zum Wohnzimmer.

»Nehmen Sie Platz«, sagte Hoyer gefasst und zeigte auf die Stühle, die um einen Tisch standen. Er setzte sich abseits in einen Sessel.

Die Tür zur Küche wurde geöffnet. Anna Warfsmann betrat das Wohnzimmer. Sie sah trotz ihres Leides schön aus. Die großen Augen verrieten, dass sie viele Tränen vergossen hatte. Sie trug Jeans und einen Troyer und hatte ihr dunkles Haar zu einem Zopf geflochten.

»Anna Warfsmann«, sagte sie und bemühte sich um Haltung. »Ich bin Lehrerin in Hamburg. Herr Bantz und ich wollten in Kürze heiraten. Ihre Kollegen Tekken und Suntjen haben den Fall gestern Abend aufgenommen. Auch sie haben keine plausible Erklärung.«

»Richtig«, sagte Kommissar Watthuis. »Gestatten Sie, dass wir uns vorstellen? Mein Name ist Watthuis, mein Kollege heißt Grooth, wir sind Kommissare bei der Kripo. Wir haben so weit Kenntnis von dem Vorfall. Uns interessieren zuerst einmal Ihre spontanen Verdachtsmomente.«

»Ganz ehrlich, ich habe keine. Es gibt keine«, murmelte Anna.

»Unser Sohn war bei den Kollegen in der Firma, auch bei den Segelkameraden, sehr beliebt«, sagte Dr. Hoyer.

»Verzeihung, möchten Sie eine Tasse Tee? Ich habe gerade frischen aufgebrüht«, sagte Frau Warfsmann.

»Gerne«, antwortete Watthuis.

Anna verließ das Wohnzimmer, kam zurück, deckte schweigend den Tisch, holte den Tee, wartete, bis sich die Beamten mit Kluntje bedient hatten, und schenkte Tee aus.

Sie nippten an den Tassen.

»Sie hatten Besuch, so steht es im Protokoll«, sagte Grooth.

»Ja, unvorhergesehen kam mein Bruder zu Besuch. Er studiert in Aachen Medizin. Er war in der Nähe und kam vorbei«, sagte sie. Eine leichte Röte stieg in ihr Gesicht.

»Und Ihr Verlobter? Unterbrach er die Arbeit nicht?«, fragte Watthuis.

»Er verstand sich nicht gut mit ihm«, sagte sie unwillig, um anzudeuten, dass es jetzt wichtiger sei, anderen Fragen nachzugehen.

»Wann war das? Ich meine, wann verließ er Sie?«, fragte Grooth misstrauisch. Er trank Tee und schaute Dagobert Hoyer an, der sich laut räusperte.

»Ach«, sagte der laut und setzte die Tasse an den Mund.

»Sie glauben doch nicht, dass mein Bruder Renke umgebracht hat und verschwinden ließ?«, fragte Anna Warfsmann empört.

Watthuis setzte die Teetasse ab. »Es kommt nicht darauf an, was wir glauben. Fest steht, dass Renke Bantz spurlos verschwunden ist und, als Sie ihn verließen, noch an seinem Boot arbeitete.«

»Ja, er hatte auch nicht die Absicht, die Arbeit zu unterbrechen. Er trug seine alten Jeans und seinen Troyer. Ich verließ ihn, als Jesko die Halle betreten hatte und nach mir rief. Das war kurz nach fünfzehn Uhr. Wir sind zu uns nach Hause gefahren. Mein Bruder mit seinem Toyota und ich mit meinem Golf. Wir haben

Tee getrunken, dann ist er weggefahren. Das war nach achtzehn Uhr. Ich habe noch gespült und bin danach zur Halle gefahren.«

»Anna, vielleicht sagst du den Beamten, warum Jesko gekommen war«, sagte Dr. Hoyer nervös.

Die Lehrerin warf dem Vater ihres Verlobten einen vernichtenden Blick zu.

»Das hat damit nichts zu schaffen«, sagte sie gepresst.

»Frau Warfsmann, bitte«, forderte Grooth sie auf, »sagen Sie uns die Wahrheit.«

Sie schluchzte und nahm einen Schluck Tee zu sich. Dann holte sie tief Luft. »Renke und ich wollten heiraten. Wir sind schon lange zusammen. Er besuchte zusammen mit meinem Bruder die Schule. Sie waren Freunde. Doch als ich Renke kennen lernte, war er dagegen. Er glaubte damals, und diese Meinung vertritt er auch noch heute, ich hätte mich für Renke entschieden, weil er der Sohn reicher Eltern ist. Es war seine Meinung, Renke hätte mich gekauft. Der Mammon bringt dir Unglück. Geld verdirbt den Charakter, so hat er sich ausgedrückt.«

»Das ist recht interessant und rückt Ihren Bruder zumindest in die Nähe eines Verdachts«, meinte Watthuis.

»Das können Sie sich abschminken. Ich kenne meinen Bruder. Wir hatten ein schwieriges Zuhause. Wir sind ohne Vater aufgewachsen und unsere Mutter trank«, sagte sie tränenreich.

»Wir stehen erst am Anfang unserer Ermittlungen, Frau Warfsmann«, sagte Grooth. »Von unseren Kollegen erfuhren wir, dass Sie gestern Abend nach dem Fahrrad Ihres Freundes Ausschau gehalten haben.«

»Er hatte es im Fahrradständer abgestellt. Es war weg. Dabei war es noch fast neu. Es war ein Hollandrad, Marke Gazelle. Ich habe auch hinter die Halle geschaut. Dann bin ich zum Café gegangen. Es hätte ja sein können. Da traf ich Maximilian Eschhoff. Er arbeitet bei meinem Verlobten in der Firma. Er war Vater geworden. Ich gratulierte und trug ihm meine Sorgen vor. Er sagte, ich solle mich an Herrn Kutscher wenden, dann betrat er das Café.« Sie schnäuzte mit einem Tempotaschentuch ihre Nase frei.

»Der Vater von Maximilian Eschhoff arbeitete lange bei uns als Prokurist«, erläuterte Dagobert Hoyer.

»Unsere Kollegen haben eine oberflächliche Befragung der Cafébesucher durchgeführt und keine Hinweise erhalten«, sagte Watthuis. »Herr Hoyer, Ihr Sohn hat Sie und Ihre Frau gestern nicht angerufen und Ihnen verfängliche Mitteilungen gemacht, die Schlüsse zulassen?«

Dr. Hoyer saß nervös und wie krank in dem Sessel. »Meine Frau und ich befanden uns auf Baltrum. Renke ist mein Stiefsohn, den ich wie einen eigenen Sohn liebe.« Er holte tief Luft.

»Verzeihen Sie. Alles spricht dafür, dass Ihr Stiefsohn einem Verbrechen zum Opfer gefallen ist«, konterte Grooth. »Wir sind nicht hier, um Konversation zu üben.«

»Dazu ist zu sagen, dass Renke und auch ich ein gutes Verhältnis zu Herrn Hoyer hatten. Es gab auch keine geschäftlichen Reibereien«, sagte Anna Warfsmann beschwichtigend.

»Hatte Renke Feinde? Hat er vielleicht jemanden beleidigt oder verletzt?«, fragte Watthuis.

»Nie und nimmer«, meinte Hoyer, während Anna weinte.

»Ich notiere mir noch die Anschrift Ihres Bruders, Frau Warfsmann«, sagte Grooth.

»Er wohnt in Aachen-Brand in der Schillerstraße hundertzehn«, gab sie stockend von sich.

»Sie täten uns einen großen Gefallen, wenn Sie sich im Umfeld des Opfers noch einmal gründlich umsehen würden«, sagte Watthuis.

»Rufen Sie uns an, wenn Sie etwas erfahren, was uns die Arbeit erleichtert«, sagte Grooth und erhob sich.

»Wir werden in den Zeitungen nach Zeugen Ausschau halten, die etwas beobachtet haben«, fügte Watthuis hinzu.

Dr. Hoyer stand auf. Er strich mit der Hand liebevoll über Annas Haar. »Tun Sie Ihre Pflicht! Finden Sie den gemeinen Mörder, der Renke umgebracht hat. Er hat auch ihr Leben zerstört.« Er wischte sich die Tränen aus dem Gesicht.

»Wir melden uns später wieder«, sagte Watthuis.

Die Beamten verließen die Wohnung. Sie schwiegen, gingen zum Wagen und stiegen ein.

»Warum nur?«, fragte Grooth. »Renke Bantz hatte eine schöne und intelligente Freundin. Er hat studiert und war Miteigentümer der Baufirma. Warum brachte ihn einer um?«

»Es ist unwahrscheinlich, dass er Opfer eines Zufalltäters wurde. Irgendjemand hat den jungen Bantz gehasst«, sagte Watthuis überzeugt.

Sie stiegen in den Passat. Watthuis steckte den Schlüssel ins Schloss. »Und jetzt zum Revier«, meinte er und lenkte den Wagen zur Molenstraße.

»Fahren wir noch einmal das gesamte Hafengebiet ab. So zum Einleben in den Fall«, meinte Grooth.

»All up Stee! Unser Bürokram läuft nicht weg«, antwortete sein Kollege.

Sie fuhren über den Fischerweg am Schwimmbad vorbei zur Molenstraße. Der Sonntagsverkehr hatte eingesetzt.

Spaziergänger belebten den Deich. Die »Frisia II« lag an der Mole. Autos bildeten eine Warteschlange.

Watthuis lenkte den Wagen am Hotel Fährhaus vorbei in den Fischereihafen. Sie passierten im Schritttempo die Bootshalle. Gäste betraten das Café.

»Friedlich wie an jedem Sonntagmorgen«, meinte Grooth.

»Das Leben geht weiter«, antwortete Watthuis.

Am Ende des Kais lag der Muschelbagger. Ein Kran hievte die Schalentiere an Land in die Becken. Arbeiter waren damit beschäftigt, die Muscheln für den Transport in Säcke zu packen.

Die Beamten warfen einen Blick auf Norderney. Die Insel blinkte im Licht der Sonne.

Grooth entdeckte ein Herrenrad, das auf dem angrenzenden Deich an einer Bank lehnte. Es war ein Hollandrad, wie die Küstenbewohner es gerne benutzten. Er war ausgestiegen. Doch er winkte ab. Es war nicht die Marke »Gazelle«.

Sie nahmen den Weg an den Fischkuttern und der Werft vorbei.

»Es ist anzunehmen, dass der Täter das Rad in den großen Teich geworfen hat. Es war ihm sicherlich hinderlich«, meinte Grooth.

»Vielleicht entledigte sich der Mörder auf dem gleichen Weg seines Opfers«, sinnierte Watthuis und lächelte bitter. Er nahm den Weg über den Deich und verließ ihn dann, um auf die Tunnelstraße zu gelangen. Sie fuhren an dem Erholungsheim des Landkreises Paderborn entlang, verließen den Deich über den Versorgungsweg, überquerten die Ostermarscher Straße und fuhren über die Norddeicher Straße nach Norden.

Im Gemeinschaftssaal des Alten Weinhauses tagte die Jugendtruppe der Evangelischen Kirche. Ihr Gesang tat ihnen gut.

Die Beamten betraten ihr Dienstzimmer, entledigten sich ihrer Jacken und setzten sich an ihre Schreibtische.

»Ich versuche, Updiek zu erreichen. Vielleicht kann er die Meldung noch in die morgige Ausgabe des Kuriers platzieren«, sagte Watthuis und wählte die Nummer des Chefredakteurs.

Der Zeitungsmann meldete sich. Watthuis berichtete über das Verschwinden des Unternehmersohnes. Updiek war entsetzt. Er sagte ihnen nicht nur eine ausführliche Berichterstattung zu, sondern darüber hinaus versprach er, sich an die Leser zu wenden, um Zeugen ausfindig zu machen. Das Wetter war am gestrigen Abend kalt gewesen, aber nicht regnerisch, sodass möglicherweise trotz der Dunkelheit Spaziergänger unterwegs gewesen waren.

Als Nächstes gab Grooth ein Fernschreiben an die Staatsanwaltschaft nach Aurich auf.

»Mehr können wir heute nicht bewirken«, meinte Watthuis, zog die Zigarettenpackung aus der Tasche, hielt sie Grooth feil und steckte sich eine Zigarette an. Sein jüngerer Kollege rückte den Aschenbecher zurecht und holte sein Feuerzeug hervor, ließ es klicken und zündete seine Zigarette an.

Sie rauchten beide und hatten damit ihre Probleme. Es war nicht nur die öffentliche Diskussion um den Zigarettenkonsum, die sie nicht überhören konnten, sondern auch zu Hause stießen sie auf Ablehnung.

Watthuis gehorchte seiner Frau, die ihn gebeten hatte, mit Rücksicht auf seine Tochter in der Wohnung nicht mehr zu rauchen. Daran hielt er sich strikt.

Grooth hatte mit seiner Freundin ein Abkommen getroffen, ihren Zigarettenkonsum bis Weihnachten zu halbieren. Sie war ebenfalls eine starke Raucherin gewesen. Hedwig war zwei Jahre jünger als er und arbeitete als Therapeutin am Norder Krankenhaus. Sie hatten zusammen ein kleines Einfamilienhaus an der Osterstraße gemietet, dem Krankenhaus gegenüber, das einem Arzt gehörte, der nach Leer gezogen war.

»Meine erste heute. Gestern waren es nur zwölf«, sagte der junge Beamte stolz.

»Mein Schwager hatte Geburtstag, da habe ich nicht gezählt«, antwortete Watthuis.

Es war angenehm warm im Dienstzimmer. Der Rauch zog in Richtung Oberlicht.

»Es liegt nahe, anzunehmen, dass der Täter das Fahrrad des Opfers schnell loswerden wollte«, sagte Grooth und kehrte damit zu ihrem Fall zurück. »Dazu fehlte es nicht an Möglichkeiten. Im Hafenbecken liegt die ‹Frisia IV›. Davor oder dahinter kann er das Rad zum Beispiel ins Wasser geschmissen haben.«

»Du hast recht. Vielleicht schwimmt auch Renke Bantz in der Nordsee. Die Tauchergruppe der Feuerwehr kann uns weiterhelfen. Ich will es versuchen.« Watthuis blies den Qualm aus.

»Heute ist es ruhig im Hafen. Mal sehen, was Feuerwehrchef Andreesen meint«, sagte Grooth.

Watthuis drückte die Kippe in den Aschenbecher. Er griff zum

Telefon und wählte die Nummer. Der Feuerwehrchef meldete sich. Die Nachricht, die er erfuhr, war niederschmetternd. Natürlich kannte er den jungen Mann.

»Ein guter Segler«, meinte er.

»Natürlich kann er auch unfreiwillig selbst den Weg in die Nordsee gefunden haben«, sagte Watthuis, »aber die Suche gilt auch dem Fahrrad. Es ist ein Hollandrad der Marke ‹Gazelle›. Herstellerin ist die Firma ‹Union›.«

»Ein notwendiger Einsatz«, sagte Andreesen. »Warten Sie, ich nehme den Tidekalender zur Hand. Also, das passt gut. Um 15 Uhr 40 ist Ebbe. Ich denke, wir starten die Aktion um 15 Uhr. Ich habe keine Bedenken, doch vorher muss ich mit den Jungs reden. Sie kriegen Nachricht, Herr Watthuis.« Er legte auf.

»Der Wind kommt aus Nordwest. Bis auf die Kälte sind gute Bedingungen«, meinte Grooth und begann mit der Abfassung ihres Berichtes.

Watthuis wartete auf den Anruf.

»Es wird hilfreich sein, wenn wir für morgen die Hundestaffel anfordern«, sagte Grooth.

Watthuis nickte. »Ja, zur Bestätigung, denn der Täter hat das Opfer vermutlich mit einem Wagen abtransportiert oder, was ich aber nicht glaube, Renke Bantz wird irgendwo an Land gespült.«

Das Telefon läutete. Der Kommissar nahm ab. Es war Andreesen.

»All up Stee. Angehörige meiner Tauchergruppe haben sich bereit erklärt, heute Nachmittag mitzumachen.«

»Also um 15 Uhr im Fischereihafen am Liegeplatz der ‹Frisia IV› unterhalb des Muschelkais«, sagte Watthuis. Er legte auf. Dann nahm er den Hörer wieder auf und rief die Polizeizentrale Oldenburg an. Er ließ sich mit dem Dienststellenleiter verbinden. Da Sonntag war, meldete sich der Vertreter. Der Kommissar schilderte das Verbrechen an dem jungen Unternehmer und erläuterte ihr Vorhaben, die Hundestaffel einzusetzen, um herauszufinden, ob und wo das Opfer mit einem Wagen abtransportiert worden war.

Der Vorgesetzte willigte ein. Sie konnten morgen gegen 10 Uhr mit der Ankunft eines Hundeführers am Alten Weinhaus rechnen.

Watthuis legte auf und schaute auf die Uhr. »Nach Hause zu fahren lohnt nicht. Ich lade dich zu einer Tasse Kaffee ein«, sagte er.

»Einverstanden. Meine Braut ist zu ihrer Schwester nach Emden gefahren«, sagte Grooth.

»Ich sage meiner Frau Bescheid«, sagte der Kommissar und rief zu Hause an.

Dann zogen sie ihre Jacken an, verließen das Dienstzimmer, stiegen die Treppen nach unten und betraten den Parkplatz. Die kalte Luft umfing sie.

Grooth schaute den grauen Wolken nach.

»Es sieht nicht nach Regen aus«, sagte er.

Sie gingen über die Osterstraße, die seitlich an dem Alten Weinhaus und St. Ludgeri vorbeiführte, bis zur Straßenkreuzung, dann überquerten sie die Heringstraße und betraten nach wenigen Metern das Café ten Cate. Nur wenige Gäste saßen an den Tischen. Sie lasen Zeitung, studierten die Lesemappen oder beobachteten den Verkehr der Einbahnstraße.

Die Beamten nahmen auf einer Sitzbank im fensterlosen Bereich Platz, bestellten bei der Bedienung Kaffee und zwei Berliner.

»Großen Hunger habe ich nicht. Aber unter Umständen sind wir noch für einige Stunden im Einsatz«, sagte Watthuis.

Das Bedienungsfräulein servierte ihnen die Bestellung. Sie gaben Milch und Zucker in den Kaffee und aßen die Berliner.

»Jetzt haben wir wenigstens eine gute Grundlage für eine Zigarette«, sagte Grooth, grinste, nahm die Packung aus der Tasche und hielt sie Watthuis hin.

»Zum Stressabbau«, meinte der, entnahm der Schachtel eine Zigarette, holte das Feuerzeug hervor, reichte Grooth Feuer und steckte seine eigene Zigarette an.

»Ich habe wenig Hoffnung, dass morgen unsere Telefone heiß werden«, meinte Watthuis und blies den Qualm von sich. »Der Täter muss sich seiner Sache sicher gewesen sein. Selbst wenn er sich einer Schusswaffe bedient hätte, wäre der Schuss bei dem Wind nur in unmittelbarer Nähe zu hören gewesen.«

Grooth trank einen Schluck Kaffee und machte einen genüsslichen Zug. »Er hat den Segler erschossen, erwürgt oder sonst wie erledigt, vermutlich in seinen Wagen gepackt und irgendwohin gebracht, wo er die Leiche in der Dunkelheit schnell loswurde, wo sie nicht all zu schnell aufgefunden wird und wo er die Gelegenheit hat, unbemerkt hinzugelangen, um sie bei Licht zu verscharren.«

»Da gibt es in Norddeich um diese Jahreszeit genügend Möglichkeiten«, sagte Watthuis, rauchte und trank Kaffee. »Doch wenn er ein paar Kilometer weiterfährt, stehen die Chancen noch besser. Ich denke an den Lütetsburger Wald.«

»Renke Bantz verstand sich nicht mit dem Bruder seiner Freundin«, antwortete Grooth. »Die Warfsmann wurde ziemlich nervös, als wir nachfragten. Vielleicht hat sie recht, wenn sie nichts auf ihren Bruder kommen lassen will. Wir werden sehen.«

»Gewiss ist Hass ein Motiv. Zeitlich käme das hin«, gab Watthuis zu bedenken. »Ihr Bruder kannte sich auch bestens aus, denn er war vor Jahren ein Segelfreund des Skippers.«

»Und der Überfall auf den Gewürzvertreter? Der oder die Täter hatten es auf Geld abgesehen. Hat er oder haben sie den Renke Bantz ebenfalls überfallen?«, warf Grooth ein.

»Eine Menge unbeantworteter Fragen für uns und die Zeitungsleser«, meinte Watthuis.

»Es ist nur schwer vorstellbar, dass wildfremde Gangster sozusagen auf der Durchfahrt waren, an der Bootshalle anklopften und den Skipper, der zufällig an seinem Boot herumbastelte, mir nichts dir nichts umbrachten«, sagte Grooth.

»Gegen diese Version spricht auch das Verschwinden des Fahrrades«, antwortete Watthuis.

»Obwohl unbewiesen, ist anzunehmen, dass wir es mit Leuten zu tun haben, die sich hier auskennen«, sagte Grooth.

Mit solchen Gedanken versuchten sie sich einzustellen auf die Schwierigkeiten bei der Lösung der vorliegenden Fälle.

Schließlich bat Watthuis die Bedienung an den Tisch und zahlte. Sie zogen die Jacken über, verließen das Café und gingen zum Alten Weinhaus. Dort stiegen sie in den Passat.

Watthuis lenkte den Wagen auf die Norddeicher Straße. Das sonntägliche Verkehrsaufkommen war dem Wetter angemessen. Die meisten Spazierfahrer fuhren zur Mole, nur wenige suchten wie sie das Hafengelände auf.

Die Beamten passierten das Fährhaus und fuhren in den Fischereihafen. Das Feuerwehrauto mit dem Schlauchboot hatte bereits Neugierige angelockt.

Die Beamten stellten ihr Auto auf dem Kai ab. Sie gingen zu den Feuerwehrleuten und begrüßten sie.

Andreesen trug Uniform. Er stellte ihnen den Fahrer und die beiden Taucher vor. Es waren drahtige junge Männer. Sie besprachen den Einsatzplan. Dann zogen sich die Taucher im Führerhaus des Fahrzeuges um und gingen anschließend zum Schlauchboot, das der Feuerwehrmann an der Kaiböschung zu Wasser gelassen hatte. Der Außenbordmotor heulte auf. Das Boot passierte die vertäute »Frisia IV« und näherte sich der Kaimauer. Dann lief der Motor im Leerlauf. Die Taucher setzten sich auf die Kante des Bootes und ließen sich ins Wasser fallen. Sie suchten im Bereich der Wände des Hafenbeckens.

Nach mehreren Tauchgängen wurden die Feuerwehrleute fündig. Sie förderten das gesuchte Fahrrad, ein fast neues holländisches Union-Rad Marke Gazelle zutage.

Der Feuerwehrmann nahm es von den Tauchern entgegen und bugsierte es in das Schlauchboot, dann knatterte das Boot zur Anlandungsböschung. Eine erfolgreiche und gelungene Aktion.

Die Taucher legten ihre Sauerstoffflaschen ab, stiegen aus und schoben das Fahrrad an Land.

Watthuis und Grooth nahmen es in Empfang und inspizierten es grob. Die Reifen hatten keine Luft. Sie entdeckten am Profil des Hinterrades einen Kaugummi, entfernten ihn und wickelten ihn in ein Tempotaschentuch. Sie baten Andreesen, das Rad mit zur Polizeidienststelle zu nehmen.

Mit vereinten Kräften schafften sie das Schlauchboot auf das Dach des Feuerwehrwagens. Der Feuerwehrmann verstaute auch den Motor. Was aussah wie eine harmlose Feuerwehrübung, war in Wirklichkeit der erste Akt eines traurigen Dramas, dessen Ende noch nicht abzusehen war.

Die Feuerwehrtaucher zogen sich um und stiegen dann zu Andreesen in den Wagen. Dann fuhren sie davon. Sie lieferten das Fahrrad bei der Polizei ab, wo es von Watthuis und Grooth einer weiteren gründlichen Untersuchung unterzogen wurde.

Das vermeintliche Ergebnis war nicht besonders nennenswert, abgesehen von dem Kaugummi. Es hatte das Bad in der Nordsee unbeschadet überstanden. Es hatte fest im Profil des hinteren Mantels geklebt und ging mit den Staubpartikeln und Bodenproben der Bootshalle an die Spezialisten des LKA nach Hannover.

Natürlich werteten die Beamten die Bergung des Rades als einen ersten Erfolg. Ob auch das Kaugummi eine Bedeutung besaß, war fraglich.

Es war bereits spät, als Watthuis und sein Kollege Grooth das Polizeihaus verließen. Sicherlich gab es keinen Grund zum Jubeln. Aber der Anfang war gemacht. Sie standen nicht mit leeren Händen da. Sie waren voller Optimismus, als sie in ihre Autos stiegen und nach Hause fuhren.

Der aufgefrischte Wind trieb die Wolkenfetzen von See her über das Festland. Dr. Dagobert Hoyer fühlte sich elend. Er hatte außer einigen Tassen Tee bei Anna in der Wohnung keinen Bissen heruntergekriegt. Der Kummer saß tief. Er war nach Neßmersiel gefahren, hatte dort am Anleger seinen Wagen abgestellt. Er zeigte starke Spuren echter Trauer.

Er stand im kalten Nordwest und sah dem Fährschiff der Baltrum-Reederei entgegen, das sich bei Flut näherte. Er spürte nicht die Kälte, die durch seine Kleidung kroch. Auch schien ihm die Zeit stehen geblieben. Doch dann wendete die »Baltrum« im Hafen und legte an. Als liefe vor seinen Augen ein Film ab, sah er, wie die Matrosen die Gangway ausfuhren. Die Passagiere gingen von Bord, während der Schiffskran die Container mit dem Gepäck an Land hievte.

Der Unternehmer bemerkte seine Frau, wie sie blass und tapsig über die Stufen der Gangway das Schiff verließ. Sie trug ihren dunkelblauen Trenchcoat, dazu eine dunkle Hose und eine schwarze Wollmütze.

Ihm kamen erneut die Tränen. Er bemerkte, wie die Blicke der Passagiere ihm auswichen, als sie ihm entgegenkamen. Seine Frau schluchzte und hielt ein Taschentuch in der Hand, als sie näher kam. Er biss sich auf die Lippen, legte seinen Arm um den ihren und ging mit ihr zu seinem Wagen, den er vor dem Hafencafé abgestellt hatte.

Er öffnete die Tür, half Elvira beim Einsteigen, ließ seinen Blick über das Meer, über den Horizont mit Baltrum schweifen, setzte sich an das Steuer, neigte sich zu Elvira, gab ihr einen Kuss auf die Stirn, zündete den Motor und fuhr am Café vorbei auf die Straße, die durch die Deichwiesen zum Dorf führte.

Elvira rannen die Tränen über das Gesicht. Sie schwieg, während er den Wagen über die Straße parallel zum Deich durch Theener, Junkersrott und Ostermarsch nach Norden steuerte.

»Renke hatte keine Feinde! Warum nur …«, sagte sie, als er vor dem Ferienhaus in Norddeich parkte.

Sie stiegen aus, betraten das Haus und gingen zum Wohnzimmer. Elvira Hoyer setzte sich zu Anna Warfsmann, strich ihr über das Haar.

»Es ist so schrecklich«, schluchzte sie unter Tränen.

Nie vorher waren sie sich so nahe gewesen wie jetzt in ihrer Trauer.

Die geschockten Eltern und die Braut suchten in Gedanken vergeblich nach dem möglichen Täter und seinem Motiv. Renke hatte sich mit niemandem angelegt. Er hatte keine Feinde. Oder mussten sie befürchten, dass Renke ihnen etwas verschwiegen hatte?

Doch mit wem sollte er sich verfeindet haben? Er hatte sich mit allen Angestellten der Firma und auch mit den Arbeitern gut verstanden. Er verkehrte nicht an Orten, wo das Bier in Strömen floss, wo man den Alkohol in großen Mengen zu sich nahm, auch war den Angehörigen nicht zu Ohren gekommen, dass Renke den Umgang mit zweifelhaften Damen in sündigen Etablissements gepflegt hatte. Und es war so sicher wie das Amen in der Kirche, dass er weder Rauschgift konsumierte noch damit handelte.

Dem Verdacht der Polizei standen Elvira und Dagobert Hoyer mit gemischten Gefühlen gegenüber, da sie wussten, dass Jesko Warfsmann in der Tat sehr jähzornig reagieren konnte. Der ehemalige Mitschüler und Segelfreund war sicherlich nicht angereist, um Renke zu töten.

Elvira Hoyer war in Tränen aufgelöst und nicht zu beruhigen. Dr. Hoyer wusste sich keinen Rat mehr. Er telefonierte mit dem Hausarzt, der noch herauskam und Frau Hoyer ein beruhigendes Medikament spritzte. Bei dieser Gelegenheit schrieb er auch Anna Warfsmann für ein paar Tage dienstunfähig.

Am Montagmorgen stand Maximilian Eschhoff in der Frühstückspause umringt von Kollegen und Kolleginnen im Flur des Verwaltungsgebäudes am Kaffeeautomaten, hatte den Kurier vor sich liegen und las laut den Artikel vor, den der Chefredakteur Updiek selbst geschrieben hatte. Am Schluss stand: »Die Beamten bitten unsere Leser um ihre Hilfe. Wenn jemand im Hafenbereich ein Auto mit fremden Kennzeichen beobachtet oder sonstige Auffälligkeiten bemerkt hat, dann melden Sie es bitte der Kripo Norden oder einer anderen Polizeidienststelle.«

Aber das war noch nicht alles. Zur späten Stunde am Samstag war es zu einem weiteren eklatanten Vorfall gekommen. Ebenfalls in Norddeich auf der Norddeicher Straße hatte ein Hotelgast einen kleinen Spaziergang gemacht und war dabei überfallen worden. Ihm wurde die Geldbörse geraubt. Auch in diesem Fall bat die Polizei um Mithilfe.

Fasziniert hatten die Angestellten zugehört, als Maximilian Eschhoff mit stockender Stimme den Zeitungsbericht vorgelesen hatte.

»Das kann doch nicht wahr sein! Wo sind wir denn hier?« Diese und ähnliche Äußerungen spiegelten das Entsetzen wider, was die Kollegen und Kolleginnen des Juniors empfanden.

Auch die Bevölkerung reagierte mit großer Empörung. Die Leser begannen um ihre eigene Sicherheit zu fürchten.

Als Kommissar Watthuis am Montagmorgen nach einem ruhigen Frühstück mit seiner Frau, die Tochter schlief noch, die Wohnung sehr früh verließ und in den Wagen stieg, beschäftigte er sich mit den Ereignissen des gestrigen Tages. Er und sein Kollege Grooth waren sich nicht sicher, ob beide Verbrechen den gleichen Tätern zuzuschreiben waren. Der Raubüberfall in Norddeich auf den Gewürzvertreter aus Bielefeld trug nicht die Handschrift eines im Voraus geplanten Verbrechens einer Bande, sondern ließ den Verdacht zu, dass die Täter der heimischen Rauschgiftszene angehörten. Watthuis ging im Stillen die Namen derer durch, die ihnen bei den bisherigen Einsätzen auffällig geworden waren.

Noch musste er mit Licht zum Dienst fahren, doch die ersten Anzeichen einer frühen Morgendämmerung zeigten sich bereits.

Sein Weg führte am Lütetsburger Schloss vorbei. Wie leicht konnte ein Mörder sein Opfer in dem zum Teil wild wachsenden Wald vergraben. Doch ebenso in der weiteren Umgebung von Hage.

Er fuhr über die Heringstraße und Osterstraße zum Alten Weinhaus, parkte auf dem Platz und suchte seine Dienststelle auf.

Grooth war noch nicht da. Er trat an den Eisenschrank und entnahm ihm die provisorische Akte »Renke Bantz« und trug sie an seinen Schreibtisch. Dann ging er erneut zum Schrank und suchte aus dem Karteikasten »Verdächtigte Personen« die Unterlagen von Iwan Kasakow und Sam Nuasol heraus und legte sie ebenfalls auf den Tisch. Schließlich hatten am Samstagabend nach dem Überfall seine Kollegen Tekken und Suntjen bereits ebenfalls diesen Verdacht geäußert.

Kurz darauf betrat Simon Grooth das Dienstzimmer. »Hier, der Ostfriesen-Kurier«, sagte er. »Der Artikel ist gut verfasst. Ich bin gespannt, ob sich jemand meldet.« Er schlug die Zeitung auf, reichte sie dem Kollegen und hängte seine Jacke an den Haken.

Watthuis las und nickte. »Der oder die Täter haben das Fahrrad in das Wasser geworfen, daraus könnte man folgern, dass wir es bei den beiden Verbrechen mit einem Fall zu tun haben. Ich denke dabei an unsere Kunden, denen wir bisher nichts nachweisen konnten.« Er zeigte auf die Karteikarten von Kasakow und Nuasol.

»Wir werden uns mit ihnen unterhalten«, meinte Grooth.

»Nur dem Zufall hat der Vertreter sein Leben zu verdanken. Brutal diese Vorgehensweise«, sagte Watthuis.

Das Telefon klingelte. Watthuis nahm ab und meldete sich.

»Für dich, Focko, ich stelle durch«, sagte der Beamte von der Zentrale.

»Watthuis, Kripo«, meldete sich der Kommissar.

»Herr Watthuis, mein Name ist Rost«, sagte eine kräftige männliche Stimme. »Ich bin Immobilienmakler und selber Skipper. Es geht um den Zeitungsbericht. Das Opfer ist mir bekannt. Gestern so gegen 19 Uhr fuhren meine Frau und ich noch mal in den Hafenbereich. Wir parkten gegenüber der Werft. Wir führten unseren Hund aus. Dabei fiel mir ein VW Polo auf, der seitlich von der Bootshalle stand, ohne Licht, so wie das die jungen Menschen gerne tun. Ich wollte sie nicht stören, führte meinen Hund aber in die Nähe des fremden Wagens, sodass ich das Nummernschild sehen konnte. Meine Frau schimpfte mit mir. Ich kann mich an die Nummer nicht erinnern. Der Wagen kam aus Hamburg, und ich glaube, die Zahlen drei und fünf waren dabei.«

»Sie vermuten, dass jemand in dem Wagen saß?«, fragte Watthuis.

»So verhielt es sich. Wer stört schon gerne Liebende, Herr Kommissar«, sagte der Makler ironisch.

»Ich notiere. Ja, Sie haben Ihr Büro Am Markt«, sagte der Kommissar.

»Richtig. Meine Frau und ich dachten uns, wenn nicht der Mörder in dem Wagen saß, dann vielleicht ein Zeuge«, sagte der Makler.

»Welche Farbe hatte das Fahrzeug?«, fragte der Beamte.

»Nun, es war dunkel. Ich glaube, rot«, antwortete der Makler.

»Schönen Dank für den Hinweis, Herr Rost«, sagte Watthuis und legte auf.

»Der erste Zeuge. Hamburg, denkbar. Renke Bantz und seine Freundin haben in Hamburg studiert«, sagte Grooth.

»Rost hat sich zu Recht gefragt, was es auf sich hat mit dem Wagen«, sagte Watthuis und begann eine Nummer zu wählen. »Wir müssen die Staatsanwaltschaft sowieso informieren. Erledigen wir das. Bevor wir mit den Nachforschungen beginnen, informieren wir zuerst die Staatsanwaltschaft.«

Eine Telefonistin meldete sich und verband ihn weiter.

»Hier Büro Staatsanwalt Dr. Kanter, mein Name ist Horstmann«, vernahm er.

»Watthuis, Kripo Norden«, sagte der Kommissar. »Frau Horstmann, es dreht sich um das Verschwinden des Diplom-Ingenieurs Renke Bantz.«

»Ich verbinde mit Staatsanwalt Dr. Kanter. Einen Moment bitte«, sagte sie.

Grooth nickte zustimmend. »Der Kanter ist in Ordnung«, sagte er.

Der Staatsanwalt meldete sich. »Herr Watthuis, wir sind schon am Ball. Der Oberstaatsanwalt hat mich mit dem Fall betraut. Haben Sie schon etwas unternommen?«

»Gestern bargen Taucher der Feuerwehr das Fahrrad des Opfers. Bis auf ein Kaugummi gab es keine Hinweise. Heute brachte der Ostfriesen-Kurier einen Artikel, dem wir bereits eine erste Zeugenaussage verdanken. In der Nähe der Halle ist zu der verdächtigen Zeit am zwanzigsten Februar ein VW Polo mit Hamburger Kennzeichen gesehen worden.«

»Immerhin«, antwortete der Staatsanwalt.

»Bei dem Raubüberfall haben wir unbestätigte Verdachtsmomente«, fuhr Watthuis fort.

»Heute Morgen habe ich noch in Aurich zu tun«, sagte Kanter. »Ich komme gegen drei Uhr nach Norden. Wir können den Fall dann besprechen, wenn Ihnen die Zeit passt.«

»Dem steht nichts im Wege. Also bis dann«, sagte Watthuis und legte auf.

»Ein roter Polo mit einem Hamburger Kennzeichen und den Zahlen drei und fünf. Bei uns wäre es nicht schwierig, trotz der spärlichen Angaben den Inhaber des roten Polos ausfindig zu machen. In Hamburg sieht das anders aus«, meinte Grooth.

»Am schnellsten ist ein Ergebnis zu erzielen, wenn wir die Hamburger Kollegen um Amtshilfe angehen«, meinte Watthuis.

Grooth erhob sich, setzte sich an den Rechner und verfasste eine E-Mail. Dann blickte er Watthuis fragend an, der sich räusperte.

»Jesko Warfsmann, der Bruder der Lehrerin, verstand sich nicht mit Renke Bantz«, sagte Watthuis. »Er hatte den Besuch bei seiner Schwester beendet, als der Junior verschwand. Wir benötigen von ihm ein Alibi.«

»All up Stee«, sagte Grooth, schaltete den Rechner ab, holte die Schreibmaschine aus dem Schrank und trug sie an den kleinen Seitentisch. Er schrieb an den Medizinstudenten, der in Aachen wohnte.

Das Telefon läutete. »Focko, für dich«, sagte der Kollege von der Zentrale.

»Kripo, Kommissar Watthuis«, meldete sich der Kommissar.

»Hero Sanders hier. Herr Kommissar, ich war gestern Abend mit meiner Freundin im Hafengebiet in der Nähe vom Café und der Bootshalle spazieren. Dabei beobachteten wir zwei Männer, wahrscheinlich Jugendliche, die sich auffällig benahmen und uns Angst einflößten. Wir hatten den Eindruck, dass sie betrunken waren. Sie hielten Knüppel in den Händen. Wir haben uns hinter dem Deich versteckt, der die Straße von der Wiese trennt.«

»Schönen Dank für die Hinweise, Herr Sanders«, sagte Watthuis. »Können Sie diese Personen näher beschreiben?«

»Es war dunkel. Es handelte sich um einen größeren und einen etwas kleineren, aber schlanken Mann. Uns schien es, als wäre außer uns niemand unterwegs«, antwortete der Zeuge.

»Vernahmen Sie Gesprächsfetzen ihrer Unterredung?«, fragte der Beamte.

»Ja, aber wir verstanden nichts. Das klang fremd. Ehrlich gesagt, wir hatten Angst, obwohl das Café in der Nähe ist«, sagte der Zeuge.

»Ich protokolliere Ihre Aussagen und schreibe Ihre Personalien auf. Ihr Beitrag ist äußerst wichtig für die Bearbeitung der Fälle«, sagte Watthuis.

»Hero Sanders, Christian-Reil-Straße zehn. Ich bin Busfahrer, meine Freundin heißt Maraike Wilken. Sie arbeitet als Verkäuferin bei Zeka.«

»Danke, grüßen Sie Ihre Freundin«, sagte der Beamte und legte auf.

Grooth stellte die Schreibmaschine ab und reichte Watthuis das Schreiben.

»Grölende junge Leute in Norddeich. Das ist nicht neu«, meinte er.

»Aber es passt auf unsere Exoten«, antwortete Watthuis. Er unterschrieb den Brief an Jesko Warfsmann.

Doch da gab es noch einen Anruf. Es war ein Rentner. Er wohnte in der Tunnelstraße. Er machte die Aussage, dass er spät einen Wagen vor einem alten Stall gesehen hätte. Auch diese Beobachtung fand ihren Niederschlag in den Akten.

»Der Wagen kann in den Fall gehören. Auch die beiden Unbekannten mit den Knüppeln. Vielleicht trafen sie auf Renke Bantz, der sie zurechtwies? Sie schlugen auf ihn ein und warfen das Rad in den Hafen«, resümierte Grooth.

»Heute Nachmittag kommt der Staatsanwalt«, sagte Watthuis. »Uns bleibt noch Zeit, der Bantz-Baugesellschaft einen Besuch abzustatten. Renke und sein Stiefvater hatten gemeinsam das Sagen in der Firma. Mal sehen, wie dort die Stimmung ist.«

»Ich sage der Zentrale Bescheid, dass wir außer Haus sind«, erwiderte Grooth und erhob sich. Er griff zum Telefon und benachrichtigte den Kollegen von der Zentrale.

Dann verließen sie das Alte Weinhaus, überquerten den Marktplatz und suchten den Kollegen vom Fuhrpark auf. Er gab ihnen die Papiere und den Schlüssel des Passats. Sie stiegen ein und fuhren nach Norddeich. Kurz vor der Molenstraße bogen sie auf die Badestraße.

Das Verwaltungsgebäude der Feeke-Bantz-Baugesellschaft befand sich dem Deich gegenüber auf einer großen Wiese in der Nähe des Campingplatzes. Mit den vielen Fenstern wirkte es wie eine Schule. Das Grundstück war mit einer Buchsbaumhecke eingefriedet. Hinter dem aus roten Backsteinen erbauten Gebäude befand sich ein Parkplatz, auf dem die Wagen der Mitarbeiter abgestellt waren. Es gab noch genügend freie Fläche für Besucher.

Watthuis fuhr den Passat um das Gebäude und stellte ihn ab. Sie blieben im Wagen sitzen.

»Fassen wir noch mal zusammen«, resümierte Watthuis. »Die Firma beschäftigt hier knapp sechzig Angestellte. Der oberste Chef, Dr. Dagobert Hoyer, hat einen Stellvertreter. Vor Kurzem kam der Stiefsohn dazu. Hoyer arbeitete als höherer Mitarbeiter in der Firma und heiratete die Witwe und Eigentümerin. Sie ist die Mutter des Opfers. Renke Bantz trat nach dem Studium in die Firma ein. Melden wir uns bei der Personalabteilung an. Mit Dr. Hoyer sprechen wir später.«

»Einverstanden«, meinte Grooth.

Watthuis zog den Zündschlüssel aus dem Schloss. »Er ist sicherlich heute nicht anwesend«, setzte er hinzu und stieg aus. Grooth folgte ihm.

Vom Deich her fiel ein kalter Wind ein. Über den Himmel huschten graue, tief ziehende Wolken.

Sie gingen zur Rezeption und traten an den Tresen. Eine hübsche Angestellte erhob sich vom Schreibtisch. Sie trug ihr blondes Haar lang. Sie war schlank, trug einen Rollkragenpullover und einen Cordrock. Sie blickte die Beamten fragend an. Ihr Gesicht zeigte ein verhaltenes Lächeln.

»Guten Morgen, Sie wünschen?«, fragte sie.

Die Beamten zeigten ihre Dienstausweise. »Mein Name ist Watthuis, mein Kollege heißt Grooth, wir kommen von der Kripo und wünschen ein vertrauliches Gespräch mit dem Personalchef.«

Die junge Frau reagierte verlegen.

»Für das Personal ist der Chef Dr. Hoyer zuständig, er ist allerdings nicht zu sprechen«, sagte sie.

»Wir kennen den Grund. Sagen Sie seinem Vertreter, dass wir ihn zu sprechen wünschen«, sagte Grooth.

»Nehmen Sie bitte drüben in der Sesselgruppe Platz.« Sie griff zum Telefon.

In der Empfangshalle standen Blumenkübel. Die Decke war holzgetäfelt und die Wände mit einer bläulichen Stofftapete bezogen. Seitlich führte eine Pendeltür zu den Büroräumen. Auf dem Tisch vor der Couch lag der Ostfriesen-Kurier, dem man ansah, dass er bereits durch viele Hände gegangen war.

Ein Angestellter betrat die Halle. Er war ein schlanker, groß gewachsener Mann mit einem rundlichen Gesicht und rötlichen Haaren. Er war Mitte vierzig. Er trug ein blaues Sakko, eine graue Hose, weißes Hemd mit passender Krawatte und V-Ausschnitt-pullover. Sein Gesicht war ernst, während er den Beamten die Hand reichte.

»Mein Name ist Fieger«, sagte er. »Ich kümmere mich um die personelle Seite unseres Unternehmens. Wir haben ein rabenschwarzes Wochenende hinter uns. Unser Juniorchef wird vermisst.«

»Wir sind im Bilde. Ich bin Kommissar Watthuis. Mein Begleiter ist Kommissar Grooth. Wir sprachen gestern bereits mit Herrn Dr. Hoyer.«

»Begleiten Sie mich in das Besucherzimmer«, sagte Adrian Fieger. Er ging vor, hielt ihnen die Tür auf und schritt ihnen dann voraus durch den eleganten Flur. An der Wand hingen Großfotos von Neubauten, die die Gesellschaft erstellt hatte.

Das Besucherzimmer befand sich vor einem großzügigen Treppenaufgang. Der Personalchef bat sie einzutreten, abzulegen und Platz zu nehmen. Er hängte ihre Mäntel an die Garderobe, zeigte auf die wuchtigen Ledersessel, die um einen runden Tisch standen, und setzte sich zu ihnen. Durch die Fenster fiel der Blick auf den grünen Deich.

»Bevor Sie mir mitteilen, was Sie zu mir führt, möchte ich Ihnen einen Tee anbieten«, sagte Fieger.

»Eine nette Geste. Da sagen wir nicht nein«, antwortete Grooth.

Fieger erhob sich, trat an eine Seitentür und bestellte den Tee. Er setzte sich wieder zu ihnen.

»Ihr Juniorchef Renke Bantz ist vermutlich einem Verbrechen zum Opfer gefallen«, sagte Watthuis. »Wir suchen seinen Mörder. Das führt uns zu Ihnen. Die Frage ist, ob jemand aus seinem Umfeld hierfür ein Motiv hatte.«

»Sie wollen wissen, ob ein Mitarbeiter Herrn Bantz umgebracht haben kann?«, sagte Adrian Fieger erschrocken. »Natürlich ist das nicht ausgeschlossen. Aber aus meiner Sicht halte ich diese Version für unwahrscheinlich, da ich im Hause keinen kenne, der den jungen Chef hasste oder mit ihm nicht klarkam.« Er blickte zur Tür, die geöffnet wurde. Eine Angestellte deckte den Tisch mit dem Geschirr der ostfriesischen Rose.

»Es gab auch keine Entlassungen, die den Zorn der Leute erregten?«, fragte Grooth.

»Nein, im Gegenteil. Wir bezahlen grundsätzlich über Tarif«, sagte der Angestellte.

Watthuis lächelte und wandte sich an die Angestellte. »Wie fanden Sie Ihren jungen Chef?«, fragte er.

»Herr Bantz war mehr als in Ordnung und noch besser als Herr Dr. Hoyer«, antwortete sie mit einem aufmüpfigen Unterton. Sie verließ das Zimmer und brachte wenig später den Tee.

»Sie haben wohl schlechte Erfahrungen mit Ihrem Chef gemacht?«, fragte Grooth, griff zur Kluntjedose und fischte mit dem Löffel für seinen Kollegen und für sich Kandiszuckerstücke heraus.

»So war das nicht gemeint. Frau Elbern wurde Zeugin, wie Dr. Hoyer den Junior abkanzelte. Das wird sie nie vergessen«, sagte der Personalchef und grinste breit.

»Dr. Hoyer war im Unrecht. Er verstand sich nicht mit seinem Stiefsohn«, sagte die junge Frau mit hochrotem Kopf. Sie schenkte Tee ein und verließ das Zimmer.

Adrian Fieger reichte die Sahne an. Die Beamten bedienten sich.

»War das nur die Meinung von Frau Elbern, oder ist an ihrer Äußerung mehr dran?«, fragte Watthuis.

»Das hat nichts mit Ihrem Fall zu schaffen«, antwortete Adrian Fieger nervös. »Dr. Hoyer heiratete die Witwe Bantz und war für Jahre alleiniger Chef. Nach seinem Studium forderte der Junior seine Rechte.«

»Dr. Hoyer gab sich gestern sehr betroffen«, meinte Grooth, nahm die Teetasse und trank.

Fieger nahm ebenfalls Tee zu sich und meinte dann: »Ich kann nur sagen, dass Herr Dr. Hoyer seinen Stiefsohn liebte wie seinen eigenen Sohn. Dazu muss gesagt werden, dass Renke Bantz sehr eigenwillig war und seinen Stiefvater wie einen Eindringling betrachtete. Damit machte er der Mutter manchen Kummer. Der Junior lebte nicht mehr zu Hause. Er lebte mit Frau Warfsmann zusammen.«

»Wir trafen Dr. Hoyer gestern Morgen bei ihr. Das Verhältnis zu ihr war väterlich. Seine Frau war nicht bei ihnen«, sagte Grooth.

»Der Chef ist ein fanatischer Anhänger der Insel Baltrum. Er und seine Frau besitzen dort eine Eigentumswohnung. Frau Warfsmann wird ihn angerufen haben, nachdem sie feststellte, dass Renke verschwunden war.«

»Haben Sie hier einen Fahrplan der Baltrum-Linie?«, fragte Watthuis.

»Ich denke schon«, sagte Fieger, erhob sich, ging zur Anrichte, entnahm der Schublade einen Fahrplan und reichte ihn mit ernstem Gesicht dem Beamten, ohne ihn selbst aufzuschlagen.

Watthuis blickte auf die dicke, werbewirksame Beschriftung. Danach fuhr er mit dem Finger über die Kalenderspalte. Er schaute auf.

»Renke Bantz verschwand am Samstagabend. Am Sonntagmorgen fuhr noch kein Schiff. Dann war er wohl alleine zu Hause, während sich seine Frau auf der Insel aufhielt.«

»Das mag schon sein. Ich sah ihn noch nicht. Doch was überrascht Sie daran?«, fragte der Angestellte.

»In Anbetracht des oftmals gespannten Verhältnisses zu seinem Stiefsohn interessiert es uns schon, wo sich Dr. Hoyer am späten Samstagabend aufgehalten hat«, sagte Grooth. »Wir werden ihn danach fragen.«

»Der Chef wird Ihnen Rede und Antwort stehen«, sagte Fieger, trank Tee und blickte die Beamten ratlos an. »Wenn Sie Wert darauf legen, sich im Zimmer des Juniors umzusehen, dann führe ich Sie hin.«

»Tun Sie das. Das Opfer wird uns dadurch vertrauter«, antwortete Grooth.

»Der Junior hatte offensichtlich keine Feinde. Eine Attacke aus geschäftlichen Gründen kann ich zwar nicht ausschließen, halte sie jedoch für unwahrscheinlich«, sagte der Personalchef.

»Der Meinung war auch Dr. Hoyer«, sagte Watthuis, trank den Rest des Tees und erhob sich. Adrian Fieger reichte ihnen die Jacken. Sie verließen das Besuchszimmer, gingen zum Aufzug und fuhren hoch. Auf der vierten Etage befanden sich die Direktionszimmer.

»Der Junior hat das Büro des verstorbenen Direktors Frerik Salzer übernommen«, sagte Fieger. »Es wurde bei seinem Eintritt in die Firma renoviert.« Er zeigte auf eine Tür und öffnete sie.

Es war ein Doppelraum, der ohne Tür ineinander überging. Im ersten Zimmer herrschte der Bürocharakter vor. Regale mit Akten, eine bequeme Computerecke und ein riesiger Schreibtisch. Ein Modell seines Segelschiffes zierte das teure Stück. Ein Handkasten enthielt das BGB, das HGB und die Bauverordnung. Ein großes, dickleibiges Journal trug die Beschriftung »Im Bau befindliche Projekte«. Ein überdimensionaler Wendekalender war unter Freitag aufgeschlagen. Auf der Seite stand mit Kugelschreiber geschrieben: HmR mit einem Ausrufezeichen.

Sie betraten das hintere Zimmer. Es war geräumig und hatte

eine Wandschräge. Die Wände waren vertäfelt. Eine Gaube sorgte für Tageslicht. Mitten im Raum stand ein langer, mit Bauzeichnungen bedeckter Tisch. Um den Tisch standen sechs bequeme Stühle.

»Hier übt der Junior mit den Lehrlingen«, sagte Fieger. »Er wird der Firma fehlen«, fügte er hinzu.

Die Beamten schauten sich um, ohne etwas zu berühren.

»Wir gehen davon aus, dass der Täter nicht zur Firma gehört«, sagte Watthuis.

»Die Familie können Sie ebenfalls ausschließen«, sagte Fieger mit Überzeugung.

»Über Ihren Junior hören wir nur Lob«, sagte Grooth. »Er war offenbar in jeder Weise solide. Warum wurde er getötet? Denn dass er noch lebt, das ist ausgeschlossen.«

»Ich sagte Ihnen, hier im Hause hatte er ein hohes Ansehen. Hat der Beitrag im Kurier keine Ergebnisse gebracht?«, fragte der Angestellte.

»Hinweise schon, aber noch keine heiße Spur«, antwortete Watthuis.

Sie verließen die Büroräume, gingen zum Aufzug und fuhren nach unten. Der Personalchef begleitete die Beamten zum Portal und reichte ihnen die Hand.

»Wenn Sie weitere Auskünfte wünschen, dann stehe ich Ihnen gerne zur Verfügung.«

»Danke für den Tee, und grüßen Sie Herrn Dr. Hoyer«, sagte Watthuis.

Sie gingen zum Wagen und fuhren zum Revier.

»Der Hundeführer wird in Kürze erscheinen. Rechnen wir eine kleine Verspätung ein. So gegen elf Uhr, denke ich«, sagte Watthuis und parkte vor der Dienststelle.

Die Beamten stiegen aus und suchten ihr Dienstzimmer auf.

Sie mussten nicht lange warten. Denn kurz nach elf Uhr fuhren die Kollegen aus Oldenburg vor. In dem Ford Kombi lag vom Führerhaus durch ein Netz abgetrennt ein gepflegter Schäferhund, der seine Ohren spitzte und aufmerksam die Umgebung beobachtete, als das Auto vor dem Alten Weinhaus anhielt. Die Beamten sprachen beruhigend auf den Hund ein und stiegen aus.

»Ich melde uns an«, sagte der Ältere und betrat das Gebäude.

Mertens, so hieß der Jüngere, trat an die Heckklappe, öffnete sie und kraulte das glänzende Fell des Schäferhundes, der unruhig spürte, dass auf ihn eine Aufgabe wartete.

»Ruhig, Blanca, noch sind wir nicht am Ziel«, sagte er. Er verschloss die Klappe und schaute auf St. Ludgeri und das alte Rathaus, zwei Sehenswürdigkeiten der Stadt Norden.

Sein Kollege Hetfeld kam in Begleitung der Kriminalbeamten zurück.

»Herr Mertens, mein Name ist Watthuis, mein Kollege Grooth. Wir sind so weit. Wir fahren vor. Unser Ziel ist die Bootshalle in Norddeich, falls wir uns verlieren.«

Sie stiegen in die Wagen und fuhren los. Sie erreichten Norddeich über die Norddeicher Straße, fuhren am Fährhaus vorbei zum Fischereihafen und parkten direkt vor der Halle.

»Der junge Mann bastelte an seiner Yacht«, sagte Grooth. »Ich denke, wir beginnen am Schiff. An Bord befinden sich seine Bordschuhe.«

Hetfeld nickte. Die Hundeführer trugen khakifarbene Blousons, grüne Hosen und Springerstiefel.

Mertens öffnete die Klappe, legte Blanca an die Leine und ließ die Hündin neben sich Platz nehmen. Sie war gut gewachsen. Sie spitzte die Ohren und sah aufmerksam Hetfeld an. Dabei hechelte sie und wartete auf Befehle.

Sie näherten sich der Tür. Watthuis schloss sie auf und führte die Hundeführer zu der aufgebockten »Seeschwalbe«.

Blanca hielt die Schnauze dicht am Boden und schnüffelte in alle

Richtungen. Grooth stieg über die Leiter an Bord, holte die Bordschuhe und gab sie Hetfeld. Der hielt sie dem Hund hin, sprach mit ihm, während sein Kollege Mertens Blanca kurz hielt und kraulte.

Unruhig schnüffelte sie, bewegte die Rute und scharrte mit den Pfoten.

»Such, Blanca!«, befahl Mertens.

Hetfeld steckte die Schuhe weg. Blanca wollte, was nahe lag, an Bord. Mertens redete auf sie ein. Dann führte der Hund die Beamten auf dem direkten Wege an den Yachten vorbei nach draußen. Dort rannte Blanca hin und her und bellte. Dabei kam der Hund dicht an den Rand der Kaimauer. Er hechelte wild und bellte.

»Ein kurzer Weg«, sagte Hetfeld. »Sie können davon ausgehen, dass das Opfer wahrscheinlich nach einem Kampf hier in ein Auto geladen wurde oder ins Wasser fiel.«

»Das ist recht sonderbar«, murmelte Watthuis. »Warum folgte Renke Bantz seinem Mörder so widerstandslos? Handelte es sich um einen Bekannten?«

»Dabei war der Junior ein kräftiger und sportlichen Typ, der sich zu wehren wusste«, meinte Grooth.

Mertens tätschelte den Hund und gab ihm ein Leckerchen. »Wir können die Fragen nicht beantworten«, sagte er. »Das alles sieht so aus, als wäre der junge Mann das Opfer eines Überraschungsangriffs geworden.« Er führte den Hund zum Wagen.

»Gegenüber befindet sich ein Café«, sagte Watthuis. »Dürfen wir Sie zu einer Tasse Kaffee einladen?«

»Einverstanden. Blanca bekommt was zu trinken und zu fressen. Den Hund können wir im Wagen lassen«, meinte Mertens. Er versorgte das Tier.

Watthuis verschloss die Hallentür, dann suchten sie das Café auf und machten ihre Mittagspause.

Nach dem Kaffee und einer Stärkung machten sich die Kollegen mit Blanca in ihrem Wagen auf den Weg zurück nach Oldenburg. Auch Watthuis und Grooth stiegen in ihren Passat.

»Bei dieser Gelegenheit benachrichtigen wir die Wasserschutzpolizei«, sagte Grooth.

»Zur Sicherheit, man kann nie wissen«, antwortete Watthuis und fuhr los.

Das Amt befand sich in der Nähe der Mole in einem Klinkerbau. Sie parkten vor dem Haus und betraten das Dienstgebäude, das nicht für den Publikumsbetrieb geöffnet war. Der Diensttuende empfing sie misstrauisch und hörte sich an, was seine Kollegen von der Kripo vorzutragen hatten.

»Sein Fahrrad haben wir gestern hier im Hafen aus dem Wasser gefischt«, trug Watthuis vor. »Wir können nicht ausschließen, dass der Täter den Junior der Baufirma in die große Badewanne geworfen hat. Ob wahrscheinlich oder nicht, wir müssen alle Möglichkeiten in Erwägung ziehen.«

»Eine seltsame Geschichte«, meine der Beamte.

»Es sieht nach einem Überraschungsangriff vor der Halle aus. Doch wo ließ der Täter die Leiche?«, gab Grooth zu bedenken.

»Die Argumente sind überzeugend. Wir werden veranlassen, dass das Seenotrettungsboot ›Cassen Knigge‹ im Rahmen einer Übung die Suche in Küstennähe aufnimmt«, sagte der Beamte der Wasserschutzpolizei.

»Schönen Dank, Herr Kollege«, sagte Watthuis.

Sie verließen das Amt, stiegen in den Wagen und fuhren zu ihrer Dienststelle. Sie parkten vor dem Alten Weinhaus, gingen zur Tür, stiegen die Treppen hoch, betraten ihr Dienstzimmer, zogen die Jacken aus und nahmen an ihren Schreibtischen Platz.

Watthuis nahm den Telefonhörer ab. Er wählte die Nummer der Zentrale und erkundigte sich, ob noch weitere Hinweise eingegangen seien. Das war nicht der Fall. Sie schrieben ihre Berichte und meldeten diesen Vorfall auch den niederländischen Kollegen in Groningen, da bei entsprechenden Windverhältnissen die Leiche in westliche Richtung treiben konnte.

So gesehen hatten die Kriminalbeamten bereits einiges in die

Wege geleitet, als Staatsanwalt Kanter in Norden seinen Informationsbesuch antrat.

Der Jurist Dr. Kanter gehörte zu den glücklichen Menschen, die keine Gewichtsprobleme haben und dennoch wegen ihrer Größe bei jeder Gelegenheit auffallen. Er hatte auch dank seiner von Jugend an ausgeübten sportlichen Aktivitäten eine blendende Figur. Der 45-jährige Staatsanwalt war verheiratet mit der fast gleichaltrigen Sportlehrerin Hanna, die in Aurich am Gymnasium unterrichtete. Sie hatten zwei Mädchen im Alter von 13 und 15 Jahren.

Kanter trug das leicht ins Rötliche gehende Haar im kurzen Schnitt. Sein Gesicht war spitz, seine Nase gerade und sein Mund schmal. Ein buschiger Schnurrbart zierte seine Oberlippe. Der Staatsanwalt bevorzugte sportliche Kleidung. Er war in Varel geboren und über Braunschweig nach Aurich gekommen.

Seine joviale Art, mit Menschen umzugehen, konnte täuschen. Er war unnachgiebig, ja fast pingelig, wenn es um die Verfolgung von Gesetzesbrechern ging. Er kannte Norden nur von seinen Inselfahrten. Er und seine Frau waren Liebhaber von Norderney.

Das mutmaßliche Verbrechen in Norddeich hatte seinen Unwillen hervorgerufen. Besonders hasste er es, wenn Jugendliche im Alkoholrausch Straftaten begingen.

Nach einem terminreichen Vormittag stimmte er sich ein auf die neuen Aufgaben und fuhr nach Norden. An diesem Nachmittag fand er ohne Umschweife zum Alten Weinhaus. Er gönnte dem gegenüberliegenden alten Rathaus und St. Ludgeri ein paar bewundernde Blicke und lenkte seinen Mercedes auf den Parkplatz vor dem imposanten Altbau. Er stieg aus und empfand den aufgefrischten Seewind erfrischend. In sein Blickfeld fielen der Markt mit den knochigen Ulmen.

Er betrat das Gebäude, in dem die Kripo residierte. Die Hinweisschilder wiesen ihm den Weg. Er stieg über die rustikale Treppe nach oben und fand zum Dienstzimmer der Norder Beamten. Er klopfte an und trat ein.

Die Beamten erhoben sich.

»Mein Name ist Dr. Kanter. Ich bin der Staatsanwalt«, sagte er und schaute die Beamten an.

»Watthuis«, sagte der Kommissar und reichte ihm die Hand.

Auch Grooth begrüßte ihn.

»Unsere gemeinsame Aufgabe besteht in der Aufklärung des Verbrechens und der Aufspürung der Leiche des Unternehmersohnes Renke Bantz«, sagte der Staatsanwalt.

»Die ersten Hinweise aus der Bevölkerung sind bereits eingegangen«, sagte Grooth. Er zeigte auf die Unterlagen, die sie ausgebreitet auf dem Schreibtisch liegen hatten. »Nehmen Sie an meinem Schreibtisch Platz. Ich setze mich an den Computertisch.« Er rückte den Stuhl für den Staatsanwalt zurecht.

»Danke«, sagte Dr. Kanter. Er studierte die Unterlagen, sah nach einer Weile auf. »Es ist noch unklar, ob es sich um zwei Fälle handelt. Die beiden randalierenden jungen Männer können den Skipper gereizt und dann erschlagen haben. Aber es besteht durchaus die Möglichkeit, dass es sich um einen anderen Täter handelt.«

»Dem ist ohne Weiteres zuzustimmen«, sagte Watthuis. »Bleiben wir zuerst einmal im näheren Umfeld des Opfers Bantz, so ergeben sich einige Auffälligkeiten. Ohne besondere Gewichtungen vorzunehmen, ist zu erwähnen, dass der Stiefvater von Renke Bantz ein gespanntes Verhältnis zu ihm hatte. Dr. Hoyer wurde durch Heirat der Mutter zum Firmenchef. Das Opfer hatte, wie wir erfuhren, oft eigene Vorstellungen, die nicht immer in das Konzept seines Stiefvaters passten. Rein zufällig hielt er sich an dem besagten Wochenende nicht bei seiner Frau auf Baltrum auf, sondern befand sich zur Tatzeit in der Firma in Norddeich.«

»Und es handelt sich um glaubwürdige Aussagen?«, fragte Kanter.

»Davon ist auszugehen. Wir werden ihn noch intensiver befragen«, antwortete der Kommissar.

»Doch auch der Bruder der Lebensgefährtin Anna Warfsmann steht im Verdacht, den Jungunternehmer umgebracht zu haben«, trug Grooth vor. »Es handelt sich um Jesko Warfsmann. Er ist Medizinstudent in Aachen. Er besuchte seine Schwester und machte sich um die mutmaßliche Tatzeit angeblich auf die Reise nach Aachen. Renke Bantz und Jesko Warfsmann waren als Schüler dicke Freunde. Doch das änderte sich und schlug in Feindschaft um, als sich der reiche Unternehmersohn für seine Schwester entschied. Dabei ist zu erwähnen, dass sie ohne Vater aufgewachsen sind. Ihre Mutter trank. Sie lebt im Heim.«

»Auch ihm können wir ein Motiv unterstellen«, meinte Watthuis.

»Das wäre nicht das erste Mal, dass der Mörder zum Familienkreis oder zur engeren Bekanntschaft gehört«, sagte der Staatsanwalt. Er öffnete die Tasche, entnahm ihr einen Schreibblock und machte sich Notizen. »Worauf stützen Sie Ihre Behauptungen?«, fragte er.

»Herr Dr. Hoyer hat entsprechende Aussagen zu Protokoll gegeben«, antwortete Grooth. »Zudem sprachen wir mit einer Angehörigen der Belegschaft und dem Personalchef der Firma. Tatverdächtige unter den Angestellten der Firma schloss er aus.«

»Von der Lehrerin Anna Warfsmann wissen wir von dem Besuch ihres Bruders«, sagte Watthuis. »Sie machte keinen Hehl daraus, dass sie mit ihm zerstritten ist, und gab unumwunden zu, dass Renke Bantz und ihr Bruder sich spinnefeind sind.«

»Außerdem ist noch hinzuzufügen, dass wir einige glaubwürdige Zeugenaussagen haben«, sagte Grooth. »Spaziergänger sahen zur Tatzeit vor den Bootshallen einen roten VW Polo mit einem Hamburger Kennzeichen. Der Wagen gehörte nicht dem Bruder der Lehrerin. Jesko Warfsmann fährt einen Skoda mit Aachener Kennzeichen. Wir haben bereits die Kollegen in Hamburg um Aufspürung des Autohalters gebeten.«

»Sie erwähnten ein Fahrrad«, bemerkte der Staatsanwalt.

»Wir wussten von Frau Warfsmann, dass ihr Freund mit einem Hollandrad zur Halle gefahren war«, sagte Watthuis. »Es war nicht aufzufinden. Wir vermuteten, dass der Täter es ins Meer geworfen hat. So war es auch. Taucher der Feuerwehr fanden es im Hafenbecken. Es wird zurzeit einer weiteren gründlichen Untersuchung unterzogen. Auffällig war bisher nur ein Kaugummi, das zwischen den Reifen saß.«

»Außerdem begegneten Spaziergänger in der Dunkelheit zwei männlichen Personen, die sich, so scheint es, rüpelhaft benahmen«, trug Grooth vor. »Da war wohl Alkohol im Spiel.«

»Wie Sie bereits erwähnten, sind sie ebenfalls verdächtigt, Renke Bantz ermordet zu haben«, sagte Watthuis. »Dabei liegt es nahe, anzunehmen, dass sie auch den Überfall auf den Vertreter verübt haben. Es ist nicht auszuschließen, dass es sich um uns bekannte Rowdys handelt.«

»Da liegt eine Menge Arbeit vor uns«, sagte der Staatsanwalt. »Ich denke, wir verfolgen zuerst einmal die Ansätze. Sprechen Sie mit Herrn Dr. Hoyer und hören Sie sich an, was die Mutter des Opfers zu der Tat zu sagen hat. Laden Sie den Bruder, den Medizinstudenten, nach Norden vor und fragen Sie ihn, wo er sich zur Tatzeit aufgehalten hat.«

»Es ist durchaus denkbar, dass es noch Zeugen gibt, die sich an uns wenden«, sagte Grooth. »Wie gesagt, wir haben einen bisher unbestätigten Verdacht, was den Raubüberfall betrifft.«

»Dazu passt die Zeugenaussage. Wir werden entsprechende Recherchen anstellen«, äußerte sich Watthuis.

Der Staatsanwalt nickte. »Das Rad haben Sie gefunden. Vielleicht hat der Täter sein Opfer ebenfalls in die Nordsee geworfen.«

»Wir haben die Wasserschutzpolizei benachrichtigt«, sagte Grooth. »Das Seenotrettungsboot sucht bereits nach der Leiche.«

Watthuis fügte hinzu: »Das Opfer hat den Täter bis vor die Tür der Halle begleitet. Nach dem Verhalten des Spürhundes gab es ein Gerangel. Das Opfer wurde vermutlich in ein Auto geladen.«

»Der junge Bantz arbeitete an seiner Yacht. Er ist Skipper und im Verein. Wir können nicht ausschließen, dass es dort Querelen gab. Sprechen Sie mit seinen Segelkameraden«, meinte der Staatsanwalt und schloss den Schreibblock.

Grooth erhob sich. »Herr Dr. Kanter, wenn Sie möchten, dann bereite ich einen Tee zu.«

»Nichts gegen einen Tee. Aber ich habe nur blasse Vorstellungen von der Örtlichkeit in Norddeich. Darum mache ich den Gegenvorschlag und lade Sie und Herrn Watthuis ein, in dem Hafencafé, das Sie im Bericht erwähnten, einen Tee zu trinken. Natürlich schaue ich mir vorher das Schiff des Opfers an.« Kanter stand auf und zog den Mantel an.

Grooth griff nach seiner Jacke und zog sie über. Auch Watthuis schlüpfte in seine Wetterjacke. Er nahm seine Prinz-Heinrich-Mütze von der Garderobe und setzte sie auf.

»Herr Staatsanwalt, ist es recht, wenn wir mit unserem Dienstwagen fahren?«, fragte Grooth.

»Das ist in Ordnung. Ich fahre anschließend nach Aurich. Ich folge Ihnen«, sagte der Staatsanwalt.

Sie verließen das Gebäude und traten in den Wind. Der Himmel war bewölkt. Hin und wieder stach für Sekunden die Sonne durch.

»Wir fahren mit unserem Passat vor«, sagte Grooth und zeigte auf den Wagen, der seitlich des Hauses stand.

Der Staatsanwalt stieg in seinen Mercedes und sah zu, wie die Beamten losfuhren. Sie verließen den Fischereihafen, passierten das Fährhaus und blinkten sich in den Verkehr der Norddeicher Straße ein. Noch war es ruhig auf den Küstenstraßen. Erst zu Ostern machten sich vermehrt die Feriengäste bemerkbar.

Diese Ecke von Norden kannte Kanter von seinen Inselbesuchen gut. Kurz vor der Mole bogen die Beamten nach rechts ab und fuhren am Fährhotel vorbei, passierten die Schienen der Bahnstation Norddeich Mole, kreuzten die Zufahrt zum Juistschiff und erreichten den Fischereihafen. Sie hatten das Tempo gedrosselt.

Die Fischkutter lagen vertäut am Kai und rieben ihre Leiber aneinander. Sie hatten die Netze hochgezogen. Mit ihnen spielte der Wind.

Die Polizeibeamten erreichten die Werft und fuhren im Schritttempo zu der großen, gelb gestrichenen Bootshalle. Sie hielten an und gaben Kanter ein Zeichen. Der Staatsanwalt parkte neben dem Passat und stieg aus.

»Hier in der Halle arbeitete Renke Bantz an seinem Schiff. Drüben im Hafenbecken liegt die ‹Frisia IV›. Hinter dem Heck fanden die Taucher das Fahrrad«, sagte Grooth.

»Eine schöne maritime Ecke für Spaziergänger«, meinte der Staatsanwalt.

»Sie können sich die Enttäuschung der jungen Frau vorstellen, als sie in der Dunkelheit die Hallentür öffnete und sah, dass dort kein Licht mehr brannte«, erklärte Watthuis. »Das Fahrrad ihres Freundes war ebenfalls verschwunden. Anna Warfsmann war irritiert. Sie wollte zum Café, um nach ihm zu suchen.« Er zeigte auf die andere Straßenseite und fuhr fort: »Auf dem Weg dorthin traf sie einen guten Bekannten, einen Angestellten der Firma, der gerade Vater geworden war. Der gab ihr den Rat, nach Hause zu fahren und den Hafenmeister des Yachtvereins anzurufen. Renke Bantz war nicht in der Wohnung. Aufgeregt rief sie den Hafenmeister an, fuhr dann zurück und traf sich mit ihm hier vor der Halle. Sie betraten den Bootsschuppen. Aber auch hier stießen sie auf keine Spur von Renke Bantz.«

Die Beamten erreichen die Halle. Grooth steckte den Schlüssel ins Schloss und öffnet die Tür. Sie machten Licht.

»Allerhand Kapital, was hier zusammenkommt«, sagte der Staatsanwalt.

Die Luft war stickig. Sie roch nach Öl und Farbe.

»Ich habe mir sagen lassen, die Yacht gehörte schon dem verstorbenen Vater«, sagte Watthuis.

»Renke Bantz verstand etwas von Schiffen. Es ist nur schwer vorstellbar, hier den Grund für die hinterhältige Tat zu finden«, meinte Grooth.

»Recherchieren Sie in alle Richtungen«, erwiderte der Staatsanwalt.

Sie näherten sich der »Seeschwalbe«. Imposant füllte das Schiff das Stützgerüst des Trailers. Die Farbe war noch feucht, die Renke Bantz aufgetragen hatte.

»In der Plicht lag seine Jacke«, sagte Watthuis. »Der Täter hat das Schiff nicht betreten. Zur Sicherung haben wir uns unter Deck und auf Deck umgeschaut. Auch seine Jacke haben wir sicherheitshalber zur Spurensuche nach Oldenburg an das rechtsmedizinische Institut gegeben.«

»Die Untersuchungen werden Zeit in Anspruch nehmen. Und Spuren in der Nähe der Yacht?«, fragte Kanter.

»Hier in der Halle gab es keine Hinweise«, erwiderte Grooth.

»Der junge Mann folgte also seinem Mörder. Das lässt die Vermutung offen, dass er ihn gekannt hat«, sagte der Staatsanwalt.

Er schritt um das Schiff, betrat danach die Leiter und kletterte an Bord. Er neigte sich vor und schaute in das Innere des Schiffes.

»Nicht übel«, meinte er und stieg wieder nach unten.

»Natürlich gab es keine Möglichkeit, die Namen der Gäste des Cafés zu notieren«, sagte Watthuis. »Die Kollegen haben am Abend eine Befragung der Besucher durchgeführt.«

»Wer weiß, vielleicht war der Mörder unter ihnen«, meinte Kanter.

Sie verließen das Schiff und gingen durch die Halle zum Ausgang. Grooth verschloss die Tür. Sie überquerten die Straße und betraten über die offene Treppe das Café. Es saßen nur ein paar Gäste an den Tischen. Sie nahmen Platz.

Die Fenster erlaubten einen herrlichen Hafenblick, der bis zur

Insel Norderney reichte. Die Einrichtung entsprach dem Nostalgiegeschmack der Eigentümer und schuf eine Atmosphäre zum Verweilen.

Sie bestellten bei der Bedienung drei Kännchen Ostfriesentee und den ortsüblichen Butterkuchen. Dabei verwickelten sie die Kellnerin und auch die Eigentümerin in ein Gespräch.

Während sie Tee tranken und den Kuchen aßen, erfuhren sie den üblichen Klatsch, den man sich über das Verbrechen in Norddeich erzählte. Dabei kam Dr. Hoyer schlecht weg. Es war die Rede von einem miserablen Verhältnis zu seinem Stiefsohn. Schon als Jugendlicher hätte Renke seinen Stiefvater gehasst, der durch die Heirat zum Mitinhaber der Firma geworden war.

Aktuelle Neuigkeiten gab es nicht. Keiner hatte etwas gesehen oder bemerkt. Das war Grund genug, das Thema zu verlassen und für den Rest der Teestunde die dienstlichen Seiten des Vorgehens durchzusprechen.

Als sich der Staatsanwalt schließlich erhob und die Auslagen gegen Quittung bezahlte, hatten sie alles Nötige besprochen, was ihr Vorgehen betraf.

Mittlerweile hatte die Dämmerung begonnen, Einzug zu halten.

Der Staatsanwalt verabschiedete sich von den Beamten und fuhr nach Aurich zurück.

»Wir suchen noch mal Fräulein Warfsmann auf«, sagte Watthuis. »Sie soll uns sagen, ob das Verhältnis ihres Verlobten zu seinem Stiefvater tatsächlich so schlecht war.«

Die Beamten setzten sich in ihren Passat und fuhren zurück durch den Hafen, am Fährhaus entlang und auf die Norddeicher Straße. Dort bogen sie ab und erreichten den Fischerweg.

Der Wagen der Lehrerin parkte vor dem Haus. Sie stellten ihren Wagen ab, gingen zur Haustür und klingelten. Das Licht der Außenleuchte strahlte in die Dämmerung.

Kurz darauf öffnete die Lehrerin die Tür. Ihr dunkles Haar hing ihr lose über die Schultern. Sie trug einen Troyer und Jeans. Ihre Augen waren verheult.

»Ja, bitte?«, sagte sie nur.

»Frau Warfsmann, gestatten Sie uns einige Fragen, die mit dem Verschwinden Ihres Verlobten im Zusammenhang stehen?«, fragte Watthuis.

Die Lehrerin nickte müde. Sie schob die Tür weit auf, ließ die Beamten eintreten und führte sie durch einen Korridor ins Wohnzimmer.

»Nehmen Sie bitte Platz«, sagte sie und zeigte auf die Sitzgruppe.

Watthuis ließ sich in einen Sessel nieder, während sich Grooth auf die Couch setzte. Frau Warfsmann entschied sich für den anderen Sessel. Eine große Stehlampe warf gelbes Licht in die Zimmerecke.

»Frau Warfsmann, wir haben das Fahrrad Ihres Verlobten sichergestellt. Taucher fischten es aus dem Hafen«, sagte Watthuis.

Sie schaute irritiert auf.

»Hat der Verbrecher Renke in die Nordsee geworfen?«, fragte sie.

»Das ist möglich. Wir haben eine Suche bereits in die Wege geleitet«, sagte Watthuis.

»Wie zu erwarten war, ist das Ergebnis unserer Zeugensuche nicht überwältigend«, sagte Grooth. »Theoretisch hätten Ihr Bruder oder Herr Dr. Hoyer Zeit gefunden, den unliebsamen Menschen zu beseitigen.«

»Das ist unerhört!«, sagte sie empört. »Ich sagte zwar, dass sich Renke und mein Bruder nicht grün waren, auch sein Stiefvater hatte manches an ihm auszusetzen, aber umbringen? Nie und nimmer!«

»Frau Warfsmann, uns liegt nichts dran, Ihre Gefühle zu verletzen«, sagte Watthuis. »Renke Bantz lebt aller Wahrscheinlichkeit nach nicht mehr. Es ist unsere Aufgabe, seinen Mörder zu überführen. Für uns ist es interessant zu erfahren, wann Ihr Bruder Sie hier verlassen hat und davongefahren ist.«

»Er ist mit Sicherheit sofort in Richtung Aachen gefahren. Es war kurz vor zwanzig Uhr«, sagte sie.

»Vielleicht kann er uns beweisen, dass die Bootshallen nicht sein Ziel waren«, sagte Grooth. »Wissen Sie, welchen Wagen er fährt.«

»Einen kleinen Skoda mit Aachener Kennzeichen«, antwortete sie.

»Wir werden ihn als Zeugen laden«, sagte Watthuis. »Auch Herrn Dr. Hoyer werden wir bitten, uns Rede und Antwort zu stehen.«

»Tun Sie, was Sie nicht lassen können«, sagte Anna Warfsmann mit fester Stimme. »Ich erfuhr von Renkes Mutter, dass ihr Mann auf dem Festland war. Er kam etwas später zu mir.«

»Und wo befand er sich?«, fragte Grooth.

»Zu Hause, er hatte Baltrum verlassen, weil er für den Steuerberater noch nach Belegen suchte. Aber fragen Sie ihn selbst.«

»Sind Sie den Fragen noch einmal in Gedanken nachgegangen?«, fragte Watthuis ernst. »Hatte Ihr Freund Feinde? War er irgendwelchen Leuten zu nahegetreten? Unterhielt er Kontakte zu anderen Frauen?«

»Sie müssen diese Fragen stellen, das sehe ich ein«, sagte die Lehrerin und schluchzte in ein Taschentuch. »Doch von all dem ist keine Rede. Renke war immer, in allem was er tat, zuverlässig, ehrlich und trat keinem zu nahe.«

Die Beamten erhoben sich.

»Frau Warfsmann, Sie hören von uns«, sagte Watthuis. »Wir werden alles daransetzen, den Mörder Ihres Verlobten zu überführen.«

Die Lehrerin begleitete die Beamten zur Tür. Ihre Trauer war verständlich, dennoch zeigte sie Haltung. Die Beamten gingen zu ihrem Wagen.

»Machen wir dem Stiefvater noch einen Besuch«, sagte Watthuis. »Er hat vielleicht seine eigenen Vorstellungen von der Geschichte.«

»Mal sehen, was er sagt«, meinte Grooth. »Es ist schon spät. Wenn er uns nicht sehen will, dann schicken wir ihm eine Vorladung.«

Sie stiegen in den Passat und fuhren am neuen Schwimmbad vorbei zum Dörper Weg. Das gepflegte Anwesen war hell erleuchtet. Sie parkten auf der Einfahrt und gingen zur Haustür. Watthuis drückte die Klingel.

»Sein Wagen steht in der Garage«, sagte Grooth.

Eine ältere Dame öffnete die Tür. »Sie wünschen?«, sagte sie unfreundlich.

»Sagen Sie Herrn Hoyer, dass wir ihn zu sprechen wünschen. Wir kommen von der Kripo«, sagte der Kommissar.

»Augenblick, ich werde Sie anmelden«, sagte sie und ließ sie bei offener Tür stehen.

Kurz danach erschien der Unternehmer. Er war leger in Jeans und einen Troyer gekleidet. Sein Gesichtsausdruck war ernst.

»Begleiten Sie mich bitte auf mein Zimmer, meine Herren. Hier über die Treppe. Es befindet sich oben.« Er schaltete das Treppenlicht an.

Die Beamten folgten ihm.

Die Wände des Flurs waren in halber Höhe gefliest. Die Treppenstufen waren mit Teppichboden ausgelegt. Das Zimmer befand sich auf der ersten Etage.

Dr. Hoyer schaltete das Licht an und bat die Beamten einzutreten. Zwei große Gaubenfester befanden sich in der Schrägen und unterbrachen nach Osten und Westen die bis in Hüfthöhe getäfelte Wand. Links und rechts neben der Tür standen Bücherregale. Eine Sitzecke mit Stehlampe befand sich an der Stirnseite, während ein großer Schreibtisch mitten im Zimmer stand. Auf den Ablageflächen stapelten sich Akten.

»Nehmen Sie in den Sesseln Platz«, sagte Dr. Hoyer. Er machte einen unruhigen Eindruck. »Ich möchte Sie bitten, das Gespräch zügig zu führen, da meine Frau vor etwa einer Stunde ins Krankenhaus gekommen ist. Sie wird mit dem Verlust nicht fertig. Mein Mitarbeiter erzählte mir, dass Sie auch mich verdächtigen.«

»Wenn Sie diese Partie so eröffnen, kann ich nur mit ja antworten«, sagte Watthuis. »Konkret gefragt, wo befanden Sie sich am Samstag zwischen 20 Uhr 30 und 22 Uhr?«

»Ich befand mich zu der angegebenen Zeit hier in diesem Zimmer«, sagte er.

»Und haben Sie jemanden, der das bezeugen kann?«, fragte Grooth.

»Nein. Frau de Vries war nicht da. Gewöhnlich verbringe ich mit meiner Frau die Wochenenden auf Baltrum. Der Steuerberater bat mich, ihm telefonisch Daten durchzugeben, die ich hier hatte. Am Samstag bin ich also wieder zum Festland gefahren und habe hier in meinen Unterlagen nachgeschaut. So gegen 22 Uhr rief mich meine Frau an. Sie war mächtig aufgeregt. Sie berichtete, dass Anna Warfsmann nach Renke suchte. Ich habe nicht gezögert und bin zu ihr herausgefahren. Dort sprach ich mit Ihren Kollegen Tekken und Suntjen.«

»Ohne Ihnen nahetreten zu wollen, liegt es in unserem Aufgabenbereich, Ihre Angaben zu überprüfen«, führte Grooth aus. »Für Sie erschwerend kommt hinzu, dass wir in Erfahrung brachten, dass Sie mit Ihrem Stiefsohn des Öfteren Auseinandersetzungen hatten. Seine Führungsansprüche durchkreuzten mitunter Ihre Pläne.«

»Wissen Sie, was Sie da von sich geben?«, sagte Dr. Hoyer und lehnte sich in seinem Sessel zurück. »Ich liebte den Bengel wie einen Sohn! Auch eine Großfirma zu leiten will gelernt sein. Nicht immer genügte mir seine Argumentation. Häufig musste ich seine Entscheidungen revidieren. Aber einen Menschen umzubringen, dazu gehört eine Kälte und Gewissenlosigkeit, die Sie mir um Gottes willen nicht unterstellen können.« Er schaute die Beamten an, als erwarte er ihre Zustimmung.

»Ihr Stiefsohn lebt nicht mehr. Das bedeutet für Sie, dass er auch keine Entscheidungen mehr fällt«, warf Grooth ein.

Der Unternehmer schaute ihn empört an. »Bitte, unterlassen Sie diese Spekulationen. Es war so, wie ich sagte.«

»Ich denke, wir verhalten uns rücksichtsvoll«, sagte Watthuis. »Doch da gibt es für uns Grenzen. Für uns zählen nur Beweise. Mit anderen Worten, Sie waren in der Lage, in der frühen Dunkelheit Ihr Haus zu verlassen und sich unbemerkt Renke in der Bootshalle zu nähern.«

»Aus dieser bedrückenden Situation können Sie sich nur befreien, wenn Sie uns Zeugen benennen, die klipp und klar belegen, dass Sie Ihr Haus nicht verlassen haben«, sagte Grooth.

»Wissen Sie, momentan lässt mich Ihr Verdacht kalt«, sagte Dr. Hoyer. »Es wäre gut, wenn Sie den Bruder von Anna Warfsmann ebenfalls verdächtigen, denn er mochte meinen Stiefsohn nicht. Ich habe mich nicht an dem Sohn meiner Frau versündigt, den ich liebte wie einen eigenen Sohn. Ich zittere um das Leben meiner Frau. Ich bitte Sie, mich jetzt alleine zu lassen. Es wird Zeit, das Krankenhaus anzurufen.«

»Das gebührt der Anstand. Sie hören später von uns«, sagte Watthuis. Sein Kollege nickte höflich.

Der Unternehmer brachte sie zur Tür und schloss sie wortlos hinter ihnen ab.

»Ein Ehrenmann oder ein Verbrecher«, meinte Grooth, als sie zum Wagen gingen.

»Auch auf den Medizinstudenten ruht der Verdacht«, sagte Watthuis. »Vielleicht erschlugen ihn aber auch die Randalierer. Trinken wir heute Abend bei mir noch ein Bier. Meine Frau fährt dich dann nach Hause.«

»Gerne«, antwortete Grooth.

Sie gingen zum Passat und stiegen ein. Als sie das Anwesen verließen, wurden die Außenleuchten gelöscht.

Am Dienstagmorgen überquerte ein Tief von Skandinavien das norddeutsche Tiefland. Es kam zu gelegentlichen Regenschauern.

Im Alten Weinhaus ging derweil das Rätselraten um das Verschwinden des knapp 30-jährigen Mitunternehmers der Norddeicher Baufirma weiter. Die Kommissare Watthuis und Grooth warteten auf weitere Zeugenaussagen, die aber ausblieben.

Sie hatten nur vage Vorstellungen von dem, was sich an dem Samstagabend im Bootsschuppen und in der Dunkelheit vor der kleinen Seitentür abgespielt haben mochte. Sie schlossen weiterhin nicht aus, trotz aller Vorbehalte, dass Dr. Hoyer seinen Stiefsohn umgebracht hatte. Er hatte ein Motiv und besaß kein Alibi.

Ungeachtet dieser Tatsache hegten sie aber auch einen Verdacht gegen Jesko Warfsmann, den sie zu einem Gespräch nach Norden vorgeladen hatten. Er hatte bereits geantwortet. Dabei gingen sie von der Tatsache aus, dass der Überfall auf den Gewürzvertreter Bender nicht in einem unmittelbaren Zusammenhang zu dem Verbrechen an Renke Bantz stand.

Doch das konnte auch anders gewesen sein. Renke Bantz konnte in Erinnerung an den plumpen Überfall im Yachthafen vor die Tür des Bootsschuppens getreten sein, um die späten Randalierer zurechtzuweisen.

Andererseits sprach ein Brief mit einer Stellungnahme, den Heinrich Bender ihnen am Dienstag zukommen ließ, gegen diese Auslegung. Darin schrieb der Gewürzvertreter, dass er mit einem befreundeten Kunden aus Bremen telefoniert und ihm sein Missgeschick mitgeteilt hat. Der Kunde hatte für 360 Euro Schlachtgewürze bezogen und die Rechnung bar bezahlt.

Was wie ein Schabernack anmutet, verhielt sich in der Tat so. Dem Schlachtermeister waren am Abend vor dem Besuch seines befreundeten Lieferanten drei Zwanzigeuroscheine aufgefallen, weil sie mit Zahlen beschriftet waren. Groß und gut leserlich hatte jemand jeweils eine Zahlenreihe mit einem Kugelschreiber auf die Geldscheine geschrieben.

Der pfiffige Metzger hatte Bender vorgeschlagen, diese Tatsache der Polizei zu melden. Denn, so seine Argumentation, die Räuber würden das Geld umsetzen. Vielleicht stieß die Bank bei den Geldeingängen ihrer Kunden auf diese gezeichneten Scheine. Der Brief enthielt sogar Muster der Zahlen.

»Auf welche Ideen die Leute kommen«, kommentierte Watthuis den Brief, ließ sich aber von Grooth dazu überreden, die Filialen der Banken und die Stadtsparkasse zu benachrichtigen. Die Geldinstitute zeigten sich auch bereit, der Bitte nachzukommen, doch die Kripo maß dem Versuch wenig Hoffnung bei.

Umso überraschter reagierte Grooth, als am Montagmorgen der folgenden Woche gegen 10 Uhr das Telefon klingelte. Es war der Filialleiter der OLB. Seine Angestellten hatten bei der Annahme der Geldeinzahlungen ein wachsames Auge auf die Scheine geworfen. Es handelte sich um die Einnahmen der Videothek »Butterfly« vom Wochenende.

»Danke, Sie haben uns sehr geholfen«, sagte Grooth. »Ziehen Sie bitte die Scheine vorerst aus dem Verkehr.«

»Wie Sie wünschen«, antwortete der Bankleiter.

»Wir kommen gleich zu Ihnen«, sagte Grooth und legte auf. »Nicht schlecht. Videothek. Die Räuber kommen aus unserer kleinen Stadt«, sagte er und schaute Watthuis lächelnd an.

»Da fallen mir sofort zwei Namen ein. Iwan Kasakow und Sam Nuasol«, antwortete Watthuis und reckte sich.

»Machen wir einen kleinen Spaziergang zur Osterstraße und besuchen den Banker«, sagte Grooth und erhob sich.

»Die Luft ist heute recht mild. Im Garten blühen die ersten Schneeglöckchen«, antwortete Watthuis, ohne dass sein Kollege hinhörte.

Sie zogen ihre Jacken über, verließen das Alte Weinhaus, gingen an der Ludgerikirche vorbei bis zur Ampel, überquerten die Marktstraße und betraten die Schalterhalle der OLB.

Eine Angestellte führte sie in das Büro des Filialleiters. Es lag in der ersten Etage.

Im Gegensatz zu den Dienstzimmern des Alten Weinhauses wirkte im Bankgebäude alles gediegen und edel. Auch der Bankleiter hatte ein elegantes Büro mit einem Riesenschreibtisch und großzügiger Sitzecke.

Die detektivische Hilfeleistung schien dem Diplom-Kaufmann viel Spaß bereitet zu haben. Er erhob sich, begrüßte die Beamten und bat sie, Platz zu nehmen.

»Ich habe die Belege bereits rausgesucht«, sagte er. »Die gekennzeichneten Scheine befanden sich im Wochenendumsatz der Diskothek ›Butterfly‹ vom Neuen Weg.«

»Damit steht fest, dass sich die Namen der Täter in der Kundenliste des solide geführten Unternehmens befinden. Bisher hörten wir nur Gutes von ihm«, sagte Watthuis.

»Uns interessieren nicht die Filme, die sich die Kunden in der Videothek ausleihen«, meinte Grooth. »Wir haben zwei Aspiranten in Verdacht, die schon manches krumme Ding gedreht haben und bisher immer glimpflich davonkamen. Mit an Sicherheit grenzender Wahrscheinlichkeit handelt es sich um die Räuber.«

»Wir haben Herrn Schoon, er ist der Geschäftsinhaber, noch nicht benachrichtigt. Wir werden die gekennzeichneten Geldscheine vorerst beiseitelegen«, sagte der Filialleiter.

»Die bekommen Sie ersetzt«, sagte Watthuis.

»Ich wünsche Ihnen viel Erfolg«, sagte der Filialleiter.

Die Beamten erhoben sich.

»Wir gehen direkt zu der Videothek«, antwortete Grooth.

»Grüßen Sie Herrn Schoon von mir, falls er im Geschäft ist«, sagte der Filialleiter und reichte den Beamten die Hand.

Malte Schoon galt als erfolgreicher Jungunternehmer. Nach dem Tode seiner Großmutter war ihr altes Haus, es war mehr eine Kate, abgerissen worden. Stehen blieb ein alter Schuppen.

Die durch die Stadt gezahlte Entschädigung war gering, sie reichte aber mit einem Kredit der OLB für die Umgestaltung des alten Gemäuers.

Malte Schoon hatte eine kaufmännische Lehre absolviert und war, wie viele seiner Altersgenossen, ein begeisterter Anhänger und Bewunderer amerikanischer Filme. Er war arbeitslos und witterte früh genug die Chancen, die durch die Videotechnik entstanden. Dort an der Lohne gelegen, umgeben vom grünen Parkgelände, nur wenige Hundert Meter entfernt von der Innenstadt, entstand Nordens erste Videothek. Der junge Mann lebte genügsam und dehnte sein Geschäft aus. Er besaß Filialen in Marienhafe, Bensersiel, Neuharlingersiel und in Emden.

Die Beamten hatten es nicht weit. Der Zugang zur Schusterlohne befand sich zwischen einem Stoffgeschäft und einer Spielwarenhandlung seitlich vom Neuen Weg, der Haupteinkaufsstraße der Stadt.

Die Beamten betraten den Laden. Einige jüngere Leute betrachteten leere Filmhüllen. Eine hübsche junge Dame führte die Aufsicht. Sie glich mit ihrer Aufmachung und ihrer Haarfrisur den Ansagerinnen im Fernsehen.

»Bitte schön, kann ich Ihnen behilflich sein?«, fragte sie und lächelte gewinnend.

Grooth hielt ihr die Dienstmarke hin.

»Wir möchten Herrn Schoon sprechen«, sagte Watthuis.

»Er hat Besuch und befindet sich im Büro. Ich sage ihm Bescheid«, antwortete sie, verließ den Tresen und betrat einen Nebenraum. Sekunden später kehrte sie zurück und brachte sie zu Herrn Schoon.

Auf einem Stuhl in Schreibtischnähe saß eine junge Frau. Sie machte einen freundlichen Eindruck.

Schoon war etwa um die dreißig. Er hatte eine gesetzte Figur. Sein Haar war glatt gekämmt, das Gesicht voll. Er trug einen Schnurrbart.

»Meine Herren, was führt Sie zu uns?«, fragte er ironisch.

»Mein Name ist Watthuis, das ist mein Kollege Grooth. Wir kommen von der Kripo Norden«, sagte der Kommissar.

»Entschuldigen Sie, ich führe gerade ein Gespräch mit einer Bewerberin«, sagte Schoon. »Aber wir sind uns so weit einig. Meine Angestellte kann der neuen Kollegin mit Rede und Antwort zur Verfügung stehen.«

Die Bewerberin verließ mit der Angestellten den Raum.

»Nehmen Sie bitte Platz«, sagte Schoon und rückte Stühle zurecht. Regale und jede Menge Hollywoodplakate zierten die Wände.

»Sie haben sicherlich erfahren, dass Ganoven einen Vertreter in Norddeich beraubt haben«, trug Grooth vor. »Nach ihnen fahnden wir. Des Weiteren suchen wir nach dem Mörder des Herrn Bantz.«

Malte Schoon blickte die Beamten verwirrt an. »Und was haben die Ereignisse mit mir und meinem Geschäft zu tun?«, fragte er irritiert.

»In Ihrer Bankeinzahlung der Einnahmen vom Wochenende befanden sich gekennzeichnete Geldscheine, die von den Räubern stammen«, sagte Watthuis. »Damit steht fest, dass sich die Täter bei Ihnen Filme ausgeliehen haben.«

»Haben Sie Anhaltspunkte? Ich meine, können Sie die Täter näher beschreiben?«, fragte Schoon misstrauisch.

»Es handelt sich um einen dunkelhäutigen, etwa 17-jährigen Schüler und einen 18-jährigen Russlanddeutschen, auf die der Verdacht fällt«, antwortete Grooth. »Anhand Ihrer Ausleihkartei müsste festzustellen sein, ob die beiden jungen Männer seit dem Raubüberfall bei Ihnen als Kunden in Erscheinung getreten sind.«

»Und wer kennzeichnete die Geldscheine?«, fragte Schoon, der sich bemühte, das Spiel zu durchschauen.

Watthuis gab die fehlenden Erklärungen.

Schoon erhob sich.

»Meine Mitarbeiterin wird uns weiterhelfen können«, sagte er und verließ das Büro.

Die Beamten hörten, wie er mit ihr sprach. Dann kam Schoon zurück.

»Sie kann sich an die beiden Kunden erinnern, sucht aber noch den Block mit der Buchung heraus«, sagte er und nahm wieder Platz.

Sie sprachen über die Kriminalität und waren der Meinung, dass trotz einiger spektakulärer Kapitalverbrechen nicht von einer nennenswerten Steigerung in Ostfriesland gesprochen werden konnte. Der Eindruck entstand durch die übergreifende Berichterstattung in den Medien, hauptsächlich im Fernsehen.

Die Angestellte erschien mit dem Block, der die Ausleihe dreier Filme bestätigte. Unterschrieben hatte Iwan Kasakow. Es handelte sich um als Softpornofilme spezifizierte Streifen, die unter der Kategorie »nicht jugendfrei« liefen.

»Nichts einzuwerfen. Es gibt schlimmere Kaliber«, sagte die Angestellte.

»Danke«, sagte ihr Chef.

Die Mitarbeiterin verließ das Büro.

»Überlassen Sie uns gegen Quittung den Verleihbon«, meinte Grooth. »Es versteht sich, dass unser Gespräch unter uns bleiben muss.«

»Es freut mich, Ihnen einen Dienst erwiesen zu haben. Viel Erfolg«, sagte Schoon.

»Danke. Unser Verdacht hat sich verhärtet. Mehr auch nicht«, sagte Watthuis.

»Schönen Tag noch«, sagte Grooth jovial.

Sie verließen die Videothek, gingen über den Neuen Weg, der um diese Zeit gut besucht war. Die Geschäfte hatten die Preise gesenkt, und das Wetter ließ bereits den Frühling erahnen.

»Die beiden waren es«, meinte Grooth. »Sie haben sich gefunden. Ein Russlanddeutscher und ein Farbiger! Nicht, dass sie auch noch Renke Bantz auf dem Gewissen haben.«

»Irgendetwas Diesbezügliches ist in den Akten vermerkt. Renke Bantz hatte die beiden schon mal verdächtigt, ihn überfallen zu haben«, antwortete Watthuis nachdenklich.

»Wenn keine Hinweise aus der Bevölkerung eintreffen, denen wir nachgehen müssen, dann werden wir uns das Duo am Nachmittag vornehmen«, meinte Grooth.

Vom Neuen Weg gingen sie über die Osterstraße, passierten die Ludgerikirche, betraten das Alte Weinhaus und suchten ihr Dienstzimmer auf. Watthuis informierte den Staatsanwalt, während sich sein Kollege um die Berichte kümmerte.

Kurz vor Mittag läutete das Telefon. Watthuis nahm den Hörer ab und meldete sich.

»Ein Hamburger Kollege für Sie«, sagte der Beamte von der Vermittlung.

»Watthuis, Kripo Norden«, meldete er sich.

»Kripo Stadtmitte, Abteilung V, Georg Jahnke. Herr Watthuis, Sie bekommen von uns eine schriftliche Bestätigung des Gesprächs. Mein Anruf scheint angebracht, weil das Ergebnis unserer Recherchen uns verblüfft hat. Der rote Polo mit dem Kennzeichen HH-JW 3365 ist zugelassen auf den Eigentümer Jan Warfsmann. Herr Warfsmann war bis 2005 Insasse der Vollzugsanstalt Fuhlsbüttel. Er war wegen Mordes zu ›lebenslänglich‹ verurteilt. Wir bitten Sie, mit seinem Bewährungshelfer das Gespräch aufzunehmen. Es handelt sich um Herrn Uwe Lottmann.« Der Anrufer gab Adresse und Telefonnummer durch.

»Augenblick, ich notiere mir die Adresse«, sagte Watthuis, griff nach einem Kugelschreiber und schrieb mit.

»Warfsmann wurde auf Bewährung entlassen«, fuhr der Hamburger Kollege fort. »Voreilige Verdächtigungen würden ihm sehr schaden.«

»All up Stee«, sagte der Kommissar.

»Sprechen Sie mit Lottmann«, meinte Jahnke und legte auf.

»Jetzt bekommt der Fall noch einen historischen Schwenk«, sagte Grooth. »Zufällig weiß ich von meinem Vermieter, dass ein Mörder aus Marienhafe zu lebenslänglicher Haft verurteilt worden ist. Vermutlich ist er der Vater der Lehrerin.«

»Ja, das ist ja ein Ding! Und dann kommt auch noch sein Sohn Jesko nächste Woche zum Verhör. Das wird ja heikel«, erwiderte Watthuis.

»Wozu hat denn dieser Bewährungshelfer Telefon? Sprechen wir mit ihm«, sagte Grooth. Er nahm das Telefon ab und schaute seinen Kollegen herausfordernd an.

Watthuis diktierte die Nummer, die Grooth wählte.

»Lottmann, Sozialarbeiter«, meldete sich der Bewährungshelfer.

»Grooth, Kripo Norden. Herr Lottmann, wir kommen nicht daran vorbei, mit Herrn Warfsmann ein Verhör durchzuführen. Sein roter Polo mit Hamburger Kennzeichen wurde am Abend in Norddeich vor einer Bootshalle gesehen, während der Skipper ermordet wurde.«

»Ich bin über Ihren Anruf sehr erstaunt«, sagte der Bewährungshelfer. »Ich hatte Herrn Warfsmann gebeten, wegen seiner dürftigen Fahrpraxis den Hamburger Raum nicht zu verlassen.«

»Bestehen da verwandtschaftliche Beziehungen zwischen ihm, Anna Warfsmann und Jesko Warfsmann?«, fragte Grooth.

»Ja, Jan Warfsmann ist der Vater der beiden«, sagte der Sozialarbeiter.

»Wir werden Herrn Warfsmann zu einem Gespräch nach Norden vorladen«, sagte Grooth. »Wenn Sie ihn begleiten, dann finden Sie uns auf der Osterstraße neben der bekannten Ludgerikirche. Unsere Dienststelle befindet sich im sogenannten Alten Weinhaus. Es käme uns sehr gelegen, wenn Sie einem Termin für die nächste Woche zustimmen würden.«

»Herr Warfsmann arbeitet in einem Supermarkt. Sagen wir heute in einer Woche gegen 14 Uhr 30 Uhr in Norden«, antwortete Lottmann.

»Einverstanden. Rufen Sie an, falls etwas dazwischenkommen sollte«, antwortete der Beamte und legte auf.

»Jesko Warfsmann, der Sohn eines entlassenen Sträflings, gibt uns am Mittwoch nächste Woche die Ehre«, sagte Watthuis.

»Respektable Ergebnisse für die kurze Zeit. Wir müssen aber dem Staatsanwalt noch den Termin durchgeben«, sagte Grooth und wählte die Nummer. Er gab der Sekretärin die Termine durch.

Dann erhob er sich. »Ich bereite uns einen Tee zu. Es ist Mittagspause«, meinte er und verließ das Dienstzimmer.

Er suchte das Personalzimmer auf, füllte den Wasserkocher und stellte ihn an. Durch das Fenster sah er die Schüler, die auf dem Markt zu den Bussen gingen.

Er lebte gerne in der kleinen Stadt, die im Frühjahr und Sommer das Ziel vieler Urlauber war. Auch die Feeke-Bantz-Baugesellschaft verdankte einen Teil ihrer Umsätze den vielen älteren Bürgern, die an die Küste zogen.

Hatte Dr. Dagobert Hoyer, der Stiefvater, seine Hände im Spiel? Ohne seinen Stiefsohn konnte er schalten und walten, wie er wollte.

Was wollte der entlassene Zuchthäusler von Renke Bantz? Er hatte seinem Bewährungshelfer die Fahrt nach Norddeich verschwiegen. Es hatte geheißen, Hedda Warfsmann sei Witwe gewesen.

Dann waren da auch noch die beiden Kleinkriminellen.

Grooth gab den Tee in die Kanne und füllte sie mit dem kochenden Wasser. Er ließ den Aufguss fünf Minuten ziehen. Dann siebte er die Blätter ab, gab den Tee in eine vorgewärmte Kanne und trug ihn ins Dienstzimmer.

»Eine Menge Fragen«, sagte Watthuis, während sein Kollege ihm den Tee servierte.

Sie packten ihre Brote aus, aßen sie mit Heißhunger und tranken Tee dazu.

»Boris Kasakow und seine Frau sind achtbare Leute«, sagte Watthuis. »Ob ihre Erziehung mit die Schuld trägt, dass ihr Sohn diese kriminellen Energien entwickelt, wissen wir nicht. Er ist erwachsen und zurzeit arbeitslos. Wir werden sehen. Sam Nuasol, sein Bewunderer, wohnt in seiner Nachbarschaft. Er untersteht noch der elterlichen Gewalt, von der nichts zu verspüren ist.«

»Sein Vater hat sich aus dem Staub gemacht. Ein Fall für das Sozialamt«, meinte Grooth.

»Kein Wunder, die haben Kundschaft genug«, sagte Watthuis. »Vielen ist nicht beizukommen, die werden ausgewiesen, aber dann kaufen sie sich einen neuen Pass und kassieren wieder.«

Grooth schenkte Tee nach. Sie beendeten ihre Mittagspause, räumten die Schreibtische ab, tranken den Tee und steckten sich eine Zigarette an.

»Meine erste heute«, prahlte Watthuis und blies genüsslich den Rauch von sich.

»Uns schadet das schlechte Gewissen mehr als das Rauchen«, sagte Grooth. »Fünfzehn pro Tag hat meine Freundin mir erlaubt.« Er griff zum Telefonhörer, rief den Fuhrpark an und bestellte einen Wagen.

»Vergiss nicht, die Dienstwaffe einzustecken«, sagte Watthuis, stand auf, trat an die Garderobe und zog die Jacke über.

Grooth steckte die Pistole ins Holster, schlüpfte in seinen Anorak und zupfte ihn zurecht. Sie verließen das Weinhaus, überquerten den Markt, betraten das Polizeihaus, ließen sich den Passat aushändigen und fuhren in Richtung Norddeich. Sie bogen auf die Ostermarscherstraße ab und erreichten kurz nach der Bahnüberführung den Hafenweg.

Im weitflächigen Wiesen- und Weidenland standen mehrere drei- und viergeschossige Wohnblocks, die einen etwas anrüchigen Ruf hatten. Die direkt nach dem Krieg entstandenen Wohnblocks hatten die Flüchtlinge aufgenommen und dienten heute als Sozialwohnungen für Asylanten.

Es war nicht ausgeblieben, dass in dieser Straße zu wohnen, in der es nicht mal einen Kiosk gab, das Ansehen stark ramponierte. Den Bewohnern fiel es schwer, den Weg in andere Wohngegenden zu finden. Oft bedeutete der Zuzug zum Hafenweg den Abstieg in die Asozialität.

Das galt nicht für Boris Kasakow und seine Frau. Sie hatten es geschafft und standen kurz vor ihrem Umzug. Sie quälten zurzeit andere Sorgen, die sie schwer bedrückten. Auch heute stand Frau Kasakow das Leid ins Gesicht geschrieben.

Swetlana Kasakow zuckte zusammen, als um 15 Uhr die Hausglocke läutete. Sie schaute fragend ihren Sohn an, der gelangweilt in einer Motorradzeitschrift herumblätterte.

»Ich weiß nicht, vielleicht ein Freund«, sagte er, legte die Motorradrevue beiseite, ging zur Tür und öffnete sie. Er erschrak und mühte sich um Haltung.

»Haben Sie sich in Tür geirrt?«, fragte er dreist.

»Wenn Sie Herr Iwan Kasakow sind, ist unser Ausflug nicht umsonst gewesen. Mein Name ist Watthuis. Das ist Herr Grooth. Wir sind Kriminalbeamte«, sagte der Kommissar.

»Gestatten, Sie meinen, ich muss beantworten Fragen? Aber nicht wissen, warum«, sprach er und grinste überheblich. Er trug ein buntes Oberhemd und darüber eine Jeansjacke. Seine langen Beine steckten in Lederjeans. An den Füßen trug er Springerstiefel. Er hatte schwarzes Haar, das im modernen Schnitt stoppelig wirkte.

»Iwan, wer ist dort?«, fragte seine Mutter. Sie stand im Flur und hielt die Wohnungstür offen.

Grooth neigte sich vor.

»Kriminalpolizei, wir haben ein paar Fragen an Ihren Sohn zu richten«, sagte er und zeigte seine Dienstmarke.

Die Frau trat näher. Sie war um die fünfzig. Sie hatte schwarzes

Haar, das leicht angegraut war. Ihr Gesicht war blass und schmal. Sie trug einen dunklen Rock und einen Norwegerpullover.

»Kommen Sie doch rein. Hat mein Sohn sich etwas zuschulden kommen lassen?«, fragte sie und verbarg ihre Nervosität.

»Mutter, ich auch nach deutschem Recht erwachsen. Gehen auf mein Zimmer«, sagte Iwan Kasakow und schritt voraus.

Seine Mutter ging zurück zum Wohnzimmer. Ein paar aufgezogene Kalenderblätter schmückten die Wand des Flurs. Iwan öffnete die Tür und hielt sie offen.

»Mein Zimmer, hier ist Stuhl und hier noch eine. Ich setzen auf Liege«, sagte er.

Ein großer Schrank aus hellem Holz füllte die Wand. Gegenüber bildeten das Radio, die Stereoanlage und CD-Player einen Turm, neben dem der Fernseher auf einem Aufsatz stand. Motorradbilder klebten an den Wänden.

Iwan Kasakow machte einen hinterlistigen Eindruck. Er war schlecht zu durchschauen.

»Vater und Mutter deutsch. Sie hier. Gut so. Ich Russe und fühle nicht zu Hause«, sagte er.

»Das ist nachvollziehbar. Sie mussten Ihren Eltern folgen. Aber das ist keine Entschuldigung für die mehrmaligen Gesetzesübertretungen, die Ihnen nachgesagt werden«, meinte Watthuis ohne Umschweife.

Das Gesicht des jungen Russen zeigte ein hochnäsiges Grinsen.

»War Irrtum, wenn Polizei zu mir gekommen. Habe gemacht damals dumme Streiche«, sagte er.

»Nennen Sie das auch einen Streich, vor der Bootshalle zu grölen und den erzürnten Segler und Schiffseigentümer zu erschlagen?«, sagte Grooth zornig.

Iwan Kasakow stierte die Beamten fassungslos an. Dann sprang er erregt auf.

»Das Lüge, gemein sagen, was nicht ist!«, gab er von sich.

»Gut, wir haben noch eine Sache«, sagte Watthuis. »Am Samstag vor drei Wochen überfielen Sie in Norddeich einen Vertreter und töteten den Mann beinahe mit einer Eisenstange.«

»Fehlanzeige! An Samstag Sie meinen, ich hier mit Freund, hören Musik! Manchmal Disco, doch weiß genau, wir hier und nicht in Norddeich!«, sagte Iwan Kasakow, setzte sich wieder und zupfte die Decke seiner Liege zurecht.

»Wir haben Zeugen, die haben Sie und Ihren Freund Sam genau beschrieben, als sie in der Nähe des Cafés und des Bootsschuppens unterwegs waren«, sagte Grooth.

»Unsinn. Mutter und Vater wissen, wir hier und gingen nicht weg«, sagte er und hatte seine Unsicherheit abgelegt.

»Unsere Recherchen ergaben, dass Sie und Herr Sam Nuasol in der Videothek ausgeliehene Filme mit notierten Geldscheinen bezahlt haben«, warf Watthuis ein.

Iwan Kasakow erschrak für den Bruchteil einer Sekunde, doch dann winkte er ab.

»Nicht verstanden! Hole oft Film, doch was meinen mit notierte Geldscheine? Wer hat notiert?«, fragte er und schaute die Beamten lauernd an.

»Dann will ich genauer werden! Sie bezahlten die ausgeliehenen Filme mit Geld, das vom Überfall stammt«, sagte Grooth mit harter Stimme.

»Nicht wissen! Vielleicht habe bekommen in Walmart oder bei Combi! Ist so!«, gab er gelassen von sich.

»Wir nehmen Ihnen die Ausreden nicht ab. Der Verdacht gegen Sie bleibt. Rufen Sie Ihre Mutter, sie soll uns Ihre Aussagen bestätigen«, forderte Watthuis ihn auf.

»Mutter immer korrekt, nicht falsche Aussage«, gab Iwan Kasakow von sich, erhob sich, trat an die Tür und rief nach ihr.

Sie hörten, wie sie mit ihm Russisch sprach. Kurz darauf betrat sie das Zimmer und schaute die Beamten ergeben an.

»Sie wünschen?«, fragte sie.

»Wir haben uns mit Ihrem Sohn unterhalten. Bestätigen Sie uns bitte, dass er am Samstag vor drei Wochen in der Zeit zwischen 19 Uhr 30 und 22 Uhr 30 mit seinem Freund Sam Nuasol zu Hause war«, sagte Grooth.

»Ja, das war so. Ich spreche die Wahrheit«, sagte sie und sah die Beamten ernst an.

»Frau Kasakow, Sie machen sich strafbar, wenn Sie uns belügen«, sagte Watthuis.

»Was werfen Sie Iwan vor?«, fragte sie und kämpfte mit den Tränen. »Er hat es schwer, sich einzuleben. Für die Deutschen sind wir Russen und für die Russen Deutsche. Wir werden Iwan helfen, in die Ukraine zurückzugehen.«

»Ja, nicht bleiben«, sagte Iwan und blickte die Beamten herausfordernd an.

»Herr Kasakow, Sie sind recht schnell mit Ihren Fäusten. Das ist nicht die Art, zu diskutieren«, sagte Grooth.

»Aber Mutter Wahrheit, war hier, nicht gemacht, was sagen«, sagte der junge Mann und blickte die Beamten böse an.

»Ja, das stimmt«, bestätigte die Mutter.

Die Beamten erhoben sich.

»Wie weit sind Sie Ihrem Motorradtraum hier in Deutschland näher gekommen?«, fragte Watthuis ironisch.

»Freund Sam und ich nicht Verbrecher«, sagte er und deutete an, dass er es satt hatte, die Besucher zu dulden.

»Frau Kasakow, wir werden weiter recherchieren. Es war unsere Pflicht, Sie aufzusuchen. Auf Wiedersehen«, sagte Watthuis.

Die Beamten verließen das Haus, aus dem die Kasakows im Mai auszuziehen gedachten. Sie standen auf der Straße. Das Grundstück wirkte ungepflegt. Auch das Gebäude wirkte heruntergekommen.

»Kein Wunder, dass hier keiner diesen Iwan mag«, sagte Watthuis.

»So mir nichts, dir nichts wieder nach Russland verschwinden, das lassen wir nicht zu«, sagte Grooth.

Sie gingen zum Nachbarhaus. Dort blieben sie stehen und blickten auf die verwohnte Fassade. Die Fenster waren zum Teil mit Pappe zugenagelt. Abgenutzte Decken ersetzten die Gardinen. Gerümpel häufte sich vor der Tür.

»Das Zuhause von Sam Nuasol. Das ist deprimierend«, sagte Grooth.

»Machen wir uns auf etwas gefasst«, meinte Watthuis.

Sie schritten zur Haustür und klopften an. Es stank nach Urin und Kot.

»Come in!«, drang ihnen eine Frauenstimme entgegen.

Sie öffneten die Tür und betraten einen Korridor. Ungeordnet lagen Babywäsche, Handtücher und Schuhe auf dem Boden herum. Eine Kinderwanne lehnte an der Wand. Durch ein geöffnetes Fenster blickten sie auf das Nachbarhaus.

Grooth klopfte an und öffnete die Tür.

Frau Nuasol saß an einem Tisch. Sie hielt ein Baby auf ihren breiten Schenkeln und fütterte es. Auf dem Boden spielte ein Kleinkind mit einem Plastikauto.

Auch das Zimmer war nicht aufgeräumt. Es enthielt einen stabilen, unmodernen Schrank. Auf einem Tisch stand ein Fernseher. Um den Tisch befanden sich ungepolsterte, einfache Stühle. Die Tapete war verwohnt.

Frau Nuasol und die Kinder waren farbig. Sie blickten die Beamten überrascht an.

»Bitte, warum Besuch?«, fragte die junge Frau. Die Kinder wirkten niedlich mit ihren großen dunklen Augen.

»Wir würden uns gerne mit Ihrem Sohn Sam unterhalten«, sagte Watthuis.

»Kommen von Schule?«, fragte sie und erhob sich.

»Nein, von der Polizei«, sagte Grooth.

Sie nahm das Baby unter den Arm, ging an die Tür und öffnete sie. Durch die offene Tür fiel ihr Blick in das Schlafzimmer.

Frau Nuasol war vollschlank. Sie trug ein buntes Stoffkleid. Sie schimpfte mit ihrem Sohn, der das Bett verließ, sich mit einem T-Shirt und Jeans bekleidete und das Wohnzimmer betrat. Er setzte sich auf einen Stuhl und fragte naiv: »Sie mich sprechen?«

»Haben Sie keine Schule?«, fragte Watthuis.

»Wie sehen, bin krank«, sagte der Junge.

»Wo waren Sie am Samstag vor drei Wochen zwischen 19 und 22 Uhr?«, fragte Grooth.

»Bei mein Freund. Er ist älter. Will weg von hier wie ich«, antwortete Sam wie geölt.

»Es hat wohl wenig Sinn, Sie nach Renke Bantz zu befragen«, sagte Watthuis. »Er verschwand in dieser Nacht in Norddeich. Weiterhin wurde ein Vertreter überfallen und beraubt.«

»Wir zu Hause bei Iwan. Wir nicht kriminell. Wir achten Polizei«, sagte er ernst.

»Es ist sicherlich ein purer Zufall, dass gezeichnete Geldscheine in der Videothek aufgetaucht sind, in der Sie sich die Filme ausleihen«, sagte Grooth sarkastisch.

Sam Nuasol war ein netter Bengel. Doch seine Bewunderung gehörte ganz seinem russischen Freund, dem es nicht gelungen war, in seiner neuen Heimat Fuß zu fassen. Bei Sam Nuasol kam erschwerend hinzu, dass sein Vater die Familie verlassen hatte, um nach Hamburg zu gehen. Er fasste die Schule als eine belastende Institution auf, die ihn übermäßig forderte. Seine Mutter und er hatten nicht begriffen, dass es falsch war, sich bei ihren Entscheidungen davon leiten zu lassen, was in ihrer Heimat angebracht war.

Sie hatten einen Asylantrag gestellt, und die Behörden erwarteten ihre Anpassung an deutsche Verhältnisse. Schließlich konnte der Erlernung der deutschen Sprache nicht genug Bedeutung beigemessen werden.

Die Beamten gewannen den Eindruck, dass Mutter und Sohn es nicht für nötig hielten, sich deutschen Gewohnheiten anzupassen. Sie sprachen allerdings ein makelloses Englisch.

»Herr Nuasol, wir sind nicht gewillt, uns von Ihrem Freund und von Ihnen zum Narren halten zu lassen«, sagte Watthuis erbost. »Mit Ihren Mätzchen kommen Sie nicht weit. Auch Sie, Frau Nuasol, sollten sich mehr um die Erlernung der Sprache bemühen. Schicken Sie Ihren Sohn zur Schule, damit er sich nicht noch weiter vom geraden Weg entfernt. Wir werden weiter recherchieren und wenn nötig, wieder bei Ihnen erscheinen.« Er erhob sich.

»Sagen Sie Ihrem Mann, er soll sich mehr um seinen Sohn kümmern«, fügte Grooth hinzu.

»Hab nichts machen, was verboten«, versuchte Sam Nuasol noch mal zur Klärung beizutragen.

Die Beamten gingen durch das Wohnzimmer, vorbei an dem Kleinkind, das herumkroch, nach draußen.

»Schön wäre es, wir könnten alle Kriminellen wieder dorthin schicken, wo sie herkommen«, schimpfte Watthuis.

»Dann hätten wir keine Arbeit«, meinte Grooth und fuhr fort: »Da haben sich zwei gefunden. Ich möchte wetten, dass die beiden dem Bender eins über den Schädel gezogen und die Geldscheine in die Videothek getragen haben.«

Sie gingen zu ihrem Wagen.

»Manchmal läuft auch uns der Kanal über«, meinte Watthuis.

»Es bleibt uns noch Zeit, Herrn Dr. Hoyer unsere Aufwartung zu machen«, sagte Grooth und fuhr los.

Sie verließen die unschöne Wohngegend und gelangten über die Ostermarscher Straße zur Norddeicher Straße. Von dort fuhren sie zur Badestraße in Norddeich. Sie stellten den Wagen auf dem Firmengelände ab und gingen zur Rezeption.

Die hübsche Empfangsdame bat sie einen Moment um Geduld. Dann erschien Dr. Hoyer. Er sah müde und geschafft aus. Er reichte den Besuchern die Hand.

»Meine Herren, so erfreulich, wie sich die Geschäftslage darbietet, rechte Freude kommt bei mir darüber nicht auf. Wir stellen Leute ein und expandieren. Im Moment bin ich sehr gefragt.

Dennoch, mein Stiefsohn fehlt mir sehr. Ich kann in diesem Hause nicht in Ruhe mit Ihnen reden. Was halten Sie davon, wenn ich Sie zu einem Kaffee ins Café ‹Regina Maris‹ einlade?«

Die Beamten sahen sich an.

»Einverstanden. Setzen wir uns in Bewegung«, sagte Grooth.

Sie winkten der Angestellten zu und gingen zum Wagen.

»Sieht so ein Mörder aus?«, fragte Watthuis auf dem Weg zum Wagen und drückte die Fernbedienung. Sie stiegen ein.

»Ehrlich gesagt, nein. Doch was heißt das schon?«, erwiderte Grooth.

Sie fuhren an der Nordseeklinik vorbei und folgten dem Klipperweg zu den Parkplätzen des Cafés. Das »Regina Maris« lag direkt hinter dem schützenden Seedeich an der Promenade.

Hoyer hatte seinen Mercedes bereits abgestellt. Die Beamten betraten das Café. Der Unternehmer saß bereits am Fenster und schaute besinnlich auf den Deich. Watthuis und Grooth nahmen am Tisch Platz.

»Ob Sie es glauben oder nicht, seit dem Tode meines Stiefsohnes läuft privat gar nichts mehr«, sagte Dr. Hoyer. »Meine Frau befindet sich noch im Krankenhaus. Sie verkraftet den Tod des Sohnes nicht. Hinzu kommt der Verdacht, den Sie gegen mich hegen. Er verunsichert auch sie indirekt.«

In dem großen, lichtdurchfluteten Raum saßen eine Menge älterer Gäste bei Kaffee und Kuchen. Aus versteckten Lautsprechern drang leise Musik von Gustav Mahler.

»Wenn Sie den Tod Ihres Stiefsohnes nicht zu verantworten haben, dann fassen Sie sich in Geduld«, sagte Watthuis. »Der Mörder wird alles dransetzen, unerkannt zu bleiben. Aber das wird ihm nicht gelingen.«

»Irgendwann wird ihm ein Fehler unterlaufen«, sagte Grooth. »Dann sind wir zur Stelle.«

»Darauf zu warten zehrt an den Nerven«, meinte Dr. Hoyer.

Das Bedienungsfräulein trat an den Tisch.

»Haben Sie sich schon entschieden?«, fragte sie.

»Die Herren sind meine Gäste«, sagte der Unternehmer. »Wenn es recht ist, dann bringen sie uns drei Stücke Rumflockentorte und drei Portionen Ostfriesentee.« Er sah die Polizeibeamten fragend an.

»Wir stimmen der Bestellung zu, bestehen aber darauf, selbst zu bezahlen, denn wir müssen auch in kleinen Dingen korrekt sein«, sagte Watthuis.

Das Fräulein lachte. »Mir ist es gleichgültig, wer bezahlt«, sagte sie und ging.

Wenig später servierte die Bedienung den Tee. Sie stellte die Stövchen, den Kluntjebecher und Sahnetopf auf den Tisch.

»Ehrlich gesagt, es tut mir gut, mit Ihnen über den Fall zu sprechen«, sagte Dr. Hoyer. »Wie schon gesagt, meiner Frau geht der Tod des Sohnes unsagbar nahe, und selbst ihr Glaube hilft ihr nicht weiter. Oft habe ich den Eindruck, sie sieht in mir den Täter. Andererseits fällt es mir schwer, anzunehmen, der Student Jesko Warfsmann habe Renke umgebracht.«

»Was stört Sie daran?«, fragte Grooth.

»Nicht nur, dass er früher zu den engsten Freunden von Renke zählte, sondern ganz allgemein sein sportlicher Charakter«, sagte Dr. Hoyer nachdenklich. »Er ist ein ausgezeichneter Segler.« Er stach die Kuchengabel in das lockere Gebäck und führte sie zum Mund. »Prächtig! Die Torte aß meine Frau mit Vorliebe.«

Auch Grooth und Watthuis ließen sich den Kuchen schmecken.

»Haben Sie eine Vorstellung, was der Täter mit Ihrem Stiefsohn angefangen haben kann?«, fragte Watthuis und trank Tee. »Renkes Fahrrad warf er in den Hafen.«

»Ich gehe davon aus, dass er Renke umgebracht hat und seine Leiche mit dem Wagen abtransportiert hat«, antwortete der Unternehmer. Er trank einen Schluck Tee, während sein Blick wie prüfend über den Deich glitt.

Grooth nickte. »Meine Bekannte und ich sind schon etliche Kilometer weit an den Deichen entlanggelaufen, auf der Suche nach einer Buddelstelle.«

»Es ist anzunehmen, dass der Täter unter Zeitdruck gestanden hat«, sagte Watthuis. »Zuerst entsorgte er die Leiche. Danach kehrte er unentdeckt zur Bootshalle zurück, um das Fahrrad in die See zu werfen. Als Anna Warfsmann den ersten Versuch machte, Renke in der Bootshalle zu treffen, hatte der Mörder bereits zugeschlagen.«

»Die Deern war mächtig aufgeregt«, sagte Dr. Hoyer. »Wenn das Fahrrad an Ort und Stelle gewesen wäre, hätte sie es gesehen. Was bezweckte der Mörder damit? Wollte er vortäuschen, Renke hätte sich von der Halle entfernt?«

»Rekonstruieren wir weiter«, sagte Grooth. »Frau Warfsmann fasst den nächstliegenden Entschluss. Das Café hat noch offen. Sie geht zum Parkplatz, sucht nach dem Rad und trifft einen Bekannten. Der rät ihr, den Hafenmeister anzurufen. Zu Hause trifft Frau Warfsmann Ihren Stiefsohn nicht an. Sie telefoniert mit dem Hafenmeister und fährt zurück. Als schließlich unsere Kollegen die Halle betreten, ist das Drama bereits voll abgedreht.«

»Wie das Leben so spielt«, sagte Dr. Hoyer. »Während Anna Warfsmann um das Leben ihres Geliebten zittert, freut sich am selben Abend der junge Eschhoff. Seine Frau hat einen gesunden Jungen zu Welt gebracht. Renke und er waren mehr als nur befreundet. Er arbeitet bei uns als Abteilungsleiter.«

Sie tranken Tee.

»Herr Dr. Hoyer, angenommen, Sie hätten sich in der Rolle des Täters befunden, wo hätten Sie die Leiche hingebracht?«, fragte Watthuis und schenkte sich Tee nach.

Am Tisch herrschte eine eisige Friedhofsstimmung. Sie hatten die Torte verzehrt, die Teller beiseitegeschoben.

Dr. Hoyer belastete das Gespräch. Er nahm ein Taschentuch und wischte sich die Tränen aus dem Gesicht.

»Die Frage ist korrekt«, sagte er. »Der Täter wird auf Nummer sicher gesetzt haben. Naheliegend wäre es gewesen, die Leiche in die Nordsee zu werfen. Dagegen spricht, sie würde oben schwimmen.«

»Und weiter?«, fragte Grooth.

»Durch die Tunnelstraße in Richtung Roter Pfahl«, meinte der promovierte Bauingenieur. »In den großen Feldern und Weiden würde ich mich nach einer Möglichkeit umsehen.«

»Und Sie würden es dem Zufall überlassen, ob jemand die Leiche findet«, antwortete Watthuis ironisch.

»Nein. Ich hätte später ein anderes Versteck gewählt. Vermutlich am Waldesrand, wo ich mit meinem Wagen hin kann«, sagte Dr. Hoyer mit verkniffenen Augen.

»Ihre Argumente sind schlüssig und nachvollziehbar, vielleicht sogar brauchbar«, sagte Grooth und trank Tee.

»Haben Sie weitere Tipps?«, fragte Watthuis und leerte die Teetasse.

»Vergeuden Sie keine Zeit mit theoretischen Spielchen. Ich war es nicht«, sagte Dr. Hoyer und rief die Bedienung. »Wir zahlen. Natürlich einzeln!«

Die Bedienung kassierte.

»Es tat mir gut, mit Ihnen über den Mord an meinem Stiefsohn zu sprechen«, sagte Dr. Hoyer und erhob sich.

»Auf eine weitere erfolgreiche Zusammenarbeit«, scherzte Watthuis.

»Leider kann ich Ihnen meine Unschuld nicht beweisen«, sagte der Unternehmer und ging zu seinem Wagen.

»Eine amüsante Teestunde«, meinte Watthuis.

»Sie war in der Tat aufschlussreich«, erwiderte Grooth.

Sie stiegen in ihren Passat und fuhren zum Dienstgebäude.

»Frau Swetlana Kasakow spielt eine Schlüsselrolle im Fall Bender«, sagte Watthuis. »Sie lügt. Das ist meine felsenfeste Überzeugung. Ihr Sohn und sein dunkelhäutiger Freund waren zur Tatzeit nicht zu Hause. Wir werden ihr Alibi überprüfen.«

»Wir müssen auch Boris Kasakow fragen, ob auch er bestätigen kann, ob die beiden Freunde in der Tat Musik gehört haben«, sagte Grooth. »Es wäre eine weitere Möglichkeit, den Zeugen eine Hörprobe der beiden vorzuspielen, wenn wir nicht weiterkommen.«

»Durchaus machbar«, meinte Watthuis und fuhr den Wagen auf den Parkplatz des Alten Weinhauses. Sie stiegen aus, nahmen die Treppe nach oben, betraten ihr Dienstzimmer, zogen ihre Wetterjacken aus und verfassten ihre Berichte. Anschließend nahm Watthuis den Telefonhörer ab und wählte die Nummer der Lehrerin.

»Warfsmann«, meldete sich Anna Warfsmann vorsichtig.

»Kripo Norden, Watthuis. Sie hatten uns erlaubt, Sie heute anzurufen«, sagte der Kommissar.

»Haben Sie neue Nachrichten für mich?«, fragte sie aufgeregt.

»Nicht direkt. Aber wir machen Fortschritte«, antwortete Watthuis.

»Ich habe morgen frei. Ich spiele mit dem Gedanken, ganz nach Hamburg zu ziehen«, sagte sie.

»Frau Warfsmann, wir haben eine Frage, die uns persönlich nicht berührt, aber dienstlich doch von Bedeutung sein kann«, sagte Watthuis. »Wir haben Ihrem Bruder eine Vorladung geschickt. Er und auch Sie sind ohne Vater aufgewachsen?«

»Ja, er starb kurz nach meiner Geburt, also als auch Jesko noch sehr klein war«, antwortete sie.

»Mit anderen Worten, Ihr Bruder hatte nicht so ein sorgenfreies Leben wie Ihr Freund?«, fragte der Kommissar.

»Nein, er und auch ich mussten mit anfassen. Doch was soll das Verhör?«, fragte sie.

»Das ist nicht einfach zu beantworten. Vielleicht gestatten Sie uns, Ihnen noch einen Besuch zu machen«, sagte Watthuis.

»Dagegen habe ich nichts einzuwenden, wenn ich Ihnen damit einen Dienst erweisen kann«, sagte die Lehrerin schnippisch.

»Einverstanden, in einer halben Stunde sind wir bei Ihnen«, antwortete Watthuis und legte auf.

»Sie verhält sich tapfer«, meinte Grooth. »Sie hat ihre Ausbildung. Sie hält nichts davon, dass wir ihren Bruder verdächtigen.«

»Dennoch können wir nicht umhin, ihr die Wahrheit zu sagen. Auf ihre Reaktion bin ich gespannt«, sagte Watthuis. Sie hatten sich bemüht, möglichst viel über das Verbrechen zu erfahren, was damals die Gemüter sehr erregt hatte.

Grooth ging zum Schrank und holte die frische Akte. Er heftete die Berichte ab.

»Ich sehe keinen Grund, ihr vorzuenthalten, dass ihr Vater vorzeitig aus der Haft entlassen ist«, meinte er. »Seine Anwesenheit in Norddeich zur besagten Zeit kann eigentlich kein Zufall gewesen sein. Vielleicht fuhr Jan Warfsmann zur Bootshalle, um seinen Schwiegersohn kennen zu lernen.«

»Das hieße für uns, es bleibt bei den Verdächtigungen«, meinte Watthuis.

Grooth brachte die Akte zurück zum Schrank.

»Fahren wir los«, sagte Watthuis.

Sie zogen ihre Jacken an und gingen zum Wagen.

»Das Wetter bleibt stabil«, sagte Watthuis und setzte sich hinter das Steuer des Passats.

Es blieb bereits länger hell. Dennoch war die Dämmerung eingetreten. Anna Warfsmann hatte die Außenleuchte eingeschaltet. Als habe sie die Beamten erwartet, erschien sie an der Außentür und öffnete sie.

»Kommen Sie rein«, sagte sie und führte die Beamten ins Wohnzimmer. »Nehmen Sie bitte Platz. Sie wollten noch etwas mit mir besprechen. Das trifft sich gut. Ich habe gerade einen Tee zubereitet.«

»Da sagen wir nicht nein«, sagte Watthuis und gab seinem Kollegen ein Zeichen.

Sie nahmen am Wohnzimmertisch Platz. Sie hatten einen schweren Tag hinter sich, doch sie wollten die Chance nutzen, ihr einiges über den Zuchthäusler Jan Warfsmann zu berichten, der so kurz nach seiner Haftentlassung möglicherweise neuen Schwierigkeiten gegenüberstand.

Anna Warfsmann nahm die Gedecke aus dem Schrank, holte aus der Küche Sahne, Kluntje und den Tee, legte aus der Einkaufstasche Gebäck dazu und zauberte einen ansprechenden Teetisch. Sie setzte sich zu den Beamten.

»Ich leide genug, und es ist unerträglich, nicht zu wissen, wo sich die Leiche meines Freundes befindet. Hinzu kommen die vielen Verdächtigungen, die mich zusätzlich belasten.«

Sie schenkte Tee ein, nachdem sich die Beamten mit Kluntje bedient hatten. Sie trug eine schwarze Schleife um ihren festen Haarzopf. Schwarz war auch die Farbe ihres Rollkragenpullovers. Dazu passten der dunkle Cordrock und die Stiefel.

Die Beamten nippten an ihren Tassen.

»Wir hatten heute Gespräche mit den jungen Leuten, die ebenfalls als Täter verdächtig sind«, sagte Grooth. »Zusätzlich spricht einiges dafür, dass sie den Raubüberfall auf den Gewürzvertreter verübt haben. Ihnen ist auch bekannt, dass wir ebenso Dr. Hoyer verdächtigen. Er hat kein Alibi. Unabhängig von Ihren Protesten zählt auch Ihr Bruder Jesko dazu. Es sei denn, es gelingt ihm, seine Unschuld zu beweisen. Das alles bedeutet nicht, dass sich unsere Untersuchungen damit an einem erfolgreichen Ende befinden. Der unbekannte Täter kann uns noch mit manch einer harten Nuss überraschen.«

Die Lehrerin nickte. »Für alle, die Renke gekannt haben, ist sein Tod durch einen Mörder unvorstellbar«, sagte sie gefasst.

»Damit sind wir noch nicht am Ende«, sagte Watthuis. »Zu den weiteren verdächtigen Personen zählt auch ein Mann, den wir noch verhören müssen. Es ist unwahrscheinlich, dass Ihr Verlobter ihn kannte. Zeugen sahen seinen Wagen an der Bootshalle. Wir haben ihn zum Gespräch eingeladen. Es handelt sich um Jan Warfsmann, Ihren Vater.«

Die Lehrerin sah die Beamten fassungslos an. Das Licht der Deckenlampe zeigte ihr blasses Gesicht.

»Mein Vater?«, fragte sie mit trockener Stimme.

»Ja, er ist nicht verunglückt«, sagte Watthuis.

»Aber, Mutter …«, sagte sie stockend.

»Ihr Vater wurde vorzeitig aus der Haft entlassen«, sagte Grooth.

Sie schwieg eine Weile. Dann richtete sie sich auf. »Wir sind ohne ihn groß geworden! Den kenne ich nicht. Mutter hat immer gesagt, er sei verstorben.«

»Dem ist nicht so«, sagte Watthuis. »Ihr Vater lebt. Auch er befand sich in Norddeich zu der Zeit, als Ihr Lebensgefährte verschwand. Diese Tatsache verdanken wir einem Zeugen.«

»Sie verunsichern mich«, erwiderte sie mit Tränen in den Augen. »Es ist kaum vorstellbar. Ich unterrichte in Hamburg! Warum hat er mich nicht besucht? Was wollte er von Renke?«

»Fragen Sie ihn selbst. Auch uns ist er Rede und Antwort schuldig. Ihm steht noch ein Bewährungshelfer zur Seite«, setzte Grooth hinzu.

Anna Warfsmann schaute den Beamten fragend an.

»Wie ist das zu verstehen?«, fragte sie.

»Ihr Vater wurde damals zu lebenslänglich verurteilt und jetzt entlassen«, erwiderte Grooth. »Er hat seinen Nebenbuhler erstochen. Er muss erst wieder lernen, mit der Freiheit umzugehen.«

Die Lehrerin trank nachdenklich Tee. Auch die Beamten führten ihre Tassen an den Mund und nahmen den Tee in kleinen Schlucken zu sich. Sie aßen vom Gebäck.

»Haben Sie auch Herrn Dr. Hoyer diese sensationelle Mitteilung gemacht?«, fragte Anna Warfsmann.

»Dazu hatten wir keine Befugnis«, antwortete Watthuis. »Andererseits erscheint uns die beabsichtigte Kontaktaufnahme Ihres Vaters doch außerordentlich seltsam.«

»Das sind ganz neue Probleme für mich«, flüsterte Anna Warfsmann. »Schlagen Sie mir vor, ihn anzurufen? Oder ist es besser, ihm die Initiative zu überlassen?«

»Sie sind ohne ihn aufgewachsen und Lehrerin geworden. Fassen Sie sich in Geduld«, sagte Grooth. »Er kommt nach Norden, dann bietet sich Ihnen die Gelegenheit, mit ihm zu sprechen.«

»Es ist Ihre Entscheidung, ihn anzurufen, Frau Warfsmann«, sagte Watthuis. »Sie hören von uns.«

Die Beamten erhoben sich.

»Der Tod meines Verlobten nimmt mich sehr mit. Und gerade jetzt mischt sich mein Vater ein, an dessen Existenz ich mich erst gewöhnen muss«, sagte Anna Warfsmann erregt.

Sie begleitete die Beamten zur Tür.

Watthuis und Grooth ließen eine unglückliche Lehrerin zurück, in deren Leben erst jetzt Jan Warfsmann getreten war, nachdem er seine Tochter Anna bereits in Hamburg bei den weihnachtlichen Vorführungen des Studentenchores gesehen hatte.

An diesem Abend kamen die Beamten spät nach Hause. So, wie sich der Fall darbot, waren sie noch weit von einer Lösung entfernt.

Das leichte Hoch war, abgesehen von gelegentlich durchziehenden Quellwolken, seit Tagen konstant. Überhaupt brachte das Aprilwetter weniger Regen als der März. Die Osterferien näherten sich rapide, und bald hieß es wieder »Segel frei«, dann war Ansegeln.

Doch daran dachten die Kommissare Watthuis und Grooth am Morgen nicht, als sie vor ihren Unterlagen saßen.

»Da haben wir noch die Aussage des Zeugen, der am besagten Abend einen Wagen beobachtete, der die Tunnelstraße befuhr«, sagte Grooth. »Der Fahrer machte sich an einem alten, verrotteten Stall zu schaffen. Dabei bediente er hin und wieder eine Taschenlampe.«

»Warum nicht?«, antwortete Watthuis. »Wir gehen der Sache

nach. Heute Abend hat der Yachtclub Versammlung. Fragen wir die Segler, ob sie eine Beobachtung gemacht haben.«

Sie brachten die Akten zum Schrank, zogen ihre Jacken über und verließen das Dienstzimmer.

»Vielleicht schwimmt Renke Bantz in der Nordsee, weil der Täter sein Opfer in der Nähe der Halle loswerden wollte«, meinte Grooth.

»Oder er fuhr am Deich entlang und legte den Toten irgendwo ab, um ihn später endgültig zu verstecken«, sagte Watthuis.

»Schauen wir uns auf der Tunnelstraße mal um«, meinte Grooth.

Die Beamten gingen zum Wagen und stiegen ein. Der Weg nach Norddeich war zu ihrer Routine geworden.

Auf der Werft stand ein Fischkutter, an dem Arbeiter den Propeller ausbauten. Schafe weideten auf den Deichwiesen. Fernab pendelte ein Fährschiff zwischen Norddeich und Norderney.

Hinter dem Jugendheim reparierten Arbeiter ein Wasserrohr. Sie hatten die Straße gesperrt. Der Verkehr wurde über einen Feldweg umgeleitet. Doch dann hatten sie freie Fahrt über die Straße, die parallel zum Deich lief.

Die frische Saat legte einen grünen Hauch über die Felder. Nur vereinzelt unterbrachen die restlichen Futtermieten den Blick. Wenig später sahen sie den alten Schuppen, der in früheren Jahren als Schafstall gedient hatte und nun wie vergessen etwa zehn Meter von der Straße entfernt an die Vergänglichkeit erinnerte und für Hobbyfotografen zum Motiv geworden war.

»Die Kollegen halten uns für verrückt, wenn wir einen Flop landen«, sagte Watthuis und schaltete den Blinker an.

»Das gehört zum Beruf«, sagte Grooth. »Dr. Hoyer machte jedenfalls keinen Hehl daraus, dass er das Gelände hier hervorragend geeignet zum Verstecken einer Leiche findet.«

Der Kommissar drosselte die Geschwindigkeit und fuhr den Wagen auf die verwilderte Grünfläche. Die Beamten stiegen aus.

»Ein schönes Gebiet für Fahrradtouren«, meinte Grooth und sah sich um. »Auf der anderen Seite des Deichs führt ein asphaltierter Weg direkt am Wasser entlang. Auf der Suche nach einem Versteck für die Leiche fand unser Mörder den alten Schafstall. Die Straße ist ziemlich unbelebt. Das Abladen der Leiche macht einem kräftigen Mann keine Schwierigkeiten.«

»Soweit kein Blut floss, und das sieht ja nun mal so aus«, antwortete Watthuis.

Sie betrachteten den Boden, betraten durch die offene Tür den Stall. Das Stroh war alt und zerwühlt.

»Der Mörder hat sein Opfer hier gelagert und wieder abgeholt«, sagte Watthuis überzeugt.

Das wild wachsende Gras zeigte Spuren. Es war zum Teil noch platt getreten. Auch die Strohreste schienen zu bestätigen, dass der Mörder hier am Werke war.

Sie verließen die Hütte.

»Keine brauchbaren Reifenspuren«, sagte Grooth.

»Unsere Ecke ist die waldreichste Gegend Ostfrieslands. Wenn der Mörder sein Opfer von hier zum Lütetsburger Forst gebracht hat, dann finden wir den Toten nie«, sagte Watthuis.

»Momentan fehlen uns die Ansatzpunkte«, antwortete Grooth.

»Fahren wir zurück zur Dienststelle«, schlug Watthuis vor.

»Vielleicht hilft uns Kollege Zufall«, meinte Grooth.

Sie gingen zum Wagen und stiegen ein. Sie fuhren auf dem Versorgungsweg zur Ostermarscher Straße und von dort auf die Norddeicher Straße.

»Es ist nicht sicher, aber wahrscheinlich, dass der Täter nach dem Mord Renke Bantz zu dem Schafstall brachte. Doch wie geht es weiter?«, fragte Watthuis.

Grooth hob die Schultern. »Unser Ausflug hat sich gelohnt«, sagte er.

Sie fuhren zum Alten Weinhaus und suchten ihr Dienstzimmer auf. Dort erledigten sie das Protokollarische und gönnten sich dabei eine Tasse Tee. Danach riefen sie in Aurich an und vermeldeten dem Staatsanwalt stolz ihren weiteren Erfolg in der Mordgeschichte.

»Es sieht so aus, als sei kein Blut geflossen«, sagte Watthuis am Telefon. »Renke Bantz war in oder vor der Bootshalle auf seinen Mörder gestoßen. Dabei hatte mutmaßlich der junge Unternehmer nicht an eine bedrohliche Situation geglaubt, erst recht keinen Angriff auf seine Person erwartet. Zumindest lässt sein Verhalten diese Version durchaus zu. Das alles spricht dafür, dass der Mörder sein Opfer überraschte und erwürgte.«

»Herr Watthuis, wir können sogar annehmen, dass zwischen Mörder und Opfer eine vertraute Basis bestand«, interpretierte Kanter die Situation.

»Es sieht so aus, als käme die ›Familienvariante‹ zum Tragen«, sagte der Kommissar.

»Morgen erwarten Sie den Bruder der Frau Warfsmann zu einem Verhör. Ich komme nach Norden und nehme daran teil. Wir setzen das Gespräch dann fort«, sagte der Staatsanwalt.

»All up Stee«, antwortete Watthuis und legte auf.

Die Beamten erledigten ihre Schreibarbeiten, als Manstroh, der Mitarbeiter des Ostfriesen-Kuriers, eintrat. Er hatte eine kräftige Figur und war knapp über vierzig. Er trug eine Prinz-Heinrich-Mütze, eine blaue Seemannsjacke, einen Troyer und Jeans.

»Wie sieht es aus?«, fragte er, schoss ein Foto von den Beamten und nahm die Mütze ab. »Meine Leser erwarten erste Erfolge.«

»An unserem Fleiß und Einsatzwillen liegt es nicht«, sagte Grooth.

»Nehmen Sie Platz, Herr Manstroh.« Watthuis wies auf einen Stuhl. »Natürlich sind wir nicht untätig geblieben. Von einer heißen Spur kann leider keine Rede sein, da wir noch mehreren nachgehen. Da kann es noch so manche Überraschung geben. Umgebracht hat der Täter den jungen Bantz im Bereich der Bootshalle. Er hat die Leiche fürs Erste in einem alten Schafstall in Norddeich abgelegt. Das Fahrrad seines Opfers hat er in den Hafen geworfen. An den Reifen klebte ein Kaugummi. Wir haben es untersuchen lassen. Wenn es vom Mörder stammt, dann sind wir im Besitz seiner DNA-Werte. Wir haben eine Bitte an Ihre Leser. Besonders die Spaziergänger im Lütetsburger Forst, im Nordwald und im Berumer Wald bitten wir um äußerste Wachsamkeit. Der Mörder hat die Leiche vermutlich im Wald vergraben. Wir nehmen an, dass er dabei versucht hat, mit dem Wagen möglichst dicht heranzukommen. Zu sagen ist noch, dass Täter und Opfer sich gekannt haben müssen. Weitere Einblicke in den Stand der Untersuchungen können wir zurzeit aus technischen Gründen nicht geben.«

»Schusswaffe oder Messer?«, fragte der Reporter.

»Vermutlich weder noch«, sagte Grooth.

»Das hört sich ja bereits hoffnungsvoll an«, sagte Manstroh. »Und wie steht es um den Raubüberfall auf den Bielefelder Vertreter?«

»Auch hier haben wir unsere konkreten Vorstellungen. Abwarten!«, antwortete Grooth.

»Dann wollen wir hoffen, dass das gute Wetter noch anhält, damit unsere Wanderer die Leiche finden. Gibt es sonst noch etwas zu berichten?«, fragte Manstroh. Er nahm seine Mütze.

»Sorgen Sie mit dafür, dass sich das Ausmaß der Gerüchte in Grenzen hält«, meinte Grooth und dachte an das Gerede der Mitarbeiter der Baufirma, das schon ketzerische Formen angenommen hatte.

»Steht der Bruder der Lehrerin auch unter Mordverdacht?«, fragte der Reporter.

»Sie haben von uns erfahren, was vertretbar ist«, antwortete Watthuis und reichte Manstroh die Hand.

»Natürlich ist das Interesse der Öffentlichkeit an dem Fall sehr groß«, meinte Grooth, »aber es wäre falsch, wenn wir uns in die Karten blicken ließen.«

Sie sahen Manstroh nach, bis er die Tür hinter sich geschlossen hatte.

»Meine Frau holt mich nachher ab. Trinken wir noch ein Bier im Mittelhus?«, fragte Watthuis.

»In Ordnung, meine Freundin kommt heute später«, antwortete Grooth.

Hedda Warfsmann hatte die schreckliche Wahrheit von der Bluttat ihres Vaters vor ihren Kindern verheimlicht. Der Wohnungswechsel von Marienhafe nach Norden-Norddeich hatte mit dazu beigetragen, dass den Kindern verborgen blieb, dass ihr Vater als Mörder zu »lebenslänglich« verurteilt worden war.

Doch das aufopferungsbereite Leben und der ständige Alkoholmissbrauch hatten von Hedda Warfsmann Tribut gefordert. Was sie nicht wissen konnte und auch niemand hatte vermuten können, war die Tatsache, dass Jan Warfsmann nach über zwanzig Jahren im Knast die Freiheit wiedererlangt hatte, während sie unter den Folgen der Alzheimerkrankheit im Heim dahindämmerte.

Anna Warfsmann hatte erst vor Kurzem von den Beamten erfahren, dass ihr Vater in Hamburg lebte, während ihr Bruder Jesko nichts von der Existenz seines Vaters wusste.

Jesko hatte sich in den Kopf gesetzt, sein ehemaliger Freund Renke Bantz werde seine Schwester als Gespielin benutzen und später nach der Manier vieler Reichen einfach fallen lassen. Er hatte sich damals entschlossen, aus Aachen anzureisen, um mit Anna ein deutliches Wort zu reden. Mit Renke sprach er schon lange nicht mehr. Aus Freundschaft war Feindschaft geworden.

Er hatte sich telefonisch angemeldet, hatte mit Anna Tee getrunken und war unverrichteter Dinge in seinen Skoda gestiegen und davongefahren.

Obwohl seine Schwester ihm in einem ausführlichen Brief mitgeteilt hatte, dass ihr Freund verschwunden und vermutlich ermordet worden war, hatte ihn dennoch die polizeiliche Vorladung sehr geschockt.

Er hatte Renke nicht gemocht. Doch das Schicksal seines ehemaligen Freundes ließ ihn nicht kalt. Er bedauerte es, dass er nach dem Besuch bei seiner Schwester noch nach Norddeich gefahren war, um einen Blick auf das Meer zu werfen.

Das Verschwinden von Renke war ihm nahegegangen und hatte seiner Konzentration geschadet. Doch noch mehr hatte die Vorladung der Norder Kripo seine Nerven belastet.

Am Ersten des kommenden Monats sollte er seine Tätigkeit als Arzt am Klinikum in Aachen beginnen. Schon fieberte er diesem Termin entgegen. Doch nun der Ärger, der sich anzusammeln begann.

Es war absurd, ihn mit dem Verschwinden von Renke Bantz in Verbindung zu bringen. Doch da half alles nichts. Er musste sich bei der Polizei in Norden melden.

Kurz entschlossen fuhr er zum festgesetzten Termin. Einerseits freute er sich riesig über das bestandene Examen, andererseits zog es ihm fast den Hals zu, wenn er an den Tod von Renke und die damit einhergehenden Umstände dachte. Wie er von seiner Schwester erfahren hatte, hatte man die Leiche von Renke Bantz noch nicht gefunden.

Entschlossen, aber mit gemischten Gefühlen buchte er im Fährhaus in Norddeich ein Zimmer und fuhr am Nachmittag vor dem Verhör mit seinem Skoda erneut nach Norddeich.

Der Versuch, mit seiner Schwester zu telefonieren, war fehlgeschlagen. Wenn sie seine Stimme vernahm, dann legte sie auf. Das war ihm unverständlich. Jetzt, wo Renke Bantz nicht mehr unter den Lebenden weilte, war doch die Ursache des Streits mit ihr aus der Welt.

Es war regnerisch und kühl an diesem Nachmittag. Sein altes Fahrzeug war nicht geeignet, die Strecke Aachen Norden in

Höchstgeschwindigkeit zurückzulegen. So nahm er sich im Voraus Zeit. Dennoch erreichte er vor dem Abendbrot das Hotel Fährhaus in Norddeich.

Er bestellte in dem renommierten Haus Krabben mit Zwiebelringen auf Vollkornbrot. Während der Mahlzeit hatte er einen Fensterplatz inne. Doch auch die schöne Aussicht half ihm nicht, seine Nervosität in den Griff zu kriegen.

Nach dem Essen machte er vor dem Dämmerschoppen noch einen Spaziergang in den Hafen. Er schwelgte in Erinnerungen. Lange stand er vor der Bootshalle, aus der heute das Hämmern und das Dröhnen der Schleifmaschinen nach draußen drang. Das Ansegeln näherte sich.

Er dachte an Renke und seine »Seeschwalbe«. Er nahm sich vor, nie mehr nach Ostfriesland zurückzukehren, wenn er das Gespräch mit der Kripo hinter sich hatte.

Sein Kopf war voller Gedanken, als er sich wieder auf den Rückweg machte. Er betrat das Hotel, ging auf sein Zimmer, entnahm der Hotelbar eine Flasche Bier und ein Glas und blickte auf die Lichter der Insel Norderney, währen er trank.

»Renke, jetzt bin ich Arzt«, sagte er traurig.

Es blieb nicht bei der einen Flasche Bier. Er blickte zurück auf einen steinigen Weg. An diesem Abend ließ er wehmütig die Bilder an sich vorüberziehen.

Es war schon spät, als er sich schlafen legte. Um sieben Uhr weckte ihn der Telefondienst. Er spürte eine leichte Nervosität. Er duschte ausgiebig, zog sich an und suchte den Frühstücksraum auf. Er wählte Kaffee statt Tee, denn an diesem Morgen fühlte er sich als Aachener. Er aß nur ein Brötchen, belegt mit Rührei, und trank dazu den Kaffee schwarz.

Er hatte keine Erfahrung im Umgang mit der Polizei. Überhaupt war ihm die ganze Angelegenheit zuwider.

Kurz nach neun Uhr bezahlte Warfsmann an der Rezeption, verließ mit seiner Sporttasche das Hotel, betrat den Hotelparkplatz und atmete die kühle Nordseeluft ein. Er schloss den Wagen auf, deponierte seine Tasche auf dem Beifahrersitz und schaute sich noch mal um.

Er blickte über den Deich in den Yachthafen, in dem bereits die ersten Stege lagen. An dem nur einige Hundert Meter entfernten Schiffsanlieger lag die »Frisia II«. Autos standen auf den Abfertigungsstreifen. Er sah die Insel Norderney im leichten Frühnebel. Wie immer war der Wind in Seenähe aufgefrischt. Am Himmel trieben dichte, graue Wolken.

Jesko Warfsmann stieg in seinen Skoda und fuhr in Richtung Norden. Aber der Gedanke an seinen ehemaligen Freund, der nicht mehr lebte, machte ihm zu schaffen.

Er wusste, wo er in Norden ungehindert parken konnte, und stellte seinen Wagen am Markt vor dem Supermarkt »Götz« ab. Er ging die wenigen Schritte zu Fuß.

Ihm war wie beim Examen. Lampenfieber machte ihm zu schaffen. Noch nie zuvor hatte er das Alte Weinhaus betreten, geschweige denn mit der Polizei zu tun gehabt.

Er fand sich anhand der Hinweisschilder und Tafeln zurecht. Er stieg die Treppe hoch, verglich noch einmal die Zimmernummer, klopfte an und trat ein.

In dem nicht allzu großen Dienstzimmer mit dem abgewohnten Inventar saßen drei Beamte, die ihn erwartungsvoll anschauten.

»Warfsmann aus Aachen, Sie haben mich zu sich bestellt«, sagte er und hielt die Vorladung in der Hand.

Die Beamten erhoben sich.

»Angenehm. Mein Name ist Watthuis, ich bin Kommissar«, sagte ein kräftiger, großer Mann mit kurzem Haar. Er lächelte kurz und unverbindlich. »Darf ich Ihnen Herrn Staatsanwalt Dr. Kanter vorstellen? Er leitet das Verhör. Mein Kollege Grooth führt das Protokoll.«

»Ich hoffe, Sie hatten eine gute Fahrt, Herr Warfsmann«, sagte der Staatsanwalt. »Einerseits haben wir Sie als Zeuge kommen lassen, andererseits könnten Sie auch mit dem Mord zu tun haben. Nehmen Sie bitte Platz.«

Grooth rückte den Besucherstuhl zurecht.

Jesko Warfsmann steckte die Vorladung in seine Lederjacke und setzte sich auf den Stuhl. Der Staatsanwalt saß seitlich an den zusammenstehenden Schreibtischen dem jungen Arzt gegenüber. Er hatte das Bein übergeschlagen und hielt eine Akte in der Hand.

»Herr Warfsmann, Sie sind vor siebenundzwanzig Jahren im benachbarten Marienhafe zur Welt gekommen. Sie machten in Norden das Abitur und wohnen jetzt in Aachen. Sie kannten Herrn Renke Bantz von früher. Er war Ihr Mitschüler. Berichten Sie.«

Jesko Warfsmann hüstelte nervös.

»Das ist eine lange Geschichte«, sagte er und holte tief Luft.

»Davon gehen wir aus, denn immerhin endete sie in Feindschaft«, sagte Watthuis.

Der Mediziner nickte verlegen. »Renke und ich waren gute Freunde. Zu uns gehörte noch Tomko Hansen. Während auch er einer gut situierten Familie entstammte, hatte ich ein armes Zuhause. Mein Vater lebte nicht mehr, und unsere Mutter hatte es schwer, über die Runden zu kommen. Sie trank, erst heimlich, dann offen.«

»Herr Warfsmann, wir kommen nicht umhin«, sagte der Staatsanwalt, »an dieser Stelle einen Irrtum auszuräumen. Ihre Mutter sagte Ihnen nicht die Wahrheit. Denn Ihr Vater lebt. Ein Gericht verurteilte ihn damals zu lebenslanger Haft wegen einer Bluttat.«

Warfsmann schaute die Beamten fragend an. Er zog die Stirn kraus.

»Das ist doch wohl nicht wahr«, sagte er unsicher.

»Ihre Schwester war noch ein Baby, und Sie lernten gerade das Laufen«, sagte Kanter. »Jan Warfsmann, Ihr Vater, erstach damals seinen Nebenbuhler.«

Der Mediziner rang nach Luft. »Was sagen Sie da! Unser Vater lebt? Darum trank Mama! Sie wollte uns vor der Schmach schützen!« Ihm war die Farbe aus dem Gesicht gewichen.

»Es ist nicht einfach wegzustecken, wenn man auf diese Weise die Wahrheit erfährt«, sagte Grooth mitfühlend.

»Wenn Sie möchten, Herr Warfsmann, machen wir eine größere Pause«, sagte Watthuis. »Zu Ihrer Information geben wir Ihnen nachher die Telefonnummer des Bewährungshelfers Ihres Vaters. An den können Sie sich wenden. Ihr Vater wurde begnadigt. Er lebt in Hamburg.«

»Weiß meine Schwester davon?«, fragte der Mediziner.

»Ja, wir haben sie kurzfristig davon informiert«, sagte Grooth.

Jesko Warfsmann schüttelte den Kopf. »Setzen wir das Verhör fort, aber hinterher benötige ich dringend Abstand«, sagte er.

»Gut, Sie waren drei Freunde. Herr Bantz, Herr Hansen und Sie«, sagte Grooth.

Warfsmann nickte. »Renkes Vater starb und vermachte ihm sein Segelboot. Wir segelten viel und oft und wurden dicke Freunde. Um es kurz zu machen, Renkes Einstellung zu Mädchen ließ mich um meine Schwester bangen. Ich war der große Bruder und fühlte Verantwortung für Anna.«

»Sie reisten an und tranken mit Ihrer Schwester Tee, während Renke Bantz im Bootsschuppen an seinem Schiff arbeitete«, sagte Watthuis.

»Ja, ich kam von Wilhelmshaven und hatte einen Kommilitonen besucht. Meine Schwester war einverstanden und lud mich zum Tee ein. Ihr Freund wollte mich nicht sehen, da er wahrscheinlich meine Ambitionen ahnte. Um 15 Uhr 30 war ich an der Wohnung. Wir tranken Tee und aßen ein Stück Butterkuchen. Wir sprachen über Mutter, über ihre und meine Berufsaussichten und fanden dann zu dem Thema, von dem sie nichts wissen wollte. Sie beabsichtigte, Renke Bantz zu heiraten. Wir zankten uns. Daraufhin fuhr ich in Richtung Emden.«

»Wann verließen Sie die Wohnung Ihrer Schwester?«, fragte Grooth, der sich Notizen für das Protokoll machte.

»Genau weiß ich das nicht mehr. Ich schätze um 18 Uhr 30. Doch ich war unzufrieden mit dem Verlauf des Gespräches und wollte noch einen Blick aufs Meer werfen, um mich zu beruhigen.«

»Und Sie hielten vor der Bootshalle in Norddeich an, parkten Ihren Wagen und machten Renke einen Besuch?«, fragte der Staatsanwalt.

Warfsmann fuhr mit der Hand durch sein Haar. Er durchwühlte mit der anderen Hand die Hosentasche und zog ein Tempotaschentuch hervor. Dann wischte er sich den Schweiß von der Stirn.

»Ja, doch, nein – ich hatte plötzlich die Idee, noch einmal mit meiner Schwester beziehungsweise mit meinem Schwager in spe zu sprechen. Kurz entschlossen stellte ich meinen Wagen vor dem Café ab und ging zur Bootshalle. Es war dunkel. Der Wind pfiff. Ich griff zur Tür. Sie ließ sich öffnen. In der Halle war es dunkel. Mich erfasste eine unbegreifliche Angst. Ich schlug die Tür zu, rannte über die Straße, stieg in meinen Skoda und fuhr los.« Verunsichert sah er die Beamten der Reihe nach an.

»Sie geben also nach kurzem Zögern zu, dass Sie an der Tür der Bootshalle waren!«, sagte der Staatsanwalt ernst. »Das Licht war ausgeschaltet und Renke Bantz nicht mehr anwesend. Vorausgesetzt, Sie sagen die Wahrheit, dann war das kurz bevor ihre Schwester eintraf. Doch die Sache hat einen Haken! Sie haben keine Zeugen.«

»So und nicht anders war es. Ich schwöre, dass ich die Wahrheit sage«, antwortete der Mediziner. Er stand auf und trat auf der Stelle.

»Nehmen Sie bitte wieder Platz«, sagte Grooth.

»Wir müssen herausfinden, was sich an diesem Abend vor der Bootshalle abgespielt hat«, sagte Watthuis. »Es ist nicht damit getan, dass Sie beschwören, was Sie sagen. Wir suchen den Mörder.

Von der Leiche des Opfers fehlt noch jede Spur. Zudem klingt Ihre Geschichte nicht sehr überzeugend.«

»Ihre Schwester ließ sich keines Besseren belehren«, sagte der Staatsanwalt. »Sie stand auf Renke Bantz. Ein Versuch, den zukünftigen Schwager umzustimmen, endete dann im Streit! Der Gedanke liegt nahe, dass Sie Renke Bantz während dieses Streits umbrachten. Sie versteckten die Leiche des ehemaligen Freundes auf einem Grundstück hinter dem Deich in einem Schafstall an der Tunnelstraße, warfen sein Hollandrad in den Hafen und vergruben die Leiche später irgendwo in der Umgebung oder nahmen sie mit.«

Jesko Warfsmann empörte sich. Erneut sprang er vom Stuhl, als wollte er das Dienstzimmer verlassen. Dabei schwitzte er und blickte die Beamten an, als hielte er sie für verrückt.

»Das sind ungeheuerliche Unterstellungen! Das sind Produkte Ihrer kranken Fantasie! Sagten Sie nicht, ich hätte Renkes Leiche an dem dunklen Abend auf der Tunnelstraße abgelegt und dann irgendwo versteckt oder mitgenommen?«

»Und?«, erwiderte Grooth.

»Ich bin nach Aachen gefahren! Ich war weder vorher noch nachher auf der Tunnelstraße!«, zischte Warfsmann.

»Bitte, auch hier benötigen wir Zeugen, die bestätigen, dass Ihre Ankunft in Aachen den Besuch des Grundstückes auf der Tunnelstraße unmöglich erscheinen lässt«, setzte Watthuis nach. »Zudem wissen wir nicht, ob Sie später Norden einen weiteren Besuch abgestattet haben.«

Das war zu viel für den jungen Mediziner, dem es nicht gelang, die Beamten von seiner Unschuld zu überzeugen.

»Ich war nicht wieder in Norden! Ich habe keine Zeugen. Ich bin sofort in Richtung Aachen gefahren, nachdem ich Renke in der Bootshalle nicht angetroffen habe.«

»Herr Warfsmann, haben Sie den toten Freund in Ihren Wagen gepackt, um ihn unterwegs irgendwo zu verscharren?«, fragte der Staatsanwalt.

Jesko Warfsmann verzichtete schließlich darauf, nach glaubwürdigen Argumenten zu suchen.

»Und jetzt wollen Sie mich in Ermangelung des wahren Täters verhaften, meine Karriere als Arzt zerstören«, sagte er schließlich geschafft.

»Nein, Herr Warfsmann. Ihnen fehlen die Zeugen und uns die Beweise«, sagte Kanter. »Wir machen Sie aber darauf aufmerksam, dass Sie sich ohne Rücksprache mit der Polizei nicht von Ihrem Wohnort entfernen dürfen. Wir werden weiter recherchieren und hoffen für alle Beteiligten, dass wir die Tatsachen ans Licht fördern werden.«

»Und ich sage es hier noch einmal klar und deutlich: Ich bin unschuldig!«, sagte Warfsmann und mühte sich um Gelassenheit.

»Ich schreibe Ihnen noch die Adresse des Bewährungshelfers Ihres Vaters auf«, sagte der Staatsanwalt. »Wenden Sie sich an ihn, wenn Sie mehr wissen wollen oder den Kontakt mit Ihrem Vater aufzunehmen beabsichtigen. Kollege Grooth beendet das Protokoll. Unterschreiben Sie bitte.«

»Ich hoffe, das Klinikum macht mir keine Schwierigkeiten bei meiner Einstellung«, sagte Warfsmann, las das Protokoll flüchtig durch und unterschrieb.

»Sie hören von uns, Herr Warfsmann. Kommen Sie gut nach Hause«, sagte Kanter.

»Auf Wiedersehen«, sagte Watthuis.

Grooth reichte dem Mediziner die Hand.

»Viel Erfolg! Ich war es nicht!«, sagte Warfsmann und verließ das Dienstzimmer. Er stieg die Treppe nach unten und überquerte den Markt.

Passanten bevölkerten die Wege. Busse hielten auf dem vorderen Bereich. Die Sonne stach durch die Wolkendecke. Die Stadt war voller Menschen.

Er ging über die Osterstraße und betrat das Café »ten Cate«. Er setzte sich ans Fenster. Das Verhör hatte ihn angestrengt. Doch mehr beschäftigte ihn die Tatsache, dass sein Vater noch lebte. Er hatte seinen Nebenbuhler getötet.

Die Serviererin trat an seinen Tisch.

»Bitteschön?«, sagte sie.

»Einen Berliner und ein Kännchen Kaffee«, bestellte er.

Jesko Warfsmann versuchte sich seinen Vater vorzustellen. Es war ihm unmöglich. Auch gelang es ihm nicht, seinem Vater Vorwürfe zu machen. Es fiel ihm schwer, eine Verbindung zu ihm herzustellen.

Die Bedienung servierte ihm die Bestellung. Er verzehrte den Berliner, trank den Kaffee, fand langsam zurück zu seiner Ruhe und bemühte sich um Gelassenheit. Er bezahlte, ging zu seinem Wagen und begab sich auf den Weg nach Aachen.

Während dieser Zeit diskutierten der Staatsanwalt und die Beamten das Für und Wider der Argumente.

»War Warfsmann der Mörder?«, fragte der Staatsanwalt schließlich. Und er fuhr fort: »Warfsmann steht nicht besser und nicht schlechter da als Dr. Hoyer.«

»Morgen steht uns der Besuch Jan Warfsmanns ins Haus«, sagte Watthuis.

»Gegen ihn spricht zuerst einmal, dass er nach all den Jahren im Knast die Leiche nicht im Stall an der Tunnelstraße abgelegt haben kann«, meinte Grooth.

»Langsam, er war in dieser Gegend kein Unbekannter«, sagte Kanter.

»Er ist über zwanzig Jahre nicht mehr in dieser Gegend gewesen«, meinte Grooth und setzte sich an die Schreibmaschine, um das Protokoll ins Reine zu schreiben.

»Und das Motiv?«, fragte Watthuis. »Seine Tochter mochte Renke Bantz. Sie wollte ihn heiraten. Warum sollte er den jungen Mann umbringen?«

»Da stehen Iwan Kasakow und Sam Nuasol dem Verbrechen näher«, sagte den Staatsanwalt. »Auf den Ex-Sträfling bin ich allerdings neugierig. Sie können morgen wieder mit mir rechnen.« Er nahm das Protokoll von Grooth entgegen und las es durch. »Heften Sie es zu der Akte«, sagte er und erhob sich.

»Wie wäre es mit einem Tee?«, fragte Grooth.

»Danke, ich muss meinen Schreibtisch noch leer arbeiten«, sagte Kanter.

»Wir werden Frau Swetlana Kasakow noch einmal mächtig auf die Füße treten müssen«, sagte Watthuis. »Sie hält uns für Idioten. Sie deckt mit ihrer Falschaussage ihren Sohn und mit ihm Sam Nuasol. Die beiden haben den Raubüberfall durchgeführt.«

»Ich wünsche Ihnen viel Erfolg«, sagte Kanter, trat an die Garderobe, nahm seine Regenjacke, hängte sie sich über den Arm und verabschiedete sich. »Bis morgen.«

Grooth setzte sich an die Schreibmaschine.

»Wir lassen uns von den Rabauken nicht verarschen«, sagte Watthuis und studierte den Kalender. »Lade Swetlana Kasakow als Zeugin zu einem Verhör vor. Sagen wir heute in drei Wochen.«

Ihre bisherigen Ergebnisse waren mehr als unbefriedigend. Natürlich hatten Dr. Hoyer und auch Jesko Warfsmann ein Motiv gehabt, sich von Renke Bantz loszusagen. Mit Recht waren jedoch in beiden Fällen Zweifel insoweit angebracht, dass Dr. Hoyer gerade die Zeit für den Mord genutzt haben sollte, als sein Stiefsohn die Yacht für die neue Saison aufmöbelte. Auch schien der verbohrte Hass des ehemaligen Freundes gewaltig übertrieben zu sein.

Als Grooth die Schreibmaschine zum Eisenschrank trug, meinte Watthuis: »Bisher wissen wir viel zu wenig, um den Fall bereits aufklären zu können.« Er betrachtete eine Karte der Stadt. »Im Berumer Wald oder im Lütetsburger Forst hätte der Täter genügend Gelegenheiten gehabt, die Leiche verschwinden zu lassen. Der Staatsanwalt wird uns eine Hundertschaft genehmigen, die bestens ausgerüstet den Wald absucht.«

»Das wäre doch ein wenig zu aufwändig, ohne Anhaltspunkte dort die Suche zu beginnen«, antwortete Grooth. »Morgen haben wir es mit einem Zuchthäusler zu tun. Sein Erscheinen vor der Bootshalle gibt weitere Rätsel auf.«

»Er hat die Tour von Hamburg hierher ohne Genehmigung seines Bewährungshelfers gemacht«, sagte Watthuis. »Auch darüber erfahren wir morgen mehr. Machen wir jetzt Feierabend.«

»Das trifft sich gut«, sagte Simon Grooth. »Ich plane mit Hedwig zum ‹Ocean Wave‹ zu gehen. Wir müssen was für unsere Gesundheit tun.«

»Ich muss mich um unsere Tochter kümmern«, erwiderte der Kommissar und verschloss den Eisenschrank. »Meine Frau hat heute ihren Singabend.«

Die Beamten nahmen ihre Jacken von der Garderobe, setzten ihre Elbseglermützen auf und verließen das Dienstzimmer. Sie gingen zum Parkplatz und fuhren nach Hause.

Der Marktleiter gewährte Jan Warfsmann einen freien Tag, sodass er seinen angeblichen Behördengang ohne Zeitnot erledigen konnte. Uwe Lottmann hatte das Gesuch unterschrieben und seinem Schützling klargemacht, dass er solche Alleingänge wie die Spritztour nach Ostfriesland nicht dulden konnte.

Sicherlich konnte Warfsmann seine Familienmitglieder aufsuchen, wann immer es ihm beliebte. Aber er hatte sich freiwillig der Fürsorge des Sozialarbeiters unterstellt und musste aus diesem Grunde mit ihm auch die Besuche seiner Angehörigen besprechen. Diese Maßnahmen schützten Warfsmann schließlich vor übereilten Handlungen.

Durch seinen Versuch, seine Tochter in Norddeich zu besuchen, hatte er sich in die schwierige Situation gebracht, in Begleitung seines Bewährungshelfers vor der Polizei aussagen zu müssen. Mehr noch, es bestand die Gefahr, in den verworrenen Sachverhalt verwickelt zu werden, wie ihm Uwe Lottmann erklärt hatte.

Dieses bevorstehende Treffen mit einem Staatsanwalt und der

Polizei machte Warfsmann nervös und gereizt. Es war deshalb nicht verwunderlich, dass der Ex-Sträfling nach nur wenigen Stunden Schlaf bereits um sechs Uhr reisefertig auf Uwe Lottmann wartete.

Um das Verhalten von Jan Warfsmann bei der Kripo nicht zu beeinflussen, stellte der Bewährungshelfer ihm wenig Fragen, verhielt sich wortkarg, während er seinen Ford Focus in Richtung Ostfriesland steuerte. Aber auch Jan Warfsmann zeigte in der Frühe des Tages keine Bereitschaft, lange Gespräche zu führen.

An diesem Tag wollte es so gar nicht hell werden. Immer wieder verdüsterten Regenschauer das Tageslicht. An der Autobahnraststätte Huntetal machten sie eine kurze Rast. Sie suchten die Toiletten auf und tranken zur Aufmunterung eine Tasse Kaffee.

Jan Warfsmann war sich über seine Bedeutung in der ganzen Angelegenheit recht unsicher. Auch war er besorgt um seine Tochter. Anna wusste vermutlich nicht, dass sie seine Tochter war. Eine ältere Kollegin hatte ihn in einer Arbeitspause gefragt, ob Anna Warfsmann, die Lehrerin ihrer Enkeltochter, seine Tochter sei. Das war ein Glücksfall, wie Warfsmann feststellte. Diese Quelle war sehr ergiebig gewesen. So hatte Warfsmann erfahren, dass Anna einen Freund hatte, mit dem sie in Norddeich zusammenwohnte. Und er hatte noch mehr erfahren, als er sich in den Pausen neben der Kollegin an den Kantinentisch gesetzt hatte.

Bereitwillig plauderte die gleichaltrige Schlachtereiverkäuferin aus, dass Annas Freund Segler war, eine Yacht besaß, und seine Tochter mit ihm an den Wochenenden im Bootsschuppen das Schiff für die Saison flott machte. Die noch recht attraktive Witwe, deren Mann an Krebs gestorben war, wusste viel zu erzählen, denn sie hatte früher in Norden gelebt.

Mit ihren Schilderungen hatte sie die Neugierde des ehemaligen Sträflings geweckt. Warfsmann besaß ein Auto und den Mut, ohne große Fahrpraxis und ohne seinen Bewährungshelfer zu benachrichtigen einfach an einem Wochenende loszufahren. Die Idee war ihm an einem Samstagmittag gekommen, als er bei Karstadt in der Cafeteria zu Mittag gegessen und eine Gruppe Studentinnen beobachtet hatte.

Er hatte sich einfach nach Norddeich auf den Weg gemacht. Ohne nennenswerte Schwierigkeiten fand er nach Ostfriesland in seine einstige Heimat. Es gelang ihm, das Haus in Norddeich ausfindig zu machen, in dem Anna mit ihrem Freund wohnte. Doch er kam ungelegen, wie er bitter feststellen musste. Durch die Autoscheibe beobachte er entsetzt, wie seine Tochter eine Auseinandersetzung mit einem jungen Mann hatte, der vermutlich ihr Freund war.

Enttäuscht hatte sich Warfsmann entfernt, war zur Bootshalle gefahren und hatte auf dem Parkplatz angehalten. Es war schon dunkel geworden. Er war ausgestiegen und zur Bootshalle gegangen. Er hatte die Tür geöffnet. Aber niemand war in der dunklen Halle gewesen.

Natürlich hatte ihn der Ausflug enttäuscht, wenn er auch seine Anna gesehen hatte. Darum entsprach die Antwort der Wahrheit, als er dem Bewährungshelfer erklärt hatte, dass er den Grund der Vorladung nicht kenne.

»Fassen wir uns noch etwas in Geduld«, hatte Uwe Lottmann gesagt, hatte bezahlt und mit seinem Schützling die Raststätte verlassen.

Sie fanden sich trotz der mächtigen Regenschauer pünktlich auf dem Parkplatz des Alten Weinhauses in Norden ein. Sie betraten das Gebäude, gingen die Treppe hoch, richteten ihre Kleider her, klopften an und traten ein.

Das Dienstzimmer war nicht groß. Es enthielt zwei Schreibtische und ein Schreibmaschinentischchen. Die Wände zierten Großfotos und eine Karte des Landkreises Aurich. Ein riesiger Eisenschrank bedeckte die eine Wand. Durch die Fenster blickte man auf Bäume, über deren keimendes Grün tief ziehende Wolken einer Schlechtwetterfront zogen.

Die Beamten erhoben sich. Ihre Gesichter wirkten ernst.

Jan Warfsmann machte keinen Hehl daraus, dass ihm Dienststuben zuwider waren.

»Moin«, sagte er nur. Er hielt die Vorladung in der Hand.

»Lottmann«, sagte der Sozialarbeiter, »ich begleite Herrn Warfsmann. Sie haben ihn zu sich geladen. Hier können Sie meine Legitimation einsehen. Sie enthält die Bestätigung und auch die Gründe für meine Betreuung.«

»Ja, danke«, antwortete Grooth und reichte die kleine Ledermappe weiter an den Beamten, der neben ihm stand. Der öffnete sie, las das Schreiben und prüfte den Ausweis.

»Ich bin Kommissar Watthuis. Kommissar Grooth am Schreibmaschinentisch erstellt das Protokoll. Der Herr neben mir ist Herr Staatsanwalt Dr. Kanter. Nehmen Sie bitte Platz.«

Vor den Schreibtischen standen zwei Stühle, auf die sich die Besucher setzten. Der Staatsanwalt reichte Lottmann das Ausweismäppchen zurück.

»Sie haben mir nicht mitgeteilt, warum Sie mich vorgeladen haben«, sagte Warfsmann mit aggressivem Unterton.

»Das hat mehrere Gründe«, sagte der Staatsanwalt. »Wir möchten von Ihnen wissen, was Sie mit Ihrem Besuch in Norddeich bezweckt haben. Damit wir nicht drum herumreden, sei klar und deutlich gesagt, dass auch Sie verdächtigt werden, Renke Bantz ermordet zu haben. Wir besitzen einen Zeugen, der Ihren Wagen vor der Bootshalle gesehen hat.«

Warfsmann war wie vor den Kopf geschlagen.

»Nun mal langsam. Ich weiß nicht einmal, wovon Sie reden«, sagte er und wandte sich an seinen Helfer. Lottmann zuckte nur mit den Schultern.

»An diesem Samstagabend ermordete ein Unbekannter Renke Bantz, den Freund und Lebensgefährten Ihrer Tochter Anna«, erläuterte Watthuis.

Jan Warfsmann witterte Gefahr.

»Da bietet sich meine Spritztour nach Norddeich hervorragend an, mich, den Zuchthäusler, zu verdächtigen«, sagte er angewidert.

»Herr Warfsmann gibt zu, dass er in Norddeich war«, sagte Uwe Lottmann einlenkend. »Ich bitte Sie, ihn schildern zu lassen, wann und warum er die Tour unternahm.«

Der Staatsanwalt nickte. »Herr Warfsmann, bitte, Sie haben das Wort«, sagte er.

Der ehemalige Gefängnisinsasse zeigte Ungeduld. Er fühlte sich überrumpelt. »Ich saß den Großteil meiner Strafe ab und wurde begnadigt«, sagte er. »Von Herrn Lottmann erfuhr ich, dass Anna Warfsmann meine Tochter ist. Sie arbeitet als Lehrerin in Hamburg. Sie weiß nichts oder nur wenig von mir. Von einer Arbeitskollegin erfuhr ich, dass sie am Wochenende hier in Norddeich mit ihrem Lebensgefährten wohnt. Meine Arbeitskollegin erzählte mir, dass sie und ihr Freund, dessen Name ich nicht kannte, im Bootsschuppen an ihrem Schiff arbeiten. Ich überging Herrn Lottmann. Zu groß war die Neugierde, die mich erfasst hatte. Ich fand das Haus, in dem sie wohnten. Als ich dort ankam, hatte meine Tochter Streit mit einem jungen Mann, dem Freund, wie ich annahm. Das war mir nicht nach der Nase. Ich fuhr zum Bootsschuppen, parkte dort meinen Wagen und warf einen Blick in die Halle. Da war niemand. Daraufhin stieg ich wieder in meinen Wagen. Die Sicht war schlecht. Ich sah noch einen anderen Wagen. Er trug ein fremdes Kennzeichen. Ich war verunsichert und bin zurück nach Hamburg gefahren.« Er lehnte sich zurück und nickte Lottmann zu.

Im Dienstzimmer war es schlagartig sehr still. Nur das leise Kratzen von Grooths Kugelschreiber war zu hören.

»Wenn Sie mich fragen, ich gehe davon aus, dass Herr Warfsmann die Wahrheit sagt«, meinte Lottmann in die Stille.

»Haben Sie die Bootshalle betreten?«, fragte Watthuis.

»Nein, nein. Sie war dunkel und wirkte unheimlich auf mich.

Ich hatte die ganze Strecke nach Hamburg noch vor mir«, sagte Jan Warfsmann.

»Da hatten Sie einen guten Riecher«, sagte Grooth und schrieb das Protokoll.

»Herr Staatsanwalt, seien Sie nicht böse, wenn ich Sie bitte, Herrn Warfsmann über die Vorfälle im Hafen genauer aufzuklären«, bat der Sozialarbeiter, der selbst auch keinen Durchblick hatte.

»Zunächst einmal wurden Sie Zeuge einer Szene, Herr Warfsmann, die Ihre Tochter Anna ebenso beschrieb wie Sie«, sagte der Staatsanwalt. »Der junge Mann, mit dem sie sich gestritten hat, war kein Geringerer als ihr Bruder Jesko, Ihr Sohn.«

Ungläubig fingerte der ehemalige Sträfling an seinen Jackentaschen. Dann biss er sich auf die Lippen.

»Sie zankten sich! Was wurde aus ihm?«, fragte er bestürzt.

»Nun, Ihre Tochter verlor ihren Lebensgefährten Renke Bantz«, sagte der Staatsanwalt. »Ihr Sohn Jesko hatte sich bemüht, seine Schwester davon zu überzeugen, dass Renke Bantz für sie nicht der richtige Lebenspartner sei. Auch er steht unter Mordverdacht.«

»Ihre Aussage bringt keine zusätzliche Klarheit in den Fall«, sagte Watthuis. »Können Sie sich noch an das Kennzeichen des Wagens erinnern, den Sie im Hafen sahen?«

Warfsmann hob den Kopf. »Es war ein A und ich glaube ein C«, antwortete er.

»Leider haben Sie keine Zeugen für Ihre Geschichte«, sagte der Staatsanwalt.

»Sie glauben mir nicht?«, fragte Jan Warfsmann empört.

»Das hat nichts mit Ihrer Vergangenheit zu tun«, sagte Watthuis. »Wir benötigen Ihr Alibi. Weder Ihre Tochter noch Ihr Sohn können diese Aussagen bestätigen.«

»Herr Staatsanwalt, ich bitte zu bedenken, dass Herr Warfsmann mit Sicherheit nicht seine wiedergewonnene Freiheit aufs

Spiel gesetzt hat. Welches Motiv sollte er gehabt haben?«, fragte Lottmann.

»Vielleicht mochte auch er seinen Schwiegersohn nicht«, meinte Watthuis.

Lottmann lachte. »Er hat Herrn Bantz nie zu Gesicht bekommen!«

»Wir werden die weiteren Ergebnisse unserer Untersuchungen abwarten«, sagte Grooth und fragte dann den Ex-Sträfling: »Herr Warfsmann, haben Sie sonst noch irgendetwas beobachtet oder gesehen, während Sie vor der Bootshalle hielten?«

Doch Warfsmann hörte kaum hin. Er zog eine Taschenuhr aus seiner Brusttasche. Es war ein teures Stück, auf das er viele Jahre verzichtet hatte. Er ließ den Deckel aufspringen, klappte ihn wieder zu und steckte die Uhr wieder weg.

»Herr Staatsanwalt, ich habe mit dem Mord nichts zu schaffen. Lassen Sie mich jetzt gehen«, sagte er und erhob sich.

»Herr Lottmann wird mit darauf achten, dass Sie keine weiten Reisen unternehmen, solange auch auf Sie der Verdacht fällt, den Jungunternehmer Renke Bantz ermordet und seine Leiche versteckt zu haben«, sagte der Staatsanwalt. »Kommissar Grooth hat das Protokoll verfasst. Unterschreiben Sie bitte.«

Warfsmann unterschrieb, ohne den Text zu lesen.

»Ich war es nicht!«, sagte er wütend.

»Sie werden dann rehabilitiert. Haben Sie Geduld«, sagte Watthuis.

»Wir hoffen, dass das bald geschieht«, meinte Lottmann.

Er verließ mit seinem Schützling das Dienstzimmer. Sie nahmen die Treppe nach unten, stiegen in den Ford Focus und fuhren nach Norddeich.

Warfsmann zeigte Lottmann die Bootshalle, in der reger Betrieb herrschte. Boote wurden ins Freie gefahren.

»Machen wir hier im Café eine Pause?«, fragte Warfsmann.

»Einverstanden, ich bin dafür, wir essen ein Stück Kuchen und trinken ein Kännchen Ostfriesentee«, sagte der Bewährungshelfer und lenkte den Wagen auf den Parkplatz des Cafés der Halle gegenüber.

Sie stiegen aus und betraten über die frei schwebende Treppe die Terrasse des Cafés, auf die der Regen eines Schauers niederging. Sie fanden noch einen freien Tisch in der Nähe des Fensters. In ihrem Blickfeld lagen die cremefarbig gestrichene Halle und die breite Straße, auf der eine Zugmaschine einen Trailer mit einem Segelschiff zog. Den Hintergrund bildete das Meer mit den Umrissen der Insel Norderney.

Die Bedienung trat an den Tisch. »Was darf ich den Herren bringen?«, fragte sie.

»Welchen Kuchen können Sie uns empfehlen?«, fragte Lottmann.

»Rhabarberkuchen vom Backblech«, antwortete die nicht mehr ganz junge Serviererin.

»Einverstanden und zwei Kännchen Ostfriesentee«, bestellte Lottmann.

»Jetzt fühle ich mich schon wohler«, sagte Warfsmann und lächelte entschuldigend.

»Keine Angst, Sie müssen nicht erneut für Jahre in den Knast«, sagte Lottmann ironisch.

»Da unten habe ich mit dem Wagen gestanden. Vorher habe ich meine Tochter und meinen Sohn gesehen«, sagte Warfsmann.

»Ist Ihnen vielleicht irgendetwas aufgefallen?«, fragte Lottmann neugierig.

Warfsmann stutzte. »Sie fangen auch schon an, wie die Bullen zu fragen«, meinte er und stierte durch das Fenster auf die Straße.

Die Bedienung brachte die Bestellung.

»Zweimal Rhabarberkuchen und zweimal Ostfriesentee«, wiederholte sie und ging.

Sie bedienten sich mit Kluntje, füllten Tee in die Tassen, gaben

Sahne dazu und tranken. Sie probierten den Kuchen und waren von ihm begeistert.

Warfsmann zog das Gesicht in Falten. »Es war sehr aufregend, das Ganze. Ich bin noch nicht wieder der routinierte Fahrer. Zudem war ich hochrangig nervös. Der Streit meiner Tochter mit dem jungen Mann, von dem ich nicht wusste, dass er mein Sohn war, ging mir nahe. Ich bin mir nicht sicher, ob nicht ein Wagen hinter mir stand. Ohne Licht!« Er schaute wieder zum Fenster raus. »Wird wohl nicht so wichtig sein«, fuhr er fort, trank Tee und aß Kuchen.

Auch Lottmann ließ sich den frischen Rhabarberkuchen munden. »Sehen Sie es so: Im Wagen hinter Ihnen saß der Mörder des Jungunternehmers. Damit wären Sie aus dem Schneider.«

»Einmal lebenslänglich reicht mir«, sagte Warfsmann und machte sich bereits Sorgen um seinen Sohn. »Herr Lottmann, sind Sie auch meiner Meinung, dass es keinen Zufall gibt? Ich wollte meine Tochter besuchen, und jetzt verdächtigt mich die Polizei, ihren Freund umgebracht zu haben. Doch nichtsdestotrotz, verdächtigt wird auch mein Sohn, den ich nicht einmal näher kenne.«

»Es ist so sicher wie das Amen in der Kirche, dass die Polizei den Mörder stellen wird«, sagte Lottmann. »Wie weit Ihr Sohn in den Fall verwickelt ist, konnten sie noch nicht sagen.«

»Sie müssen mir beistehen, wenn ich mit meinen Kindern den Kontakt aufnehmen will«, sagte Warfsmann den Tränen nahe. »Der Zufall hat die Weichen gestellt. Vielleicht wollen sie von mir auch nichts wissen.«

»Sie werden einsehen, dass ihr Vater für seine Schuld gebüßt hat«, gab Lottmann zu Antwort.

Die Verwicklung in die Mordgeschichte war der Resozialisierung seines Schützlings keineswegs förderlich. Andererseits hatte sie zur Folge, dass die Lebenslüge der Mutter keinen Bestand mehr hatte.

Lottmann rief nach der Bedienung. Er bezahlte trotz der Proteste von Warfsmann. Sie verließen das Café, gingen noch einmal zu der Halle, sahen eine Weile zu, wie Schiffe zum Kai geschleppt und dann zu Wasser gelassen wurden.

Es hatte mittlerweile aufgehört zu regnen. Im Südwesten stach gelegentlich die Sonne durch die Wolken und kündigte eine Wetterbesserung an.

Lottmann und Warfsmann stiegen in den Wagen und fuhren nach Hamburg.

Staatsanwalt Kanter war mit dem Verlauf der Untersuchungen nicht ganz zufrieden. Noch immer fehlte ihm der Durchblick. Es lag beileibe nicht an den untersuchenden Beamten, dass sie nicht weiterkamen. Sicherlich musste der Mörder sein Opfer gut gekannt haben und sich seine Vertrautheit zunutze gemacht haben.

Doch wer von den Verdächtigen hatte sich mit Renke Bantz angelegt? Hatte er seinen Stiefvater verärgert, ihm zu viel Scherereien eingebracht? Oder wollte Hoyer den Mitinhaber loswerden?

War es zu einem handfesten Krach mit seinem ehemaligen Schul- und Segelfreund Jesko Warfsmann gekommen? Oder ging der Tod des Juniors zulasten der jungen Neubürger, die bereits früher einen Überfall auf ihn versucht hatten? Oder hatte sich der Zuchthäusler Jan Warfsmann in die Verhältnisse seiner Tochter eingemischt?

Einer der Verdächtigen schien zu lügen. Doch wie sähe es aus, wenn die Verdächtigen in der Tat unschuldig wären? Gab es da einen unbekannten Täter, dem der Zufall zu Hilfe kam?

Auch hatte sich die Hoffnung nicht erfüllt, die Kanter auf die Wetterbesserung gesetzt hatte. Die Wälder um Hage waren beliebte Ausflugsziele. Doch der erwartete Leichenfund im waldreichen Umfeld blieb aus.

Es war nicht die Art des Staatsanwaltes, die Verdächtigen bereits durch die Presse mit dem Stempel der Vorverurteilungen zu versehen. Doch aufgrund des allgemeinen Drucks entschloss er sich zu einer Pressekonferenz. Das Interesse an dem Fall war schon darum gewachsen, weil der Tote noch nicht aufgefunden worden war.

Watthuis und Grooth begannen sich auf den Termin vorzubereiten. Sie erhofften von den vielen angereisten Journalisten ihrerseits eine Mobilisierung der Zeitungsleser und bezweckten zudem, den Täter nervös zu machen.

Doch auch zum Raubüberfall auf den Gewürzvertreter mussten sie vor den Presseleuten eine Stellungnahme beziehen. Noch war nicht erwiesen, dass es einen Zusammenhang der beiden Verbrechen gab.

Die Beamten hatten Swetlana Kasakow zu einem Verhör vorgeladen, die tränenreich bei ihren Behauptungen blieb. Sie war auch vor einem Eid nicht zurückgeschreckt. Doch weitere Recherchen hatten ergeben, dass Boris Kasakow, ihr Mann, zugegeben hatte, dass sich seine Frau mit ihm am Abend des Überfalls bei einem bekannten ebenfalls deutsch-russischen Ehepaar aufgehalten hatte. Man hatte Geburtstag gefeiert und an die alte Heimat gedacht, während Swetlana Kasakow behauptete, ihr Sohn und sein Freund Sam Nuasol hätten sich zu dieser Zeit bei ihr zu Hause aufgehalten. Da blieben Fragen, auf die Antworten gefunden werden mussten, wollten die Beamten der Aufklärung des Verbrechens ein Stück näher kommen.

Es war schön an diesem Freitagmorgen. Die Sonne schien und am Himmel trieben kleine Schäfchenwolken. Es war mit 16 Grad schon recht mild kurz vor Ostern.

Frau Swetlana Kasakow hatte sich dem frühlingshaften Wetter mit ihrem cremefarbenen Hosenanzug und der braunen Seidenbluse angepasst. Dazu trug sie passend elegante Pumps. Ihr breites, nicht unschönes Gesicht zeigte erste Sonnenbräune. Sie wirkte aufgeräumt und jovial, als sie die Beamten im Alten Weinhaus aufsuchte. Sie zog ihre Vorladung aus ihrer eleganten Handtasche und reichte sie Grooth.

»Sie möchten mich sprechen«, sprach sie im Tonfall der Osteuropäer.

Der Kommissar reichte ihr das Schreiben zurück. Er wies auf den Stuhl.

»Nehmen Sie bitte Platz. Sie kennen Herrn Watthuis. Er wird Ihnen ein paar Fragen stellen, die Sie wahrheitsgemäß beantworten müssen, sonst machen Sie sich strafbar. Ich führe das Protokoll über das Gespräch.«

Die Dame nickte und wurde sichtbar nervös. »All die Jahre drüben war ich nicht bei der Polizei«, sagte sie geziert.

»Das liegt nicht an uns, Frau Kasakow«, sagte Watthuis. »Lassen Sie mich den Zusammenhang herstellen, aus dem sich die Notwendigkeit Ihrer Anwesenheit ergibt. An jenem Samstagabend, als in Norddeich der Jungunternehmer Renke Bantz mutmaßlich vor der Bootshalle ermordet wurde, versteckte der Täter nach der Tat die Leiche. Es gelang uns nicht, sie ausfindig zu machen. Am selben Abend, etwas später, wurde ebenfalls in Norddeich der Gewürzvertreter Bender aus Bielefeld in der Nähe seines Hotels niedergeschlagen und beraubt. Zwischen beiden Verbrechen bestehen möglicherweise Zusammenhänge. Das ist aber noch nicht erwiesen. Die Aufklärungsarbeit im Mordfall läuft auf Hochtouren. Der Raubüberfall kann, von Kleinigkeiten abgesehen, sehr schnell aufgeklärt werden, wenn …« Er lächelte und sah Swetlana Kasakow auffordernd an.

Sie verlor die Farbe im Gesicht und begann zu weinen.

»Sie glauben mir nicht«, sagte sie stockend.

»So verhält es sich. Wir haben Zeugen, die Ihren Sohn Iwan und seinen afrikanischen Freund Sam erkannt haben, als sie ihren Coup begingen«, sagte Watthuis, was nicht ganz der Wahrheit entsprach.

Frau Kasakow schnäuzte sich die Nase frei. »Unser Iwan tut sich schwer in Deutschland. Aber …« Sie sprach nicht weiter und schluchzte.

»Bevor Sie erneut die Unwahrheit sagen, bedenken Sie, dass Ihr Sohn und sein afrikanischer Freund im Besitz der gezeichneten Geldscheine des Vertreters waren, die sie für ausgeliehene Filme ausgaben«, sagte Watthuis vorwurfsvoll.

Frau Kasakow sah ihn schuldbewusst an. »Herr Kommissar, Iwan ist unser Sorgenkind. Er hat versprochen, sich zu bessern. Ja, er und Sam haben den Vertreter überfallen. Sie werden gestehen«, sagte sie, und ihrer Stimme war anzuhören, dass sie froh war, endlich die Wahrheit gesagt zu haben.

»Sie unterschreiben das Protokoll und geben zu, uns mehrmals die Unwahrheit gesagt zu haben«, sagte Watthuis. »Ihr Sohn und Sam Nuasol hielten sich zur Tatzeit also nicht in Ihrem Hause auf, sondern führten den Raub aus.«

Swetlana Kasakow wischte sich mit einem Taschentuch die Tränen ab. »Werden Sie mich ebenfalls bestrafen?«, fragte sie und nahm von Grooth das Protokoll entgegen.

»Sie haben sich strafbar gemacht, nämlich Irreführung der Strafbehörde«, antwortete Grooth. »Wir werden uns jedoch dafür einsetzen, dass der Richter die Strafe aussetzt.«

Die Deutsch-Russin unterschrieb das Protokoll. »Iwan und Sam sind bereit, sich zu verantworten«, sagte sie schluchzend.

»Danke, Sie können gehen. Wir werden im Laufe des Tages Ihren Sohn festnehmen«, sagte Watthuis und öffnete Frau Kasakow die Tür.

Sie verließ mit sorgenvoller Miene das Dienstzimmer.

»Ob ihr Iwan sich je bessern wird?«, fragte Watthuis.

»Das ist abzuwarten«, antwortete Grooth und beschäftigte sich mit der Akte »Raubüberfall Bender«.

Watthuis trat an seinen Schreibtisch und wählte die Nummer des Staatsanwalts. Dr. Kanter war anwesend. Die Sekretärin stellte durch.

»Herr Staatsanwalt, Frau Swetlana Kasakow hat gestanden, uns belogen zu haben«, sprach Watthuis in den Hörer. »Ihr Sohn

Iwan hat in der Tat mit seinem afrikanischen Freund Sam Nuasol den Überfall auf den Gewürzvertreter Bender verübt. Ihr Sohn ist wohl geständig. Es besteht angeblich keine Gefahr, dass sie versuchen werden zu flüchten oder irgendwelche Dummheiten anzustellen.«

»Faxen Sie mir das Protokoll über die Aussagen der Frau Kasakow zu«, sagte Kanter. »Ich begebe mich sofort zum Amtsrichter. In zwei bis drei Stunden sind Sie im Besitz eines Haftbefehls. Erledigen Sie Ihr Dienstgeschäft mit der notwendigen Vorsicht. Lassen Sie sich von Kollegen der Schutzpolizei begleiten.«

»All up Stee«, antwortete der Kommissar und legte auf.

»Sam Nuasols Mutter ist mit der Aufzucht ihrer Kleinkinder mehr als belastet«, meinte Watthuis. »Ihr Mann schickt ihr zu wenig Geld und kümmert sich auch nicht um seine Kinder. Das muss sich nun ändern. Wir werden dem Jugendamt eine entsprechende Mitteilung machen.« Er setzte sich an die Schreibmaschine und fertigte eine Aktennotiz an. Dann nahm er den Hörer ab und telefonierte mit der Einsatzstelle.

»Watthuis. Herr Denin, wir benötigen um fünfzehn Uhr die Unterstützung zweier Kollegen. Zusätzlich buche ich für diese Zeit den Volkswagen-Bus. Es steht eine Festnahme bevor«, sagte er.

»Haben Sie den Raubüberfall aufgeklärt und schlagen jetzt zu?«, fragte der Kollege.

»Ja«, antwortete Watthuis.

»Geht klar«, antwortete Denin und legte auf.

»Trinken wir einen Tee und essen unsere Brote«, sagte Grooth und suchte das Personalzimmer auf. Er setzte Wasser auf und brühte einen Tee. Sie tranken ihn mit Kluntje und Sahne im Dienstzimmer und aßen dazu ihre Brote. Sie hatten die Mittagspause überschritten und warteten auf das Fax vom Staatsanwalt. Darauf mussten sie nicht lange warten.

Die Kollegen vom Streifenwagen holten sie am Alten Weinhaus

pünktlich ab. Das Wetter hatte sich verschlechtert. Der Wind war aufgefrischt, und leichter Nieselregen setzte ein.

Sie fuhren zum Hafenweg und parkten vor dem Haus, in dem Boris Kasakow und seine Swetlana lebten. Der große Kummer war ihr Sohn, der sich nicht anpassen wollte. Der Umzugstermin rückte näher, und es war das eingetreten, was Boris Kasakow seinem Sohn prophezeit hatte. Iwan hatte das Maß überschritten und sich strafbar gemacht. Doch immer noch hofften sie, dass der Sohn sich ändern werde. Er hatte seinen Eltern hoch und heilig versprochen, sich zu bessern.

Für die Beamten war Iwan Kasakow ein brutaler Straßenräuber, der dem Richter zugeführt werden musste. Sicherlich waren die Tränen seiner Mutter verständlich, die immer noch nicht wahrhaben wollte, dass ihr einziges Kind auf die schiefe Bahn geraten war.

Die Beamten ließen keine Vorsichtsmaßnahme außer Acht. Sie näherten sich dem Haus mit der notwendigen Vorsicht. Sie klingelten, und als ihnen nicht geöffnet wurde, fassten sie nach der Tür. Sie ließ sich öffnen. Vorsichtig betraten sie die Wohnung und stießen die Wohnzimmertür auf. Was sie sahen, war eine Überraschung. In der Tat fanden die Beamten einen reuigen Sünder vor, der die Hand der weinenden Mutter hielt. Vor ihm stand die gepackte Reisetasche.

»Mein Sohn ist bereit«, sagte Frau Kasakow und hielt sich ein Taschentuch an die Augen.

Watthuis zog den Haftbefehl aus seiner Tasche. Sein Kollege Grooth und die beiden Beamten der Schutzpolizei umstanden den Rowdy und Schläger.

»Herr Kasakow, Sie werden beschuldigt, den Vertreter Herrn Bender überfallen, beraubt und verletzt zu haben«, trug Watthuis vor. »Hier habe ich den vom Amtsrichter unterzeichneten Haftbefehl. Wie ich sehe, haben Sie sich für einen längeren Aufenthalt im Untersuchungsgefängnis vorbereitet.«

»Ich einsehen, waren nicht gute Jahre in Deutschland. Nach Gefängnis wird besser«, sagte Kasakow mit steinernem Gesicht. Er trug einen Rollkragenpullover und eine schwarze Lederjacke.

»Herr Kollege Grooth, prüfen Sie den Inhalt der Reisetasche«, ordnete Watthuis an.

»Sie enthält Wäsche, Oberhemden, Pullover, Strümpfe, Badesachen und Turnhose, eine Kulturtasche und etwas Geld«, sagte die Mutter und heulte drauflos.

Grooth erhob sich und schob dem Inhaftierten die Reisetasche zu.

»Das ist in Ordnung«, sagte er.

»Dem Anschein nach verhalten Sie sich einsichtig, sodass wir auf Handschellen verzichten können«, sagte Watthuis.

»Herr Kommissar, legen Sie ein Wort für Iwan ein! Er ist kein schlechter Mensch!«, sagte Frau Kasakow und gab ihrem Sohn einen Kuss auf die Wange. Dabei wandte sie sich ab und begann zu schluchzen.

»Haben Sie Ihren Ausweis mit, Herr Kasakow?«, fragte Grooth.

Iwan Kasakow nickte. »Mama, sagen Papa, kann glauben meine Wort. Aber Tod von reiche Mann nicht gewesen!«, sagte er und griff zur Reisetasche.

Sie nahmen ihn zwischen sich. Mit glasigem Blick schaute er vor sich hin. Sie gingen zum Wagen. Die Kriminalbeamten setzten sich auf die Rückbank und nahmen Iwan Kasakow zwischen sich.

Kommissar Grooth steuerte den Wagen zum Nachbarhaus. Dort gab es ebenfalls Tränen. Die kleinen Geschwister wussten nicht, was der Besuch der fremden Männer bedeutete. Auch Sam Nuasol hatte eine Tasche gepackt und versprach, sich zu bessern.

Die Beamten fuhren nach Aurich zum Untersuchungsgefängnis. Es kann an dieser Stelle vorweggenommen werden, dass sich Iwan Kasakow und auch Sam Nuasol während der anschließenden Verhöre sehr kooperativ zeigten. Sie bereuten den Überfall auf den Vertreter und entschuldigten sich für ihre Tat. Dabei hatten sie den Wunsch, nicht in ihre Heimatländer abgeschoben zu werden.

Iwan Kasakows Eltern einigten sich mit Herrn Bender und beabsichtigten, den finanziellen Schaden des Vertreters auszugleichen. Da auch keine nennenswerten Verletzungen zu beklagen waren, war Milde angezeigt. Zwar war der Tatbestand eines schweren Raubüberfalles mit Körperverletzung aus Habgier geboten, dennoch folgte der Richter dem Verteidiger und dem Staatsanwalt und verurteilte den jungen Deutsch-Russen zu zwei Jahren Haft in der Jugendvollzugsanstalt Lingen. Auch Sam Nuasol fand einen gnädigen Richter. Auch er war geständig und bat das Gericht um Verzeihung. Sam Nuasol hatte zudem dem Opfer keinen Hieb versetzt. Wohl aber hatte er sich am Raub beteiligt. Seine Strafe bestand aus einer Jugendhaft von einem Jahr.

Es waren nicht nur die Geständnisse der beiden jungen Neubürger, sondern auch die näheren Umstände machten klar, dass beide Verbrechen in keinem Zusammenhang standen.

Konnten die Beamten die Aufklärung des Überfalls auf den Gewürzvertreter Bender für sich als Plus buchen, so verhielt sich das anders im Mordfall Renke Bantz. Spätestens seit der Pressekonferenz war das Interesse an dem »Mord ohne Leiche«, wie der Fall in den Medien genannt wurde, gestiegen.

Die DNA-Analyse des Kaugummis, der zwischen dem Profil des Fahrradreifens gesessen hatte, lag vor. Es war nicht abwegig, anzunehmen, es könnte vom Täter stammen. Die Möglichkeit, dass der Mörder es verloren oder unbewusst ausgespuckt hatte, war gegeben. Das hatte die Beamten dazu bewogen, von den Verdächtigen Speichelproben untersuchen zu lassen.

Bereitwillig folgte Jesko Warfsmann dem Aufruf und fand sich bei der Aachener Polizei zur Abnahme der Speichelprobe ein. Auch Jan Warfsmann gab an der Seite seines Bewährungshelfers im Polizeihaus in Hamburg seine Speichelprobe ab. Bei Dagobert

Hoyer gab es ebenfalls keine Probleme. Bei einem Besuch der Beamten drehte er ohne zu Mucken das Wattestäbchen in seinem Mund und benässte es mit Spucke.

Schon alleine die Bereitwilligkeit, mit der die verdächtigen Personen dem Anliegen der Polizei folgten, ließ vermuten, dass die Beamten keinen Volltreffer landen würden. Und so war es auch.

Watthuis, der das Gefühl gehabt hatte, der Lösung nahe zu sein, war enttäuscht. Seine Gedanken landeten in der Sackgasse. Bei einem Versuch, dem Rätsel näher zu kommen, fuhr er erneut mit Grooth zur Firma Feeke Bantz OHG, um zum x-ten Mal dem Firmenboss Fragen zu stellen.

Es war an einem regnerischen Nachmittag. Noch am Vortag hatte das Thermometer die für die Jahreszeit seltenen 22 Grad angezeigt. Es hatte sich merklich abgekühlt. Die Beamten stellten den Wagen auf dem Firmenparkplatz ab und betraten das Bürogebäude. Sie empfanden die Kühle der Empfangshalle als sehr angenehm.

»Moin, Sie möchten mit Herrn Dr. Hoyer sprechen?«, fragte die hübsche Dame in der Rezeption.

»Jawohl. Wir hoffen, er nimmt sich die Zeit, uns zu empfangen«, sagte Watthuis.

»Nehmen Sie bitte in den Sesseln Platz. Ich melde Sie an«, erwiderte sie und griff zum Telefonhörer. Sie sah hübsch aus mit der weißen Bluse und der cremefarbenen Leinenhose.

Die Beamten sahen, wie sie auflegte und ihnen zuwinkte.

»Der Chef bittet Sie zu sich in sein Büro. Er hat noch eine Besprechung, die gleich zu Ende ist. Nehmen Sie den Aufzug.«

Der Lift befand sich gegenüber der Eingangstür.

»Bisher hat unsere Zermürbungstaktik kaum Wirkung gezeigt«, sagte Grooth.

»Er sitzt nicht umsonst in der Chefetage«, erwiderte Watthuis.

Sie gingen zum Aufzug und fuhren hoch in den vierten Stock.

»Der Chef empfängt uns in seinem Arbeitszimmer. Das war nicht immer so«, sagte Watthuis.

Sie gingen durch den Flur und setzten sich auf die Stühle vor dem Chefzimmer. Zur Auflockerung der langen weißen Wand dienten einige Ölgemälde einer Norder Malerin. Sie zeigten Norddeicher Motive.

»Nicht billig, diese Bilder«, sagte Grooth, als die Tür aufging und ein Angestellter das Chefzimmer verließ. Er schaute die Beamten überrascht an.

»Hallo«, sagte er und reichte ihnen die Hand. Es war Maximilian Eschhoff. »Die Kommissare mit wenig Fortune, wie der Kurier schrieb«, fügte er lächelnd hinzu.

»Na, wir haben die Anzahl der möglichen Täter stark reduziert«, antwortete Grooth und wies mit dem Kopf zum Büro hin.

»Zählt der Chef immer noch dazu?«, wollte Eschhoff wissen.

»Fragen Sie ihn selbst«, sagte Watthuis.

»Was macht das Baby?«, fragte Grooth. »Es erblickte ja das Licht der Welt, als Herr Renke Bantz starb.«

»Mutter und Kind sind wohlauf.«

»Und wie geht es der Lehrerin?«, fragte Watthuis.

»Ich glaube, ganz gut. Sie will in Hamburg bleiben«, antwortete Maximilian Eschhoff.

Dr. Hoyer öffnete die Tür seines Büros.

»Tschüß!«, rief Maximilian Eschhoff, betrat den Aufzug und fuhr nach unten.

»Meine Herren, gute und aufrichtige Angestellte sind Gold wert«, sagte Dr. Hoyer. »Herr Eschhoff verstand sich gut mit meinem Stiefsohn. Er hat seine Aufgaben in der Firma zum Teil übernommen.«

Er bat die Beamten einzutreten. Sein Büro war geräumig, das Mobiliar elegant und zweckdienlich. Das Chefzimmer bestand aus zwei Räumen, die ineinander übergingen.

»Nehmen Sie bitte Platz«, sagte er, zeigte auf die Sitzecke und setzte sich ebenfalls in einen Sessel. Er sah, wie Watthuis auf das große, gerahmte Foto von Renke Bantz schaute, das an der unteren Kante einen Trauerflor trug. »Herr Kommissar, es mag nicht in Ihre Vorstellungen passen, aber ich habe den Jungen nicht umgebracht. Er fehlt mir sehr, noch mehr meiner Frau. Erst gestern hat sie das Krankenhaus verlassen. Sie hatte hohe Erwartungen in ihn gesetzt. Meine Frau beneidet Maximilian Eschhoff, der sich ausgezeichnet mit Renke verstand, um das Baby.«

»Renke Bantz war ja auch ihr Erbe. Für das Fräulein Warfsmann war es ebenso ein schwerer Schlag«, sagte Grooth.

»Haben Sie von ihrem Vater Jan Warfsmann gewusst?«, fragte Watthuis.

»Nein. Erst, als Anna es mir anvertraut hat. Sie hat ihren Weg gemacht. Auch ihrem Bruder zolle ich höchste Anerkennung. Es hat eine Zeit gegeben, da ging er bei uns ein und aus. Weiß Gott, was in ihn gefahren ist. Seine Vorstellung war verbohrt, Renke würde seiner Schwester Unglück bringen. Er hat wohl den Drang zum Töten von seinem Vater geerbt.« Dr. Hoyer lachte bitter.

»Jesko Warfsmann behauptet ebenfalls, er sei unschuldig«, sagte Grooth. »Ein Suchtrupp der Polizei hat das Gelände des Lütetsburger Forsts nach der Leiche Ihres Stiefsohnes durchsucht, allerdings ohne Ergebnis. Sie werden am Dienstag den Nordwald durchkämmen.«

»Und, was erwarten Sie von mir? Es ist unerträglich, mit dem Verdacht zu leben. Mein Mitarbeiter Maximilian Eschhoff erledigt für mich bereits einige Kundenbesuche. Sie reagieren hysterisch. Für sie bin ich der Mörder. Darum habe ich eine Bitte: Suchen Sie! Graben Sie im Wald! Tun Sie etwas, den verdammten Mörder zu überführen!«

»Ihre Verärgerung klingt verständlich«, sagte Grooth. »Auch die Presse zeigt sich ungeduldig. Wir bemühen uns. Seien Sie versichert, dass wir den Mörder überführen werden, doch dazu braucht es Geduld. Zu Ihrer Beruhigung sei gesagt, dass Sie als unschuldig gelten, solange wir Ihnen nicht das Gegenteil beweisen können. Vielleicht gibt es doch irgendjemanden, den wir übersehen haben. Frau Anna Warfsmann hat sich noch mal bemüht, die Bekannten Ihres Stiefsohnes durchzugehen, ohne Erfolg.«

»Wir möchten den Jungen endlich im Grab zu seinem Vater legen«, sagte Dr. Hoyer. »Nicht auszudenken, wenn er nicht gefunden wird.«

Dagobert Hoyer war mächtig gealtert. Seine Frau begegnete ihm oft mit einem scheuen Misstrauen, und es kostete ihn viel Mühe, ihr Vertrauen aufrechtzuerhalten. Er machte sich aus den vielen Besuchen der Polizei nichts und hielt sie für das, was sie waren, nämlich reine Routine. Die Beamten waren stets höflich und versuchten nicht, ihn unter Druck zu setzen. Auch an diesem Nachmittag war ihr Ton umgänglich und sie blieben höflich.

»Bitte, kommen Sie wieder. Der Kontakt zu Ihnen hilft mir, mit dem Unglück fertig zu werden«, sagte er und reichte den Beamten die Hand. Er sah ihnen nach, wie sie sein Büro verließen. Nachdenklich schüttelte er den Kopf, dann betrat er das Zimmer seiner Sekretärin.

»Bitten Sie Herrn Eschhoff zu mir«, sagte er zu ihr, betrat sein Büro und setzte sich an den Schreibtisch und wartete.

»Ja«, rief er, als der Angestellte anklopfte.

»Chef, Sie haben mich rufen lassen«, sagte Eschhoff dienstbeflissen.

»Maximilian, wir müssen noch einmal die Ausschreibung des Herbergsverbandes durchsprechen«, sagte Dr. Hoyer und griff nach den Unterlagen. »Es wäre gut, wenn wir den Zuschlag zum Bau der Jugendherberge auf Baltrum bekommen würden.«

Seit dem Tode des Stiefsohnes war Maximilian Eschhoff ihm nähergekommen. Der Sohn des früheren leitenden Angestellten Menke Eschhoff hatte unter der Leitung seines Stiefsohnes Renke Bantz eine Stabsstelle betreut. Er war für die Überprüfung der Termine, die Erstellung und Kontrolle der Angebote und damit die vorläufige Finanzierung der Bauvorhaben sowie den Verkauf auf Vorrat erstellter Wohnungen und Häuser zuständig gewesen. Dr. Hoyer und sein Prokurist hatten Frau Petra Marak, eine frisch diplomierte Diplom-Kauffrau, in die Abteilung versetzt, die den tüchtigen, nichtakademischen Maximilian Eschhoff nach dem Tode des Juniors unterstützte.

Es war eine Freude zu sehen, wie sehr Maximilian Eschhoff unter dem Vertrauensbeweis seines Chefs aufblühte. Nicht zuletzt trug wohl auch das Baby zu seinem Frieden bei. Er und seine Frau hatten nicht lange gezögert und den kleinen Jungen Renke genannt. Zwar hatte Maximilian Eschhoff nicht wie der Junior studiert, aber die praktischen Erfahrungen des einen hatten das theoretische Wissen des anderen ergänzt.

Auch private Beziehungen waren zwischen ihm und Renke entstanden. So hatte die Schwangerschaft der jungen Frau besonders Anna Warfsmann interessiert, die sich ebenfalls Kinder von Renke gewünscht hatte. Auch nach dem schrecklichen Tod ihres Freundes fühlte sich die Hamburger Lehrerin vom familiären Glück der Eschhoffs angezogen. Sie kam häufig am Wochenende zu Besuch, nahm mit ihnen den Tee ein und spielte mit dem Baby.

Doch zurzeit gab es bei zufriedener Geschäftslage einige Reibereien mit einem Blumen- und Pflanzengroßhandel, der seine Zahlungen eingestellt hatte, um rückwirkend sein Konzept zu überdenken. Es handelte sich um das neue Einkaufscenter im Gewerbegebiet an der Norddeicher Straße, auf dem sich bereits die namhaften Discounter niedergelassen hatten. Wegen der Verkleinerung des Behindertenparkplatzes hatte die Stadt dem Blumen- und Pflanzengrossisten 200 Quadratmeter Grundstücksfläche im Nachhinein angeboten.

Rodbertus Ortgies, der Inhaber der Firma, die in Leer, Wiesmoor, Jever und Wilhelmshaven ebenfalls in exponierter Lage vertreten war, stoppte das Bauvorhaben in Norden daraufhin und suchte nach einem Konzept, die Angebotsfläche des Bauvorhabens zu vergrößern. Dabei war Ortgies bestrebt, die Kosten der Änderung möglichst gering zu halten.

Angesichts der ausgezeichneten Auftragslage konnte sich die Feeke Bantz OHG die entstandene bauliche Verzögerung schon leisten. Die Sonderwünsche gingen selbstverständlich zulasten des Blumen- und Pflanzenhändlers.

Das rief Maximilian Eschhoff auf den Plan. Obwohl er nicht von Rodbertus Ortgies direkt aufgefordert worden war, ließ sich Maximilian Eschhoff von Herrn Dr. Hoyer die Genehmigung erteilen, dem Kunden mit einigen Änderungsvorschlägen entgegenzukommen. Diese im Rahmen des Kundendienstes geleisteten Projektierungen fanden den Anklang des Bauherrn und dienten ihm als Grundlage seiner Überlegungen. Zudem verstand es der tüchtige Eschhoff, mit dem Baubeginn der Siedlungshäuser in Aurich durch geschicktes Taktieren früher zu beginnen, um keine Zeit zu verlieren.

Nicht ganz zufrieden mit seiner Lage zeigte sich auch Jan Warfsmann. Natürlich konnte er sich nicht beschweren, denn seine Betreuung war optimal. Doch da war einiges schiefgelaufen. Er hatte mit seinem Sohn Jesko noch kein Wort wechseln können. Auch seine Tochter Anna hatte noch kein Interesse an einem Gespräch mit ihm gezeigt.

Diese Situation machte ihm mächtig zu schaffen, und er hatte vergeblich versucht, nach den Gründen zu suchen. Dabei stand er selbst noch unter dem Verdacht, den ihm unbekannten Renke Bantz ermordet zu haben. Diesen Vorwurf fand er lächerlich.

Uwe Lottmann hatte sich mächtig bemüht, ihn zu mäßigen, denn mit dem Bewusstsein, Vater von Kindern zu sein, fühlte Jan Warfsmann auch schon seine Verantwortung für diese.

Der Bewährungshelfer wandte sich auf Wunsch des Ex-Sträflings schriftlich an den Sohn und die Tochter und schlug ihnen vor, ihn zu besuchen, beziehungsweise Kontakt mit ihm aufzunehmen, um mit ihm ein klärendes Gespräch zu führen, oder besser noch, sich direkt an den Vater zu wenden.

Doch auch diesem Versuch der Kontaktaufnahme stand der Mord an Renke Bantz im Wege. Zudem weigerte sich Anna Warfsmann auch weiterhin, mit ihrem Bruder zu sprechen, da sie ihn mittlerweile für den Mörder ihres Verlobten halten musste.

In Anbetracht ihres geplanten Umzuges nach Hamburg brannte ihr der zu Herzen gehende Brief des Bewährungshelfers verständlicherweise nicht auf den Nägeln. Ihre Argumentation war verständlich. Sie war ohne Vater groß geworden und verspürte kein Verlangen nach ihm. Dagegen unterhielt sie nach wie vor einen guten Kontakt zu dem Stiefvater ihres Freundes und zu seiner Mutter.

Elvira Hoyer wusste tränenreich zu erzählen, dass ihr Renke im Krankenhaus erschienen war. Er hatte vor ihrem Bett gestanden und ihr telepathisch gesagt, ohne die Lippen zu bewegen, sie möge aufhören zu leiden, denn ihm ginge es gut.

Dieses Erlebnis erfüllte Frau Hoyer mit neuem Lebensmut. Ihr Mann, Anna und auch ihre Haushälterin Gerda de Vries zweifelten nicht an der Wahrheit und freuten sich über ihre neuen Kräfte, die es ihr ermöglichten, mit dem Tod ihres Sohnes fertig zu werden.

Dennoch fiel es ihnen schwer, Elvira Hoyer von der Unschuld ihres Mannes am Tode ihres Sohnes restlos zu überzeugen. Dieses tiefe Misstrauen lag letztlich darin verankert, dass sie ihrem ersten Mann Feeke Bantz am Sterbebett hoch und heilig versprochen hatte, dafür Sorge zu tragen, dass Renke in seine Fußstapfen trat. Letztlich konnte zurzeit niemand Elvira Hoyers Zweifel endgültig beseitigen, weil die Polizei ebenfalls nur Verdächtige, aber keinen Täter vorweisen konnte.

Dr. Hoyer versuchte sich durch Arbeit aus diesem Dilemma zu befreien. Die Bauunternehmung verzeichnete weiterhin Zuwachsraten.

Seine Frau hatte schon mehrmals mit dem Gedanken gespielt, den Betrieb an die Konkurrenz zu verkaufen. Doch sie hatte eingesehen, dass ihr Mann nicht der Typ war, der sich mit dem Erledigen der Gartenarbeit zufriedengab. Außerdem hatte sie sich daran gewöhnt, teils auf Baltrum und je nach Lust und Laune im luxuriösen Haus in Norddeich zu wohnen. Ihr Interesse galt mit zunehmender Besserung der kirchlichen Sozialarbeit. Ihre Vermögenslage gestattete es ihr, mit Spenden die Not vieler Familien zu lindern.

Dagegen hatte Dr. Hoyer nichts einzuwenden. Er war froh, dass sich seine Frau wieder in ihre Alltagswelt eingefunden hatte. Dabei war es ihm gleichgültig, ob sich ihr Renke in der Tat aus der anderen Welt gezeigt hatte oder ob sie ihren geliebten Sohn nur im Traum gesehen hatte.

Dagobert Hoyer war kein Kirchgänger. Andererseits aber glaubte er an ein Leben nach dem Tode. Daran änderte auch seine prekäre Lage nichts. Zudem ging er davon aus, dass die Leiche seines Stiefsohnes unauffindbar bleiben würde.

Und in der Tat, die Kommissare Watthuis und Grooth verzweifelten fast an ihrer Hilflosigkeit. Die Suchmannschaft aus Aurich hatte auch im Nordwald die Leiche nicht gefunden.

In Absprache mit Staatsanwalt Kanter hatte die Polizei weitere Grabungen an markanten Stellen im Berumer Wald, im Fürstenwald und im Johannisgehölz durchgeführt, die ebenfalls erfolglos geblieben waren. Staatsanwalt Kanter war selbst so weit gegangen und hatte Kommissar Watthuis abgestellt, in der Fernsehsendung »XY ungelöst« vor dem Abendpublikum den Fall »Mord ohne Leiche« vorzutragen. Doch das löbliche Unterfangen hatte nicht zum Täter geführt, wohl aber zur Popularität des Mordes beigetragen.

Das war ein Grund mehr, dass Dr. Hoyer insoweit abstumpfte, dass er das Gerede der Leute und ihre schrägen Blicke gar nicht wahrzunehmen schien. Er konzentrierte sich ganz auf seine Bauwelt.

Dabei hatten viele Bürger ihn schon vorverurteilt. Selbst die Polizeibeamten machten keinen Hehl aus den Tatbeständen, die in diese Richtung zielten.

Auch für Jesko Warfsmann war der Start in den Krankenhausdienst unter den gegebenen Umstände äußerst schwierig verlaufen. Überstunden waren an der Tagesordnung, und Jesko hatte Mühe, bei der Sache zu bleiben, während sein Dienst ihn allzu oft an seinen einstigen Freund erinnerte. Er verstand seine Schwester Anna nicht. Sie hielt zu Dr. Hoyer und seiner Frau, obwohl Renke nicht mehr lebte.

Doch da war noch mehr, was ihn bewegte. In dieses Mordgeschehen mit seiner Verdächtigung war zu allem Überfluss sein unbekannter Vater nach seiner lebenslangen Haft hineingeplatzt. Ein Grund mehr für die Polizei, in ihm den Mörder von Renke Bantz zu sehen.

Jesko Warfsmann war ohne seinen Vater erwachsen geworden. Sicherlich wäre vieles anders verlaufen, wenn er an der Seite der Mutter gestanden hätte. Doch darüber ins Grübeln zu verfallen lohnte nicht.

»Papas« Bewährungshelfer Uwe Lottmann hatte ihm einen Brief geschrieben, der unter die Haut ging. Das waren keine verachtenden Sätze über einen Verbrecher gewesen, sondern er hatte das Schicksal eines Mannes beschrieben, der für seine Tat gebüßt hat. Er hatte Jesko nach Hamburg eingeladen. Zurzeit stand ihm nicht der Kopf danach.

Doch auch Dr. Hoyer ging davon aus, dass kurz oder lang die Polizei ihre Verdachtsmomente aufgeben musste, wenn nämlich das wahr wurde, was zu befürchten war, nämlich die Leiche des Toten für alle Zeit unauffindbar blieb.

Die Sorgen seines Chefs und das Präsent Elvira Hoyers zur Geburt des niedlichen kleinen Jungen veranlassten Maximilian Eschhoff, Dr. Hoyer und seine Gattin zu einem Tee einzuladen. Außerdem wollte er sich erkenntlich zeigen, weil der Chef ihn beruflich förderte, ihm Vertrauen schenkte und in ihm so etwas wie den Ersatz seines Stiefsohnes sah.

An einem Freitagnachmittag betrat Maximilian Eschhoff das Büro des Chefs und lud ihn und seine Frau Elvira ein, bei einer Tasse Tee das Baby anzuschauen, das sie Renke getauft hatten.

Dr. Hoyer bedankte sich hocherfreut für die freundliche Einladung.

»Nehmen Sie Platz, Herr Eschhoff, und trinken Sie mit mir eine Tasse Tee«, sagte er, verließ das Büro und sprach mit seiner Sekretärin. Er kam zurück und setzte sich wieder in den Sessel zu dem Angestellten an den kleinen Tisch.

Die Sekretärin erschien und legte das Teegeschirr auf. Es trug das Muster der ostfriesischen Rose.

»Herr Eschhoff, meine Frau liebt kleine Kinder und hätte gerne Enkelkinder gehabt. Wir nehmen die Einladung mit Freuden an«, sagte er, während die Sekretärin das Zimmer verließ. »Wir haben die Zusage, dass wir das ‹Humboldt Gymnasium‹ bauen werden. Ein fetter Auftrag. Ferner ist der Blumengrossist Rodbertus Ortgies geneigt, Ihre baulichen Vorschläge anzunehmen.«

»Na, wer sagt es denn. Ein Grund mehr, uns morgen zu besuchen«, sagte Maximilian.

Die Sekretärin brachte den Tee und stellte die Kanne auf das Stövchen. »Nehmen Sie bitte Kluntje«, sagte sie und wartete einen Augenblick.

Sie bedienten sich. Die Sekretärin schenkte Tee ein, stellte die Kanne ab und verließ das Zimmer.

»Stellen Sie die Beschaffungspläne auf, damit es keine Engpässe gibt«, sagte Dr. Hoyer.

»Ich werde heute noch damit beginnen. Wie steht es um den Hotelneubau auf Norderney?«, fragte Maximilian Eschhoff und gab Sahne in den Tee.

»Die Finanzierungsgesellschaft hadert noch mit der Verwaltung. So leicht lassen sich die Insulaner nicht aufs Kreuz legen«, sagte der Chef und trank Tee.

Dr. Hoyer besprach mit Maximilian Eschhoff noch andere geschäftliche Dinge. Sie hatten ihre Preise so kalkuliert, dass sie neben der Gewinnspanne noch einen Risikozuschlag enthielten. Und dennoch brauchten sie die Konkurrenz, die osteuropäische Arbeiter gegen Billiglohn beschäftigte, nicht zu fürchten. Das lag hauptsächlich an der guten Ausbildung und der Verlässlichkeit der Leute.

Auch an diesem Nachmittag bestand zwischen Dr. Hoyer und seinem tüchtigen und zuverlässigen Angestellten Eschhoff eine Übereinstimmung in der Beurteilung der geschäftlichen Lage.

Als Dr. Hoyer das Gespräch beendete und kurze Zeit später das Büro verließ, wartete seine Frau Elvira bereits im Auto auf ihn. Sie hatte ihre Scheu abgelegt und zeigte sich wieder unter den Leuten. Sie hatte abgenommen und wirkte im Ganzen schlanker.

Sie fuhren nach Norden zum Neuen Weg, stellten den Mercedes bei »Silomon« auf den Parkplatz und betraten das Textilhaus, das mit zwanzig Mitarbeitern den Schrumpfungsprozess der Textilgeschäfte überstanden hatte.

Es war ein frühlingshafter Tag mit milden Temperaturen gewesen. Die ersten Urlauber belebten die Geschäfte.

Dr. Hoyer hatte die Nerven, sich nicht um die Leute zu kümmern, die hinter seinem Rücken tuschelten. Für sie war es unvorstellbar, wie die Frau, die zudem noch gut aussah, noch mit ihm zusammenleben konnte, wo er doch ihren Sohn auf dem Gewissen hatte!

Elvira Hoyer war vor dem Mord ihres Sohnes ein guter Kunde des Textilhauses gewesen. Auch für Anna Warfsmann hatte sie hier manches Stück gekauft. Sie sah, wie die Verkäuferinnen erröteten.

»Kann ich Ihnen behilflich sein?«, fragte eine von ihnen und lächelte verlegen.

»Ja, das können Sie«, sagte der Unternehmer und setzte hinzu: »Meine Frau interessiert sich für eine Wildlederjacke.«

»Ich werde ein Leben lang trauern. Dennoch ist es an der Zeit, dass ich mich von der schwarzen Kleidung trenne«, sagte Elvira Hoyer.

»Die Sommerware ist schon eingetroffen. Wenn Sie mitkommen, ich zeige Ihnen ein paar schicke Modelle«, sagte die Verkäuferin. Sie wirkte natürlich und beriet Frau Hoyer gut, wie ihr Mann feststellte.

Das Ergebnis konnte sich sehen lassen. Frau Hoyer kaufte nicht nur eine legere Wildlederjacke, eine Jeans, zwei Blusen und einen V-Ausschnittpullover, sondern auch noch ein niedliches Strampelchen für den kleinen Renke.

Sie fieberte regelrecht dem Besuch bei der Familie Eschhoff entgegen. Sie kannte Maximilian Eschhoff noch von früher, als er ein Kind gewesen war und gelegentlich mit seinem Vater zur Firma kam. Jetzt war er ein Mann und eine Stütze für den Betrieb.

Dr. Hoyer bezahlte den Einkauf, trug ihn zum Wagen und fuhr mit seiner Frau nach Hause. Frau de Vries hatte für seine Frau und ihn ein herzhaftes Krabbenbrot mit Rührei und Zwiebelringen gemacht, das ihnen sehr mundete.

Dr. Hoyer stellte zufrieden fest, dass seine Frau aufzublühen begann. Sie sprach auch wieder mehr und zeigte sich interessierter.

Am Abend nach dem Essen setzte sie sich zu ihm auf die Couch, gab ihm einen Kuss und kuschelte sich an ihn.

»Jetzt habe ich nur noch dich«, sagte sie gerührt.

»Renke wird unvergesslich bleiben«, antwortete er und dachte an die regennassen Waldstücke, die von der Polizeitruppe durchforstet worden waren.

In dieser Nacht schlief Elvira nach langer Zeit neben ihrem Mann in ihrem bayerisch eingerichteten Schlafzimmer. Sie hatte einen Weg gefunden, ihren Kummer zu überwinden.

Ihr wieder erstarkter Glaube an ihn gab Dr. Hoyer zusätzlich Kraft, mit der Belastung zu leben.

Der Besuch bei der jungen Familie Eschhoff kam wie gerufen, die Hoyers daran zu erinnern, dass das Leben weiterging.

Elvira Hoyer hatte zu diesem Anlass ihre Jeans, einen flotten Rollkragenpullover und die fesche Lederjacke angezogen. Ihr Mann trug ein Pulloverhemd, eine Cordjeans und ein sportliches Jackett.

Sie fuhren um 15 Uhr 30 über die Norddeicher Straße, bogen dann am Markt auf die Gartenstraße ein und hielten vor dem weißen Bungalow. Im gepflegten Vorgarten zeigten die Rhododendronsträucher ihre ersten Blüten.

»Eschhoffs wohnen schön hier«, sagte Elvira und betrachtete den alten Baumbestand.

Rechts am Haus führte ein Spazierweg vorbei. Sie waren beide noch nicht hier gewesen. Ihnen gefiel das Anwesen.

Elvira Hoyer trug das Geschenk für die Hausfrau, das Strampelchen und Naschereien, während ihr Mann eine Flasche Wein und einen bunten Frühlingsstrauß trug. Sie näherten sich der kleinen Terrasse.

Am Himmel trieben weiße Wolkenfetzen über den blauen Hintergrund und bedeckten ihn. Hin und wieder setzte sich für wenige Sekunden die Sonne durch.

»Prächtig«, sagte Dr. Hoyer.

Die Glastür öffnete sich und Maximilian stand vor ihnen. Er strahlte sie an. Elvira Hoyer mochte den schlanken, hochgewachsenen jungen Mann. Sein Gesicht war gut geschnitten und trug einen melancholischen Ausdruck. Er trug ein Oberhemd mit einem V-Ausschnittpullover und eine Jeans.

»Herzlich willkommen, gnädige Frau«, sagte er. »Es macht meine Frau und mich sehr stolz, dass Sie unsere Einladung angenommen haben.« Er wandte sich an seinen Chef. »Herr Dr. Hoyer, ich hoffe, unser Haus gefällt Ihnen und findet Ihre Zustimmung.

Schließlich ist es eine Visitenkarte für einen Angestellten Ihrer Firma.«

»Wir haben viele Häuser gebaut, vielleicht auch dieses«, antwortete Dr. Hoyer.

»Entzückend«, rief Elvira Hoyer, als sie Tanja Eschhoff sah, die das Baby auf dem Arm trug und näher kam. Sie nahm das Geschenk entgegen.

»Herzlich willkommen. Sie machen uns eine große Freude, Frau Hoyer. Schön, dass Sie da sind, Herr Dr. Hoyer«, sagte sie und betrachtete die Geschenke. »Haben Sie vielen Dank für das Strampelchen und die Leckereien. Nachher ziehe ich unseren Prinzen um, damit Sie sehen, wie entzückend Renke der süße Anzug zu Gesicht steht.«

»Kommen Sie herein«, forderte Maximilian die Gäste auf.

Das Baby blinzelte in den hellen Himmel. Es hatte Pausbäckchen, ein spitzes Näschen und dunkles, schütteres Haar.

»Darf ich?«, fragte Elvira Hoyer und nahm das Kind auf den Arm. Dr. Hoyer spielte mit Renkes winzigen Fingern. Er blickte seine Frau liebevoll an, die zu dem kleinen Renke sprach.

Sie gingen durch einen breiten Flur und betraten ein Empfangszimmer. An der Wand hingen einige moderne Bilder. Ein alter Schrank nahm die Garderobe auf. Zwei Sessel und ein runder Tisch standen am Fenster. Der Boden war mit Teppichware belegt.

»Frau Hoyer, wenn Sie den Kleinen noch ein wenig halten, kann ich meinen Mann unterstützen«, sagte Tanja Eschhoff. Sie öffnete die Tür zum Wohnzimmer. Sie war trotz der Geburt schlank und wirkte zierlich. Ihr dunkles Haar trug sie leicht gewellt. Sie hatte ein feines Gesicht mit einem spitzen Kinn. Bekleidet war sie mit einem bunten Folklorerock, dazu trug sie eine weiße Bluse mit langen Ärmeln und ein schwarzes Samtmieder.

»Nehmen Sie bitte auf der Couch Platz«, sagte Maximilian Eschhoff.

»Ich mache uns eben einen Tee«, sagte Tanja und verließ das Zimmer.

Maximilian begann den Tisch zu decken. Der große runde Tisch stand mitten im Zimmer. Er war aus Eiche. Sicherlich ein Erbstück. Das Geschirr trug die ostfriesische Rose. Zwischen beiden Fenstern mit Sprossenscheiben stand ein Bücherregal modernen Zuschnitts. Auch die Wand gegenüber zierten Bücher und ein moderner Radioturm und ein flacher Fernseher mit großem Bildschirm. Eine Leseecke mit Sesseln der Ikeakollektion und einer modernen Stehlampe schloss sich an.

»Ich freue mich schon, wenn der Kleine laufen lernt. Wir haben viel Platz«, sagte Maximilian und sah rüber zu seinem Sohn, der sich wohl fühlte bei der fremden Oma.

»Die Kinder werden viel zu schnell groß. Rückblickend war das die schönste Zeit«, sagte Elvira Hoyer.

»Dem Kleinen fehlt es an nichts«, sagte der Vater stolz. »Er hat gesunde Eltern, die gut verdienen und glücklich miteinander sind.«

»Als wir zu Ihnen unterwegs waren, da sah ich einen Klapperstorch um das Haus fliegen«, foppte Dr. Hoyer.

»Malen Sie nicht den Teufel an die Wand«, meinte Maximilian und lachte auf.

Tanja Eschhoff stellte eine Torte auf den Tisch.

»Gnädige Frau, im Café Remmers erfuhr ich, dass Sie die Rumflockentorte favorisieren. Mein Mann teilt Ihren Geschmack«, sagte sie.

»Er kann es sich noch leisten, zu schlemmen«, antwortete Frau Hoyer.

»Sie aber auch«, erwiderte Tanja, verließ das Zimmer und brachte den Tee. Sie stellte die Kanne auf das Stövchen.

»Nehmen Sie bitte am Tisch Platz und bedienen Sie sich mit Kluntje«, sagte sie, näherte sich Frau Hoyer und streckte die Arme nach ihrem Kind aus. »Renke muss jetzt schlafen«, sagte sie und brachte ihn weg.

»Schläft er gut?«, fragte Dr. Hoyer.

»Wir haben Glück. Er schläft fast immer sofort ein«, antwortete Maximilian Eschhoff.

»Es gibt auch Schreihälse. Unser Sohn war damals immer hellwach, wenn er schlafen sollte«, meinte Frau Hoyer.

Die Tür öffnete sich. Tanja Eschhoff hielt ihren Sohn hoch. Sie hatte ihm das neue Strampelchen übergezogen.

»Ist das nicht süß?«, fragte sie, wartete keine Antwort ab und schloss die Tür hinter sich.

Dr. Hoyer nahm die Hand seiner Frau. Sie setzten sich an den Tisch.

Elvira Hoyer legte Kluntje in ihre und die Tasse ihres Mannes, und Maximilian Eschhoff ergriff die Kanne und schenkte den Tee aus.

Seine Frau kam zurück. »Renke schläft schon«, sagte sie und setzte sich an den Tisch. »Gnädige Frau, Sie bekommen als Liebhaberin der Rumflockentorte das erste Stück.« Sie nahm von Dr. Hoyer den Teller entgegen und schob das Tortenstück mit dem Kuchenheber so gekonnt auf den Teller, dass es nicht umfiel. Das gelang ihr auch mit den übrigen Stücken.

»Mal kann man über die Stränge schlagen«, scherzte Maximilian.

»Niemand von uns leidet an Übergewicht«, meinte seine Frau.

Sie gaben Sahne in den Tee und machten sich über die herrliche Torte her. Es lag nahe, dass sich ihre Gespräche um Kleinkinder drehten.

Maximilian Eschhoff kannte Neuerungen aus der Psychologie vom Fernsehen, die er weitergab. Das Fernsehen hatte in der Woche einen Bericht ausgestrahlt, der hart an die Grenze der Glaubwürdigkeit stieß. Demnach hatte eine Mutter in Sachsen-Anhalt zehn eigene Kinder umgebracht und die kleinen Leichen im Haus versteckt. Empört diskutierten vor allem die Gastgeber den Fall und vergaßen dabei, dass Dr. Hoyer zwar keine Babys getötet hatte, aber immerhin unter dem Verdacht stand, seinen Stiefsohn ermordet und seine Leiche so versteckt zu haben, dass sie unauffindbar blieb.

Schlagartig verblasste die harmonische Stimmung. Alle Versuche, das Gespräch in andere Bahnen zu lenken, liefen schief.

»Um Gottes willen, nein, weder meine Frau noch ich fühlen uns durch Äußerungen pikiert«, antwortete Dr. Hoyer. Er begleitete seinen jungen Angestellten zu dem Anbau, den er zu einem Musikstudio umgebaut hatte, in dem er nach Lust und Laune Schlagzeug spielen konnte. Maximilian Eschhoff gab ein paar ohrenbetäubende Gehörproben.

Während der Zeit machten die Damen einen kleinen Rundgang durch die Räume. Sie beendeten die Hausbesichtigung, als auch Dr. Hoyer und Maximilian Eschhoff zurückkamen.

Dr. Hoyer und seine Frau bedankten sich für den netten Nachmittag. Sie reichten den Gastgebern die Hand.

»Ich denke, Sie folgen unserer Einladung, doch wir bitten um etwas Geduld. Mein Mann hofft, dann anders dazustehen«, sagte Frau Elvira Hoyer.

»Wir sehen uns am Montag in alter Frische«, meinte Dr. Hoyer und ging mit seiner Frau zum Auto.

»Nehmen wir ihnen die Taktlosigkeit nicht übel«, sagte er und fuhr los.

»Zwei goldige Menschen«, antwortete seine Frau.

Die Menschen an der Küste sind es gewohnt, mit extremen Wetterschwankungen zu leben. Der ständige Wind nimmt mitunter Sturmstärke an, und nicht selten wehen Orkane über das Land. Das häufige Schmuddelwetter gehört eher zum Alltag als der blanke Sommerhimmel.

So verhielt es sich auch in diesem Jahr. Erst der Monat April brachte akzeptables Frühjahrswetter. Umso mehr enttäuschte der

Mai. Er war nass und kalt. Im Juni gab es viele sonnige Tage und bei stürmischen Winden ein Wetter, wie sich das Segler wünschen.

Die Baufirma Feeke Bantz OHG machte wie in all den Jahren in der zweiten Julihälfte Betriebsferien. So recht glaubte niemand der Betriebszugehörigen noch an die Aufklärung des Verbrechens.

Bei der Kripo lag der Fall »Renke Bantz« auf Eis. Die Kommissare Watthuis und Grooth waren mit ihrem Latein am Ende. Natürlich passierte genug Unerfreuliches, um sie in Arbeit zu halten. Dennoch geriet der Fall nicht in Vergessenheit. In regelmäßigen Sitzungen nahmen sie sich des Geschehens an und versuchten, neue Informationen zu bekommen. Rundfunk und Fernsehen wiederholten ihre Berichterstattung.

Es gab dennoch weiterhin keine brauchbaren Hinweise. Daraus konnte allerdings noch längst nicht geschlossen werden, dem Täter wäre das vollkommene Verbrechen geglückt. Die Beamten gaben ihre Zuversicht, den Fall zu lösen, nicht auf.

Die vielen Spaziergänger in den Wäldern um Norden gingen achtlos an den sichtbaren Spuren vorbei, die die Grabungen der Suchtrupps hinterlassen hatten. Mit der Zeit verloren die Bewohner der Region das Interesse an dem Fall und interessierten sich mehr für das aktuelle Geschehen. Auch in Norden und Umgebung gewann der Alltag mit seinen Ereignissen wieder die Oberhand.

Anna Warfsmann war ganz nach Hamburg gezogen und unterrichtete am Albert-Schweitzer-Gymnasium. Sie weinte anfangs noch viel und fühlte sich einsam. Sie hatte ihren Vater in Anwesenheit des Bewährungshelfers kennen gelernt. Es hatte sie große Überwindung gekostet, in ihm nicht einen Mörder zu sehen, sondern ihren Vater. Sie verzieh ihm unter Tränen und überließ die Beurteilung seines Lebens seinem Herrgott.

Jan Warfsmann zeigte sich reuig und öffnete ihr sein Herz. Anna war hin und her gerissen. Sie entschied sich für eine Annährung der kleinen Schritte. Dabei fuhr sie oft nach Norddeich und besuchte Renkes Eltern. Doch auch diese Besuche schränkte sie ein, um sich allmählich von Renkes Vergangenheit zu lösen.

Doch noch stand seine Beisetzung im Grab seines Vaters bevor. Das erfüllte Anna Warfsmann und Renkes Eltern mit tiefer Trauer und Bitterkeit. Doch die Hoffnung, Renke noch vor Beginn des Winters zu finden, schwand immer mehr.

Das Verhältnis von Anna Warfsmann zu ihrem Bruder Jesko hatte sich in der letzten Zeit gebessert. Dennoch zweifelte sie oft an seiner Unschuld.

Jesko griff gelegentlich zum Telefon und rief sie an. Er hatte sich nicht dazu aufraffen können, seinen Vater zu akzeptieren. Das lag auch zum Teil daran, dass die Polizei ihn noch verdächtigte. Auch wurde er beruflich im Krankenhaus über Gebühr gefordert. Hinzu kam, dass er die Bekanntschaft einer Frau gemacht hatte, die ihm genügend Ablenkung bot. Nachteile im Aachener Krankenhaus aus seiner Lage hatte er nicht zu befürchten.

Dr. Hoyer hatte in Absprache mit seiner Frau Renkes gepflegte Yacht, die »Seeschwalbe«, die nicht nur äußerlich in einem hervorragenden Zustand war, sondern zudem überdurchschnittliche Segeleigenschaften aufwies, in einer Annonce im Kurier zum Kauf angeboten. Der vorausgegangene Versuch, im Yachtclub einen Käufer zu finden, war gescheitert. Renke Bantz hatte die Sympathie seiner Segelkameraden besessen, und niemand von ihnen wollte das schnelle Schiff für einen Apfel und Ei erwerben, und erst recht nicht damit in See stechen, während die Polizei immer noch nach dem toten Skipper suchte. Schließlich kaufte ein Segler von Wangerooge das Schiff.

Doch dann kam es in Norden zu einer eigenartigen Entdeckung. An einem Samstag, der sich nahtlos der Schlechtwetterperiode zuordnen ließ, schritten Gärtnermeister Rodbertus Ortgies und sein Gehilfe am Morgen mit dem Bandmaß durch den zugigen Rohbau seines Blumen- und Pflanzenmarktes. Sie hatten Werkzeug mitgebracht und prüften anhand der Unterlagen die nicht wenigen Quadratmeter der im Eingangsbereich durch die Grundstücksbegradigung der Stadt Norden hinzugewonnenen Fläche.

Die für die Errichtung des Blumen- und Pflanzenmarktes zuständige Baufirma Feeke Bantz OHG führte auch die Änderung durch. Sie hatte entsprechende Pläne eingereicht, über die Rodbertus Ortgies zu entscheiden hatte. Es bestand die Möglichkeit, das Geschäftsgebäude im Eingangsbereich zu vergrößern.

»Die Eingangstür wird versetzt. Dadurch gewinnen wir an Lichteinfall«, sagte der Chef zu seinem Gehilfen.

Der nickte, bückte sich, lockerte mit einem Hammer und einem Meißel einige Fliesen, schob sie hin und her und schlug einen Eisenpflock in den Boden.

»Nicht einfach. Wir müssen die Bodenplatten hier sowieso abnehmen«, meinte Ortgies. Er nahm einen Spaten und lockerte eine weitere Fliese.

»Der ganze Untergrund muss raus«, sagte der Gehilfe.

»Nächste Woche sind die Handwerkerferien zu Ende. Dann kommt die Baufirma«, meinte Rodbertus Ortgies.

Er schaute überrascht seinem Angestellten zu, der sich in die Hocke setzte und die Betonunterlage betrachtete.

»Seltsam. Der Beton unter dem Estrich scheint nicht gleichmäßig verteilt zu sein«, sagte der Angestellte, erhob sich und setzte einen Spaten an.

Jetzt stutzte auch der Chef. Er betrachtete einen Fetzen blauen Stoff. Er saß fest im Beton.

»Mein Gott, das darf nicht wahr sein!«, meinte er.

Sein Gehilfe zog die Stirn kraus. »Chef, da stimmt was nicht«, sagte er verwirrt und setzte den Spaten an. »Mein Gott, das ist ein Knie!«

Ortgies nahm sein Handy und rief die Polizei an.

»Polizeistation Norden, Kommissar Brauer«, vernahm er.

»Ortgies«, sagte der Gärtnermeister, »ich befinde mich mit meinem Gehilfen in unserem Neubau im neuen Gewerbegebiet an der

Norddeicher Straße. Ich eröffne in Kürze hier einen Blumen- und Pflanzenmarkt. Wir haben hier bei Aufräumungsarbeiten eine Entdeckung gemacht, die sich zu einer grausamen Wahrheit ausweiten kann. Schicken Sie bitte einen Streifenwagen hierher.«

»Warten Sie dort. Die Kollegen kommen gleich«, sagte der Beamte.

»Chef, Sie nehmen an, dass es sich um einen Toten handelt?«, fragte der Angestellte aufgeregt.

»Ja, wenn ich mich nicht täusche, so ist das Jeansstoff«, antwortete Rodbertus Ortgies nervös.

»Unheimlich«, antwortete der Gehilfe.

Die beiden gingen zur Fensterbank, setzten sich auf gestapelte Baubretter und sahen nachdenklich in den Regen.

»Nicht auszudenken«, meinte der Angestellte und rauchte hastig eine Zigarette.

An der Front des Rohbaus schritten etliche Käufer mit Schirmen und leichter Schlechtwetterkleidung vorbei und besuchten den Baumarkt nebenan, der seit einigen Wochen erfolgreich seine Waren anbot.

Rodbertus Ortgies hatte gut daran getan, hier seinen vierten Betrieb zu bauen, denn außer dem Baumarkt hatten bereits Aldi und Lidl dort Fuß gefasst, wo vor nicht allzu langer Zeit die letzten Garten- und Wiesenstücke aus dem Stadtgebiet verschwunden waren.

Der Gärtner und sein Gehilfe schwiegen. Der Regen troff von der Fensterscheibe.

»Gruselig, der Gedanke. Aber war es nicht voreilig, die Polizei zu bemühen?«, fragte der Angestellte, zog an seiner Kippe und warf sie weg.

»Das war Stoff von einem Hosenbein. Da bin ich mir sicher«, sagte sein Chef überzeugt.

Sie horchten auf, als sich das Polizeiauto ankündigte. Sie traten vor die Tür in den Regen und machten auf sich aufmerksam.

Die Beamten hielten in Eingangsnähe, stiegen aus und betraten mit Rodbertus Ortgies und dem Angestellten den unfertigen Rohbau.

»Kommissar Höft, mein Kollege Krämer. Was liegt an?«, fragte einer der Beamten und schaute sich um.

»Ortgies, ich bin Gärtner und eröffne hier in Kürze einen Markt für Blumen und Pflanzen«, berichtete der Chef. »Mein Mitarbeiter und ich waren bei der Ausmessung des Eingangsbereichs wegen einer Änderung des Grundrisses. Mir liegen mehrere Änderungsvorschläge vor. Dabei lockerten wir Fliesen am Boden und stießen auf eine Stelle, die uns nicht geheuer vorkam.« Er ging zu der Stelle hinüber.

Die Beamten folgten ihm und rümpften die Nase.

»Und? Das riecht hier komisch«, sagte der eine Beamte.

»Machen wir es kurz«, sagte Ortgies. Er bückte sich, hob eine Fliese vom Zementgestein hoch und zeigte auf den dunkelblauen Stofffetzen. »Wir dachten an eine Leiche«, fügte er hinzu.

»Zeigen Sie her«, forderte ihn der Beamte auf und unterzog den Stein einer Prüfung. Sein Kollege nahm die Schaufel und begann damit, in der Fundstelle zu graben. Er förderte weitere mit Stoff versetzte Zementklumpen zutage.

»Das ist ungeheuerlich«, sagte Kommissar Krämer. »Ihre Skepsis war angebracht. Hier müssen Spezialisten her.« Er verließ den Rohbau, schritt an das Auto, öffnete die Tür und betätigte den Funk.

»Polizeikommissariat Norden, Brauer«, meldete sich der Kollege.

»Hier Krämer vom Einsatz in Norden«, sagte er. »Wir befinden uns im Neubau des Blumen- und Pflanzenmarktes. Es besteht der Verdacht, dass hier jemand eine Leiche vergraben hat. Wir sichern die Spuren.«

»Eine sensationelle Nachricht«, sagte der Kollege Brauer. »Vielleicht der Segler! Ich benachrichtige die Kripo.«

»All up Stee«, antwortete Krämer, trat an die Heckklappe und entnahm dem Wagen die zur Absperrung notwendigen Markierungsmittel. Er ging zu der Fundstelle zurück.

»Herr Ortgies, wir sind nicht berechtigt, weitere Grabungen vorzunehmen. Wir müssen im Rahmen der Spurensicherung das Gelände großzügig absperren.«

»Mein Gott, in meinem Laden«, sagte der Gärtner.

»Noch ist es nicht bewiesen, doch der Verdacht ist berechtigt. Geben Sie mir den Schlüssel für die Eingangstür«, sagte Kommissar Höft.

»Gerne, wir legen keinen Wert darauf, Zeuge Ihrer Arbeit zu werden«, meinte Ortgies. »Die Mauer wird sowieso abgerissen und die Dachkonstruktion begradigt. Rufen Sie mich an, wenn Sie Auskünfte benötigen. Hier ist meine Nummer. Da hat jemand Schicksal gespielt.« Er ging kopfschüttelnd mit seinem Angestellten davon.

An diesem Samstagmorgen blickte Watthuis verkniffen in den Regen. Er konnte sich nicht wie gewohnt der Gartenarbeit widmen. Der Rasen stand hoch und in den Beeten wuchs das Unkraut. Er stand in dem kleinen Arbeitsraum hinter der Garage. Hier befand sich sein Werkzeug.

An die meisten Reparaturen im Haus wagte er sich selbst heran. Er war ein Tüftler und besaß handwerkliches Geschick. Sie wohnten in Halbemond auf der Kanalstraße 12 in der Neubausiedlung. Sie hatten ein geräumiges Einfamilienhaus gebaut, das sie in erträglichen Raten abzahlten.

Das Wetter behagte Watthuis nicht. Am Nachmittag beabsichtigte er mit seiner Frau eine Radtour nach Greetsiel zu unternehmen. Doch, wie es ausschaute, würde der Regen ihnen einen Strich durch die Rechnung machen.

Watthuis suchte in seiner kleinen Werkstatt passende Bretter zusammen. Seine Frau hatte für die Fensterbänke in der Gärtnerei Geranien bestellt, die während der kalten Nächte der Eisheiligen geschützt stehen sollten. Er beabsichtigte, dafür Blumenkästen zu zimmern. Er legte sich einige Bretter zurecht, doch dann klingelte das drahtlose Telefon.

Bestimmt für Jessica, dachte er, schritt an den Hocker und meldete sich.

»Hier spricht Kollege Brauer. Herr Watthuis, eine Sensation bahnt sich an. Der Eigentümer des neuen Blumenmarktes im neuen Gewerbegebiet an der Norddeicher Straße entdeckte bei Grundstückskorrekturen Stofffetzen, die darauf schließen lassen, dass Renke Bantz dort sein Grab fand. Umfangreiche Grabungen sind notwendig. Die Kollegen Höft und Krämer sichern die Spuren.«

»Ich fahre sofort zur Fundstelle«, erwiderte der Kommissar. »Versuchen Sie, Grooth aufzutreiben.«

»All up Stee«, antwortete Brauer und legte auf.

Das war kaum zu glauben! Watthuis zog sich blitzschnell um. Dann nahm er die Regenjacke von der Garderobe, hinterließ eine Notiz für seine Frau und betrat die Garage. Er stieg in den Golf und lenkte den Wagen am Lütetsburger Forst vorbei über die Heerstraße nach Norden zur Norddeicher Straße. Bei der Mercedes-Niederlassung bog er ab und erreichte das Gewerbegebiet. Er fuhr an den Märkten vorbei und erreichte den Parkplatz des zukünftigen Blumen- und Pflanzenmarktes.

Es regnete noch, als er ausstieg. Die Tür des Rohbaus stand offen. Er sah seine Kollegen Höft und Krämer, die die Fundstelle großzügig abgesperrt hatten.

»Moin«, grüßte er und reichte ihnen die Hand.

»Momentan wird nur Renke Bantz vermisst«, sagte Höft und zeigte auf die Stoffreste. »Wahrscheinlich liegt er unter den Fliesen.«

»Der junge Mann trug Jeans und einen Troyer«, ergänzte Krämer.

Watthuis bückte sich und betrachtete den freigelegten Ladenboden.

»Kaum zu glauben!«, sagte er. Er erhob sich. »Halten Sie noch für eine knappe halbe Stunde die Totenwache. Ich fahre kurz zum Revier.«

Die Beamten nickten.

Watthuis verließ den Laden, trat in den Regen und ging zum Wagen. Er fuhr zum Markt, betrat das Polizeihaus und eilte zur Wachstube.

»Moin«, grüßte er und reichte dem Kollegen Brauer die Hand. »Ich komme vom Blumen- und Pflanzenmarkt. Unter dem Ladenboden hat man einen Toten vergraben. Wahrscheinlich den Norddeicher Skipper. Wir benötigen Hilfe.«

»Das vermuteten Höft und Krämer auch«, meinte Brauer.

»Ich telefoniere von der Zentrale aus«, sagte der Kommissar. Er stieg die Treppe hoch, rief die Polizeistation in Aurich an und ließ sich mit dem diensttuenden Kommissariatsleiter verbinden.

»Watthuis, Norden. Herr Leptien, können Sie heute noch einige Kollegen nach Norden abstellen? Wir sind einem Mörder auf der Spur. Er hat mutmaßlich die Leiche des jungen Unternehmers Renke Bantz in einem Neubau eines Marktes vergraben.«

»Werden vier Mitarbeiter ausreichen? Heute ist Samstag«, antwortete Leptien.

»Mein Kollege und ich fassen mit an. Es handelt sich um den gefliesten Boden des Marktes«, sagte Watthuis.

»Sagen wir um ein Uhr in Norden«, meinte Leptien.

»Es handelt sich um das neue Gewerbegebiet an der Norddeicher Straße. Wir erwarten die Leute dort«, antwortete Watthuis und legte auf.

»Überall in den waldigen Gebieten haben die Kollegen nach der Leiche gesucht. Ohne Erfolg! Teuflisch«, sagte der Kollege Brauer, der Watthuis gefolgt war.

»Die Presse zu informieren ist noch zu früh. Aber ich benötige einen Fotografen für die Dokumentation«, sagte Watthuis.

»Versuch es mit Manstroh«, meinte Kommissar Brauer und nannte die Telefonnummer.

Watthuis gab die Nummer ein.

»Manstroh«, meldete sich der Reporter des Ostfriesen-Kuriers.

»Watthuis, Kripo. Herr Manstroh, es ist noch geheim, dabei sensationell. Helfen Sie uns bei der Spurenfotografie.«

»Das hört sich gut an«, entfuhr es Manstroh.

»Um dreizehn Uhr finden Sie uns im Neubau des Blumen- und Pflanzenmarktes«, sagte Watthuis. »Gewerbegebiet an der Norddeicher Straße. Wir graben nach einer Leiche.«

»Das lässt sich einrichten«, antwortete der Reporter und legte auf.

»Es wird Zeit. Ich löse die Kollegen ab«, sagte Watthuis und verließ das Kommissariat. Er stieg in seinen Golf, fuhr zurück zur Norddeicher Straße und parkte im Gewerbegebiet vor dem Rohbau.

Zum ersten Mal ließ der Regen nach. Wind war aufgekommen. Am Himmel zeigten sich dunkle Wolkenbänke.

Die Verbrauchermärkte waren gut besucht. Achtlos schritten die Passanten am Neubau des Blumen- und Pflanzenmarktes vorbei, ohne an dem Polizeipassat Anstoß zu nehmen, der vor der Tür stand.

Watthuis betrat den unfertigen Laden.

»Moin, Focko«, sagte Höft. »Den Fund verdanken wir Ortgies. Ihm gehört der Laden. Er und sein Mitarbeiter steckten den Grundriss ab, weil der Eingangsbereich verlegt werden soll. Sie stießen rein zufällig auf Stoffstücke. Es spricht einiges dafür, dass unter dem Estrich im Beton der gesuchte Unternehmersohn liegt.

»Ich habe Hilfe in Aurich angefordert. Wir werden der Sache auf den Grund gehen«, antwortete Watthuis.

»Den Rest lesen wir dann im Kurier«, sagte Krämer. Er und Höft begannen sich auf die Beendigung ihres Auftrages vorzubereiten.

Mittlerweile war Manstroh eingetroffen.

»Moin«, sagte er. »Hm, da werden starke Nerven gebraucht«, setzte er nach einem Blick auf die Fundstelle hinzu.

»Viel Erfolg! Wir müssen weiter«, sagte Krämer. Die Beamten verließen den Rohbau.

Kurz danach erschien Grooth.

»Meine Freundin und ich waren einkaufen. Es ist kaum zu fassen. Das ist also das Grab des Skippers«, sagte er.

»Um das festzustellen, brauchen wir die Spezialisten aus Aurich. Sie sind unterwegs. Manstroh macht bereits einige Fotos.«

»Ein todsicheres Versteck! Der Mörder muss die Leiche im frischen Fertigbeton vergraben haben, bevor der Estrich gelegt wurde«, sagte Grooth.

Nach einer Weile fuhren die Kollegen aus Aurich vor. Der Kleinbus hielt vor der Tür. Die Beamten trugen Spitzhacken, Spaten und Gabeln in den Laden.

»Mein Name ist Watthuis. Herr Grooth, mein Kollege und Herr Manstroh vom Kurier. Haben Sie Dank für Ihre Hilfe. Es ist zu vermuten, dass unter der gefliesten Bodenschicht eine männliche Leiche liegt. Es ist unsere Aufgabe, den gesamten Boden abzusuchen, um auszuschließen, dass der Mörder noch weitere Gegenstände hier versteckt hat.«

»Wir sind nur ein kleiner Trupp von Helfern. Mein Name ist Olden. Beginnen wir mit der Arbeit«, sagte der Beamte.

Seine Kollegen holten zwei Schubladen aus dem Mercedes-Mannschaftswagen. Die Männer betrachteten den Boden des neuen Marktes. In der Mitte verlief ein breiter, fester Betonstreifen, der die Zone des Verkaufraumes halbierte.

»Wir tragen als Erstes die Fliesen ab, dann machen wir Probebohrungen«, sagte Olden.

Die Männer nickten.

Der Kommissar betätigte sein Handy. Er wählte die Nummer des Bauherrn.

»Ortgies«, meldete sich der Marktbesitzer.

»Kripo Norden, Watthuis am Telefon. Herr Ortgies, es lässt sich nicht vermeiden, die Fliesen von den seitlichen Fensterelementen bis zum Zementsockel abzunehmen, um danach die Suche in den unteren Schichten zu beginnen. Es wäre uns schon recht, wenn Sie dazukämen.«

»Ich bin in meinem Geschäft in Emden und fahre gleich los«, sagte Ortgies.

»All up Stee«, antwortete Watthuis und schaltete das Handy ab.

Die Beamten entfernten die Fliesen, was nicht immer einfach war, luden sie auf die Schubkarre und stapelten sie auf dem Zementsockel. Dann kamen die Spitzhacken zum Einsatz. Sie schlugen die Betonschicht vorsichtig auf und schaufelten die Erdschicht beiseite.

Es war eine nervenaufreibende Tätigkeit. Sie bearbeiteten das Stück, das innerhalb der Absperrung lag, und wurden fündig. Sie stießen bei den Betonbrocken auf welche, die Stofffetzen enthielten.

Ortgies und sein Angestellter gesellten sich dazu.

Die Beamten nahmen jeden Fetzen unter die Lupe. Manstroh machte Bilder für die Dokumentation.

»Es sieht so aus, als habe der Mörder ein Tuch über die Leiche gelegt, das bei den Betonierungsarbeiten verrutscht ist«, meinte Olden, der Chef des Suchtrupps.

»Nicht auszudenken, wenn Sie nicht misstrauisch geworden wären«, meinte Grooth und sah Ortgies anerkennend an.

Dann stieß einer der Beamten einen Schrei aus, ließ die Spitzhacke in den Schutt fallen und starrte auf den Boden.

Für Sekunden war es in dem Neubau so still wie in einer Kirche. Die abgesprungene Betonschicht hatte eine Stelle hinterlassen, die ein Stück Hinterkopf mit Haaren zeigte, die mit Erde verschmiert waren.

Ortgies schien solche Bilder erwartet zu haben. Er holte aus seiner Geschäftstasche eine Flasche Corvit hervor, füllte ein Gläschen und reichte es Olden, dann dem Beamten, der mit bleichem Gesicht seine Hacke vom Boden nahm. Danach ging er mit der Flasche rund.

Der strenge Leichengeruch mischte sich unter die staubige Luft.

Die Leiche war gefunden.

Was blieb, das war eine Arbeit, bei der sich die Beamten mit einem Mundschutz versahen. Die Leiche zeigte Spuren der Verwesung.

Watthuis telefonierte mit dem Bestatter.

»Herr Strux, die Leiche muss direkt nach ihrer Bergung zum gerichtsmedizinischen Institut der Uni Oldenburg transportiert werden«, sagte Watthuis.

»All up Stee«, sagte der Bestatter.

»Herr Ortgies, der Mörder hatte bestimmt keine Hindernisse zu überwinden, als er sein Opfer in Ihrem Rohbau deponiert hat«, sagte Grooth. »Der Zugang war leicht und unbemerkt möglich. Ein satanischer Plan.«

»Ja, der Mörder kannte entweder den Termin der Betonierung oder er fand die Baustelle zufällig«, antwortete Ortgies. »Zudem war es der reine Zufall, dass die Stadt Norden den Bebauungsplan änderte. Ich ergriff die Gelegenheit, meine Ladenfläche entsprechend zu vergrößern.«

»Welche Firma führte die Arbeiten durch?«, fragte Watthuis.

»Die Firma Feeke Bantz OHG! Es ist makaber, dass der Mörder den Junior umbrachte und ihn auf meiner Baustelle versteckte, beinahe mit Erfolg«, meinte der Gärtner.

»Allerdings ein merkwürdiger Zufall! Renke Bantz war der Stiefsohn des Firmenchefs«, stellte Watthuis nachdenklich fest. Er ging wie in Gedanken verloren durch den Markt, die Augen auf den Boden gerichtet.

»Herr Watthuis, schauen Sie mal her. Ein Taschentuch! Von den

Bauarbeitern – oder auch nicht«, sagte ein Kollege aus Aurich und hielt es dem Kommissar auf der Schaufel entgegen.

»Danke, da ist nicht viel drin mit verwertbaren Spuren«, antwortete Watthuis und nahm das Taschentuch an sich.

Ortgies und Grooth halfen den Beamten, die Gerätschaften einzusammeln. Der Supermarkt wirkte wie ein demoliertes Geschäft nach einem Erdbeben.

Manstroh hatte eine Menge Bilder geschossen. »Chef, am Montag bekommen Sie astreine Fotos. Ich weiß, Mund halten bis Montag«, sagte er und verließ den zukünftigen Blumenmarkt.

Der Bestatter fuhr mit seinem Gehilfen vor. Sie verließen ihren Wagen und betraten den Rohbau. Sie schauten sich um, fragten nicht und stellten den Sarg in der Nähe des Opfers ab.

»Herr Strux, die sterblichen Überreste des Opfers müssen wie gesagt, zum rechtsmedizinischen Institut der Universität nach Oldenburg«, sagte Watthuis, trat in die Nähe der Leiche und hielt ein Taschentuch vor seine Nase. »Ich habe die Papiere bereits vorbereitet«, fügte er hinzu.

Die Beamten hatten die Leiche auf einer Plane für den Transport vorbereitet. Sie halfen den beiden Bestattern und trugen schweigend den Sarg zum Wagen. Strux nahm von Watthuis die Papiere entgegen, dann fuhren sie ab.

Die geöffnete Corvitflasche macht noch einmal die Runde. Danach entschlossen sich auch die Auricher Kollegen zum Abmarsch. Sie verstauten das Gerät in den Wagen und fuhren los.

»Herr Ortgies, mein Kollege und ich müssen sichergehen, dass wir nichts übersehen«, sagte Grooth. »Wir drehen jeden Dreckklumpen noch einmal um. Lassen Sie uns bitte den Schlüssel hier.«

»Gerne. Ich weiß noch nicht, wer für den Schaden aufkommt«, sagte der Unternehmer.

»Nach dem Verursacherprinzip der Mörder«, sagte Grooth sarkastisch.

»Als der Beton an die Baustelle geliefert wurde, nutzte der Mörder die Situation und vergrub anschließend sein Opfer«, resümierte Watthuis. »Normalerweise ein bombensicheres Versteck. Doch dann wünschten Sie als Eigentümer von der Baufirma eine Änderung des Eingangsbereichs, weil die Stadt Ihnen eine günstige Offerte machte.«

»Es ergab sich dadurch eine neue Ausgangssituation«, antwortete Ortgies. »Die Ladenfläche konnte erweitert werden. Das war der Baufirma nicht nach der Nase. Sie machte aber entsprechende Vorschläge, unter anderem, den hinteren Bereich des Marktes zur Westseite zu verändern. Ich tendierte zu der ersteren Lösung.«

Watthuis unterbrach seine Tätigkeit.

»Nicht auszudenken, wenn Sie nicht durch Zufall dem Mörder auf die Schliche gekommen wären«, meinte Grooth.

»Herr Ortgies, wir werden den Markt versiegeln und am Montag mit dem Staatsanwalt wieder hierherkommen«, sagte Watthuis.

»Ich wende mich an die Baufirma. Bis dann«, sagte Ortgies und verließ den Markt.

Maximilian Eschhoff hatte sich nicht nur nach der Geburt seines Sohnes zu seinem Vorteil verändert. Er war häuslich geworden, sehr lieb zu seiner Frau und hatte, wie es schien, die ehemaligen Flausen abgelegt. Er fuhr zwar noch ein teures Auto, doch das entsprach durchaus seinem Einkommen. Die feste Anstellung bei der Feeke Bantz OHG stärkte sein Selbstvertrauen, erst recht gab ihm sein gutes Einvernehmen mit dem Firmeninhaber, was sich so positiv nach dem Tode von Renke Bantz entwickelt hatte, einen mächtigen Auftrieb.

Bei gutem Wetter entlastete Maximilian, wenn er Zeit hatte, seine Frau Tanja und fuhr den kleinen Renke im Kinderwagen spazieren. Es war eine Freude, Vater und Sohn zuzuschauen, wenn der kleine Renke auf der Decke im Garten lag und juchzte, während Maximilian mit ihm spielte.

Doch dann kamen Gerüchte auf, die nicht nur die Eschhoffs irritierten. Es hieß, die Polizei hätte im von der Feeke Bantz OHG erstellten Rohbau des Blumen- und Pflanzenhändlers Ortgies die Leiche des jungen Unternehmers entdeckt. Ein seltener Zufall hatte den halb verwesten Leichnam des Renke Bantz zutage gebracht. In Jeans und Troyer hatte das Opfer auf dem Sandbett unter Beton, Estrich und Fliesen gelegen.

Die Polizei hatte die Leiche nach Oldenburg zum gerichtsmedizinischen Institut schaffen lassen, wo sie von Pathologen genauestens untersucht wurde. Auch das am Fundort gefundene Taschentuch konnte eventuell helfen, den Täter zu identifizieren. Es wurde ebenso gründlich nach Spuren unter die Lupe genommen. Die Ergebnisse der Untersuchungen standen noch aus.

Die Überlegungen der Beamten kreisten dabei um die Person, die nach dem Tode des Juniors alleine das Sagen in der Firma Feeke Bantz OHG hatte, nämlich Dr. Dagobert Hoyer. Die Beamten vermuteten, dass Dr. Hoyer um das frisch betonierte Fundament wusste und die Leiche dort abgelegt hatte. Dagegen wurde der Verdacht gegen Jesko Warfsmann offiziell aufgehoben. Es war unwahrscheinlich, dass der Mediziner nach den vielen Jahren in Aachen dieses Versteck gewählt haben konnte.

Diese Gedanken fanden ebenfalls Anwendung auf seinen Vater, Jan Warfsmann, dessen Aufenthalt in Norden und Norddeich nachweislich für solch raffinierte Beseitigung der Leiche nicht ausreichte.

Aber noch immer fehlte den Beamten der überzeugende Beweis. Sein Auto wurde einer genaueren Untersuchung unterworfen, ohne Erfolg. Auch die Firmenfahrzeuge, zu denen Dr. Hoyer am Mordabend und danach Zugriff hatte, nahm die Polizei unter die Lupe.

Andererseits ergab die wissenschaftliche Untersuchung der Leiche einige Hinweise, die zu Hoffnungen berechtigten. Da wären als Erstes einige Fusseln zu nennen, die sich auf dem Pullover des Toten befanden. Zudem hatten sich in der Bootshalle und vor der Tür, wenn auch dünn gesät, ebenfalls diese Wollfusseln befunden.

Renke Bantz war von seinem Mörder nichts ahnend angegriffen und erwürgt worden. Warum er sich nicht gewehrt hatte, blieb auch weiterhin ein Rätsel. Es war anzunehmen, dass sein Mörder ihm vertraut war. Diese Tatsache sprach für Dagobert Hoyer als Mörder.

All diese Erkenntnisse halfen jedoch nicht, Dr. Hoyer zu überführen. Die Durchsuchungen seiner Norder Wohnung und der Inselwohnung hatten zu keinem belastenden Material geführt, nur eine Menge Ärger eingebracht.

Dennoch ergaben sich hier beträchtliche Zweifel, weil es seltsam anmutete, dass sich Dr. Hoyer kurz nach dem Mord entschloss, etliche noch gut erhaltene Kleidungsstücke in den Rote-Kreuz-Sack zu werfen. Zufall oder nicht? Wenn auch leichte Zweifel blieben, so neigten die Beamten dazu, das brüchige Alibi und die vielen unwahrscheinlichen Zufälle zu tolerieren.

Selbst Elvira Hoyer verlor erneut die Geduld, und die Zweifel an ihrem Mann stürzten sie in eine tiefe Krise. Eine ernst zu nehmende Schwermut war die Folge. Sie und ihr Mann hatten sich nach einer Urnenbestattung im kleinsten Kreis von Renke verabschiedet und lebten weiterhin in zermürbender Unsicherheit.

Dagegen verzieh Anna Warfsmann ihrem Bruder Jesko und stellte ihre Besuche bei den Hoyers ein.

Unter den hiesigen Bauinteressenten gab es nur wenige, die an die Unschuld des Unternehmers glaubten. Doch dann erhielt die Polizei einen verspäteten Untersuchungsbericht, der einiges auf den Kopf stellte.

Das im Rohbau des Blumen- und Pflanzenmarktes aufgefundene zerknüllte und ramponierte Tempotuch enthielt nachgewiesenermaßen die Schweißspuren eines Mannes, der nicht Dagobert

Hoyer war, wie die Genuntersuchung nachwies. Sensationell mutete an, dass die DNA-Analyse das Ergebnis brachte, woran keiner gedacht hatte, nämlich an eine Übereinstimmung mit der Untersuchung des Kaugummis, den die Beamten am Fahrradreifen des Opfers gefunden hatten.

Das Entscheidende dabei war, dass in der Tat Kaugummi und Taschentuch vom Mörder stammen mussten, denn die Wahrscheinlichkeit, dass vor der Bootshalle jemand ein Kaugummi ausspuckt, der wenig danach sein gebrauchtes Taschentuch in den Rohbau eines Blumen- und Pflanzenmarktes wirft, war gleich null. Oder, so seltsam es klang, die Kripo hatte es mit einem unheimlich cleveren Täter zu schaffen, der auf diese Weise den Verdacht von sich ablenken wollte, sozusagen als letzte Sicherheit.

Darum schlossen der Staatsanwalt und die Kripobeamten nicht aus, dass der unbekannte Täter möglicherweise Dr. Dagobert Hoyer war, dem diese List zuzutrauen war. Entwarnung gab es dagegen für Jan Warfsmann. Er atmete auf. Nun waren Vater und Sohn rehabilitiert.

Dennoch gelang es Dr. Hoyer, der unerschütterlich um seine Rehabilitation kämpfte, Aufträge hereinzuholen. Seine Angestellten und Arbeiter redeten zwar viel, sie störte hingegen dies alles nicht, denn sie waren dankbar dafür, dass der Chef für sie Arbeit hatte. Niemand konnte Dr. Hoyer etwas nachweisen. Zudem ging es bei den Bauprojekten nicht um Anti- und Sympathie, sondern um Geld.

Während dieser kritischen Phase hatte Dr. Hoyer ganz besonders die Dienste seines kaufmännischen Beraters Maximilian Eschhoff schätzen gelernt. Der junge Mann hatte vieles von ihm fern gehalten und ihm Mut gemacht, wenn er in einem Tief steckte.

Maximilian Eschhoff war es auch, der großzügig einerseits die Kostenfrage des Umbaus klärte und ohne Aufsehen den Schaden mit dem Gärtner Ortgies abwickelte, der ihm durch die Bergung der Leiche entstanden war. Denn darin waren sich alle einig, dass es ein Glücksfall war, den toten und vermissten Junior überhaupt entdeckt zu haben. Nicht auszudenken, wenn das nicht der Fall gewesen wäre.

Die Zeitungen berichteten zwar ausführlich vom Geschehen, machten allerdings keine näheren örtlichen Angaben. Denn es war zu befürchten, dass die Kundschaft das Geschäft nach Befriedigung der ersten Neugierde meiden würde.

Für den Staatsanwalt und die Beamten brachte der Leichenfund nicht die erhoffte Wende. Alles lief darauf hinaus, den Mord als ungelöst zu den Akten zu legen, dabei aber das ehemalige Umfeld des Opfers im Auge zu behalten.

Elvira Hoyer gelang es nach einigen längeren Aufenthalten in der Psychiatrie des Wilhelmshavener Krankenhauses, ihrer Depressionen Herr zu werden. Sie fand zurück zu ihrem Mann, dem die Polizei nichts nachweisen konnte und von dem sie jetzt annahm, dass sie ihn zu Unrecht nicht rehabilitierten. Dabei verlor Elvira Hoyer restlos das Interesse am Geschäft. Sie verweilte des Öfteren auf Baltrum und betätigte sich im kirchlichen Hilfsdienst. Dabei zeigte sie sich spendabel, wenn es um die Bekämpfung der Armut ging.

Dr. Hoyer war nicht abgeneigt, das Unternehmen an einen Konkurrenten zu verkaufen, doch er dachte an seine Leute. Dabei stellten sich bei ihm auch gesundheitliche Störungen ein. Der Kreislauf machte ihm zu schaffen.

Finanziell konnten die Hoyers aus dem Vollen schöpfen. Sie hatten nicht nur gespart, sondern sie besaßen einige Grundstücke und Gebäude. Aber Dr. Dagobert Hoyer fühlte sich noch nicht alt und wollte noch einige Jahre erfolgreich der Firma vorstehen. Dabei wartete er sehnsüchtig auf den Beweis seiner Unschuld.

Gelegentlich besuchte Anna Warfsmann Herrn Hoyer und seine Frau. Sie hatte einen neuen Freund, der in Hamburg bei der

Kriminalpolizei beschäftigt war. Er hatte eine oberflächliche Ähnlichkeit mit ihrem ermordeten Lebensgefährten Renke Bantz.

Claas Konken war ein aufgeschlossener junger Mann, der nach dem Studium des Lehramtes für Realschulen nur vorübergehend Beschäftigung im Schuldienst fand. Er war schlank, hochgewachsen und äußerst sportlich.

Seinen Interessen gemäß bewarb er sich anschließend für den Polizeidienst und wurde genommen. Die erste Anstellung bekam er in Harburg und wechselte dann später nach einer Reihe von Weiterbildungsmaßnahmen über zur Kriminalpolizei. Claas Konken schätzte seinen Dienst, der ihn oft in heikle Situationen brachte. Er war beileibe kein Raufbold, doch seine Entschiedenheit beim Einsatz verschaffte ihm Respekt, wenn im Kampf gegen die Drogendealer sein körperlicher Einsatz gefordert wurde. Doch das kam Gott sei Dank nicht allzu häufig vor.

Er lernte Anna Warfsmann an einem schönen Juniwochenende in Damp 2000 kennen, als sie mit einem Kollegenehepaar den Strand aufsuchte. Anna hatte eine lange Zeit um ihren Freund getrauert. Ihr fehlte der Mut, aber auch das Interesse, erneut eine Bindung einzugehen. Doch dann begegnete ihr der unbekannte junge Mann, der sie an Renke erinnerte.

Sie erschrak bei seinem Anblick. Er stand vor ihr in der Schlange am Kiosk und beachtete sie nicht. Doch später war er es, der Anna Warfsmann beim Ballspielen anrempelte. Er entschuldigte sich und sah sie verwundert an.

»Kennen wir uns?«, fragte er verdutzt.

»Nein, nicht dass ich wüsste«, antwortete sie und ging davon.

Drei Tage später begegneten sie sich erneut. Es war kurz vor halb fünf auf der Rolltreppe bei Karstadt.

»Nun müssen wir uns aber bekannt machen. Ich bin Claas Konken und auf dem Wege, mir einen Kaffee zu gönnen«, sagte er. Sein Gesicht war von der Sonne tief gebräunt. Er war bekleidet mit einer leichten Sommerhose und einem sportlichen Pulloverhemd. Er trug sein dunkelblondes Haar im Faconschnitt. Mit der Linken hielt er eine Aktentasche an seinen Körper.

Anna Warfsmann überwand die Überraschung und lächelte freundlich.

»Mein Name ist Warfsmann. Ganz ehrlich, bei der Schwüle steht auch mir der Sinn nach einem Kaffee«, sagte sie und ordnete ihr Haar. Sie sah schick aus in ihren Jeans und einer hellblauen Bluse. Sie trug ihr Haar lang. Auch ihr Gesicht war von der Sonne gebräunt.

Sie verließen die Rolltreppe und näherten sich im Strom der Besucher an Fahrrädern, Gokarts und Campingartikeln vorbei der gemütlichen Cafeteria.

»Frau Warfsmann, es gibt keinen Zufall. Es handelt sich um einen schicksalhaften Wink«, sagte er lächelnd.

Anna Warfsmann zeigte auf eine gemütliche Ecke. »Drüben ist es recht ruhig«, sagte sie.

Sie setzten sich. Die Bedienung trat an den Tisch.

»Ein Kännchen Kaffee«, bestellte sie.

»Ich schließe mich an«, sagte er und stellte seine Tasche ab.

In dem Kaufhaus war es angenehm kühl. Sie trugen beide keinen Ring und waren überrascht über die Vertrautheit, die sie beide zu verbinden schien.

»Frau Warfsmann, offen gestanden, es ist sonst nicht meine Art, einfach eine Fremde anzusprechen«, sagte Claas Konken.

»Das glaube ich Ihnen. Auch ich trinke gewöhnlich Kaffee nur mit Leuten, die ich kenne«, sagte sie.

Die Bedienung brachte die Bestellung, kassierte und ging davon.

Die beiden sahen sich an und beschäftigten sich mit ihrem Kaffee.

»Zuerst habe ich zu meiner Rechtfertigung zu sagen, dass ich Arbeit habe. Somit gut verdiene und weder verheiratet noch geschieden und nicht das bin, was man einen Frauenheld nennt«, trug Claas Konken vor. Sein schlankes, männliches Gesicht zeigte eine leichte Röte. Er griff zur Tasse und nahm einen Schluck.

»Ich habe nicht das Gegenteil angenommen«, erwiderte sie ernst. »Auch ich lebe in geordneten Verhältnissen. Ich gehe meinem Beruf nach und habe nach dem Tode meines Freundes äußerst zurückgezogen gelebt.« Sie nahm die Tasse in die Hand, trank einen Schluck und stierte nachdenklich in die gut besuchte Cafeteria. Sie sah nicht, wie der junge Mann in seine Brieftasche griff.

»Ich habe hier ein Foto meiner ehemaligen Freundin. Sie liebte schnelle Motorräder. Ein Ölfleck auf der Schnellstraße brachte sie zu Fall«, sagte er und zeigte ihr das Foto. Es war eine schöne junge Frau mit langen dunklen Haaren. »Sie war sofort tot«, sagte er.

»Und Sie glaubten, Sie könnten es nie verwinden? So war es auch beim Tod meines Freundes. Doch die Zeit heilt Wunden«, sagte sie und gab ihm das Bild zurück.

Sie tranken Kaffee und schwiegen eine Weile.

»Woran starb Ihr Freund?«, fragte Claas Konken.

»Er wurde ermordet. Er arbeitete an seinem Schiff, während ich meinen Bruder traf«, sagte sie.

»Wo war das?«, fragte er und horchte auf.

»In Norddeich«, antwortete sie.

»Was machen Sie beruflich?«, fragte Claas Konken.

»Ich arbeite als Gymnasiallehrerin«, antwortete sie. In der kurzen Zeit hatte sie Vertrauen zu dem jungen Mann gefasst und beantwortete seine Fragen. Umso erstaunter war sie, als sie seinen Beruf erfuhr.

»Ich bin bei der Kriminalpolizei beschäftigt. Meine Beförderung zum Kommissar steht an«, sagte er.

»Nein, das ist ja ein Zufall«, lachte Anna Warfsmann.

Claas Konken liebte seine Arbeit. Er stand vor einer glänzenden Karriere.

Anna Warfsmann fühlte sich aufgewühlt, als sie sich nach einer knappen Stunde von Claas Konken verabschiedete und sich Vorwürfe über ihre Vertrauensseligkeit machte. Sicherlich gab es viele Parallelen in seinem und ihrem Leben. Sie waren auseinandergegangen mit einem herzlichen Händedruck.

Anna Warfsmann wollte ein weiteres Treffen dem Zufall überlassen. Dabei hatte Claas Konken einen starken Eindruck auf sie gemacht. Seine berufliche Begeisterung, seine nette Art, sich zu geben, beeindruckten sie. Zudem zog seine äußere Ähnlichkeit mit Renke sie in ihren Bann.

Ähnlich empfand auch Claas Konken seine neue Situation. Er war bisher verfänglichen Bekanntschaften aus dem Wege gegangen, weil er sich nicht traute, eine neue Bindung einzugehen. Doch bei der Lehrerin verhielt es sich anders. Sie hatte selbst unter dem Verlust ihres Freundes gelitten. Auch sie schien sich ihm mit kleinen Schritten zu nähern.

Claas Konken sah deshalb nicht ein, ein weiteres Zusammentreffen dem Zufall zu überlassen. Er fand schnell heraus, dass Anna Warfsmann jeden Donnerstag von 17 bis 19 Uhr mit den Mädchen der C-Jugend in der Turnhalle zum Handballspielen zusammenkam. Sie selbst spielte in der ersten Damenmannschaft des Rahlstedter SC. Ohne den Zufall für sich zu beanspruchen, erschien er nach dem Training mit seinem Golf in Rahlstedt vor der Turnhalle und begrüßte sie mit einem verlegenen Lächeln.

Sie zeigte ihm offen ihre Freude und stieg ohne viel Gerede zu ihm in den Wagen. Sie fuhren nach Bahrenfeld, denn dort hatte eine amerikanische Kette ein Schnellcafé eröffnet. Es gab den Kaffee in großen Bechern ohne Serviererin.

»Es war mir ein Bedürfnis, Sie wiederzusehen. Ich habe allerdings etwas gebraucht, Sie ausfindig zu machen«, sagte er, während sie den Kaffee aus einem Becher tranken.

»Wir wollten es dem Zufall überlassen«, sagte sie lächelnd.

Sie saßen ungezwungen an einem klobigen Holztisch und hielten sich an der Hand.

»Dann sind wir alt, wenn wir uns auf den verlassen«, meinte er. »Nenn mich Claas und gestatte bitte, dass ich Anna sage.«

»Einverstanden«, antwortete sie und gab ihm einen Kuss auf die Wange.

»Für meine Tagebucheintragung benötige ich mehr«, sagte er, drückte sie an sich und küsste sie.

Der Bann war gebrochen. Sie redeten nicht viel drum herum, sondern wussten, dass sie füreinander bestimmt waren.

Anna Warfsmann musste sich nicht ängstigen, als sie an diesem Abend von ihrem neuen Freund im Hausflur Abschied nahm, denn Claas blieb in jeder Weise zurückhaltend, bat sie auch nicht um Zutritt, sondern gab ihr einen kurzen, aber herzlichen Kuss und ging zu seinem Golf, nicht ohne sie zu einem weiteren Treffen eingeladen zu haben.

Das Wetter spielte an diesem Samstag nicht mit, als Claas Konken Anna Warfsmann an der Wohnung abholte. Das Hamburger Schmuddelwetter konnte jedoch die freudigen Erwartungen nicht dämpfen, die beide empfanden. Sie fuhren in die Innenstadt und fanden in der Nähe des angesteuerten Cafés einen Parkplatz.

Nach einem kurzen Spazierweg betraten sie das Studentencafé und fühlten sich dort gut aufgehoben, während der Regen niederprasselte.

Anna Warfsmann und Claas Konken konnten beide gut zuhören und hatten sich viel zu erzählen. Sie tranken Milchkaffee und aßen dazu Waffeln. Anschließend fuhren sie zu Claas, der ein kleines Apartment in der Seilerstraße bewohnte. Es war eine behagliche Wohnung mit einer gemütlichen Deckenschräge und einer Gaube. Vom Fenster hatte man einen herrlichen Ausblick über die Altstadt.

Anna studierte die Bücher ihres neuen Freundes und war sehr beeindruckt. Claas war bereits in Amerika gewesen und hatte ansprechende Fotos gemacht. Schließlich wagte Claas es, als sie es sich auf der Couch gemütlich gemach hatten, Anna erneut zu küssen. Sie zierte sich nicht und erwiderte seine Zärtlichkeiten.

Im matten Licht des verregneten Tages liebten sie sich leidenschaftlich und bewusst und wussten, dass sie damit einen Schlussstrich unter ihre Enthaltsamkeit setzten. Sie waren glücklich und fühlten die Bereicherung, die ihnen das Gefühl gab, für jemanden da zu sein.

Anna Warfsmann versah ihre Lehrtätigkeit mit Engagement, dennoch verschönerte die Liebe zu Claas Konken ihr Leben. So fühlte auch der neue Freund, der ganz in seinem Polizeiberuf aufging. Sie sahen sich nicht jeden Tag, aber alle zwei oder drei Tage, manchmal nur kurz, wenn es ihre Arbeit nicht anders zuließ. Häufig kam es vor, dass Claas während der Nacht seinen Einsatz leistete, denn das kriminelle Geschehen in der Hafenstadt war wie ein ständig wucherndes Krebsgeschwür.

Sie hatten beide eine enge und bescheidene Wohnung und begannen sich nach einer größeren umzusehen. Das war nicht einfach in einer Stadt wie Hamburg.

Im Laufe des Sommers luden sie ihre Freunde ein und machten etliche Besuche. Auch Anna Warfsmanns Freundin Tanja Eschhoff hatte von ihrer neuen Verbindung gehört und sie und ihren Freund eingeladen. Sie freute sich vor allem auf den kleinen Renke, der schon laufen gelernt hatte und recht munter drauflosbrabbelte, wie ihre Freundin ihr am Telefon berichtet hatte.

Tanja Eschhoff und ihr Mann fanden den Entschluss von Anna Warfsmann gut, nicht allein zu bleiben, und freuten sich darüber, ihren neuen Freund kennen zu lernen. Maximilian war mittlerweile zum Chef der Verwaltung aufgestiegen und leistete gute Arbeit.

Natürlich waren die letzten Monate nicht spurlos an Dr. Hoyer vorbeigegangen, doch mittlerweile sprach niemand mehr über den damaligen Mord.

Auch Anna wollte an diese Geschichte nicht mehr erinnert werden, als sie sich mit Claas Konken an einem sonnigen Samstagvormittag auf den Weg nach Ostfriesland machte. Sie hatten in Hamburg einen süßen Jeansanzug für den kleinen Renke gekauft und fuhren bereits nach dem Frühstück los. In Greetsiel aßen sie eine Kutterscholle mit Petersilienkartoffeln und Salat zu Mittag, machten anschließend einen Bummel durch Norddeich und standen pünktlich zur Teezeit vor dem schicken Bungalow der Eschhoffs.

Maximilian öffnete die Tür, drückte Anna Warfsmann wie eine Schwester an sich und gab ihr einen Kuss auf die Wange. Daraufhin begrüßte er den Besucher mit einem herzlichen Lächeln.

»Schön, dich kennen zu lernen«, sagte er und schüttelte seine Hand.

»Das kann ich auch sagen. Anna hat mich eingeweiht und mich mitgenommen«, sagte Claas Konken ganz locker.

»Kommt mit herein«, antwortete der Hausherr.

Sie folgten Maximilian Eschhoff, der sie ins Wohnzimmer führte. Dort stand Tanja, den Kleinen an der Hand, der ihnen an Tanjas Hand ein paar Schritte entgegentapste.

Die Begrüßung fiel äußerst herzlich aus. Anna nahm sich Renke an, der sich von ihr herzen ließ. Claas Konken überreichte Tanja die Blumen und Anna schob ihr das Geschenk zu. Maximilian besorgte eine Vase, während der Jeansanzug allgemeine Bewunderung fand. Sie palaverten noch eine Weile, nahmen dann Platz und schenkten dem Kleinen ihre Aufmerksamkeit.

Claas Konken war angetan von seinen neuen Bekannten. Sie waren herzlich und in jeder Weise aufgeschlossen. Sie hatten ein hübsches, gesundes Kind, das weder quengelte noch viel schrie. Es saß im Kinderställchen und spielte mit Klötzchen.

»Irgendwann werden wir auch den Schritt wagen, in der Hoffnung, so ein hübsches und braves Kind zu bekommen«, sagte Anna Warfsmann.

»In dem Alter kann man schon etwas mit ihnen anfangen«, meinte Claas Konken.

»Wie alt ist Renke jetzt genau?«, fragte Anna Warfsmann, neigte sich über das Ställchen und strich dem Jungen durch das hellblonde Haar. »Da muss ich eben nachrechnen. Er ist am neunzehnten Februar geboren. Heute ist der siebte Juli. Renke ist jetzt zwei Jahre, vier Monate und siebzehn Tage«, antwortete Tanja Eschhoff.

»Unser Schatz soll nicht alleine bleiben«, sagte Maximilian und schenkte Tee nach. »Doch bis jetzt hat es sich noch nicht ergeben.«

»Zuerst werden wir heiraten. Wir können uns noch etwas Zeit lassen«, meinte Anna Warfsmann.

Sie und ihre Freundin Tanja vertieften sich in ein Gespräch über Kinder, während die Männer auf die Bundesliga Paarungen zu sprechen kamen. Der HSV hatte gerade noch Klassenerhalt geschafft, während Werder Bremen die Tabelle anführte. Zum Leidwesen von Claas Konken verließen einige Spieler den HSV, und von den Neueinkäufen hielt er nicht viel.

Die Zeit verflog wie im Flug. Schließlich gab Renke das Zeichen zum Abschied, indem er quengelig wurde.

»Es war ein herrlicher Nachmittag«, sagte Claas Konken.

Das war auch die Meinung der Eschhoffs.

Anna Warfsmann drückte den kleinen Renke noch mal an sich und verabschiedete sich von ihrer Freundin mit einem Kuss auf die Wange. Claas Konken reichte den Eschhoffs die Hand, dann verließen sie das hübsche Haus.

»Die sind nett«, meinte er, als sie in den Wagen stiegen und Richtung Emden fuhren.

»Der Kleine ist süß«, sagte Anna Warfsmann verträumt, zog ein Buch aus ihrer Tasche und vertiefte sich in die Seiten.

Claas Konken konzentrierte sich auf den Verkehr, der am heutigen Samstag auffallend lebhaft war. Er schwieg. Er sah, wie seine Freundin den Kopf zur Seite legte und einschlief. Er dachte an den alten Warfsmann, der seine Jahre im Zuchthaus verbracht hatte. Er hatte ihn kennen gelernt. Anna hatte ihm verziehen. Ihre Mutter hatte sich für ihre Kinder selbstlos eingesetzt, war dann schließlich dem Alkohol erlegen. Sie vegetierte nur noch vor sich hin. Anna hatte mit ihrem Bruder fürwahr eine harte Jugend gehabt.

Er selbst kam aus einem bürgerlichen Haus. Er war ein Einzelkind, dem es an nichts gefehlt hatte. Sein Vater war Leiter einer Filiale der Stadtsparkasse in Bergedorf gewesen, während seine Mutter in den letzten Jahren in einem Textilgeschäft gearbeitet hatte.

Doch während er so seinen Gedanken nachging, verfing er sich in dem kriminellen Geschehen um Annas Freund. Er fand es schon seltsam, dass der Mörder des Skippers noch nicht gefasst worden war. Noch immer lastete auf Dr. Hoyer der Verdacht des Mordes. Annas Bruder Jesko und ihr Vater waren von dem Verdacht der Täterschaft freigesprochen worden.

Als Anna aufwachte, bog er von der Autobahn ab.

»Jetzt fahren wir zu dir nach Rahlstedt. Wir machen uns heute Abend etwas Leckeres zu essen, und dann erzählst du mir haarklein, wie das damals war, als Renke vor der Bootshalle verschwand«, sagte Claas Konken ernst und lenkte den Golf über die Schnellstraße nach Rahlstedt.

Zurzeit hatte die Polizei den Fall Renke Bantz auf Eis gelegt. Sie sah immer noch keine Handhabe, gegen Dr. Hoyer, den Hauptverdächtigen, vorzugehen. Für seine Täterschaft sprach die fehlende Gegenwehr des Opfers. Dagegen lieferte die DNA-Analyse aufgrund der Untersuchung des Taschentuches und des Kaugummis nicht den Beweis, dass er der gesuchte Mörder war. Andererseits konnte auch ein Unbekannter das Taschentuch benutzt haben, ein Bauarbeiter zum Beispiel, doch was war dann mit dem Kaugummi?

Natürlich war auch eine andere Lesart denkbar. Es war erwiesen, dass der Konsument des Kaugummis und der Benutzer des Taschentuchs ein und dieselbe Person waren. Weiter gedacht, wenn Dr. Hoyer kein Ablenkungsmanöver unternommen haben sollte, dann musste es eine weitere Person geben, nämlich den Mörder.

In diesem Gedankengebäude bewegten sich die Beamten. Watthuis und Grooth hatten in der Tat ihre Möglichkeiten ausgeschöpft. Sie mussten die Mitglieder des Yachtclubs genauso von der Liste der Verdächtigen streichen wie auch die weiteren Bekannten des Skippers. Für sie sprach immer noch alles dafür, dass Dr. Hoyer der Täter war. Die Beamten gaben die Hoffnung dennoch nicht auf, irgendwann die Wahrheit zu erfahren.

Umso erstaunter reagierte Watthuis, als er am Mittwoch, dem 4. Oktober, dem Tag nach dem Tag der Deutschen Einheit, in seinem Dienstzimmer am Schreibtisch saß. Es war kühl an diesem Morgen. Der Himmel war bedeckt. Das Wetter neigte zur Schauerbildung. Er nahm die Post von seiner Kollegin nach einem kleinen Schwätzchen entgegen.

Trotz des Feiertages hielt sich der Posteingang in Grenzen. Er öffnete die Briefe und stutzte, als er die korrekte Anschrift auf dem letzten Kuvert las. Es war eine Versandtasche der Größe DIN-A5. Sie trug keinen Absender. Er las »Briefzentrum Hamburg-Altona«.

Er nahm den Brieföffner, schlitzte das Kuvert auf und nahm den Inhalt heraus. Ein weißes DIN-A4-Blatt enthielt zusammengefaltet ein in Plastik gehülltes Papier, das einer Serviette glich. Der Briefbogen war mit einer älteren Maschine beschrieben. Er las:

Sehr geehrte Damen und Herren, Sie finden in der Anlage ein meines Erachtens wichtiges Beweisstück, das im Fall »Renke Bantz« für Klarheit sorgen könnte. Mir ist es gelungen, für eine Genanalyse ein benutztes Taschentuch bei einem Mann zu ergattern, der sich durch einen Zufall selbst demaskiert hat, ohne einen Verdacht geschöpft zu haben. Wie ich in Erfahrung brachte, gelangten Sie bei der Spurensuche in den Besitz eines Taschentuches. Das Geheimnis können Sie lüften, wenn Sie die Spuren an den beiden

Taschentüchern einer gentechnischen Untersuchung unterziehen. Das wird auch die Frage klären, von wem das Kaugummi stammt. Ich hoffe, dass der Staatsanwalt keine Schwierigkeiten bereitet und grünes Licht für diese Maßnahme gibt. Sie werden später telefonisch von mir hören. Mit freundlichen Grüßen.

Watthuis legte den Brief zu Seite, betrachtete das beigefügte Taschentuch und hielt es gegen das Licht. Es zeigte Spuren des Gebrauchs.

Seine Hände schwitzten. Er hörte die Stimme seines jüngeren Kollegen und wartete voller Ungeduld. Endlich trat Grooth ein.

»Moin«, grüßte er und hängte seine Jacke über den Bügel.

»Moin«, sagte Watthuis, »hier wartet auf dich eine riesige Sensation. Setz dich und lies das Schreiben.« Er reichte dem Kollegen den Brief.

Grooth sah kurz auf, setzte sich in den Bürosessel und las. Dann lehnte er sich zurück.

»Das schlägt dem Fass den Boden aus! Der Verfasser, wer es auch sein mag, weiß eine Menge«, sagte er und fuhr mit der Hand nervös durch sein dünnes Stoppelhaar.

»Der Brief ist flüssig geschrieben. Das Anliegen hat der Verfasser klar formuliert. Es scheint, dass er lange überlegt hat, ihn abzuschicken«, sagte Watthuis. Er griff zum Telefonhörer und sagte: »Das fällt in die Kompetenz des Staatsanwaltes.« Er wählte die Nummer.

»Vorzimmer von Staatsanwalt Dr. Kanter«, vernahm er.

»Kripo Norden, Watthuis. Ich muss dringend mit dem Staatsanwalt sprechen«, sprach er in den Hörer.

»Herr Dr. Kanter kommt heute später in das Büro. Er hat noch einen Termin in der Stadt. Kann ich ihm etwas ausrichten?«, fragte sie.

»Sagen Sie ihm, er möchte uns anrufen. Danke«, sagte der Beamte.

»Das werde ich. Tschüß«, sagte sie und legte auf.

»Auf der letzten Pressekonferenz hat Kanter auch das Taschentuch kurz angesprochen. Der Briefschreiber kann sein Wissen auch aus der Presse haben«, sagte Grooth.

»Hamburg. Die Lehrerin Warfsmann, die Freundin des Opfers, und ihr Vater kommen von dort«, stellte Watthuis fest.

»Warum bleibt der Verfasser oder die Verfasserin anonym?«, fragte Grooth. »Das muss doch einen Grund haben.«

»Hat er oder sie Angst? Vielleicht ist sich die Person auch nicht ganz sicher und will kein Risiko eingehen«, meinte Watthuis.

»Angenommen, die DNA-Analyse bringt den Beweis, dass beide Taschentücher vom selben Benutzer stammen und damit auch das Kaugummi?«, fragte Grooth.

»Dann soll er uns erklären, wie das eine zufällig dort gefunden wurde, wo der Mörder die Leiche vergraben hat«, folgerte Watthuis.

»Richtig. Und wir warten dann auf den mysteriösen Anrufer«, meinte Grooth.

Das Telefon unterbrach ihre Betrachtungen. Es war der Staatsanwalt. Er wollte sich selbst von dem Posteingang einen Überblick verschaffen und bat die Beamten, zur Besprechung nach Aurich zu kommen.

Watthuis und Grooth fuhren sofort los. Große Eile war nicht nötig, denn Kanter hatte angekündigt, dass er vorher noch ein Gespräch mit dem Amtsrichter hatte.

Sie fuhren über die B 72 nach Aurich. Die Straße war von den Landwirten stark benutzt, denn die Maisernte hatte begonnen. Trotz des vergangenen schönen Sommers war die Vegetation noch erfrischend grün. Dennoch zeigte der Herbst seine Nähe. Auf den Weiden graste noch das Buntvieh.

Sie erreichten das Schloss, parkten in der Nähe, stiegen aus und gingen zu Fuß durch den gepflegten Park. Die Räume der Staatsanwaltschaft befanden sich in dem lang gestreckten Bau im Parterre. Sie suchten das Vorzimmer des Staatsanwalts auf, klopften an und traten ein.

Die Sekretärin führte sie zum Staatsanwalt.

»Der Besuch aus Norden«, sagte sie.

»Meine Herren, nehmen Sie bitte Platz. Frau Horstmann macht uns einen Tee«, sagte Kanter und strich sich über sein welliges graues Haar.

Die Sekretärin verließ das Zimmer, brachte kurz danach das Geschirr.

»Hier sind der Brief und das Taschentuch«, sagte Watthuis und reichte es dem Staatsanwalt.

Kanter nahm es entgegen, nickte ernst, setzte sich und las. Dann blickte er auf.

»Mit den Worten ›er hat sich selbst entlarvt‹ meint der Verfasser wohl, dass der Täter sich verraten hat«, sagte der Staatsanwalt. »Alles sieht danach aus, dass es sich um einen engen Vertrauten des jungen Bantz handeln muss.«

»Dafür spricht auch, dass er in den Besitz des zweiten Taschentuches kam«, meinte Grooth.

»Ich sehe keinen Grund, den Inhalt des Briefes anzuzweifeln«, sagte Watthuis.

»Der Schreiber wünscht vorerst nicht in Erscheinung zu treten. Er wird erst dann seinen Namen preisgeben, wenn wir die beiden Taschentücher einer DNA-Analyse zugeführt haben«, sagte der Staatsanwalt.

Die Sekretärin brachte den Tee und stellte die Kanne auf das Stövchen.

»Bitte bedienen Sie sich«, sagte sie.

Sie nahmen vom Kluntje, schenkten sich Tee ein und gaben Sahne in den Tee.

»Weitere Gedanken über den Einsender zu verlieren erübrigt sich«, sagte der Staatsanwalt. »Es ist anzunehmen, dass er, wenn nicht gerade zu dem Opfer, so doch zu den Angehörigen in einer Beziehung steht.«

Sie nippten an ihren Tassen.

»Es sieht auch nicht danach aus, als bestünde eine Gefahr für den Verfasser«, sagte Watthuis.

»Wir werden nicht zögern und noch heute das Taschentuch einer DNA-Untersuchung zuführen«, sagte der Staatsanwalt.

»Ein paar Tage müssen wir uns gedulden, dann werden wir den Mörder überführen können«, meinte Grooth.

»Dafür spricht einiges«, erwiderte Watthuis.

Es gab noch einige Dinge zu besprechen, die nicht im unmittelbaren Zusammenhang mit der Aufklärung des Mordfalles standen.

Staatsanwalt Kanter verabschiedete die Beamten. Auch er war sicher, den Fall Bantz in Kürze abschließen zu können.

Die Beamten verließen das Gebäude der Staatsanwaltschaft und fuhren nach Norden zurück. Sie waren gespannt auf das Ergebnis, denn immer noch galt für sie Dr. Hoyer als der Hauptverdächtige.

Nach einigen Tagen schickten die Wissenschaftler des rechtsmedizinischen Labors das Ergebnis ihrer Untersuchung. Das Ergebnis bestätigte den Verdacht des unbekannten Briefschreibers aus Hamburg.

Das Endresultat war schon aufregend. Auch dieses Taschentuch hatte derselbe Unbekannte benutzt, von dem das andere den Schweiß enthielt. Von ihm stammte auch das Kaugummi.

»Der Täter muss sich seiner Sache so sicher gewesen sein, dass er es nicht für nötig hielt, die Spuren restlos zu verwischen. Damit können wir zufällige Übereinstimmungen so gut wie ausschließen«, meinte Watthuis.

»Jetzt geht es darum, vom Verfasser zu erfahren, wer das Taschentuch auf der Baustelle des Blumenmarktes verloren hat, nachdem er Renke Bantz umbrachte, den Kaugummi vor der Bootshalle ausgespuckt hat und ihn schließlich verbuddelte«, meinte Grooth.

Für die Kriminalbeamten begann ein nervöses Warten, denn der erwartete Anruf blieb aus. Doch nach zwei Wochen meldete sich der Briefschreiber. Mit verstellter Stimme, ohne seinen Namen zu nennen, verwies er auf einen weiteren Brief, den er angeblich bereits abgeschickt hatte. Die Beamten hatten das Telefongespräch auf Tonband aufgenommen. Sicherlich eine Vorsichtsmaßnahme, die fürs Erste nicht weiterhalf.

An einem Mittwochmorgen Mitte Oktober zog eine Regenfront über den nordwestdeutschen Küstenraum. Der Tag war kalt und der Wind kam mit der Stärke 8 aus Westen.

Dr. Hoyer hatte die Heizung hochgestellt. Er saß mit einem Kunden in seinem Büro. Sie gingen gemeinsam den Auftrag noch einmal durch und hielten die Sondervereinbarungen schriftlich fest, die der Unternehmer dem Kunden einräumte.

»Ich korrigiere das Angebot meines Mitarbeiters Herrn Eschhoff dahingehend und gewähre Ihnen auf den Rohbau einen Rabatt von acht Prozent«, sagte Dr. Hoyer zu seinem Kunden und änderte den Vertragstext. »Wenn Sie möchten, dann bitte ich Herrn Eschhoff, an unserem weiteren Gespräch teilzunehmen.« Als der Kunde nickte, beauftragte Dr. Hoyer seine Sekretärin, den Angestellten zu holen.

Maximilian Eschhoff ließ nicht lange auf sich warten. Er war schick in Schale und begrüßte den Kunden in seiner herzlichen Art. Der Chef lud ihn zu einer Tasse Tee ein und bat ihn, die vertraglichen Änderungen bei der Neufassung des Auftrages zu berücksichtigen.

Um 11 Uhr 30 verabschiedeten Dr. Hoyer und sein Mitarbeiter den Kunden. Auch Eschhoff suchte sein Büro wieder auf. Doch kurz danach meldete die Mitarbeiterin von der Rezeption weiteren Besuch an.

Dr. Hoyer verzog angewidert das Gesicht, als er erfuhr, dass die

Polizei ihn zu sprechen wünschte. Er bat seine Mitarbeiterin, die Beamten zu ihm zu schicken.

Natürlich verspürte er eine Nervosität. Erst recht erstaunt reagierte er, als sich nicht nur die beiden Kommissare, sondern auch noch der Staatsanwalt und zwei Beamte der Einsatzpolizei in sein Zimmer drängten.

»Herr Dr. Hoyer, entschuldigen Sie die Störung«, sagte der Staatsanwalt.

Der Unternehmer warf einen flüchtigen Blick auf die versammelte Polizeimannschaft. Sein Gesicht war aschfahl.

»In meiner Tasche befindet sich ein Haftbefehl«, sagte der Staatsanwalt mit ernster Mine. »Ihr Angestellter Maximilian Eschhoff wird festgenommen, weil er den Juniorunternehmer Renke Bantz heimtückisch ermordet hat. Er hat seine Leiche in einem Rohbau, den Ihre Firma erstellt hat, versteckt. Herr Dr. Hoyer, Sie selbst gerieten deshalb unter Tatverdacht.«

»Was? Maximilian ist der Mörder?«, rief Dagobert Hoyer außer sich.

»Sie haben richtig gehört«, wiederholte Kanter.

Dr. Hoyer hielt sich am Schreibtisch fest. Er bediente die Sprechanlage.

»Ein Angestellter führt sie zu ihm«, sprach er wie abwesend.

Ein Mitarbeiter erschien. Er zog die Stirn kraus und schaute seinen Chef verblüfft an.

»Herr Schmeding, begleiten Sie die Herren zu Herrn Eschhoff«, sagte Dr. Hoyer.

»Eile ist geboten, damit er uns nicht entwischt«, ordnete der Staatsanwalt an. Er selbst schritt langsam hinter den Beamten her.

Das Zimmer lag auf derselben Etage. Watthuis riss die Tür auf.

Erschrocken schaute Eschhoff den Störenfried an. Die Worte erstarben auf seinen Lippen. Dann blieb er stehen und starrte vor sich hin. Ungläubig ging sein Blick über die Gesichter der Beamten.

»Herr Eschhoff, Sie sind verhaftetet. Sie gelten als überführt, Renke Bantz heimtückisch ermordet zu haben«, sagte der Staatsanwalt mit fester Stimme.

»Es muss sich um einen Irrtum handeln«, sagte Eschhoff stotternd.

»Sie haben uns lange genug an der Nase herumgeführt«, sagte Watthuis.

Staatsanwalt Kanter hielt Eschhoff den Haftbefehl vor.

»Ich bin unschuldig! Sie dürfen mich nicht verhaften! Ich habe Frau und Kind!«, sagte er und blickte den Staatsanwalt böse an.

»Herr Eschhoff, hier ist nicht der Ort, große Diskussionen zu führen«, sagte der Staatsanwalt. »Der Gentest hat Sie überführt. Fast wäre es Ihnen geglückt, unerkannt zu bleiben. Ich muss Sie davon in Kenntnis setzen, dass alles, was Sie sagen, für und gegen Sie ausgelegt werden kann.«

»Ihr Sohn wurde nicht an dem Tag geboren, als Renke Bantz starb, also am 20. Februar, wie Sie vorgaben, sondern einen Tag davor«, sagte Watthuis.

Einer der Polizisten legte Eschhoff die Handschellen an. Sie verließen das gepflegte Dienstzimmer.

Es ließ sich nicht verhindern, dass die Bürotüren geöffnet wurden und die Angestellten fassungslos zuschauten, wie Maximilian Eschhoff zum Wagen geführt wurde.

Die Beamten fuhren ihn nach Hause und ließen ihn an der Seite der weinenden Frau eine Tasche für die Untersuchungshaft packen. Ohne mit ihr ein Wort zu wechseln und ohne einen Blick auf seinen kleinen Sohn zu werfen, verließ Maximilian Eschhoff die Wohnung, in der Tanja Eschhoff fast das Herz brach.

Sie brachten den mutmaßlichen Mörder nach Aurich.

Trotz des ganzen Trubels um die Verhaftung des Mörders vergaß die Polizei später nicht, sich bei dem Mann zu bedanken, dem sie die Festnahme zu verdanken hatte. Es war kein anderer als Annas neuer Freund Claas Konken, dem aufgefallen war, dass der kleine Renke einen Tag früher zur Welt gekommen war, und nicht, als Maximilian Eschhoff am Abend Anna Warfsmann seine Hilfe angeboten hatte. Seine Fahrt zum Krankenhaus war nur vorgetäuscht gewesen. Er hatte vorher Renke Bantz ermordet.

Claas Konken schöpfte während des sonntäglichen Besuchs Verdacht und ließ ein von Maximilian Eschhoff benutztes Taschentuch mitgehen.

Doch warum musste Renke Bantz sterben? Die Frage stand noch im Raum. Der zurate gezogene Buchprüfer stellte fest, dass Maximilian Eschhoff Firmengelder in Höhe von mehreren Hunderttausend Euro unterschlagen hatte. Renke Bantz war ihm auf die Schliche gekommen, wie auf seinem damaligen Kalender in geheimen Abkürzungen aufgezeichnet war. Er hatte Unregelmäßigkeiten entdeckt und Maximilian Eschhoff zur Rede gestellt. Das war sein Todesurteil gewesen.

Der Mörder behauptete vor Gericht, er habe Renke Bantz nicht töten wollen, sondern habe ihn im Streit zu stark gewürgt.

Maximilian Eschhoff fand gnädige Richter, die ihm glaubten, dass er ohne Mordabsichten zur Bootshalle gefahren war. Er bekam zwölf Jahre Haft, die er in der Haftanstalt Lingen abbüßte.

Anna Warfsmann hat sich mit Kommissar Claas Konken verlobt. Sie planen bald zu heiraten. Sie hat sich mit ihrem Bruder Jesko wieder vertragen und auch Jan Warfsmann, ihr Vater, fand Gnade bei seinen Kindern. Seine Frau Hedda Warfsmann, die Mutter von Anna und Jesko, verstarb in Hage im Helenenstift.

Ein neuer spannender Friesenkrimi – Theodor J. Reisdorf in Bestform!

Theodor J. Reisdorf
NEBELTOD AUF NORDERNEY
Roman
300 Seiten
ISBN 978-3-404-15846-1

Scheinbar zufällig spinnt das Schicksal die Fäden, mit denen die angsehenen Nordernayer Familien Heynen, Wilbert, Calvis und Spatfeld verbunden sind. Immer wieder schlägt es ohne Erbarmen zu, und ein Opfer bleibt auf der Strecke – bis es dann auf Baltrum zu einem grausamen Finale kommt ...